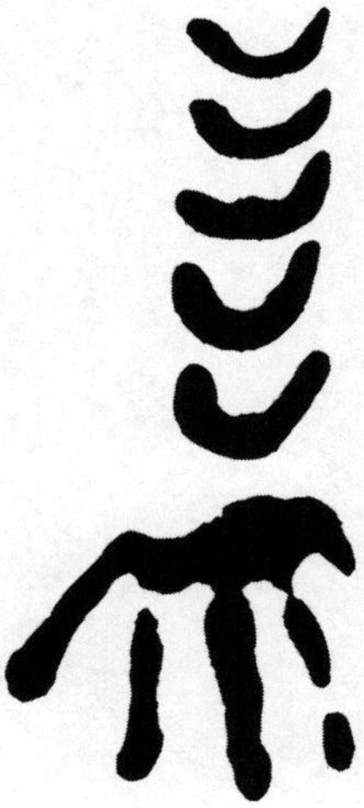

申凤梅

长篇小说卷

李佩甫文集

SELECTED WORKS OF LI PEIFU

河南文艺出版社
郑州

图书在版编目（CIP）数据

申凤梅/李佩甫著. —郑州：河南文艺出版社,2020.8
（李佩甫文集.长篇小说卷）
ISBN 978-7-5559-0906-4

Ⅰ.①申…　Ⅱ.①李…　Ⅲ.①长篇小说–中国–当代
Ⅳ.①I247.5

中国版本图书馆 CIP 数据核字（2020）第 100421 号

总 策 划	陈　杰　李　勇	
选题策划	陈　静	
责任编辑	张　丽	
责任校对	丁淑芳	
装帧设计	Ｍ 书籍/设计/工坊 刘运来工作室	
内文设计	吴　月	
责任印制	陈少强	

出版发行	河南文艺出版社
本社地址	郑州市郑东新区祥盛街 27 号 C 座 5 楼
邮政编码	450018
承印单位	河南瑞之光印刷股份有限公司
经销单位	新华书店
纸张规格	700 毫米×1000 毫米　1/16
本册字数	354 000
总 字 数	4914 000
总 印 张	369.5
版　　次	2020 年 8 月第 1 版
印　　次	2020 年 8 月第 1 次印刷
定　　价	1580.00 元（全 15 册）

李佩甫,生于 1953 年 10 月,河南许昌人。现为中国作家协会全委会委员,河南省作家协会名誉主席。

主要作品有长篇小说《河洛图》《平原客》《生命册》《等等灵魂》《羊的门》《城的灯》《李氏家族》等,中短篇小说《学习微笑》《无边无际的早晨》等,散文集《写给北中原的情书》,电视剧《颍河故事》等,以及《李佩甫文集》15 卷。

作品曾获茅盾文学奖、庄重文文学奖、人民文学优秀长篇小说奖、全国"五个一工程"奖、"中国好书"等多种文学奖项。部分作品被翻译到美国、英国、法国、俄罗斯、日本、韩国等国家。

目　录

○　●

第一章 ·····························

平原的官道上，有两行弯弯曲曲的车辙默默地伸向远方……

远远的，先是有了独轮木车的"吱咛、吱咛"声，而后就有了人的咳嗽。这时候平原很静，是哑静，行人寥寥，那伸向远方的蓝灰像烟一样地弥漫在平原上。

渐渐，有两朵"牡丹"润在了天地之间，那牡丹娇娇艳艳的，一颠一颠地在平原上波动着，波动出了一抹美丽的颤抖——那竟是一双尖尖翘翘的绣花鞋，一双高悬在独轮车头的绣花鞋。

接着，有两辆独轮木车出现在平原的官道上。一辆木车上捆放着两只破旧的戏箱，一辆木车上放的是破鼓、旧锣、旧镲，走起来叮叮咣咣的；推车的是两个年轻汉子。紧跟着出现的就是那双绣花黑鞋了，鞋头上绣着一对艳牡丹，近了才能看清楚，那竟是一双女人的脚。女人坐在铺了褥子的第三辆独轮木车上，她的脚在窄狭的独轮木车上一颠一晃地叠交着，而后，整个平原突然鲜亮起来。那是被坐在独轮车上的女人映出来的。这女人就像是缓缓挂出来的一张画，一张非常漂亮的仕女画，那坐姿的优美一下子就冲出了平原上的灰静，带出了生动的温热。这女人有三十多岁的样子，她就是江湖上人称"盖河南"的越调名角，绰号叫作"一品红"。

"盖河南"的美誉是一品红在九朝古都开封拿下的。当年，那是何等的辉煌啊！那时候，有多少达官贵人为求得见上她一面，一掷千金。摆下了一场一场的酒席，吃都吃不赢啊；那时候，又有多少遗老遗少为争得她的青睐而失魂落魄地醉卧在剧院门外?! 那时候她才二十二岁，人生有几个二十二岁？当年，说她是如花似玉，那就太轻太轻了，那时候啊，她一旦扮出来，就那么往舞台上一站，想想吧，疯了多少人的眼?! 她记得，在一次散场后的酒宴上，曾有一个师长的儿子，竟然抱着她的一只绣鞋闻了又闻，而后就那么用头顶着那只绣鞋，围着酒桌转了三圈！

不提也罢。真是春风未老人先老啊！她没想到她会又败在开封。灾荒年，看戏的少了，那些捧场的，也似乎烟消云散了。当然，自从抽上了大烟，她的嗓子也大不如以前了……于是，她又回到了生她养她的这块平原上，这是她打小学艺的地方，也是她第一次发迹的地方。一品红的艺名，就是从这里叫出去的。可是，人一旦走了"背"字，就是喝口凉水也塞牙呀！

独轮车"吱吱咛咛"地响着，一品红突然说："黑头，快到了吧？"

那个推着他的年轻人说："师傅，快了。"

一品红说："还有多远？"

黑头说："八里。"

这时，跟在后边的一个手持竹竿、身背胡琴的老者（这人是个瞎子，绰号"瞎子刘"）说："我闻到味了。"

黑头扭过头说："啥味？"

那瞎子琴师说："王集的驴肉味。"

于是，一行四五人都笑了。是啊，他们终于回来了。

眼前就是王集了。一品红突然说："腿都麻了。我下来走走。"说着，独轮车停下来了，她从车上下来，扶着车子摇摇晃晃袅袅婷婷地下了车，身子刚立住，就"唑唑"地来回倒腾着双脚，只见她头一晕，像是要摔倒的样子，可她终于站稳立住后，竟然先来了个金鸡独立，而后，用丫鬟登绣楼的步子"噔、噔、噔"地走了几步，迈过了一个"台阶"，头前走去了。走着，她渐渐地超过了前边的两辆独轮车，走在了最前边……

王集是平原上的一座古镇。

当年，这里曾是曹操的屯兵之地，是很有些文化积淀的。后来历经演变，这里就成了贯通东西的物资集散地了。王集镇有一条二里长的主街，一街两行全是做生意的铺面，在王集镇主街的两头，曾有两座土垒的戏台，生意好的时候，这里几乎夜夜有戏，曾有过"小东京"之称。当年，由于烟叶生意的兴起，伴着独轮车的吱咛声，有很多妓女云集此地，染一街花花绿绿。据说，最为红火的时候，曾有上海的高级妓女来过这里……不过，如今是大灾之年，生意十分萧条，有很多铺面都关门了。

如今的王集，由于连年受灾，也破败了。进了镇，在残破的镇街头上，首先晃入眼帘的，竟是一片"谷草"。

在风中飘扬的"谷草"是分散的、一丛一丛的。这些"谷草"其实是买卖人口的一种标志，谷草下边竟是一张张蓬头垢面的小脸，这里是一个卖孩子的"人市"。在"人市"上，立着十几个待卖的孩子，其中有两个并排站立的小妞。这两个小妞都是八九岁的样子，都穿着粗布染出来的红袄，一看就知道她们是亲姊妹。她们俩一个叫大梅，一个叫二梅。

这时候，有人在一旁大声地吆喝："二斗谷子！二斗谷子！"

这些插在头上的谷草几乎成了一种象征，那是她们未来人生走向的一个象征。谁知道呢？命运的锣声已经敲响，何去何从，就看买主了。

两个小女孩袖手站在那里，不时舔一下干瘪的嘴唇。那汪着的是两双饥饿的眼睛……

这时，那小点的二梅说："姐，我晕。"

大梅看了看她，说："闭上眼吧。闭上眼就不晕了。"

二梅乖乖地闭上了眼睛，过了片刻，她喃喃地说："还晕。"

大梅说："咽口唾沫。"

二梅就听话地、很用力地咽了口唾沫，接着又说："我饿。"

于是，大梅四下瞅了瞅，伤心地说："那咋办呢？"

在平原上，通向县城的大路，一般都称之为"官道"。如今，乡村官道也不那么平静了。由于连年的灾荒，盗匪四起，纵是大天白日，行路人也是有所畏惧的。虽然说王集就在眼前，然而，当他们师徒一行人走到官道旁边的小树林时，还是不由得加快了步子。

官道旁边的小树林里，丛立着一片一片的坟墓，一只乌鸦在叫，听上去让人发怵……

走在最前边的一品红回头问道："黑儿，还有多远？"

黑头说："三里吧。"

然而，就在一品红回过头时，突然发现前边的路中央坐着一个人。这个人坐得很大气，他背对着他们，就那么随随便便地在路中间坐着，紧接着大喝一声："站住！"

"吱吱咛咛……"独轮车陡然间停住了，一行人全都愣在了那里。有人小声说："坏了！遇上土匪了……"

只见那人用手"啪啪"地拍了两下屁股，慢慢地撩起了后衣襟，露出了屁股上裹了红绸的一把"手枪"，厉声说："把货留下！"

众人像傻了一样，仍怔怔地站在那儿，只有一品红向前迈了一步，柔声说："这位大爷……"

只见那人仍从容不迫地在地上坐着，粗哑着喉咙说："听说过张黑吞的枪法吗?!"

慢慢，众人的脸色都有些灰了，你看我，我看你，一个个喃喃道："听说过。"

那人哼了一声，说："在江湖上，我张黑吞是讲规矩的。那就不用我再站起来了吧?"

站在一品红身后的几个人小声说："妈呀，遇上张黑吞了！"

这时，一品红又朝前迈了一步，说："张爷，失敬了。在平原上，大人小孩都知道你的名头。不过，我们也是落难之人，一路上被劫了三次。这眼看到家门口了，张爷，你若是高抬贵手，放我们一马，来日……"

只见那人又拍了拍挂在屁股后的红绸，喝道："你给我站住！敢往前再走一步，我枪子可没长眼！"

一品红立在那儿，细细地看了一会儿，壮了壮胆，又说："这位爷，不管你是不是张黑吞，我们都认了。不过，你就是杀了我们，也实在是没有可孝敬你的东西了。你也看见了，这儿只有两只箱子，那里边装的是戏装，是俺的命。"

那人缓声说："嗨，非要让我站起来？那我就站起来吧。不过，我一旦站起来，你们可就倒下了，再想想。"

众人说："师傅，张黑吞杀人不眨眼，给他吧，给他算了……"

只听一品红说："慢着，你要啥我都可以给。箱不能动。要不然，你杀了我吧。"

那人仍在地上坐着。只见那人沉默了一会儿，说："是戏班子？"

一品红说："是。"

那人有点忧伤地说："唉，我娘最爱听戏……不过，今天爷爷走了背字，整整一天没发市。那就对不住各位了，纵是戏班子我也不能饶。东西给我留下，该走人走人吧！不过，有一个人我是可以让的。要是一品红的戏嘛……"

立时，一品红说："你回头看看。"

那人慌了，说："你、你就是一品红？骗我的吧？"

一品红说："真的假不了，你回头看看嘛。"

只见那人迟疑了一下，身子仍没有动，只说："唱两句，我听听。"

此刻，一品红顿了一下，扭过头，说了声："琴。"

立时，背着胡琴的瞎子刘，忙取下坠胡，上好弦，试着拉了两下……

那人就说："听声儿像是瞎子刘哇？"

瞎子刘说："是我。"

这时，一品红清了清嗓，唱道：

> 柳迎春出门来泪流满面，
>
> 想起来家中事心如油煎……

片刻，那人慢慢把脖子扭了过来，只见那人苍黄瘦削、蓬头垢面，竟然满脸都是汗。

一品红突然伸手一指，高声惊叫道："他不是张黑吞！"

一语未了，又见黑头和他那学武生的师弟小余子同时像旋风似的一个跟头蹿了过去，两人几乎同时跳到了那人跟前，到了此刻，他们才发现，那人原来竟是一个瘸子。两人刚要下手，却见那瘸子磨过身子，突然间扑地大哭，那人一边哭，一边念叨说："我咋恁倒霉哩！头次出来做活，就碰上了你们！"

这时，黑头不管三七二十一，扑上去把那瘸子按翻在地，把那裹了红绸的东西抢在了手上，一看，那裹了红绸的竟然是个破笤帚疙瘩，几个人哭笑不得地望着他。

黑头气呼呼地往他身上踢了一脚，骂道："王八蛋！一个瘸子也敢出来劫道?!你不要命了?!"说着，气恨恨地用那筲帚疙瘩朝那人头上打去……

那人哭着说："爷，饶了我吧。饥荒年，我也是没有办法呀……"接着又眨着眼问："恁真是一品红的戏?"

黑头说："睁开你那狗眼看看!"

那人哭着说："我娘是个戏迷，我娘最喜欢一品红的戏了……"

这时，一品红说："黑头，算了。给他块馍。"

在王集镇，一提起金家，那是无人不知无人不晓的。由于他家门口有两尊石狮子，所以一般说到金家的时候，就说是"狮子金家"。

狮子金家是王集的大户。早年，祖上也曾做过一两任官的，家里很有些田产。所以，金家大院有前后五进跨院，每一处都是有些讲究的。只是到了金石头这一代，由于热上了戏，终年沉湎在戏里，成了远近有名的养得起戏的大户。于是，金石头也就名正言顺地成了"金家班"的班主。

天半晌时，金家大掌柜金石头正在查看仓里存放的谷子，他身后跟着账房先生。他让账房先生把一间间的仓房打开，心里一边盘算着一边嗅着仓屋的气味。在他的眼里，这些谷子并不是粮食，而是他的一个个"戏种"。

金石头抓起仓囤里的一把谷子，放在手里捻捻、吹吹，说："怕是要霉了。"

这时，身后传来了一个女人的声音，那声音是从一个窗格里传出来的，那窗格上的白纸被唾沫湿出了一个小洞："又想那事了?那可是粮食。"

金石头往后瞥了一眼，说："去去去，我的事你少管。"

那女人隔着窗户说："我知道，你一个心都在那戏子身上!"

金石头骂道："咋?我就好这一口!再敢日白，我撸你!"而后，他哼唱道："妇道人家见识浅……"

时已近午了，人市上，仍然没有买主。只是有人在不断地高声叫道："二斗！二斗！二斗谷子！"

突然，有一只手端住了一个小女孩的脸，说："张开嘴。"

小女孩慢慢地把嘴张开，露出了一口小碎牙。

端起小女孩脸的自然是金石头。金石头问："想学戏吗？"

立时，就有人围上来了。被围在人群中的小女孩恐慌地望了望站在身后的女人，女人狠劲推了她一下，替她说："想，想。说呀，说了有馍吃。"于是那女孩也跟着小声说："想。"

金石头点了点头，说："跟我走吧。"说着，又端起了挨在女孩身边的一个男孩的脸，问："几岁了？"

那男孩说："十岁。"

金石头问："想学戏吗？"

那男孩赶忙说："想。"

金石头说："跟我走。"

这时候，金石头已站在了二梅的跟前，他刚端起二梅的小脸，不料，站在一旁的账房先生小声说："太瘦了。"

金石头说："瘦不怕，就怕不是唱戏的料。"说着，他看了看二梅的小脸，随口问："几岁了？"

此刻，从二梅身后磨出一个男人来，那男人本是蹲着的，他站起身，袖着两手说："属狗的，九岁了。你别看她瘦，能有三顿饱饭，妞一准变个样儿。"

金石头问："想学戏吗？"

那男人说："能进班子是她的造化。"

这时候，二梅怯怯地朝身边看了一眼，惊叫道："姐呢？我姐呢?!"说着，惊慌地四下望去……

听她一叫，那男人也赶忙四下张望，嘴里说："哎，这死妞子！花花眼儿，跑哪儿去了?!"

就在离"人市"不远的一棵榆树上，只见大梅正在那高高的榆树上爬着……榆树上靠下一些的榆钱儿已被人们摘光了，只有高处的枝头上还有一两串，大梅正吃力地伸手去摘那长在高枝儿上的一串榆钱儿……她终于摘到了一串，拿在手上，而后倒着身子出溜一下子滑坐在地上，接着，爬起来就跑，她跑到二梅跟前，把那串榆钱儿递到妹妹的手上，说："吃吧。"

金石头抬头瞄了大梅一眼，说："噢，这是姊妹俩?"

那男人忙说："亲姐俩。你只当是积德哩，都领走吧。"

金石头看了大梅一眼，漫不经心地说："柴了。"

金石头又溜了她一眼，再次摇摇头："不齐整。"

那男人忙说："女大十八变。"

那男人又说："一斗半，一斗半。"

金石头再次摇了摇头，说："怕不是这块料吧?"

大梅低头看着挂破的手，默默地把头勾下了。

金石头拍了拍二梅，说："我只能要一个，跟我走吧。"

二梅跟着金石头走了几步，回过身，流着泪叫道："姐——"

这时，大梅突然往地上一跪，说："先生，你也带上我吧?"

金石头头也不回，径直拉着二梅走去了。

就在这时，身后突然有人叫道："慢。金爷，把这妞也带上吧?怪可怜的。"

金石头回过身来，见是一品红等人，突然笑了："哎哟，哎哟。我说呢，学生都收齐了，就等你呢。好，好，好！"这时，一品红望了望跪在地上的大梅，叹了口气，说："来吧，你也来吧。"

　　在金家大院的客厅里，金家大掌柜金石头在左边的一把太师椅上坐着，两眼笑眯眯地望着坐在对面的一品红。他心里欣喜异常，可面上却仍是淡淡的，只有眼角处那鱼尾纹是开了花的。

　　金石头说："从开封回来了？"

　　一品红说："回来了。"

　　金石头问："咋样啊？"

　　一品红直言不讳地说："我这是投奔金爷来了。金爷要是留呢，我就住下，要是不留……"

　　金石头故作矜持地用手指梳理了一下头发，笑着说："那是我金某求之不得呀！好久没听你的戏了。"

　　这时，有人把茶端上来了。一品红端起茶碗喝了一口，说："金爷，咱丑话说在前边，我这可是'存粮'……"

　　金石头哈哈一笑，说："好说，好说。"

　　金家大门外，那两扇红漆大门仍然紧闭着。门楼外边，立着两只威风凛凛的石狮子。

　　一干人全都在石狮子旁边蹲着。

　　黑头小声问："刘师傅，啥叫'存粮'？"

　　瞎子琴师说："这存粮嘛，是咱艺人的一种活法，说起来也不算啥光彩事。就是灾荒年遇到难处时，借个热戏的大户人家将养一段，等转过年来，想走还可以走。这就叫'存粮'。"

　　黑头高兴地说："好事啊。"

　　瞎子琴师拿起竹竿照他头上敲了一下："胡日白！你以为这是啥好事？

唉，你师傅她这是……"

黑头不解地问："我师傅……"

这时，瞎子琴师告诫说："别问了。你记住，那话在肚里烂着，也不能问！"

大梅、二梅站在人群里，怯生生地望着那两个看上去恶狠狠的石狮子。

二梅悄声问："姐，他家有馍吧？"

大梅说："这家净大牲口。"

金家有一个很大的牲口院。牲口院紧靠着西跨院的外厢，西跨院的角上有一个边门，这是让下人们进出的地方。过了边门，就是金家的牲口院了。牲口院有两亩多大，这里既是喂养牲口的地方，同时又是金家班住宿和练功的场所。

月光下，院里的那棵老槐树，筛洒着一地白白花花的小碎钱，显得十分静谧。院子的一角，拴着一些倒沫的牲口，晚风中漫散着牛屎和马尿的气味……

这时，黑头掂着一团细麻绳从前边院里走过来，他几步进了一栋草屋里，先是用火柴点着了挂在墙头上的一个小鳖灯，只见在铺了谷草的土炕上，一拉溜躺着二十来个孩子。这时，黑头二话不说，先在炕头上方拴牲口用的横梁上一处一处都挂上了绳子，而后又从躺在炕头的第一个孩子开始，一把把那个睡梦中的孩子从被窝里拉出一条腿来，说："伸开！绷直！蹬紧！"说着，三下两下，就把那孩子的腿吊在了横梁上。

就在这时，一个叫买官的孩子从铺上滑下来，扭头朝门口跑去，却不料正与金爷撞个满怀。金爷一把把他推倒在地上，骂道："小兔崽子，往哪儿跑？！"买官无奈，只好乖乖地重又爬到铺上去了。

金爷立在门口，虎视眈眈地望着他们。

往下，黑头依次把躺在土炕上的男男女女二十几个孩子的腿全吊起来了，最后，他竟然一个人把自己的腿也吊在了横梁上，身子一悠，像猴子似的荡了两下，一句话也不说，利利索索地躺下了。

此时，只听站在门口的金爷喝道："要想人前显贵，必得人后受罪！这叫'吊腿'，懂了吧？"

孩子们齐声说："懂了。"

少顷，只见躺在炕上的黑头，紧吸了一口气，然后对着对面墙上挂的小鳖灯用力吹去，"噗"地一下，灯灭了。

黑暗中，一个孩子突然叫道："我尿，我尿哩。"

沉默中，亮着一片绿豆似的眼睛……

夜已深了，金家正房里的灯依然亮着。

外间，瞎子刘独自一人坐在一个马扎上拉胡琴，他几乎把全身的力气都用在了几个手指上，那身子也随着跳跃着的指头来回地扭动着……

里间，化过装的一品红正舞着水袖在唱《拷红》；床上，金家大掌柜正舒舒服服地躺着，一边"刺刺"地吸着大烟泡，一边听戏……

　　当日个月明才上柳梢头，

　　却早人约黄昏后。

　　羞得我脑背后将牙儿衬着衫儿袖。

　　猛凝眸，看时节只见鞋底尖儿瘦。

　　一个恣情的不休，一个哑声儿厮柔，

　　呀！那期间可怎生不害半星儿羞？

　　…………

听到这里，金石头放下烟枪，拍着手道："好，好！是那个味儿。"片刻，金石头咳嗽了一声，随手扔出一块银圆，说："瞎子，天不早了，歇吧。"

胡琴声停了，过了一会儿，只听"吱扭"一声，门关上了……

五更天，天刚苍苍亮，金家班新收的孩子们便被皮绳"抽"起来了。他们被黑头带到了颍河边上。

初春的天气，风依旧寒，二十几个孩子哆哆嗦嗦地在凉风中站着，一个个冻得直咧嘴。

前边不远处，立着的是一品红。只见一品红一只腿直直、高高地跷在头顶上，正在练功……

片刻，黑头扛着条板凳站在排好的队列前，他把一条板凳和一块板子"咚"地往地上一放，高声问："知道这板凳是干什么用的吗?!"

孩子们怯怯地说："知道。"

黑头再次朗声说："那好，我问你们，想不想尿?!"

众人齐声喊道："想!"

黑头大声问："憋不憋?!"

众人说："憋!"

黑头又大声问："急不急?!"

众人用哭腔回道："急!"

于是，黑头就很得意地高声说："好! 现在，我就代师傅传你们学戏的第一道关。师傅说，咱们唱高台的，白天里一唱至少得半天，晚上至少得大半夜，一进戏你上哪儿尿去?! 要是连尿都憋不住，就别吃这碗饭了! 所以，这第一道关，就是练憋尿! 必须得把尿憋住!"

队列里，有人呜呜地哭起来了……

黑头高声说："哭什么? 夹紧腿! 吸气! 注意，现在跟着我大声念——戏比天大! 戏比命大!"

众人跟着喊："戏比天大，戏比命大。"

黑头喊道："念，再念。大声点！连念十遍！"

众人跟着念："戏比天大！戏比命大！戏比天大！戏比命大！戏比天大！戏比命大！……"当孩子们刚刚念到第七遍的时候，一个叫买官的孩子憋不住了，他急急地转过身去，一边哭喊着："大师哥，呀呀呀，憋不住了，憋不住了，我实在是憋不住了……"一边褪下裤子就尿……还没等他尿完，黑头就冲过去，把他一把提到前边的凳子旁，说："趴下！"待那孩子趴在凳子上时，黑头把他的裤子往下一扒，跟着板子就打下去了，一边打一边骂道："我叫你不长记性！我叫你不长记性！"

黑头一连打了十下，买官哭着说："大师哥，我记住了，我长记性，我一定长记性……"而后黑头才直起身来，高声说："看什么？再念十遍！"

众人又念："戏比天大！戏比命大！……"

这边，一品红仍是旁若无人，依旧对着河滩喊嗓子……

在她的身后，不时传来打板子的声音和孩子们的哭喊求饶声……一会儿工夫，地上，孩子们已趴倒了一片。仍在那儿站着的，就只剩下一个女孩了。那女孩就是大梅，大梅浑身颤抖着，紧紧地夹着双腿，两眼含泪，却仍在那儿站着，可她的裤子也已经开始湿了，裤裆里有尿水正一滴一滴往下渗，可大梅口中仍坚持着在念："戏比天大！戏比命大！……"

一直到太阳升起来的时候，一品红这才收了功，转过脸来，走到孩子们跟前，对孩子们说："记住，只要跨进戏班的门，你就不是人了。你是戏！前头就只有一条路，往苦处走！苦就是红，有多苦就有多红，等到有一天唱红了，你这碗饭就吃定了！"

天空中飘荡着一行悲壮的声音：戏比天大！戏比命大！

春深了，大地披上了绿装……

在金家大院里，金家班的孩子们仍在一日日地练功。两个月来，孩子们已经彻骨地懂得了戏是"打"出来的道理，也就认了，没有人再哭着喊娘了。喊也没有用哇。

这天，金石头溜溜达达地从外边走进来。他进院后拍拍这个，看看那个，而后瞄了大梅一眼，突然说："你，说你呢。过来，过来。"

大梅收了功，怯怯地走到他跟前。

当着众人的面，金石头说："去，去后院烧火去。你不是这块料。"

大梅慢慢地抬起头，又缓缓低下头，一声不吭地朝后院走去。

二梅正默默地看着走去的大梅，不料，屁股上重重地挨了一板子："好好练！"

自从大梅被掌柜的贬为烧火丫头后，她就每天坐在灶房里烧火填柴，洗碗刷锅，稍有闲暇，还得帮着割草喂牲口。她心里实在是有些不愿，却又不敢吭，只是默默地掉眼泪。

这天，大梅正坐在灶前，默默地往灶洞里递柴烧火，续着续着，她眼里的泪便流下来了。

这时，瞎子刘摸摸索索地走了过来，他手扶着灶门，就那么站了片刻，说："给碗水。"

大梅一怔，慌忙站起身来，给他舀了一碗水，默默地递到老人的手上。瞎子刘接过水碗，喝了一口，突然说："妞，想学戏?"

大梅说："想。"

瞎子刘叹了口气，说："学戏苦啊。"

大梅说："我不怕苦。"

瞎子刘喝了水，把碗递过去，而后说："过来，叫我摸摸你。"说着，伸出两手，摸摸索索的，从上到下，从脸到腿，把大梅摸了一遍，而后他自言自语："这事没准儿，兴许还能成个'角'呢。"

大梅望着老人，求道："大爷，你能……"

瞎子刘说："夜里，你来吧。"

夏夜，月光下的场院光溜溜的。

瞎子刘坐在场边的一个大石磙上，对站在他身旁的大梅说："……学戏，首先要忘掉自己。戏是没有男女分别的。一进戏，你就不是你了。记住，要装龙像龙，装虎像虎。姐，你先走个台步我听听……"

月光下，大梅在场院里试着走台步，她心里慌，又生怕走不好，那步子就不知如何迈了……她刚走没几步，就听到了瞎子刘的呵斥声：

"咋走的?! 重了。你以为拾柴火哪? 我不是说了吗，要装龙像龙，装虎像虎。这戏台能有多大? 像你这种走法，走不了几步就掉戏台下边去了。这'走'只是一种说法，那是要你演哪。演戏演戏，这个'走'是要你演出来。要是旦角，你要走得轻盈，走得浪。身份不同，走法也就不同。丫鬟有丫鬟的走法，小姐有小姐的走法；要是生角，一般都是八字步，老生有老生的走法，小生有小生的走法。小生要走得飘，走出那个狂劲；老生要走得僵，走得硬，走出架势走出威仪……"

说着，瞎子刘朝身后喊道："黑头，黑头! 过来，过来。"

黑头应声跑过来了，问："刘师傅，啥事?"

瞎子刘说："你给我搬块砖。"

黑头就问："八斤的? 五斤的?"

瞎子刘说："八斤。"

片刻，黑头搬着一块砖头回来了，他把那块砖递给大梅，闷闷地说："夹上!"

大梅不解地问："夹、夹哪儿?"

瞎子刘厉声说："夹在腿中间，夹紧。"而后又吩咐说："黑头，你给我带带她。让她走！那砖要是掉一回，你就给我打一回！"

大梅试着把那块砖夹在两腿之间，可夹上后，她怎么也走不成路了，刚走一步两步，那砖"咚"一下就掉了。紧接着，"啪！"那棍子就打在腿上了；再走，又是"啪"的一声。黑头手里拿的白蜡杆就打在她的屁股上了，打得大梅两眼含泪，可她一句话也不说，重新把砖捡起来，重新夹好，再走……

只听瞎子刘在一旁高声说："跑，跑呀。你给我跑！"可大梅两腿还紧夹着这块八斤重的砖，根本就迈不开步……就这样，她每走几步，砖头一掉，就得重重地挨上一杆。渐渐地，她哭了。她哭着走着，走着哭着，那棍子也不时地打在她的身上。

瞎子刘说："知道疼就好。将来，这就是你的本钱。"

日子就这么一天天过去了……

白天里，大梅在烧火、推碾、挑水、劈柴、铡草的同时，只要稍有空闲，就趴在墙头上看他们练功、学戏；到了晚上，等人们睡下后，又悄悄地跑到场院里跟瞎子刘偷学戏……有一次，瞎子刘说："妞，你可要记着，我教你一次，只收你一包烟钱。"大梅说："师傅，只要我学出来，你吃啥我买啥，管你一辈子。"瞎子刘笑了："这可是你说的？"大梅咬着牙说："只要我学出来。"瞎子刘说："妞，你记着，在你学戏时，凡是下狠劲打你的，都是你的恩人。"

可是，每到深夜，当大梅又偷偷溜回草屋时，她的两腿都疼得直抖，由于天冷，大梅、二梅两姐妹同在一个被窝里睡，好相互取暖。这天深夜，二梅突然叫道："姐，你腿上咋有血?!"

大梅忙捂着她的嘴，流着泪小声说："别吭，可不敢吭。睡吧。"

四更天，大梅总是一个人悄悄地从床上爬起来，独自一人到河滩里喊嗓子。

吃饭时，两姐妹只要坐在一起，大梅就偷偷地问二梅："今个儿学的啥？"

二梅一边吃一边说："戏词儿。"

大梅说："学了几句？"

二梅说："十二句。"

大梅说："你说说。"

二梅看了看姐的碗，大梅一声没吭，把碗里的半碗小米汤倒给了她。

二梅用筷子敲敲头，背道：

"再看看，这闺女，年轻貌美没多大，不是十七就是十八，黑真真的好头发，恰似那昭君琵琶。听她说句话，好似那小蜜蜂，哼啊哼地往外飞，小蜜蜂走两步，树枝子、树叶子、小青子、小虫子……哟，忘了。"

大梅说："你就是不用心。"说着，自己默默地背了一遍，又问："'昭君琵琶'是啥意思？"

二梅傻傻地说："不知道。"

一天晚上，临睡前，黑头和小余子这两位大师兄突然提着两桶水进了草屋。两人把孩子们全叫起来，又命令他们一个个把自己的铺盖卷起来，连炕上的铺草一起抱在怀里，各自在铺前站着。

于是，二十来个学徒，全都抱着各自的铺草傻傻地在炕前站着，谁也不知道他们要干什么。接着，小余子拿着一条白蜡杆一个个敲了一遍，说："站好！站好！"

紧接着，只听"哗！哗！"一东一西，黑头和小余子两人把两大桶水泼在了炕上，一时间满炕都是水。

而后，黑头高声说："行了，都把铺重新铺好！"

学徒们愣愣地站着，嘴里嘟哝说："妈呀，这咋睡呀？"

黑头冷冷地说："咋睡？站着睡。"说着，径直把自己的铺草往炕头上一铺，一个倒栽跟头翻到炕上，躺下了，而后说："不愿睡就站着吧。"

众人站了一会儿，你看我，我看你，没有办法，最后，也都一个个铺好草，躺下了。由于铺太湿，学徒们躺下没有多久，就开始一个个在炕上翻起"烧饼"来……

这时，只听黑头说："睡不着吧？"

众人都说："太湿，睡不着。"

黑头说："睡不着就好。知道泼这两桶水是干啥用的？是让你们背词的！"

于是，学员们由于在湿草上躺着，浑身发痒，睡不着觉，就只好整夜整夜地背词。

这边是：西门外三声炮……

那边是：县君的则是县君，妓人的则是妓人……

这头是：不思量，细端详，春来春去柳叶长……

那头是：妾的心中事，乱似蓬，几番要向君王控……

那头是：急忙忙上殿来，呸，不要脸！啥啥保大宋我立下了汗马功劳……

中间又是：她本是张郎妇，又做了李郎妻……

此刻，窗外的月光下，人们又听到了瞎子刘那如泣如诉的胡琴声。瞎子刘一边拉着胡琴，一边在哑声唱："在人前，都说是享不尽的荣华，哪知道背后头那酸甜苦辣……"

听着，听着，草屋里一片哭泣声……

那一天是金家班的大喜日子——有人"写"戏了！

在乡村，一个"写"字就抒发了乡人的全部高雅。"写"在这里，就是一种文化的象征，这是乡村文化的最高代表，因此，戏曲是乡间唯一的精神享乐。

上午，小余子一蹦子跑进院子，兴冲冲地告诉大家："有人写戏了！有人写戏了！"

黑头高兴地问："哪儿？哪儿？"

小余子猛地打了一个旋风脚，说："杜寨。"

于是，戏班里一片忙乱……一直忙到第二天的早上，金家班这才上路了。这次总共出动了四辆独轮木车，前边的木车上装的是戏箱等一些用具；后边坐镇的自然是一品红了。一品红坐在第四辆独轮车上，后边跟着她的徒弟们……

一路上，凡是金家班所到之处，一个个村庄里都传出了喜气洋洋的欢呼声。村人们奔走相告：

"杜寨有戏！"

"一品红的戏！"

在平原，杜寨也算是个大寨子了。这里虽没有王集繁华，但寨门寨墙都修得十分坚固，由于是通衢大道，过路的商客较多，这里的人也都是见过些世面的，因此，热戏的比较多。

黄昏时分，杜寨村外的一处空地上，戏台已高高搭起，八个盛满香油的大鳖灯也都已挂好了。戏台前，杜寨人已抢先占住了前边的好位置。在暮野中，周围通向四方的村道上，有成千上万的人朝着戏台拥来……

这时，金家班也已在村头的破庙里安顿下来。在乡村里演戏，自然没有那么多的讲究，一般的演员，都是相互对着脸画一画眉，上上"红"而已；只有一品红例外，她独自一人，对着挂在庙墙上的一个破镜子，很细致地画眉、上装……

再晚些时候，戏台前已是人山人海、拥挤不堪了。第一次随戏班出行的大梅从来没有见过这样的阵势，她虽然在这一次出行演出中，仅是个提茶续水的下人，却也显得十分兴奋。什么是戏，这就是戏呀！戏怎么会有这么大的魅力哪？她提着一个大茶壶，一边走一边想着：真热闹啊！

是啊，只见成千上万的人拥向戏台，人们一边走一边相互招呼说："走啊，看戏去！"这时的戏台就像是一个巨大的蜂房，戏台前一片嗡嗡声。这一切大梅都看在眼里，她眼里竟也有了莫名的兴奋。

戏台上，高挂着的八只大鳖灯已经点亮了！只见一个管事的村人兴奋得两眼发着绿光，正拿着一根长长的木杆在台前边抡来抡去！他一边抡一边高声喝道："往后！往后站！往后站！……头！头！头！低头！"还有人在一旁吆喝道："二狗，敲！敲他！使劲敲！"

戏台下，到处都是黑压压的人头，人头像潮水一样忽一下退回去了，又忽一下涌上来了……

在一片嘈杂声中，忽然从千千万万的人头上传出一个篮子来。那篮子飘飘悠悠地从人头上越过，一悠一悠地传向高台，在传递的过程中，有人一站一站地高喊："弯店的！一篮油馍，送一品红……"

接着，后边又传过来一个大食盒。食盒在人头上一浪一浪地往前举，有人高叫着："前宋，前宋的！两碗鸡蛋面！送一品红！老桂红一碗！送一品红！……"有人说："小心，小心，洒了！洒了！"

再接着，又有一个竹篮飘上来了，有人高喊："后宋，后宋的！一篮鸡蛋！给一品红！一品红！……"

有人又大声吆喝："大路李，送一品红汗巾两条！镯子一对！……"

在乱哄哄的叫喊声中，大梅抱着一个大茶壶从边上爬上高台。

这时，一阵锣响，戏开演了……

大梅默默地坐在台子角上，看着下边黑压压的人头。这时，她突然听见台板下边有人在小声说话，她勾下身悄悄地往台下看去，只见戏台下，有人小声说："摸住了吧？摸住了吧？"那是两个小伙在台板下钻来钻去，正伸手在摸台上演员的脚。这个说："错了，错了，那是'王丞相'的……"那个说："我摸住了，我摸住了……"大梅忍不住笑了。

戏台上，身着戏装的一品红一边唱着，一边正要抬脚，却没有抬起来……她做了一个动作，侧身滑步探身后才往下看，却看见在台板的缝隙里伸出的两个指头抓住了她的脚……于是，她急中生智，唱道："小奴儿跟跟跄跄往前走，不料想一摊牛屎饼花儿栽在了脚跟前，狠下心来我踩一脚，（道白）我好鞋不踩你那臭屎……"唱着，她用脚尖狠狠地点了一下……

这时，只听台板下"哎哟"一声，那在台板下摸脚的小伙，甩着手跑出来了……

台前，一片叫好声。

大梅第一次看见这样的情景，她不由得激动起来，小声说："真好。"

午夜，戏演完了。可乡人们却成群结队地围在那里，久久不舍离去。他们大多是想看一品红的，他们都被一品红的扮相迷住了，那就是他们眼中的仙女呀！可见一品红实在是太难了，她早已被杜家大户接走唱堂会去了，这也是事先说好的。无奈，人们又跟到了破庙前，要看一看那些演员……于是，这种热闹一直到二更天才渐渐消停下来。

不料，天刚三更，戏班的人正在睡梦中，杜寨的二狗便急煎煎地跑来了。二狗一进庙就高声喊道："主家说了，该唱'神戏'了。"

这时，黑头揉揉眼，迷迷糊糊地说："喊啥？早着呢。"

二狗说："早啥，鸡都叫了！"

黑头半坐起，看了看睡着的师兄弟们，说："买官，你去唱垫戏。"

然而，买官睡死了，怎么拽也拽不起来，像一堆泥似的。这时，大梅悄没声地爬起来，说："大师哥，我去吧？"黑头仍迷迷糊糊地说："好，你去吧。"说着，又躺下了。

天才三更，四周黑乎乎的，到处都是吓人的墨黑，大梅独自一人战战兢兢地向村外的戏台走去。在她身后，不断有"刺刺"的响声出现，几乎能把人的魂吓掉，可她还是咬着牙往前走，也只能往前走。人在黑暗中走，只有凭心中那一盏"灯"了。

终于，她看见那个高台了。这就是她一生一世要追寻的地方吗？大梅深深地吸了一口气，而后，一步一步走上高台。她终于站在了高台子上，只见四周一片静寂。台下，眼前十米远的地方，只有一个摆上了香烛、供果和先人牌位的供桌。香已点上了，有三个小火头在风中一红一红闪着……她知道，"神戏"是要唱给鬼魂听的。那些死人的牌位，就是她的听众。她在心里用哭腔说：鬼们，你们可别吓我，我还小着呢！

大梅孤零零地站在台子上，着实有些害怕，她先是钻到了戏台上的桌下，张了张嘴，却没有唱出声来，她自己对自己说："唱，你唱啊！"可是，她眼里的泪倒先流下来了。她哭啊哭啊，哭了好大一阵，最后终于不哭了。她就那么心一横，终于钻出了桌子，直直地站在了台子上。

开始时，她头上还戴着一顶草帽，那是瞎子刘教给她的——害怕时，你就先戴着草帽唱，然而，当她独自一人站在高台上，真正面对着万籁俱寂的夜空时，不知怎的，那心一下子就横下来了，她先是闭上眼，静静地站了一会儿，接着，她突然把草帽一扔，终于唱出了第一声！

黎明时分，鸡终于叫了……

这时，早起的人发现，就在那个高高的土台子上，有一个小黑妮面对旷野，在演在唱……

第二章

那天早上的演唱，几乎决定了她一生的命运。

最开始时，她是在为鬼魂演唱，为远处那三株半明半暗的香火头演唱，为无边的旷野演唱，为那化不尽的黑夜演唱，所以她不怕"观众"挑剔什么，也不管唱的好不好听，就一个劲地唱下去。这也是她有生以来第一次尽情尽意地宣泄。她把她心中的苦处、心里积存已久的郁积全都唱出来了！当然，她脑海里流出的是一串串的戏词，那戏词有的是她一句一句听来的，有的是她用饭"换"来的。那一次次的"换"，是多么不容易呀！现在，那些日子全都随着她的声音喊出去了。

在平原的乡村，唱"神戏"是戏班必须尽的一种义务。这种义务是奉献给大户人家已过世的祖先的。人去世了，在戏台前搭上一个象征性的小庙，在庙台上摆上祖先的牌位，再放一些供果，点上香火，戏班就得派人来唱。在乡村，一般能"写"起戏的，定然是大户人家。就是一个村出钱"写"戏，也是由大户人家挑头。不然，一般穷人是"写"不起戏的。所以，这"神戏"都是唱给大户人家的牌位听的，是象征性的。由于死去的鬼魂见不得天日，这戏也只有后半夜里唱了。人已经过世了，活着的人还念着他，也仅此而已，所以，唱"神戏"的，一般都是些小学徒。

大梅第一次登台，她并不知道唱"神戏"的规矩，也没人来叫她，她就这么一直唱下去……从夜里唱到早晨，又从早晨一直唱到了近午。眼看快到饭时了，大梅仍是独自一人在台上唱着。她是从没有人开始唱的，等台下有人时，她自己还不知道哪。再说，经过了一夜的恐怖，她也不那么怕了，心说，有人就有人吧，我该唱还唱。这么一来，倒是底气更足了。

这时候，台下出现了许多围观的人，人们诧异地望着她，七嘴八舌地议论说：

"有新角了吧？这戏又有新角了！"

"这妞是哪儿的？都唱一晌了！"

"唱得不赖！唱得真不赖！"

"是才请来的吧？别看没多大。"

"没听说呀？是哪个戏班的？！"

终于，戏台前人越来越多，人们从四面八方拥过来；一时连戏班的人也惊动了，他们都乱纷纷地跑来看了。一瞅，竟是大梅！

人们站在台下，全都吃惊地望着台上的大梅……

午时，当戏班里的人一个个端碗吃饭的时候，大梅却一下子成了整个戏班关注的对象了。姐妹们把她围起来，一个个都夸她唱得好……可就在这时，她却当头挨了一棒。

正当姐妹们乱嚷嚷地给她叫好时，却见一品红绷着脸走过来，厉声喝道："大梅，跪下！"

在众人面前，大梅愣了一下，就默默地在当院跪下了……

一品红说："我才听了七句，你就给我唱错了三句？！"

一品红一语未了，黑头竟顺手操起一根白蜡杆，抡起来没头没脑地朝大梅身上打去，他一连打了十几棍子！

大梅跪在那里，也不敢躲，只是流着泪，很委屈地小声嘟哝说："也没人教我……"

一品红突然喝道："胡说！戏是教的吗？戏是偷的！"

大梅默默地望着一品红，从此，她牢牢地记住了这句话，记住了这个"偷"字。这个"偷"字顿时有了醍醐灌顶的意味，一下子照亮了她整个从艺的生涯。

过了一会儿，一品红缓声说："起来吧，大梅，你以后不用去烧火了。"

可是，黑头却不依不饶地说："你不用吃饭了，再去给我唱！"

大梅没有办法，只好站起身，重又向高台走去——她饿呀！

不料，半路上，瞎子刘又追上了她，悄声说："妮，长心吧。俗话说，'饱打饿唱'。唉，上台难，成角更难。在你没成角之前，上一次台老难哪。这是你大师哥存心关照你呢！"

大梅不语，大梅在心里恨死这个大师哥了。

一直到了夜里，当疲惫不堪的大梅终于脱衣躺下时，不料，却见黑暗中有一个黑乎乎的东西"嗖"一下飞到了大梅的炕头上，大梅眼疾手快地伸手一抓，却是一块热乎乎的烤红薯。

大梅抬头四下看了看，却没有发现一点动静。

在戏班里，规矩一向是很严的，金家班自然也不例外。特别是做学徒，那就更是人下人了。说错了"忌口"要挨打，唱错了词要挨打，走错了路要挨打，睡错了觉要挨打，吃错了饭也要挨打，而且是一人犯错，众人都要跟着挨打，这叫"放排"，也叫"陪戏"。总之，那日子就像是煎苦药，一直要熬煎到满师的时候，才算熬出头了。

这天，因为买官一人犯了错，戏班的孩子们都跟着挨"排打"！他们一个个弯腰趴在那里，一个人挨了十大板。打人的事，金石头并不亲自动手，他在一边站着，让黑头打。

买官呢，吃的是"小灶"。他单独一个头朝下被吊在院中的大槐树上，人像个猴儿似的在半空中蜷着。买官一声声哭喊着："我不敢了！我再也不敢了！娘啊，我就偷吃了一口……"

可是，没有人救他，谁也不敢去救他，就那么蜷了整整一个上午。

一直到中午的时候，挨打的买官才被黑头解了下来。他一边解一边说："下次再犯，仔细你的皮！"

当买官落地后，他喃喃地说："大师哥，我头疼，头疼得厉害。"

黑头一声没吭，把脚上穿的破鞋脱下来，那鞋臭烘烘的，他拿起鞋对买官说："闻闻吧。"

买官不敢不闻，闻了说："臭，酸臭。"

不料，黑头自己却又拿起来，双手捧着，美美地闻了一会儿，说："我教给你个方法，有个头疼脑热什么的，你就经常闻闻，鞋窠篓的臭味能治病。"

买官说："真的？"

黑头说："这是祖师爷传下来的。"

在金家班，大梅也是挨打最多的一个。每逢练功时，大梅是必然要挨打的。不过，她是只挨黑头一个人的打。黑头下手重，每次打她，都给她留下很重的印痕。所以，她的脸上总是青一块紫一块的。

现在，大梅已经不再害怕那块八斤重的大砖了。她已经夹着那块砖在场院里一溜风地跑圆场了……腿就不用说了。有时候，她觉得她的腿已经不是人的腿了，那两腿间磨出的一层层血痂，简直就像是红烧肉！

这会儿的大梅，身上的功夫是不在话下了。就说练劈叉，她挺起、坐下，挺起、坐下，能连续摔二十五个。这是整个戏班的女孩都难以完成的。

不过，这一段，大梅挨打的次数特别多。因为她常常唱错词。她只要一唱错，黑头就打她。这天，她又唱错了。她把"我的儿……"唱成了"我的娘……"，黑头站在一旁，不由分说，兜头就是一耳光。黑头厉声说："再唱！"

可大梅一紧张，又把"我的儿……"唱成了"我的娘……"，黑头兜头又是一耳光，气恨恨地说："再唱！"

大梅两眼含泪，恨恨地望着他，又唱……

大梅一次次地在心里说，我记着你呢。我记着你打我的次数呢。总有一天……总有一天怎么样呢？她也说不清楚。就这样，在一天天恨恨的对视中，大梅唱着、舞着、哭着……大梅成了大姑娘了。

随着演出次数的增加，金家班终于在平原上有了些名气。他们的戏班时常在乡村里穿行着，有了"写"戏的，就去演。慢慢，旗号也就打出来了。尤其是有一品红坐镇，戏路就越来越宽了。

这天，他们从一个村里演出归来，戏班正在乡村官道上走着。五六辆独轮木车"吱吱扭扭"地响着，艺人们跟在后边，有一搭没一搭地说着闲话。这时，在离他们身后十几米的地方，有一个年轻漂亮的小媳妇，手里挎着一个小包袱，跟跟跄跄地追来了。她一边追一边喊："师傅，师傅，带我走吧！我在家天天挨打，让我跟你们去吧。我就是跑跑龙套，跟着哼两声、唱几句，心里也好受些……"

艺人们刚要回头看，瞎子刘忙说："不能回头，可不敢回头！咱也救不了人家，也别让人家跟咱遭罪。"

不料，瞎子刘的话刚落音，还没等她跑到地方，身后突然追来了一群"哇哇"叫的乡人。

瞎子刘说："看看，追来了吧！"

那小媳妇跑着跑着，一头栽倒在地上……可她又重新爬起来，终于把一双新做的鞋塞到了小余子的手里，柔声说："给。"

小余子一下子怔住了……

片刻，乡人们吆吆喝喝地追上了她，众人围上来，不容分说，五花大绑地把她捆走了……只见那小媳妇高叫道："杀了我吧！杀了我！我不活了，我不活了！"

小余子木然地立在那里，看着鞋里的花鞋垫，上边绣的是一对鸳鸯。小余子咬了一会儿嘴唇，突然就想追过去……

瞎子刘猛地拍了他一下，说："想啥呢？可不敢瞎想！走，快走。"

小余子不动，只是大口大口地喘气！

瞎子刘说："想啥哪？你可要记住，你是个啥？！"

大梅一边走一边看，心里有了很多疑问。她问瞎子刘："刘师傅，这是为啥呢？"

瞎子刘叹了一声，说："这就是戏呀！"

大梅不解地问："戏？"

瞎子刘说："对。这就是戏。"

小余子一声不吭，就默默地跟着走。

从姚寨走上七里，就是樊村镇。这是金家班下一个演出的地点。樊村人热戏也是有名的。特别是樊村的大户樊老大，是个戏迷。他一下子就"写"下了三场戏，这使金家班一下子就风光起来了。

戏的价码是金石头亲自跟人谈的。由于金家班的名气越来越大了，金石头的口气也跟着大。可是，一品红有病了，这又使他的语气变得缓了许多。他对樊老大说："樊先生，三场？"

樊先生说："三场。"

金石头说："那价码……"

樊先生说："老规矩，一场一石五。但有一条，一品红必须场场上！"

金石头说："一品红病了，起不来了。"

樊先生说："那不行。她至少唱三场，还得加一场堂会。"

金石头说："……她是真起不来了。我也没法呀。"

樊先生说："我再加一石，她必须得上！"

金石头说："一场？"

樊先生说："三场。主角必须上！"

当戏班来到樊村时，已是午时了。天很好，太阳暖暖地照着，一时，阳光下，戏班的小演员们干脆排成一排，全趴在阳光下晒脊梁——他们的脊梁上都生满了疥疮，上边全是抓出的一道道血痕。

阳光下，一片光光的脊梁。当他们一个个趴在那儿晒脊梁时，只见买官痒得龇着牙，高声叫道："打我！打我吧！谁来打我！谁来打我，饭时我给他一块馍！"

这时，大梅和二梅两姐妹躲在破庙的后边，也在相互抓挠哪。

二梅哭着对大梅说："姐，我痒，我身上痒！我都快痒死了！你再给我抓抓吧……"

大梅掀开二梅的衣裳一看，只见她后背上全是抓破的血痕。大梅流着泪说："忍住吧，我身上也痒……"说着，一边给二梅抓挠，一边又迫不及待地朝后背抓去……

二梅突然说："姐，老受罪。咱跑吧？"

大梅说："往哪儿跑呢？再忍忍吧，等学出来，就不受罪了。"

二梅浑身痒得钻心，她的头往墙上碰着，说："我痒，我痒死了！"

大梅说："那咋办呢？"

　　夜里，高高的戏台上，锣鼓已经响起来了；台下，人山人海……

　　然而，在后台的一角，一品红却仍在一个角落里躺着，她几次挣扎着想起身，可身上一点力气也没有……几个人在她周围急得直跺脚：老天爷，这咋办呢?!

　　这时，一品红有气无力地说："别急，让我抽一口!"

　　此刻，金石头急忙把烧好的烟泡递到她手上，众人又连忙把她扶起来，待她抽了两口之后，才徐徐地吐出了一口气……到了此刻，金石头一使眼色，说："上装!"

　　台上，黑头已一连翻了十二个跟头，翻进幕后去了……有人在后边叫道："再翻! 再翻!"

　　于是，黑头和小余子又在锣声中连续翻起跟头来……

　　这边，一品红已经被架了起来，在大梅和二梅的搀扶下，一步步走去上装……等上了装之后，刚开始一品红在人搀扶下走路还摇摇晃晃的，像是一阵风就能吹倒。可是，当锣声再次响起时，她身子一硬，说："松手!"立时就像换了个人似的，脚踩着鼓点，一溜碎步就冲到台上去了……

　　紧接着，一声唱出唇，台下便响起一片叫好声。

　　夜，破庙里静悄悄的。

　　庙里地上铺着一些散乱的谷草，这时，只听"哗"的一声，黑头又把两桶水泼上了，然后，他又依次铺上了麦秸……

　　学徒们没人敢吭，谁也不敢吭。

　　可是，睡的时候，二梅却在铺前死死地站着，就是不躺。大梅劝她说："睡吧。你咋不睡呢?"

　　二梅哭着说："姐，我睡不成……"

　　大梅说："睡不成你就背词。背词吧。"

可二梅却像疯了一样，竟一头冲出去了……

大梅忙跑出去追。两人在黑暗中跑了很久，大梅终于拽住了她，两人在黑暗中厮打了一阵……大梅喘着气说："咋啦？你这是咋啦？"

二梅说："姐，我都快疯了！"

大梅说："忍忍吧，忍忍。"

二梅哭着说："姐，我身上就跟那虫咬样、猫抓样儿，钻心哪！姐，跑吧，咱跑了吧！"

这时，只听身后有人说："那是长了疥疮了。凡是唱高台的，十人九疥。"

大梅回头一看，忙求道："刘师傅，你救救俺，你救救俺吧。"

瞎子刘叹口气说："妞呀，当艺人，就怕记不住词儿。到哪个戏班也得给你往铺上泼水，那是干啥呢？就是让你痒得睡不着觉，让你记词呢，这样才记得死。这一关要是过不去，你也就别吃这碗饭了。法儿倒是有，过来吧，我用麦秸火给烤烤。这疥只有用麦秸火烤才行。先烤，烤了再用针扎，扎上几回，就好了……"

于是，瞎子刘生着了一堆麦秸火，让她们姐俩脱了衣裳烤背。两人一边烤着背，一边背着戏词："二姐姐我独坐绣楼，心中想那三郎他……"

瞎子刘在一旁自言自语地说："这唱戏的，是不养老不养小啊。像我这把年纪，不定哪一天就喂老鹰了。"

大梅说："刘师傅，你放心吧，你老了，俺姊妹俩养活你！"

瞎子刘苦苦一笑说："等你唱红了，再说这句话吧。"

第二天，掌柜的从外边回来了。他一进那个破庙的门，就高兴地喊起来："喜事，天大的喜事！今黑晌吃面条！"

接着，金石头一捋头发，对众人说："大辛店的来写戏了。三天连轴大戏！"

这时，众人脸上都有了喜色。

金石头说："可有一样，这次是唱对台，就看咱敢不敢应了……"当他说到这里，众人的目光都望着一品红。

是呀，一品红的病越来越重了。她头上勒着一根白布条，仍在铺上半躺着，还发着烧呢。

金石头望着一品红，说："红爷，要是不应下，从今往后，在这平原上，咱就没处立脚了。大红，我的红爷，你说呢？"

一品红强撑着身子坐起来，说："应。我就是死，也要死在戏台上！"

金石头一捋袖子，说："好。那好。有红爷这句话，我就放心了。可有一样，这戏不能输。要是唱砸了，唉，咱金家班也就完了！"

金石头接着说："红爷，一班人就看你了。老祖宗，你说你要啥吧，你说！"说着，他一摆手，立马有人把烟枪、烟泡、新制的戏装，再加上一摞子钢洋，全都摆出来了。

这时，一品红慢慢地站起身来，她站得很直，说："让我试试装……"

金石头忙上前扶住她说："红爷，老祖宗，慢着，你慢着。药，先喝药。快、快，把药端过来！"

大辛店空前的热闹。多年来，大辛店也是第一次请两家戏班对戏。

在镇子外边，相隔半里之间的空地上，一南一北搭起了两座戏台。两座戏台的柱子、台板、鳖灯……全是新的，特别是那白布做成的大戏棚，看上去十分耀眼。

在长达半里远的两个戏台之间的官道上，布满了卖各种吃食的小摊，叫卖声不绝于耳，看上去人山人海，十分热闹。

北边的戏台是"十行班"的。十行班的阵容较强。因此，他们首先击鼓，只听三声鼓响，大幕缓缓拉开，先是一排子"小翻"，跟着是"大翻"……

南边的戏台上是金家戏班的。这时，有人叫道："传鼓了！传鼓了！"于是，这边也跟着赶忙"传鼓"。跟着，大幕也徐徐拉开，唱垫戏的打出了一行舞动的小旗，小旗带动着"小翻"出场了……

接着，双方的锣鼓敲成了对阵的架势，锣声、鼓声越来越紧。

台下，观戏的老百姓人头攒动、群情激昂……

北边戏台上，戏正式开演了，有一旦角游动着身子，一边唱着出现在戏台上……台下，一片叫好声。

南边后台上，已经化好装的一品红正要出场，却突然头一晕，竟栽倒在后台上。立时，后台上一片慌乱，有人哭道：天塌了！天塌了！老天爷，这可咋办呢?!……人们七手八脚地把一品红扶起来，先掐她的人中，七唤八唤，终于把她唤醒了……

这时，金石头气急败坏地跑过来，一把分开众人，上去一下子就掐住了一品红的脖子，恶狠狠地说："你不是说你能唱吗?!你给我唱！……我、我恨不得掐死你！"

一品红紧闭双眼，有两行泪缓缓地流了下来，她睁开眼，吐了一口气，说："我唱。"

金石头站起身来，喝道："站开！都站开！让她上，你爬也得给我爬到台上去！"

此刻，外边的鼓声越来越紧了……

一品红在众人的搀扶下，再次站起身来，她摇摇晃晃地走了几步，眼前一黑，又一次栽倒了……众人忙又扶住她，然而，一品红却仍然说："我上。我能上。我喘口气就上。"有人忙把烟枪递上，让一品红吸了两口，可她吸了之后，摇摇地走了两步，却又一次摔倒了……

金石头气得跳脚大骂："操！上啊！你给我上!!"

这时候，瞎子刘手里的竹竿一伸，点在了金石头的虎口上。金石头手上一麻，勾回头抓住了竹竿，瞎子刘顺势拉住了气急败坏的金石头，他把他拽到一边，悄悄地说："掌柜的，换人吧。"

金石头简直气疯了，在后台上暴跳如雷地吼道："换谁？锣都敲烂了，你让我换谁?!"

瞎子刘定定地说："换大梅。让大梅上！"

金石头一下子怔住了，他愣了片刻，说："她、她、她……行吗？"

外边，锣鼓急煎煎的，一声比一声紧，一声比一声骤……

金石头像没头苍蝇一样，转着圈说："你听听，你听听，这是油锅！是活炸我呢!!"

瞎子刘说："事已至此，只有死马当活马医了。"

金石头迟疑着说："那，让大梅上？"

瞎子刘坚定地说："让大梅上。"

在后台的一角，已经化好了装的大梅默默地坐在一条板凳上……

瞎子刘拉住大梅的一只手，说："妮儿，这回对戏，非同小可。你可要拼上命跟他们对！这一回，要是对输了，妮呀，咱们可就……没地方去了！"

大梅紧闭着双眼，小声说："师傅，我行吗？"

瞎子刘说："你行，妮儿。"

大梅说："我……有点怕。"

瞎子刘说："有啥怕的。你不用怕。你就当台下边全是白菜，一地的扑棱头白菜。妮呀，记住，上台之后，你就不是人了，你是戏。头脑要灵泛，要活。要是戏全唱完了，没词了，可千万千万不能打愣怔！真到了那一步，你就即兴现编，逮啥唱啥，看啥唱啥，想啥唱啥，到时自然会有人救场。"

　　大梅小声问："要是……万一……输了呢？"

　　瞎子刘惨笑了一声，低声地说："输了？输了就不说了——输了就没地儿存身了。唉，妮儿，你也别愁，真输了也没啥。我会唱'莲花落'，我去要饭，我还会要饭。"

　　这时，大梅回身望去，只见整个戏班的人全都屏声静气，默默地望着她，眼里竟是一片悲凉……

　　黑头从人群中走出来，手里捧着一个小壶，壶里有热水，黑头说："喝一口，润润喉咙。"

　　大梅摇摇头，站起身来，一步步地朝台上走去。锣声再次响过之后，大梅立在幕边上，一时竟有点吃挣……

　　黑头从身后猛地踢了她一脚："愣啥哩——上！"

　　大梅浑身一寒，随着乐点，一声唱出了口，径直冲出去了……

　　大辛店野外，一里方圆的空地上，一时万头攒动。男男女女，老老少少，人挤人，人驮人，一个个仰头向前；有的人像是看傻了一样，嘴里的涎水流下来都不知道……

　　一南一北，两个戏台，两台大戏正在同时上演。这不是演戏，这是斗戏呢！这样的场面，闹不好是要出人命的。

　　南边，演的是《李天保吊孝》。

　　北边，演的是《王金豆借粮》。

　　两班人马，演的都是最拿手的戏，都有绝活。

　　对此，看戏的观众更是高兴。人们都"赶戏"来了。在平原的乡野，这叫作"过戏"——就像是过一个盛大的节日。在两台之间的土路上，人们特意换上只有在年节里才舍得穿的新衣，从四面八方源源不断地拥来，卖各种吃食的摊贩们在路边的一个个摊前大声吆喝着：包子！热包子！……油馍！油馍！……胡辣汤热哩！……

一片牲口在荡荡地撒着热尿……

赶车的汉子们在相互打招呼说："可是对台呀！连着三天大戏！"

一个说："我看还是北边的扮相好！"

一个说："咦，南边的好！腔好！"

一个说："你给我看住牲口，叫我挤过去看看。"

一个说："先说好，一递一个时辰。你可别去的时间长了……"

一个一边走一边说："我听听腔儿，你看好牲口。三锒呢，那可是主家儿的半个家业！"

南边的戏台上，戏正在轰轰烈烈地唱着……

大梅已彻底进"戏"了，她大腔大口地唱着，半里外都可以听到她那动人的演唱，于是，台下不时传出观众的叫好声。

每当台上的演员掉泪时，台下竟也是一片哭泣声……

后台上，金石头正通过幕布的缝隙往外看。他看了一会儿，长长地吐了一口气，一屁股坐下了……

夜半时分，北边的戏台上，有人爬上木杆，在戏台右边的大鳖灯上罩上了一块黑布（这是夜间"住戏"，也就是暂停演出的信号），于是，两边同时拉上了大幕……

南边戏台上，当大幕拉上之后，整整唱了一天的大梅已经累坏了，她摇摇晃晃地往后台走去，正在这时，金石头快步走上前来，满脸堆笑说："梅，累了吧？"

大梅有点诧异地望着金掌柜，哑着声说："我想喝口水。"

只见金石头朝后一招手，说："来人，卸装，卸装。"

说话间，就有两个跑龙套的演员，冲上前来，一上一下给大梅宽衣……

这边刚卸了装，只听金石头又一招手，叫道："黑头，过来，过来。"当黑头跑过来时，金石头的手朝下一指，说："趴下，趴下。"黑头一听，什么也没说，就很主动地在大梅身前趴下了……

大梅一怔，却见金石头的手又往下指了指黑头弓成马形的脊梁，说："梅，坐，坐。歇会儿，你先坐下歇会儿。"

大梅吃惊地往后退了一步，说："这、这……"

金石头上前一把拉住她，说："坐，坐嘛。"说着，硬把她按在了黑头那弓起来的脊梁上。大梅虽然很勉强地、有点羞涩地坐下了，可还是稍稍地欠了一点身子，似坐非坐的样子。不料，在她腿下的黑头却说："掌柜的让你坐，你就好好坐嘛。"

这时，金掌柜又连连吩咐说："毛巾。"说话间，金掌柜把一个热毛巾把儿亲手递到大梅手上，接着，又说："取我泡的香片！"立时又有人把金掌柜用的一个小茶壶递了上来。

待大梅有点不好意思地喝了两口水后，金掌柜当着众人的面说："梅，今儿个，你给咱金家班长脸了，得好好犒劳犒劳你。梅呀，这三天大戏，你只要给我拿下来，那么你就算出科了。从今往后，咱金家班，你就拿头份份子钱！"

大梅吃了一惊，忙说："不，不，不……那头份钱该师傅拿。"

金掌柜哼了一声，说："她？别提她！一提她我就来气！"

在后台一角，大梅和二梅偎在瞎子刘身边……

二梅高兴地说："姐，你唱得不赖。"

大梅说："还说哪，我都快吓死了。"

二梅说："姐，主家说，要让你拿头份钱，是真的吗？"

大梅说："啥真的假的？就是真让我拿，我也不能拿。有师傅在，我决不拿头份！"说着，大梅扭过头，又对瞎子刘说："你说呢，刘师傅？"

瞎子刘说："你不愿拿，那是你仁义。不过，按戏班规矩，你该拿。班主这手儿，也没啥错。戏一红，一好百好。唉，自古以来，啥时候都是'教会徒弟，饿死师傅'。"

大梅怔怔地想了一会儿，突然说："我不想唱了。"

瞎子刘重重地说："妮儿，可不敢说这话。说这话得掌嘴！"

这时，小余子跑过来说："梅，师傅叫你呢。"

大梅默默地看了看瞎子刘，瞎子刘说："去吧，别怕。"

病重的一品红头上勒着一条白布带子，很凄凉地在后台的一个角落里躺着。这位昔日的红爷，已经没有人招呼了。

大梅慢慢地走到她身边，怯怯地说："师傅，你……好些了吗？"

一品红慢慢睁开眼，定定地望着她……

大梅不知说什么好，她勾下头，嗫嚅地说："师傅，我……对不起你。"

一品红连声咳嗽着，挣扎着慢慢地坐起身子。这时，大梅忙上前去扶她，却被她重重地推了一下。于是，大梅扑通往地上一跪，说："师傅，你打我吧。"

一品红却说："你给我起来。"

大梅不敢不听，只好站起来……

一品红郑重地说："我说过的话，你还记得吗？"

大梅默默地点了一下头，说："师傅说过的话，我都记着呢。"

一品红说："那八个字，你给我说说。"

大梅抬起头，认真地背道："戏比天大。戏比命大。"

一品红怔怔地坐着，目光直直地望着远处，那神情像是在回忆什么……片刻，一品红喃喃地说："梅，我打从十二岁走红，唱了这么多年，从没输过戏。我没输过，一次都没输过！当年我，开封、洛阳、西安……"
说着，她的目光一凛，有点凄凉地说："今天，我是走了背字了，爬不起来
了。可戏不能输！你是我的徒弟，你不能输，你得赢。你一定要赢！戏赢
了，我才认你这个徒弟。不然，我一品红死不瞑目啊！"说着，她眼里流下
了两行热泪。

大梅忙说："师傅，你会好的。你的病会好的。"

不料，一品红脸一变，却厉声喝道："听我说！"

这一声，吓得大梅再也不敢吭声了……

一品红说："梅呀，现在，我传你一段戏。你看仔细了，一行一动都要
看真，一字一句都要记牢……"说着，她又叹道："瞎子呢？唉，那就清唱
吧。"

这时，突然听见瞎子刘说："红爷，我候着呢。"

一品红凄然一笑，说："瞎子，你比那明眼人还灵泛哪。那好，你就再
侍候我一回吧，这兴许是最后一回了。"

此时此刻，大梅心里一热，竟然扑到一品红怀里哭起来了……

一品红拍了拍她，说："别哭，别哭，小心哭坏了嗓子……"

瞎子刘忙安慰说："俗话说，病来如山倒，病去如抽丝啊。只要稳住
劲，病慢慢会好的，你早晚有登台的那一天……"

一品红说："你也不用安慰我。操你的弦吧。"

瞎子刘忙应道："那是，那是。"说着，便屏神静气地拉起来。

两台大戏对台，一连唱了三天。

在这三天里，南边戏台上，大梅越唱越红火，越唱越大胆，由于腔口
好，她在台上的表演，不时赢来一阵阵叫好声。

北边戏台上，十行班演员自然也倾尽全力，台下不时传出一阵阵喝彩

声。

在两个戏台之间，是涌动的人群。人群川流不息地来回流动着……

白天，双方的锣鼓总是同时敲响。夜里，一方的鳌灯一灭，对方的鳌灯也跟着同时灭掉。于是，双方互相关照，已形成了一种默契。

三天哪，连着三天，大梅就这么一次次地上台，一次次地下台，她的喉咙已经唱得冒烟了，可她牢牢地记着瞎子刘的话，她必须撑下去，撑到最后一刻。

夜里，大梅卸装之后也睡不着，她已经连着两天两夜没有合眼了，可她就是睡不着，眼前全是黑压压的人头，像蚂蚁一样的人头……

可是，三天过去了，由于双方互相谦让，结果是不分胜负。

到了第四天晚上，在台上拉弦的瞎子刘看大梅实在是太累了，就去找了金掌柜。当他站在掌柜的跟前时，金石头正在美滋滋地一边捧着小壶喝茶，一边抽着大烟，还不时地哼两声小曲。

瞎子刘低声地对金石头说："金爷，我都换了三根弦了。"

金石头说："噢，好哇，那就再换第四根。"说着，他"咝咝"地抽了两口，笑了笑说："瞎子，放心，少不了你的份子钱。"

这时，瞎子刘说："金爷，听我一句，住戏吧。"

金石头呼地坐了起来，说："什么？什么？住戏？凭啥住戏？！"

瞎子刘说："大梅是个新手，已经撑了三天了。她能顶到这种地步，双方能打个平手，也就不错了。叫我说，住戏吧，赶紧住戏。"接着，他又意味深长地说："掌柜的，我说句不中听的话，这棵'摇钱树'眼看长成了，你也得好好恩养才是。要不然，嗓子一坏，那树可就死了！"

金石头沉吟片刻，说："那……住戏？"

瞎子刘说："三天了，顶头顶脑，该住戏了。"

金石头说："那就住戏吧。"说着，他吩咐道："小余子，给对方打信号，灭灯！"

　　台前，小余子爬上木柱子，先后把一左一右两只香油的大鳖灯扑灭了。这时，台下人群中起了骚动，有人喊道："看，灯灭了！灭了！"

　　然而，在这关键时刻，北边戏台上，十行班仗着阵容强大，竟然不肯罢戏。他们的锣鼓敲得更响、更急、更骤，那一出《火焚绣楼》反倒越唱越提劲了。

　　戏台前的两根柱子上，一左一右两只香油大鳖灯依然亮着。

　　南边，后台上，小余子惊慌失措地跑过来，喘着粗气说："金爷，坏了！坏了……"

　　金石头脸一黑，骂道："狗日的，你说啥？再说一遍?!"

　　小余子一愣，忙扇了自己一耳光，说："呸，嘴臭！"接着，又报道："金爷，狗日的不住戏，他、他、他不灭灯，咋办哪?!"

　　这么一说，金石头立时傻眼了。他跑到台角上一看，竟像热锅上的蚂蚁一样在后台上走来走去，看见什么摔什么，嘴里骂骂咧咧："王八蛋！狗日的王三不罢戏，他竟敢不罢戏?!我杀了他！我非杀了他不可！……"在后台上走了几个来回之后，他把手里的小茶壶往地上一摔，一捋袖子，大声吩咐说："不住算了。不住就不住！黑头，你去说一声，叫大梅给我顶上！死撑！拼死他狗日的！……小余子，小余子，去，把灯再给我点上！全点上！对！跟他狗日的对！"

　　台前，一左一右两盏大鳖灯又重新点上了。

　　片刻，站在南北两个戏台前的观众大哗。

　　南边戏台前，观众们齐声高喊："对呀！跟狗日的对！"

　　有人喊："我出一篮油馍！跟他对！"

　　有人喊："我出一篮鸡蛋！对！"

　　有人喊："我出一头猪！对呀！"

…………

北边的戏台前，也有观众在喊："对呀！对败他！"

有人喊："胡辣汤锅我全包了！给我往台上送！"

有人喊："大蒸馍一笼！抬过去！"

有人喊："赢了我出十碟子八大碗！对呀！"

…………

立时，戏场变成了一个巨大的蜂房。人群一时流向南，一时又流向北……

已是深夜了，在南边的戏台上，扮演剧中人物田金莲的大梅，正在台上唱着《打金店》的最后一场，戏眼看就演完了。老天，怎么办呢？大梅一边唱一边暗暗发愁……

戏台一角，伴奏的鼓手们一个个小声说：这咋办？这咋办呢？戏可是快完了呀……

台下，几个常看戏的观众看到这里时，一个个扭过头说：这戏快完了。走，去北边看去……立时，人群里像是刮起了一阵小旋风，在几个观众的带动下，人们起着哄，乱纷纷地朝北边拥去……

后台上立马也乱套了，演员们四下跑着，乱纷纷地说：走了，老天爷，人都走了，人都走了呀！

然而，在这眼看就要输戏的当口，台上的大梅灵机一动，现编现演，突然唱起了曲艺的"关板乱弹"：

马上用眼撒，眼前白花花。

——啥呀？豆腐？豆腐渣。

路南一门楼，门楼上挂着花。

——啥花？哥哥花？哥哥眼花。

两扇朱红门，门框金粉刷。

——刷啥？大喜字？不对吧？

走出个小佳人，二九一十八。

——扒啥？扒着墙头往里翻？你可真胆大！

…………

这时，人群里传出了哄笑。正欲走的观众立时又勾回来，人群中有人嚷道："哎，哎，快看，快看，出新戏了！又出新戏了！"这嚷嚷声一波一波地传出去，惹得人们又浪涌一般地回来了……

台上，大梅看见观众又都回来了，稳了稳心，就随口接着往下编：

梳个元宝髻，金簪十字插。

——插啥？手？不敢，俺不敢。

身穿红罗衫，扣子像月牙儿。

——你说啥？狗嘴里吐象牙！

下头蓝绸裤，绿丝带子扎。

——摸摸？打你个老王八！

怀抱头生儿，像个银娃娃。

——叫你爹？叫她妈？白想。

头戴虎头帽，铃铛缀十仁。

——咋长的？回家问你妈。

小儿摇摇头，银铃哗啦啦。

——笑了吧？

佳人解开怀，小儿怀里扎。

——你也想扎？

小儿真淘气，咬住佳人"妈儿"。

——你也想咬？

佳人怒一怒，小儿抓一抓。

——你也想抓？

照头一巴掌，打死你个小冤家！

…………

台下，哄笑声如潮。疯了，人们全都疯了，到处都是狂热的吆喝声。

北边戏台上，《火焚绣楼》眼看也就演完了，台下的观众纷纷朝南边的戏台拥去……

十行班的演员已唱完词儿，实在是没有办法了，只好用黑纱遮住了两只大鳌灯，他们心里说：完了！完了！

南边戏台上，大梅越唱越有劲，她把看到的全编上了……

到这时，戏终于赢了！此刻，观众欢呼着跑上台去，一把把大梅扛上，八个年轻的小伙抬着她，高高举过头顶，在场子里游"戏"。观众们一声声高喊着：铁喉咙！铁喉咙！铁喉咙！！……

然而，就在这时，"砰"的一声，枪响了。纷乱中，只听有人高声叫道："张爷，张黑吞的帖子到了！"

顷刻之间，炸戏了！

一时，戏场乱成了一个大蜂窝，人们恨不得爹娘多生出两条腿，纷纷四下奔逃，有人一边跑一边喊："土匪来了！土匪来了！"

一只乌黑的枪口在冒烟……枪口处，是一个刀疤汉子的侧影，那人脸上的刀疤有一寸多长，看上去恶狠狠的。那人在冒烟的枪口处吹了吹，而后用手枪顶了一下头上戴着的旧毡帽，淡淡地说："跑？往哪儿跑？"

紧接着，一行头戴毡帽的黑衣人冲进来了，只见领头的高声叫道："谁是主角？谁是'铁喉咙'？我们张爷有请！"

在一片混乱中，挨着戏台前边站的那些人也来不及跑了。他们大约有三四百人的样子，一个个怔怔地立着，片刻后他们谁也不说话，却悄悄地移动着身子，个儿高的，直直身子；个儿低的，踮起脚跟，用合起来的一排排身量遮住了大梅，而后又依次把她往后推去……渐渐地，大梅退到了戏台的边上，有人按了一下她的头，悄声说："蹲下。快换衣裳！"

紧接着，那些戴毡帽的黑衣人，一个个手里掂着枪，依次用枪拨开众人，耀武扬威地说："闪开！闪开！"

当土匪们跳上戏台时，大梅已换好了衣裳，躲在了戏台下边。透过台板的缝隙，大梅听见有人高声说："哪位是主角？请吧，我们张爷有请！"

这时，蹲在台板下的大梅暗暗地咬住了衣角，不料，她突然听到了师傅的声音。没想到，在这紧要关头，师傅竟然主动站出来了。只见一品红走出来说："我是主角。"

此刻，站在土匪面前的一品红已经化好了装，根本看不出她的病容。

那个脸上带疤的土匪抬头看了看一品红，说："谁是'铁喉咙'？"

众人默然。这时，金石头从兜里掏出一沓钱来，笑着递上去，说："这位爷，赏个脸，买双鞋，买双鞋。"

那个脸上有疤的土匪漫不经心地用枪挑开了那沓子钱，不屑地说："去，去，打发要饭的呢？"而后，他仰起脸，盯着一品红说："你就是大名鼎鼎的'铁喉咙'？"

一品红迟疑了一下，而后说："是。"

那个脸上带疤的土匪说："请吧。我们张爷有请。"

一品红说："哪个张爷？"

那人笑了笑，说："张黑吞，张爷。"

立时，整个戏场上鸦雀无声……

第二天，曾经热闹一时的戏场上，就只剩下鞋了，地上扔的全是人们跑掉的破鞋。五更天时，一个胆大的拾粪老头来到了那片空地上，整整在那里捡了一大筐……

○　●

第三章 ·····································

　　那时候，乡村几乎是土匪的世界。只要稍稍备上几条枪，就可以称"爷"。土匪是一拨一拨的，俗称"杆子"。在平原，杆子多如牛毛。而名头最响的，就是张黑吞了。据说张黑吞有一二百条枪，于是张黑吞就成了平原上真正的"爷"。只要是张黑吞下的"帖子"，是没人敢驳的。张黑吞说要你的左眼，而你绝不敢给他右眼。张黑吞要说让你三更送来，你也绝不敢五更起程，这就是"爷"的威风。在乡村，谁家的孩子夜哭，就有大人拿张黑吞吓唬他，说再哭？再哭张黑吞来了！立时，孩子吓得就不敢哭了。张黑吞就有这么大的"气派"。

　　金家班这次栽在了大土匪张黑吞的手里，自然无话可说，也不敢说什么，只有认了。一品红就这样被人掳去了。一个戏子，被"枪"叫去了，你又能如何呢？那后果自然不堪设想，也没人想。因为戏子本就不是人。你既然成了"戏"，你就不要把自己当人。这也是戏班里不成文的规矩。

　　于是，金家班又上路了。虽然少了一品红，戏还是要演的。仍是七八辆独轮木车（车上推着整个戏班的家什），后边袖手跟的是戏班的艺人。艺人们默默地跟着走，谁也不说话。

就在一片沉默之中，突然间，只听班主高声说："停，停。"

那独轮木车的吱咛声立时不响了。这时，金石头把其中一辆木车上的东西放到了另一辆木车上，接着，又在那辆空出来的独轮木车上铺上了褥子和用来当座靠的被捆，而后他招了招手说："梅，坐，你坐。"

一行人都望着大梅，把大梅看得脸都红了。大梅扭着身子说："我能走。我不坐。"

不料，班主上前一把抱住她，硬是把她抱到了独轮木车上，说："坐，你该坐。从今往后，你就是大家的饭碗了。"

一个十七八岁的大姑娘，就这样坐在了独轮木车上，让人推着走，这对大梅来说，还是头一次。她羞红着脸，心里怦怦乱跳，又惊又喜，已经乱了方寸，只听独轮木车"吱吱咛咛"地在车辙里行进着……

过了一会儿，等大梅醒过神儿的时候，她突然一下子从车上跳了下来，叫道："不对！师傅呢？我师傅呢?!"说着，扭头往后跑去。

这时，瞎子刘叹了口气，说："这闺女仁义呀。"

大梅一口气跑到了大辛店。

大梅跑上了空荡荡的戏台，高声喊："师傅！师傅！"

大梅知道师傅被人"叫"去了。可叫去就不能回来了吗？她不懂，她还不完全懂……

在李河，大梅声名鹊起。谁都知道金家班有了一个铁喉咙，她就是那个在大辛店连唱三天三夜，打败了十行班的铁喉咙。就是这么一种口传的乡间"广告"，一下子就把大梅推成了名角。

这一次，大梅在台上唱戏，下边竟是人山人海，人们都是冲着铁喉咙来的。戏班经过了那么一场变故，戏路反而宽了，"写"戏的络绎不绝。

　　可这一次，大梅在台上唱戏的时候，因为心中挂念着师傅的下落，所以连连出错，特别是有一句"奴儿……"，她竟下意识地唱成了"师傅……"，不过，台下人没有听出来，她就含糊过去了。

　　台下竟又是一片叫好声。

　　然而，当她下台之后，黑头走上前去，抖手就是一耳光，把她打得一个趔趄，竟骨骨碌碌从后台上滚下去了。

　　大梅一下子被打傻了。她从地上爬起来，愣愣地望着大师哥……她甚至有点不大相信，身子往前探了探，两只眼睛不停地眨巴着，张口结舌地说："我、我都是主角了，你怎么还打我呀?!"

　　然而，她不说倒还罢了，一听这话，黑头竟不容分说，下手更重了。他紧着追上去，左右开弓，连着又是十几个耳光，打得大梅捂着脸大哭起来……

　　黑头一边打，一边怒气冲冲地说："呸! 你唱的啥? 你这是唱戏吗? 你唱的日八叉! 你这是活糟践戏呢!"

　　大梅满眼含泪，侧脸望去，只见瞎子刘就在一旁坐着，竟然也一声不吭。大梅委屈得双手捂着脸跑出去了……

　　大梅一口气跑到了河滩里。她在河边上坐下来，望着缓缓的流水，心里说：我还不如死了哪，死了就不受这份罪了! 她觉得太委屈了。从踏进戏班，她挨了多少打呀! 当学徒的时候挨打，这好不容易熬出头了，怎么还要挨他的打?! 这大师兄也太狠了，我难道就不能出一丁点错吗?!

　　大梅两手捧着脸，就那么木呆呆地在河边上坐了很久很久……

　　快晌午的时候，瞎子刘来了。他慢慢地走过来，在大梅身边站住，一句话也不说，只是把二胡从背上取下来，默默地拉了一段戏里的曲子。那是一段苦戏的曲子，曲子拉得很缓很苍，叫人听了想哭。而后他放下胡琴，摸摸索索地从身上取出一个烟布袋，点上一袋烟，说："梅，你知道唱戏是干啥的?"

大梅慢慢扭过头来,她怔怔地望着瞎子刘,一时竟不知说什么好了。

瞎子刘说:"梅,你说说,一个唱曲儿的,凭啥让人喜欢呢?"

大梅嗫嚅地说:"我、我也不知道。那你说,为啥?"

瞎子刘说:"天冷的时候,戏是给人暖路的。"

大梅不解地说:"唱唱就暖和了?"

瞎子刘说:"唱唱就暖和了。"

瞎子刘又说:"天黑的时候,戏也是给人照路的。"

大梅说:"唱唱就亮堂了?"

瞎子刘说:"唱唱心里就亮堂了。"

瞎子刘说:"心烦的时候,戏就是一把开心锁。"

大梅说:"唱唱就不心焦了?"

瞎子刘说:"唱唱就不心焦了。"

瞎子刘说:"戏就是'古今'。戏劝人,也骂人;戏扬善,也惩恶。这戏呀,其实就是文化人留的念想。俗话说,不吐不快,戏就是给那心焦的人说古今叙家常哪。戏是民间的一盏长明灯啊!"

最后,瞎子刘说:"梅呀,你这还不算真正的红。你离唱红还远着呢。你要是吃不了这个苦,就还回去烧火吧。"

大梅听了瞎子刘的话,心里就觉得那委屈渐渐地消了,她想来想去,觉得自己也确有不对的地方,师傅说过多次,一站在台子上,你就不是你了,你是戏!戏比天大,怎么能错词呢?于是,中午的时候,大梅赌气没有回去吃饭,她独自坐在河滩里背戏词……

过午的时候,黑头来了。他手里端着一碗饭,腾腾地走过来,仍是一句话也不说,只是把碗放在了大梅的身后。大梅知道是他,也不吭声。过了一会儿,只听黑头仍然用很严厉的口吻说:"打疼了吧?"

大梅扭头看了他一眼，又把头扭过来，仍赌气不理他。

黑头说："疼了，你才会记住。我就是要让你牢牢地记住，在台上，不能出一点错！"

大梅气呼呼地说："你干脆打死我算了！"

黑头看了看她，很武断地说："你要是再唱错，我还打。你记住，你错一次，我打一次。我不信打不改你！"说完，扭头就走。

待黑头走了很久之后，大梅才扭过头来，她看见了放在地上的饭碗，饭碗里，面条上边竟然卧了一个荷包鸡蛋。

在乡村的戏班里，艺人过的是一种半流浪的生活。一行独轮木车就是他们的全部家当。村头的小庙，就是他们的一个又一个驿站。那漫长的乡村土路，是他们用两条长腿一步步丈量出来的。那日子混乱而惊险，每一次都是新的开始，每一次又都是旧的重复。在艺人的日子里，只有虱子和疥疮才是他们最贴心的"伙伴"。那年月，像这种走乡串村的戏班，时常会出现女演员被人拐跑的事情，常常是一场戏下来，就有些人突然不见了。不过只要不是主角，不是戏班里离不了的人，跑了就跑了，死活是没人问的。只有主角，那是班主的摇钱树，看得自然很紧。夜里，主角一般都安排在庙的最里边，名义上是给你一个最好的位置，实际上是怕你跟人跑了。

大梅现在是堂堂正正的主角了。她虽然"升级"坐在了独轮木车上，可心里却并不轻松。每次上路，她都闭着眼，两片嘴唇念念有词地动着，那是在默戏呢。她一怕错词，二呢，怕再挨他的打。她对自己说，人不能不长记性啊！

在襄县演出的时候，大梅在万人的大集市上唱高台，这就更发挥了她铁喉咙的特长。一嗓子喊出去，就是个满堂彩！

那天，下台后，大梅特意问黑头："师哥，我今儿个有唱错的地方吗？"

黑头竟然说："有，错了三句。"

　　于是，大梅一句话也不说，左右开弓打自己的脸……而后，大梅说："大师哥，你给我看住，凡有唱错的地方，下了台，我自己打。"

　　黑头看了她一眼，说："我知道你恼我。"

　　大梅说："我就是恼你。"

　　从此，大梅风里唱，雨里唱，白天唱，夜里唱，赢得了无数的叫好声。可不管她赢多少个"好"，但只要一下台，就会跑到黑头的跟前，问那么一句话："师哥，又错了多少？"

　　黑头看了看她，说："今儿只错了一句。"

　　大梅又要扇自己的脸，手已扬了起来，却又放下了，她说："师哥，还是你打吧。你打，我记得牢。"

　　黑头沉默不语。

　　大梅说："你打呀。你说过的，错一次就打一次。"

　　黑头说："是，我说过。"

　　大梅说："那你打呀。"说着，竟不由自主地抖动了一下身子，把眼睛闭上了。

　　黑头说："你还记仇？"

　　大梅说："我记你一辈子。"

　　黑头甩手又是一记响亮的耳光……

　　一品红终于回来了。

　　一辆独轮小木车把一品红推到了金家的大门前。一品红挣扎着从车上下来，扶着墙站稳了身子，望望天儿，一时竟有恍若隔世之感。她心里说：我回来了，我终于回来了！——从土匪窝里居然能活着回来，命够大了。这时，只听那推车的说："红爷，你还行吧？"

　　一品红有气无力地说："行，我行。"

那推车的说："那我走了。"

一品红说："慢着，脚钱。"

那人说："红爷，我可没少听你的戏，不用了。"说完，推着那辆独轮车径直去了。

一品红强撑着笑了笑，含着泪说："小哥，谢谢你了。"

那推车的小哥扭过头来，说："红爷，多保重。"

待那人走后，一品红扶着门喘匀了气，而后用尽全身的力气去敲门。片刻，门开了，金家的管账先生从里边走出来，他先是"呀"了一声，怔怔地看了好大一会儿，才说："你是……大红？"

一品红喘了口气说："是。"

管账先生说："你怎么……成这样了？"

一品红说："你先扶我进去吧。"

管账先生应了一声，正要动身去扶，却又迟迟疑疑地说："红爷，对不住了。你先等等，我得去问问掌柜的……"说着，门"吱咛"响了一声，他竟又勾头回去了。

过了一会儿，管账的回来了，叹口气，略显尴尬地说："红爷，可不是我不留你。女当家的说了，今年不'存粮'。"说着，把她的被褥和一个小匣子掂到了大门外边……

"你?!"

账房先生干干地笑了笑，拱手作了一个揖："红爷，你自便吧。"

一品红无奈，凄然地回了一笑，那眼里顿时涌出了泪花。

这时，那扇黑漆大门已经悄无声息地关上了……

一品红站在那里，心里说，我怎么就到了这一步哪？这真像是戏词里说的那样，"屋漏偏遇钉子雨，锅破又逢石头砸"，人到难处了，就走一步说一步吧，好汉不提当年勇。想当年，她何曾受过这样的窝囊气?! 唉，真个是"一声长叹，泪双行"！

天已过午了，一品红两手空空，走投无路，也只好在镇街上摆摊卖唱了。她的病很重，喉咙也坏了，只能哑唱了。一个大红角，一个当年曾在东京汴梁人称"盖河南"的大牌艺人，今天落到了街头卖唱的地步，那委屈的泪水怎么也止不住……

不过，这时的一品红内心里还存着一线希望，她觉得在王集大镇，人们总不会认不出她吧？要是碰上一个她当年的戏迷，也许……可是，在街头站了那么久，在过往的行人中，竟没有人认出她就是一品红。是呀，天过午了，行人寥寥，驻步的人很少，围在摊前的只有几个看热闹的孩子。

一品红哼唱了一段后，见没人听，就靠墙立着，慢慢喘了几口气。而后，她扶着墙挪到一家的门前，撕了一溜儿对联上的红纸，用那红纸边儿抹了抹干干的嘴唇，待嘴唇上有了些红色后，她又走回来，苦涩地笑着对那些孩子说："知道我是谁吗？想听我唱戏吗？"

不料，那些孩子看了她的样子，竟然一哄而散，全都吓跑了！

一品红凄凉地唱道："人道是，富在深山有远亲，穷居闹市无人问……"

金家班是当天下午回到王集的。一到王集，二梅就死缠着大梅，非让大梅去给她买胡辣汤喝。王集的胡辣汤是远近闻名的，可学艺多年，二梅从没喝过，这次，大梅成了戏班里的主角，她知道主角是可以赊账的，就一次次地试探说："姐，你领份子钱了吗？"

大梅说："没有。掌柜的说是要给，还没给呢。"

二梅说："还不给？"

大梅说："你想吃啥，说吧。"

二梅说："姐，我老想喝胡辣汤。人家都说王集的胡辣汤好喝，我都馋了几年了！"

大梅想了想说："想喝就喝吧。卖胡辣汤的老王说了，这会儿我可以赊账了。"

二梅故意问："真的?"

大梅认真地点了点头，二梅高兴得一下子跳起来。于是，两人端着要洗的衣服，匆匆往镇街上走去。

在镇街的西头，两人刚拐过弯，就见前边几十米外，有一群人正在议论纷纷地围着什么……

当两人快走到跟前时，只听人们七嘴八舌地说：

"看样子病得不轻哇!"

"咋像是戏班的人哪?"

"不会吧? 戏班的人会出来摆摊儿?"

"谁知是哪儿的，这年头啊!"

"都病成这样了，还出来干啥? 这不是找死吗?!"

大梅和二梅听到人们的议论，就好奇地走上前，挤进人群一看，不由得大吃一惊：那躺在地上的人竟然是师傅一品红!

两人扑上前去，忙叫道："师傅! 师傅! ……"大梅连喊了几声，见喊不醒师傅，一时急了，背起师傅就跑。

大梅从偏门把师傅背回了金家大院，放在自己的床上，吩咐二梅好生看着，这才连三赶四地跑到了前院，气喘吁吁地推开了堂屋的门，焦急地说："金爷，我师傅病了。她病得很重，咋办呢?!"

金石头皱了皱眉头，半晌不语，过了好一会儿，才说："喔，喔，那就请个大夫看看吧。"

大梅听了，扭头就走，边走边说："那好，我去请大夫了。"

可是，没等她走出门槛，金石头又把她叫住了。掌柜的说："慢着。"

这时，大梅站住了，回头愣愣地望着金爷……

金石头竟很和气地说:"梅,戏班的规矩你也知道。这个……她的病可不轻啊?!"

大梅说:"是不轻,那得赶紧治啊。"

金石头迟疑一下,挠了挠头,终于说:"你问了没有,她手里有钱吗?"

大梅一下子怔了,说:"钱……"

金石头说:"她手里没钱吧?没钱就不好办了。按说嘛,花点钱要是能治好,我也不在乎……可她的嗓子已经吸坏了,就怕到时候……啊?"

大梅急了,说:"那……也不能不治呀!"

金石头说:"梅,不是我驳你的面子。在我这儿,不能坏了班里的规矩不是?"

大梅站在那儿,好久没有说话。过了会儿,她低声说:"金爷,你不是说,我已经出科了?"

金石头愣了一下,含含糊糊地说:"噢,噢。是啊,是,我说过。"

大梅说:"你还说过,让我拿头份钱。"

金石头说:"噢噢。好说,好说。"

于是,大梅说:"既然不能坏规矩,那师傅的病,就由我出钱给她治。你扣我的份子钱吧。"

顿时,金石头脸上有了愠色,他看了大梅一眼,说:"梅,那可是个无底洞啊!"

大梅轻轻地说:"一日为师,终身为父。况且,人命关天……"

金石头沉吟片刻,无奈地说:"那好,就先立个字据吧。"

一品红在牲口院的一间草屋里已经躺了三天了,仍昏迷不醒。大梅和一些姐妹日夜守候在她的身边。已经让镇上的大夫看过了,说是寒火两症交集,连着开了几服中药,吃了之后,仍不见好转。她们心里都很着急。这天,她们又特意套车把县上的大夫请来了,求这位老中医给师傅再诊一诊。

那老中医坐下后，号了很长时间的脉，而后一句话也没说，就站起来了……

大梅紧着小声问："大夫，我师傅的病……"

老中医仍是一句话也不说，默默地摇了摇头，兀自提着药箱走出去了。

大梅忙赶上去，追着问："大夫，我师傅她……"一直追到了门外。

那老中医叹了口气，说："人怕是不行了，准备后事吧。"

大梅求道："大夫，你救救她吧。我师傅可是名角呀！"

老中医说："我知道，她是一品红。我听过她的戏。"

大梅焦急地说："那……大夫，你无论如何救救她！"

老中医说："只怕太晚了。好吧，你跟我来，我再给她开个方吧！"

一直熬到了第四天头上，一品红竟然醒过来了！大梅坐在床前，一口一口地给师傅喂药，一品红什么也不说，也都一口一口咽下了。待大梅喂完了药，正要起身时，一品红却伸手抓住了她。一品红说："梅，我求你一件事情。"

能从师傅嘴里说出这个"求"字，很让大梅难受，她忙直起身子，说："师傅，你说吧。"

一品红两眼定定地望着她，说："你能不能再去给我赊俩烟泡？"

大梅迟疑了片刻，说："师傅……"

一品红默默望着她，而后两眼一闭，有气无力地说："算了，算了。"

大梅慌了，忙站起身来，满口答应说："师傅，我去。我现在就去。"说着，快步走出去了。

大梅跑了两家，说了许多的好话，终于把烟泡赊来了。她小跑着赶回来，在一张箔纸上点着了一个烟泡，大梅用针挑着小心翼翼地递给了师傅。

这时，一品红已经坐起来了。她半靠在床上，待吸了两口之后，说：

"梅，你去吧，让我歇会儿。"

大梅看看她，听话地走出去了……

待大梅走后，一品红慢慢地从床上爬起来，挣扎着坐到了床边。这时，她拿过放在床头的一个破匣子，从里边拿出一面小镜支起来，独自化起装来……待她化好装，穿上行头的时候，瞎子刘悄没声地进来了。

一品红并没有回身，仍在看着镜子，只说："弦儿带了吗？"

瞎子刘说："带了。"

一品红把镜子往床边的破箱子上一扣，叹口气说："我，很难看吧？"

瞎子刘说："不难看。你还像往常一样漂亮。"

一品红苦笑了一下，说："你又看不见。"

瞎子刘说："我看见了。我的心就是镜子。"

一品红说："你也跟我不少年了。"

瞎子刘说："红爷，十五年了。我跟着你拉了十五年了。"

一品红说："是吗？"

瞎子刘说："在我眼里，你啥时候都光彩照人。"

一品红说："我都到这份儿上了，你还骗我？"

这时候，瞎子刘突然满脸是泪，哽咽着说："红，能让我摸摸你的脸吗？"

一品红慢慢地扭过身来，默默地望着他。

瞎子刘慢慢走到她跟前，伸出两只手，轻轻地抚摸着一品红的脸庞，一时热泪盈眶，说："你是名角呀！"

一品红叹了口气，说："可惜你看不见我。"

瞎子刘喃喃说："我能看见。我看见了。"

这时，一品红说："瞎子，你能让我过过戏瘾吗？"

瞎子刘说："今儿，你唱啥我给你拉啥。"

一品红说:"就像往常一样?"

瞎子刘说:"跟往常一样。"

窗外,大梅并没走远,她看师傅的神色不对,生怕离开时,她有个三长两短……后来见瞎子刘进去了,正要离开时听见了两人的对话,不由心里百感交集,泪就跟着下来了。

屋内,一品红竟然精神抖擞地下了床。这时候,化了装的一品红就像当年一样,显得光彩照人。她先是穿上了旦角的服饰,舞着水袖,走着小碎步,在屋内的空地上,唱了一段《铡美案》中的"秦香莲"……

这时,瞎子刘也显得非常激动,他摇头晃脑地拉着弦,浑身上下都与那把二胡融在了一体。

窗外,大梅扒在窗台上,禁不住偷看起来。她一下子就被师傅那精湛的表演震惊了!患了重病的师傅,一旦进了戏,那就像一朵鲜花,一下子盛开了。她的一行一动,可以说都称得上妙不可言。

片刻,待师傅唱完了那段"秦香莲",瞎子刘忙站起身来,为一品红再次更衣。这一次,换了装的一品红却又是威风八面了!她头戴官帽,身穿官服,气宇轩昂地走着八字步,演的竟是《铡美案》中的黑脸"包拯"。

瞎子刘再次退回去,手指在胡琴上快速地移动着,那曲子拉得激越轩昂。

窗外,大梅像看傻了一样,师傅她演男像男,演女是女,真是绝了!大梅禁不住也跟着偷偷地学起了一品红的表演动作……

往下,一品红再一次换装。她这次演的是《铡美案》中的"王丞相"。"王丞相"老了,于是,那一行一动,那唱腔,都带着老迈中的苍味,真是惟妙惟肖啊!

这时的瞎子刘,全身都在随着唱腔晃动,他仿佛也已到了无我的境地,一品红唱到哪里,那胡琴就跟到哪里……一直到曲终时,瞎子刘无比激动地说："红，绝了。你真演绝了！不愧是'盖河南'啊！要是在台上，不知有多少'好'，只怕巴掌都要拍烂了！"

这时，一品红已精疲力竭，她喘着气说："我八岁进戏班，十二岁红，多少人看过我的戏呀！可如今，我再也不能登台了……"

瞎子刘泪流满面，一声声叫着："红，红……"

此刻，一品红突然歪在瞎子刘的怀里，喃喃地应着："瞎子，瞎子，我怕是不行了……"

这时，大梅哭着大叫一声："师傅！"便跑了进去。

一品红是这天半夜里断气的。在她断气之前，瞎子刘一直抱着她……

第二天，在远离大片坟地的路边上，又添了一丘孤零零的新坟。当大梅和戏班的徒弟们在坟前为一品红焚化纸钱时，瞎子刘却一直坐在坟边上拉胡琴，那琴声如泣如诉，拉出了无尽的忧伤……

瞎子刘一边拉着胡琴，一边自言自语："红，红啊，咱艺人虽说死了不能入老坟，可你这一辈子也大红大紫过，值了。你值了！睡吧，好好睡吧，我会常来看你的。孤了，给我托个梦，我来给你靠靠弦儿……"说着，泪如雨下。

金家班又上路了。这一次非同往常，是在郾城县城里的大舞台上演戏，来看戏的都是县上的头面人物，为了扩充阵容，金家班这回只好与十行班搭班联合演出了。价钱自然是两家掌柜说好的——四六分成。十行班的家什全，人家要"六"，金家班得"四"。对此，金石头也认了。

待金家班到了郾城之后，十行班的人已先他们一步到了。一阵忙乱之后，十行班的班主决定，头一场就让大梅上。于是，大梅二话不说，赶忙上装。

在后台，头上扎着一根白头绳儿的大梅正在化装，不料却被十行班的班主王三看见了。王三用一根长烟杆敲着她的头说："摘了，摘了。不懂规矩！"

大梅扭过头来，不解地看着他……

王三用烟杆又敲了敲她头上扎的白绳儿，说："这是给谁吊丧呢？"

大梅小声辩解说："我师傅去世了。"

王三突然厉声说："就是你亲爹死了，你也得给我摘了！"

大梅生气了，依然在那儿坐着，就是不摘。

这时，王三用长烟杆点着她的头说："站起来！会笑吗？笑一个给我看看。"

大梅忍着满腔怒火，慢慢地站了起来……

瞎子刘听到嚷声，赶忙走过来，上前拉住了王三说："王掌柜，你忙去吧，我给她说。"

王三气呼呼地扭头走了。此刻，瞎子刘对大梅说："妮，王掌柜说得对，你把那'孝'摘了吧。"

大梅含着泪说："刘师傅，我……"

瞎子刘说："梅呀，你千万千万要记住，登了台，你可就不是你了。你是戏，你是角。王掌柜说的一点也不错，只要上了台，就是你亲爹亲娘死了，该笑你也得笑，还得真笑，哈哈大笑。要是没有这个肚量，你还演什么戏？！"

大梅说："那唱戏的就不是人了？"

瞎子刘说："上了台，你就是角。下了台，你才是人。"

于是，大梅默默地把头上扎的那根白绳解了。

台上，戏开演了……

大梅一声唱出口，便赢来了全场掌声。

尤其是大梅在唱《天水关》（也就是后来的《收姜维》）唱段时，她脑海里突然闪现出瞎子刘的话：梅呀……该笑你……还得真笑……你不是人，是角……于是，她灵机一动，在"四千岁"这个唱段中间大胆地加进了笑声（这"唱中带笑"后来竟成了她的一绝）。

立时台下人头涌动。人们一个个都像是看傻了似的，突然台下出现了海啸一般的叫好声，成千上万的人把帽子扔上了天空。

片刻，一架一架的食盒抬到了戏台前边，每架食盒上都挂着一条缎带，缎带上书写着：

双树李敬送。

马寨敬贺。

郾城黄家贺。

十辈陈贺。

…………

当天晚上，待大梅下了台后，王三这狗日的脸一下子就变了。他亲自迎上前去，连连作揖说："梅，梅，服了。我服了！我真服了！"

大梅不理他，径直往前走，她心里说：你还是人吗?!

王三却根本不在乎，他又追在她身后，连声讨好说："我请客，今儿我请客。馆子，咱下馆子!"

大梅也不好再说什么了。人家毕竟是掌柜的呀！于是，在王三的一再劝说下，大梅也只好去了。

在郾城县城的一家饭馆门前，待那辆带圈席的马车赶到门口时，王三早已躬身站在门前，亲自掀开马车上的布帘，把大梅从车上扶了下来。

在酒席上坐定后，待酒过三巡，王三先把她大声夸奖了一番，接着说："梅，你的戏我都看了，好，真好。你不光是腔儿好，演得也好。我看，你还是到十行班来吧，这边咋也比你在那边强吧？你说呢？"

大梅说："王掌柜，戏上说，千金难买是情义呀。"

王三说："开个价吧。你开个价，我不会让你吃亏的。"

大梅说："王掌柜，戏上说，有心栽花花不活，无心插柳柳成荫……"

王三说："你放心，金爷那儿我去说，咋样？"

大梅说："王掌柜，戏上说，纵是金榜题名，也莫忘了那落难时……"

王三说："我知道你有个妹子，可以带过来嘛。"

最后，大梅觉得实在是躲不过去了，终于说："王掌柜，我不是驳你的面子，我是真有难处。你想，我要一走，这金家班不就散了？"

王三的脸立时变了，好一会儿他才说："好说，好说。吃菜，吃菜。"

过了片刻，王三又说："梅呀，艺人这碗饭不好吃啊。这戏呢，光唱得好还不行，后边还得有人撑着，有人捧着。后边要是没人支着，你想想，在这块地界上，你还能唱下去吗？"这么说着，他从盘子里撕下一只鸡头，放进嘴里，三下两下嚼碎了，而后又把渣子吐出来。

大梅无奈，说："王掌柜，你的情我领了。可金家班待我不薄，我实在张不开口啊！"

当天夜里，大梅刚回到剧场，立时就被金石头叫去。在金石头住的客房里，一进门，大梅就看见桌子上放着一摞子银圆。

金石头笑眯眯地对大梅说："梅，这些年，我对你不薄吧？"

大梅说："不薄。金爷，有话你就说吧。"

金石头往桌上瞥了一眼，说："这钱，你拿去吧。"

大梅说："那……师傅害病时欠下的账清了吗？"

金石头说："不说了，不说了，那账就算了。你师傅当年是我捧红的，我担了。梅呀，我知道你仁义，不会撂下一班人不管吧？"接着，他似漫不经心地问："梅，听说王三请你吃饭了？"

大梅随口"嗯"了一声。

金石头说："梅呀，你还年轻，你可千万别上他狗日的当！这个王三可不是个好东西，你可得多加小心啊！实话跟你说，这狗日的跟土匪有秧儿！"

大梅惊异地说："是吗？"

金石头点了点头说："听说他跟张黑吞是磕头换帖的兄弟……这地方不可久留，演完这三场戏，咱立马就走。"

不料，就在第二天夜里，戏正演着，大梅正在台上唱呢，突然之间先是门口处一片混乱，紧接着台子下边竟出现了两拨土匪，一拨领头的是张黑吞，一拨领头的是老八。

在戏园子的后边，头戴礼帽的老八和光头的张黑吞腰里插着枪，并排在后边站着。

老八说："好戏。"

张黑吞应道："好戏。"接着又说："玩玩？"

老八首先掏出枪来，说："玩玩就玩玩。大哥，你先请。"

张黑吞笑笑说："老弟，老弟。"

老八就说："好，热闹热闹。"

于是，老八甩手一枪，"砰"打灭了台上挂的一盏香油大鳖灯。

张黑吞笑了笑，也掏出枪来，一扬手，"砰砰"两枪，立时两盏大鳖灯同时灭了。

老八自然不服，他用枪顶了一下头上戴的礼帽，说："你看好，这一次我一枪打掉大梅头上的红缨子。"说着，他抬起枪，瞄准了戏台……

戏台前已经乱了，人们纷纷往后看，谁也说不清出了什么事。

然而台子上，大梅见班主没让住戏，只好继续唱……这时，只听"砰"的一枪，大梅一怔，恍惚间看见身边一位演"双喜"的演员一下子扑倒在了台上，身上正在流血。她不禁身子一软，吓得一屁股蹲坐在了台子上……

"轰"地一下，人们四下奔逃。

老八一枪没打中，自然有些不好意思，自嘲地说："见笑，见笑。他妈的，这枪的准星坏了。来人，给我换条枪！"

就在老八换枪对，黑头一步抢上台去，扛起大梅就跑，一时身后枪声大作。在混乱中，黑头扛着大梅，跑过剧场，跑过后边的小树林，又一口气跑到了郊外的一个麦场边上，他三下两下把大梅往麦秸垛里一推，气喘吁吁地说："你快藏好。记住，我不来叫你，你别出来。"说完，他扭身跑去了。

大梅独自一人在麦秸垛里藏着，一边心里怦怦跳着，一边还小心地谛听着外边的动静……

这时，黑头已反身回到了那片小树林，他半弓着身子往前张望，一棵树一棵树地慢慢往前摸……可就在这时，他怎么也想不到，当他往后退的时候，突然觉得脑后一凉，一支枪竟对准了他的脑袋：

"别动！"

第四章 ·····························

　　这是一座深宅大院，黑头是蒙着眼被人带进来的。

　　院里，放着一张八仙桌。十行班的班主在桌旁坐着，桌上放着一摞银圆和一把手枪。在班主的身后，站着几条虎凶凶的汉子！

　　黑头蒙着眼被人推进来之后，有人给他解开了蒙在眼上的黑布，把他按坐在八仙桌旁的另一张椅子上。黑头睁开双眼，看见了笑眯眯的王三。

　　王三笑着说："黑头，请你来一趟不容易呀。我知道你是唱黑脸的，有个绰号，叫'一声雷'。不错吧？"

　　黑头说："不错。"

　　王三说："现在我请你帮个忙，你去把你的师妹请来。你们两个在我这儿同台演出，我是不会亏待你们的。怎么样？"

　　黑头一声不吭。

　　王三见他不说话，就把桌上的枪拿起来，又从身上摸出一块白绸，慢慢地擦起枪来，他把那支枪擦了一遍后，在阳光下照了一下，而后说："两条路由你选。你要是答应呢，这银圆就归你了。你要是不答应呢，对不起，我就把你绑在这棵树上，打成蜂窝。你信不信？"说着，他把枪里的子弹一粒一粒地退出来，又一粒一粒地装上。阳光下，他的活儿做得很慢、很细。

黑头慢慢站了起来，黑头说："开枪吧。"

整整一夜，大梅一直在麦秸垛里躲着。她心里怕，也替金家班担着一份心，自然也挂念着二梅的下落，总是提心吊胆地谛听外边的动静。

忽然，大梅听见外边有"沙啦、沙啦"的响声，顿时紧张起来！她屏住呼吸，手四下里摸着，可她什么也没有摸到……

片刻，她一点一点地扒开了挡在眼前的麦秸，发现那是一位老人。老人手里挎着一个筐，一边装着扒麦秸，一边朝里边喊道："闺女，出来吧，土匪走了。"

这时，大梅才半信半疑地从麦秸垛里钻出来，她叫了一声："大爷。"那老头匆匆地从怀里掏出一块红薯，递过去，说："闺女，你赶紧走吧。"

此刻，大梅一天一夜水米没打牙，又渴又饿，她双手接过老人递过来的红薯，感动地叫道："大爷……"

那老头给她摆摆手说："走吧，趁这会儿没人，赶紧走。"

大梅说："大爷，你是哪庄的？我一辈子都忘不了你！"

那老头说："我就是这西边的……听过你的戏，唱得老好。"

天过午的时候，黑头已被人绑在了一棵树上。

坐在八仙桌旁的王三望了望天儿，说："黑头，我已让人去给金家班捎信儿去了。三天之内，要是你师妹不来，那就别怪我不仗义了！"

黑头倔强地说："也别废话了，该咋咋吧。"

王三笑了笑说："枪一响，你不就尿了？"

不料，黑头却唱起来了，唱的是《下陈州》……

　　王三拍着手说:"好。有种,有种!"说完,他又接着擦起枪来,那枪已经擦过一遍了,在阳光下闪着钢蓝色的光芒!擦完枪,他把枪端起来,瞄了瞄绑在树上的黑头,而后,嘴里念着:"叭!"说着就扣动了扳机,枪轻响了一声……

　　这时,王三说:"对不起,忘装子弹了。"

　　当年,提起漯河的码头,那是无人不晓的。这里是中原最有名的水旱码头。水路,走的是淮河水系,经沙河、颍河,可以到蚌埠、徐州,而后直通上海,因此,这里船家无数,生意兴隆。旱路,这里是京汉铁路的货物中转站,也是个大站,由于商人是跟着货物走的,因此,漯河铁路沿线也都跟着繁华起来,光妓院就占了一条街。

　　水路就更不用说了。沿着沙河往下走,又开了许多个渡口。只要有了渡口,凡船帆停泊之处,自然也就有了买卖。离漯河五里远的曾家口,是船家们的一处停泊地,也就跟着热闹起来了。很快就兴起了一条由席棚搭起的卖吃食的大街,街口对着码头,这里自然是最热闹的地方。就在这个街上,有一个绰号叫"曲子王"的老者在那里摆摊卖老鼠药。他叫卖的方法十分独特,是拉着胡琴唱曲。

　　他先是拉着胡琴唱了一首:

　　　　老天爷,你年纪大,

　　　　耳又聋来眼又花。

　　　　你看不见人,也听不见话,

　　　　吃斋念佛的活活饿死,

　　　　杀人放火的享受荣华。

　　　　老天爷,你不会做天,你塌了吧……

　　他这么一唱,周围自然有很多人围上来看。

拉过一曲后，他看围的人多了，又拉着胡琴唱道：

喇叭，唢呐，

曲儿小，腔儿大；

官船来往乱如麻，

全仗你抬声价。

军听了军愁，

民听了民怕；

哪里去辨真与假？

眼见着吹翻了这家，

又吹伤了那家；

只吹得扑棱棱水尽鹅飞罢……

一时，众人齐声喝道：老头，酸哩！来段酸哩！

不料，这时，老头话锋一转，却叫道：

"——老鼠药，老鼠药，药死老鼠跑不脱！大老鼠吃了蹦三蹦，小老鼠吃了不会动……"他吆喝了两遍之后，看上前买老鼠药的不多……就又接着说道："酸曲？想听酸曲不是？好，酸的就酸的吧……"于是，又拉着胡琴唱道：

儿女情浓如花酿，

美滋滋的一黑晌！

这云情接着雨况，

刚搔得心窝奇痒，

谁搅起这对睡鸳鸯？

眼见这被里翻了红浪，

叠上叠下，匆匆忙忙；

叫的是娇儿声，浪的是呢儿腔；

　　　　枕上余香，帕上余香；

　　　　销魂的滋味，才从梦里尝……

　　众人大笑，一时纷纷上前买他的老鼠药。

　　这一切，大梅都看在眼里。她已经在人群中站了很久了。她怎么也想不到，一个卖老鼠药的老者，竟然懂这么多的曲牌！于是，她就默默地站在人群里，很专注地听着……

　　过了一会儿，老者不拉了，停下闭目养神，围观的众人也都慢慢地散去了。到了这时，大梅才走上前去，在老人身边蹲下来，叫道："大爷。"

　　那老者慢慢睁开眼，看了看她，却又把眼闭上了。

　　大梅惊叹道："大爷，您会不少曲儿啊。"

　　老者闭着眼说："这话不假。不瞒你说，人称曲子王。"

　　大梅小心翼翼地试探说："大爷，您……能不能教我两出？"

　　老者哼了一声，说："教你？凭啥教你？"

　　大梅说："我想拜您老为师，跟您学学。"

　　老者睁开眼，看了看她，说："戏班的？"

　　大梅说："是。"

　　老者说："教你也行？不过，我可不能白教啊。"

　　大梅忙说："那我谢谢师傅了。我不会让您白教的。"

　　老者说："那好。我这人要价不高，一个烧饼即可。"

　　大梅即刻站起身来，说："师傅，您等着……"说着，她起身就去买烧饼去了。

　　片刻，大梅拿着两个热腾腾的烧饼跑回来，她把两个烧饼递到了老者的手上，说："师傅，趁热吃吧。"

　　那老者也不谦让，拿起烧饼就吃起来，他先拿起头一个烧饼咬了一小口，说："香。"说着，随手就放下了；接着又拿起第二个烧饼又咬了一小口，说："香。真香。"说完，竟又放下了。接着，老者说："看你心诚，我就破破例吧。"说着，他清了清嗓子说："想学哪一出？……就《窦娥冤》吧？你听好：我每日里哭泣泣守住望乡台，急煎煎把那仇人等待——"说完，不待大梅回话，竟然又把眼睛闭上了。

这时，有两个小乞丐从老者身后伸出手来，把他放在地摊上的那两个咬了一口的烧饼悄悄摸去了，他却装作没看见。

大梅跟着默念了两遍，见曲子王把眼闭上了，就小声提醒道："师傅，您教这两句，我都记下了……"

不料，曲子王却说："我就吃了你两口烧饼，就先教这两句吧。"

大梅一怔，默默地看了老者一会儿，笑了。她站起身，匆匆走去……过了一会儿，只见她用一个手帕兜来了一摞子烧饼，快步走来，往摊前一蹲，把烧饼放在了老者的地摊上，响快地说："师傅，吃吧！"

那老者眯着眼，看了看，微微一笑，说："好，好，那我就不客气了。"说着，他拿起烧饼，咬一口，随手放在了身后，再咬一口，又随手放到身后……就这样，那些带有"小月牙儿"的烧饼一个个被老者摊后的小乞丐们一一传去了。那老者尽管吃了烧饼，却仍是不睁眼，就随口吟唱道：

　　　慢腾腾昏地里走，足律律旋风中来。

　　　我是那提刑的女孩，须不比现世的妖怪。

　　　怎不容我到灯影前，却拦截在门楹外？

　　　我那爷爷呀，枉自有势剑金牌，

　　　把俺这屈死三年的腐骨骸，怎脱离无边苦海？

老者吟唱完这几句，突然睁开眼，笑着说："闺女，我说过，要我传艺，一个烧饼即可。可我吃来吃去，也没吃够你一个烧饼啊！"

当老者把话说到这里时，大梅站起身来，一声不吭地走了。

在老者摊后，有一幅画了"群鼠图"的布幔，在布幔的后边，有一群要饭的叫花子正在你争我夺地大口啃吃烧饼……

少顷，只见人们乱哄哄地围了过来，走在中间的几个人，竟然把两架烧饼炉一左一右抬到了老者的地摊旁。

这时，跟在后边的大梅走上前来，说："师傅，我是真心想跟您学艺。不瞒师傅，我学戏多年，才刚刚拿到了第一笔份子钱。今儿个为表示我的诚意，我把这两个烧饼炉一天的烧饼全买下了，无论多少，都算我请客。凡是路过的下力人，每人都可以拿一个烧饼，算是我一点点心意吧。"

立时，人们乱纷纷地都朝烧饼炉围过去了。

此刻，那老者禁不住也站起来了。他说："罢了，罢了。闺女，你仁义呀！好，今天就冲你这份诚心，这份豪气，我摊不摆了，药也不卖了——收摊！走走，到我的下处（旧社会艺人住的地方）去，我把我会的全都教给你！"

午时，买官和二梅也来到了曾家口。他们是奉了班主的吩咐来找寻大梅的。然而，他们在码头上转来转去，也没有打听到大梅的踪迹。最后，当两人无望地在一家小饭馆里坐下来时，买官说："二梅，你姐要是找不到，咱金家班可就散了。"

二梅发愁地说："那咋办哪？大师哥已经被抓走了！"

买官说："你姐要是找到了，咱金家班也得散。"

二梅一怔，说："你这是啥话？"

买官说："不信走着瞧。"

两人正说着，突然发现大梅从一个小巷里走了出来，两人急忙撂下碗，快步迎上前去，焦急地说："都找了你两天了！——大师哥被抓了！"

大梅一听，也急了，问："被谁抓了？"

二梅说："听说是十行班……"

在那座深宅大院里，王三手里的枪已擦了三遍，子弹也已上了两次，可黑头仍不低头。这时，已是半下午了。王三抬起头，说："黑头，我看你是个好汉，咱俩做个交易咋样？"

被绑在树上的黑头一句话也不说。

王三说："我这人有个毛病。我要是得不到的东西，谁也别想得到。"

黑头仍是一言不发。

王三说："今儿个，我把你放了。可有个条件，条件是你把你师妹给我找来。你亲自去。要是她不来，我就派人把她做了。你好好考虑考虑，要死的，还是要活的？"

这时，黑头慢慢地把头抬起来，他喃喃地说："我师妹已经是名角了。"

王三一笑，说："你说的不假。她活着，是名角。死了，就什么也不是了……"说着，他抬起头，望着树上的一只麻雀，接着扬手就是一枪，"叭"的一声，把那只麻雀从树上打了下来。那只麻雀的细腿在地上弹了两下，不动了。

王三又说："我也知道，成个'角'不容易。老弟呀，我说过，十行班不会亏待你们的。你想想，我这里要装有装，要箱有箱。来我这里，你师兄妹同台演出，总比在金家班窝着强吧？"

到了这时，黑头终于说："我去。"

日夕了，远处的高粱地里一片橘色的嫣红……

大梅、二梅和买官三人无望地在土路上走着。

天眼看要黑了，路上不平静。大梅急着赶路，再者，心里也着急大师哥的下落，走得就急些，走着走着大梅的鞋却掉了……正当她弯下腰提鞋的时候，就与二梅他们拉开了一段距离，可就在这时，突然从高粱地里跳出两个人来。他们扑上来，先是捂上她的嘴，接着架上她就跑，眨眼之间，闪身进了路边的高粱地。

走着走着，二梅和买官扭头一看，后边没人了，二梅急得叫道："姐！姐！哎，我姐呢?!"

这时，大梅已经被那两个汉子架到了高粱地里。起风了，高粱叶子哗哗地响着，大梅又惊又怕，想喊，可嘴被捂着，就是发不出声……

当两人把大梅架到高粱地深处时，才松开了手，此刻，大梅挣脱出身子，立时哇哇大叫："青天白日的，这是干啥?!"

然而，就在这时，两个人很快地在高粱地里隐去了，站在她面前的，却是她的大师哥。大梅吃惊地说："师哥，你……?!"

黑头说："你跟我走吧。"

大梅诧异地问："跟你上哪儿?"

黑头说："去十行班唱戏。"

大梅更加吃惊了，说："那……为啥?!"

黑头说："你别问了。跟我走吧。"

大梅犟劲上来了，说："要去你去，我不去。"

这时，远处突然传来了枪声，有人高声叫道：抢人了！于是，黑头二话不说，拽上大梅就跑。

高粱地里，后边响着急促的枪声，黑头紧拽着大梅，气喘吁吁地奔跑着。后边的枪声越来越远了，大梅再也跑不动了，就这样，大梅带着黑头，一同摔倒在高粱地里……

两人都在高粱地里躺着，先是呼呼地喘气，而后两人你看着我，我看着你。

待喘过气来，黑头闷闷地说："梅，都是我不好，让你吃苦了。"

大梅直直地望着他，眼里先是恨，而后才渐渐有了些柔……她说："师哥，这多年来，我一直怕你……可你，这是干啥呢？"

黑头叹了口气，喃喃地说："我……我知道，是我对不住你。"

大梅赌气说："师哥，你也别说这话。就是天塌地陷，我、我可是一步也走不动了！"

黑头慢慢地站起身来，走到了大梅跟前，定定地看着她……

大梅以为师哥又要打她，身子下意识地抖了一下，闭上眼睛，轻声说："你打吧。"

然而，黑头却在她身边蹲了下来，拽起她的一只手，蹲着扭过身去，把大梅背在了身上……就这样，黑头背着大梅走上了另一条小路。

大梅趴在黑头的背上，低声问："师哥，你把我往哪儿背呢？"

黑头只说了一个字："戏。"

大梅说："我妹怎么办呢？瞎子师傅怎么办呢？"

黑头沉默不语。

大梅哭了，她哭着说："唱戏怎么这么难哪！"

走着，夜空里先是闪了几下，接着雨就下来了。在闪电中，黑头仍背着大梅默默地走着，大梅手里举着两片大桐叶……到了这时，大梅才发现，在他们身后不远处，有人掂枪跟着他们呢。

就这样，黑头把大梅带到了十行班。黑头领着大梅走进了那座深宅大院，牵着她来到了王三的面前，进了堂屋后，黑头木木地对王三说："掌柜的，人我给你领来了。"

王三忙说："好。够意思。"接着，他对大梅说："你这个师兄对你不错呀。我问他，要死的还是要活的？他就给我领来了一个活的。这好，这就好哇。"

这时，大梅才明白了，她默默地看了黑头一眼，黑头却一声不吭地走出去了。

王三高兴地大声说:"试试'箱',试试'箱'。"

这天夜里,当他们在下处住下之后,黑头先是在大梅住的屋里点了一堆火,等火烧起来的时候,黑头仍是一声不吭,他光着脊梁蹲在火前烘烤湿了的衣服,随之他打了一个响亮的喷嚏。于是,他看了看脚上的湿鞋,就把鞋放到了一边,又从床铺下翻出了一双臭烘烘的旧鞋,先是两手捧着放在鼻子下面闻,待闻了一会儿,他像是突然想起了什么,便大声朝门外喊道:"梅,梅!"

片刻,大梅进来了,说:"师哥……"

黑头走上前去,一把把她拉到火堆前,接着拿起那双臭烘烘的旧鞋,说:"闻闻,你也闻闻。"

大梅怔了一下,习惯性地接过来,轻轻地在脸前放了一下,趁黑头不注意,又赶忙拿开了。

黑头仍是什么也不说,只管蹲在那儿烤衣服。

大梅蹲在火前,低声说:"师哥,你都把我打皮了。"

黑头喃喃地说:"我打的不是你,我打的是'戏'。"

大梅说:"戏?戏是啥?"

黑头说:"角。一唱红,就是角了。"

大梅说:"那……角又是啥?"

黑头说:"我六岁进班学戏,你要再问别的,我就真不知道了。"

大梅嗔道:"你把我打成了'戏',那你是啥?"

黑头一怔,说:"我?"

大梅说:"你就知道唱戏。除了戏,你还有啥?"说着,大梅低下头去,小声说:"你看你,唱来唱去,都唱成光棍了。"说着,她把黑头的衣裳从他手里拿过来,说:"都烂成啥了,我给你补补吧。"说着,从身上取下早已准备好的针线,给黑头缝起来……

这天夜里，大梅睡得很死，经过几天的折腾，她实在是太累太乏了。可是，正当她在甜甜的睡梦中时，突然，"啪"的一声，有一条棍子打在了她的腿上，她猛地一缩身子，疼得激灵一下爬起来，却听见黑头闷闷地吼道："该练功了！"说完，扭头就走。

那时候，才是四更天……

在十行班，大梅的日子的确比原来要好。首先，这里的条件比金家班好，就像班主王三说的那样，的确是"装"有"装"、"箱"有"箱"。再加上她是与大师哥同台演出，倒也没有什么不习惯的。连演了几场后，大梅的名气也传出去了，都知道大梅到十行班来了，因此，前来十行班写戏的也越来越多了。

这一天，当演出马上就要开始时，突然，台下一片慌乱，人们乱嚷嚷地叫着什么，还有人四下奔跑着……黑头撩起幕布往下一看，不由得吃了一惊，原来竟是金石头领着一群县保安团的兵抢戏来了！

金石头在几十个枪兵簇拥下，气势汹汹地往台前一站，接着他一撸袖子，高声叫道："王三，出来，你出来！"

顿时，场上的气氛紧张了……

台上，王三一听有人抢戏，也带着一群人，手里掂着枪出来了。他站在高台上，往下瞅了一眼，接着，他双手提枪就那么一拱手，笑了笑说："金爷，金掌柜，看戏来了？来人！给金爷看座。"

此刻，有人匆忙搬来了一张罗圈椅，往台前一放，金石头也不谦让，就那么大咧咧地坐下了。他坐下后，冷笑一声说："王三，我是养戏的，不是看戏的。大梅是我教出来的。今儿个我要领她回去。"

王三说："好啊，很好。这戏嘛，说白了，就是个鸟儿，就是个虫蚁儿。这鸟儿养大了，总是要飞的。金爷，这道理你总该明白吧？"

金石头说："王掌柜，既然你把话说到这儿了，今儿个，人，我是一定要带。你划个道吧。"

王三又笑了笑，说："好说，好说。既然是金掌柜来要，那我不能不给。可我得问一句，你是整个带呢，还是分开带呢？听说，喉咙是你的，要不，你先把喉咙提走？"

此刻，金石头的脸色陡然变了，他哼了一声，说："笑话！王三，你要这样说，那就太不仗义了吧？今天，人，我是一定要带！整的！"

王三说："那要是碎了呢？"

金石头说："碎了我也要把她粘起来！"

王三笑着说："这样吧，金爷，我也不为难你。按道上的规矩，咱来个公平交易，如何？"说着，他一招手，说："来人，去给我把油锅支起来！"

立时，就有人跑去抬锅去了……

后台上，一听说金石头抢戏来了，正在化装的大梅心里一下就乱了。正当她不知道如何是好的时候，突然觉得脚下有动静，她低头一看，发现台板的缝隙里伸出了一支竹竿，那竹竿在不停地捣她的脚。于是，她悄悄低下头去，听见台下有人小声说："梅，快走，快走。台下埋的有炸药！"

大梅大吃一惊，她四下看了看，小声说："走不了哇。老天爷，有人看着呢，我走不了哇。"

台下的人是小余子，他压着声音说："赶快去找师哥，让师哥给你想想办法。快逃吧，刘师傅他们在坟地后头等着呢。记住，坟地后头。"

大梅急忙站起身，找黑头去了……

台下的空地上，油锅已经支好了。

锅下燃着熊熊大火，锅里已翻腾着半锅烧滚的油。这时，观众反而不跑了，他们大着胆围上前看热闹，而且人越围越多。此刻，只见有人把一个秤砣高高举起，让众人看了，而后在众人的目视下，扑通一声，丢进油锅里去了。

此时此刻，只听王三高声喝道："众人在此都做个证人。今天，谁能把这个秤砣从油锅里捞出来，这'戏'就是谁的！"

金石头无奈，也只好说："好，那就一言为定。"

王三伸手跟金石头击了一掌："驷马难追！"

王三说了，看了金石头一眼，手一伸："金爷，请。"

金石头惨然地笑了笑，说："请。"

于是，两人同时来到了油锅前……

就在这时，那位跟金石头一同来的保安团连长却尖着嗓子叫道："慢着——"

金石头、王三都回身望着这位连长。

连长说："二位，这'戏'是好是赖，总得让我看看吧？"

金石头沉吟了一下，说："那就……先看戏？"

王三也说："那好。马连长要看戏，那就先看戏吧。"

马连长一挥手，说："看戏，看戏。"

油锅已烧热了，那沸腾了的热油仍在咕嘟嘟地冒着热泡……

后台上，大梅跑去找到了黑头，十分焦急地对他说："师哥，台下埋的有炸药，咱咋办呢?！"

黑头默想了一会儿，说："你别慌，沉住气。你先把行李收拾好。该上场还上场，到时，我叫你。"

大梅听了，默默地点了点头，心说也只好如此了。

黑头看了她一眼，说："别怕，有我呢。"

大梅说："我不怕。"

于是，锣鼓声响过后，戏又照常开演了。大梅提心吊胆地上了台，在台上唱着。她虽然心焦如麻，却仍然故作镇静，一举一动都力求自然，生怕露出什么破绽来。

台下，马连长等人坐在台前特意安置的椅子上，一边看戏一边笑着说："不错，不错。"

后台上，黑头把东西收拾停当后，趁人不注意，在北边戏幔上用刀割开了一个口子。

台下，观众们一会儿看看台上的演员，一会儿又回过身看看那口油锅，油锅咕噜噜响着，里边是翻溅的油花。

台上，唱完一节戏后，大梅终于下去了，往后台走的时候，她的腿竟有些发软。台上自然有人跟着唱垫戏……

大梅刚到了后台，黑头趁人不注意，对大梅招了招手，接着他身子一晃，人就不见了。大梅先是在后台上慢慢走着，往下就越走越快了，当她走到拐角处时，一闪身，也跟着从那破了口的幕布里钻了出去。可当她钻出去时，已到了高台的边缘，身子往下一倾，差点一头栽下去。好在黑头正蹲在下边接着，立时，黑头二话不说，背上她就跑！

当他们跑进那片高粱地时，瞎子刘带着的人看见黑头背着大梅气喘吁吁地跑过来了，就赶忙喊道：往西，往西！于是，一班人就往西跑去。

片刻，只听身后枪声大作，到了这时，他们心里才说：逃出来了，终于逃出来了！

经过了一夜的奔逃，天亮时，他们一行来到了黄村，那天晚上下着雨，一行人全都淋得湿漉漉的，刚好路边有一处鸡毛小店，于是一干人就跑了过来。

这时，雨仍哗哗地下着，逃出来的艺人们，一个个又饿又冷，冻得抖抖索索地站在小店的屋檐下避雨。

这当儿，买官自言自语："有碗热汤就好了。"

二梅也说："我肚子里咕咕叫。"

知道没钱，众人都不说话……这时，瞎子刘扭过头来，笑着对小店的主人说："掌柜的，给你唱个小曲儿吧？"

那小店的主人上下打量了他们一阵，说："兵荒马乱的，哪还有闲心听小曲儿呀。看光景，几位爷是落了难了。可我这小本生意，实在是应不起人哪。得罪，得罪。"

瞎子刘说："没啥，没啥，都不容易。"

这时，大梅默默地解下了身上背的小包袱，把它摊在小饭桌上，从里边拿出她精心包着的一件箱装（戏衣）来，对小店的主人说："掌柜的，这件装能不能换顿饭？"

小店主人凑上前去，小心翼翼地用手摸了摸，说："能是能啊，可我这儿只有烩馍。"

立时，瞎子刘喝道："不行！梅，那是你的饭碗。你咋把吃饭的家什都卖了？不能卖！"

众人也都说："不能卖，不能卖。卖啥也不能卖箱。"

尤其是黑头，双手抱膀，冷冷地说："你就是卖了，我也不吃！"

那小店主人看众人都不愿，忙说："东西是好，可搁我这里也没啥用项。收好吧，赶紧收好。"

大梅眼里含着泪说："掌柜的，这箱我不是要卖给你，给你你也没用。我是想把它押在你这儿，姑且换一顿热饭。赶明儿，转过天儿我再把它赎回来，行吗？"

小店的主人说："闺女，既然你都把话说到这份上了，那就先放这儿吧。可先说，我这儿只有烩馍。"

大梅说："烩馍就烩馍吧。"

瞎子刘叹一声，说："掌柜的，这箱你可一定要收好，可千万千万别弄丢了。转过天儿，我们就来赎。"

小店主人一边把箱装收起来，一边应道："放心，放心。"说着，回房操持去了。

雨仍然下着，天越来越冷了，人们闻见了屋子里的香味，就等那碗饭了。过了好大一会儿，烩馍才一碗一碗地端出来。

众人二话不说，都围坐在小桌旁吃起来，一个个狼吞虎咽。只有黑头仍蹲在那里不动，大梅忙端了一碗给黑头送过去，说："师哥，趁热吃吧。"

不料，黑头却猛地站起身来，气呼呼地说："我不吃！"说着，竟然冒雨冲出去了。

众人一怔，忙叫道："师哥！师哥！"可说话间，人已跑得没影了。

自从黑头一怒之下离开大伙之后，他就独自一人来到了漯河。开始时，他原本打算找一个地方撂摊卖艺，可他找来找去，实在找不到地方。再加上人生地不熟的，两手空空，也交不起占地撂摊的费用。无奈之下，只好在漯河的朝天码头上，做了一个扛包的。

黑头虽说是练武出身，可扛大包的活却从来没有干过。最初，当他把二百斤重的大麻袋扛上肩的时候，差一点压得喘不过气来。扛着包混在码头工人群里往船上扛时，那翘板颤颤悠悠地晃着，黑头一步一步咬着牙往上走，可走着走着，竟差一点歪到河里去……可他终于还是撑下来了。

休息的时候，黑头一边擦汗一边数手里的铜板。有小贩挎着篮子来卖火烧，黑头问："多少钱一个？"

那卖火烧的小贩说："俩钱一个。"

黑头再次数了数手里的铜板，说："算了。"

黑头就这么咬着牙一连干了三天，到了第三天傍晚，当他从账房先生手里接过一小摞铜板后，二话不说，拿上钱就走。

黑头一路急赶又回到了那个鸡毛小店。当黑头来到那个鸡毛小店时，他一边擦着汗一边把一摞铜板摞在了饭桌上，说："掌柜的，看好，这是钱，我来赎那箱装。"

掌柜的看了看他，说："就这些？"

黑头说："就这些了。"

掌柜的迟疑了一下，扭身走回屋去，而后又把那戏衣拿出来，叹了一声，说："拿去吧。"

黑头接过那件戏衣，精心包好，而后一句话也不说，扭头就走。

不料，他刚走出二里远，觉得身后一硬，只听背后有人高声叫道："站住！"

黑头扭身一看，却是一群国民党的兵。那领头的用枪对着他说："就是你了。走，给我挖战壕去！"

黑头心想，我怎么这么背啊！可他面对枪口，也只好跟人家走了。路上，黑头看到了一队一队的国民党的兵，还有汽车、大炮……到处乱哄哄的，像是要打大仗的样子。

后来，当大梅来到那个鸡毛小店时，那个小店已是空的了，大梅木然地站在那儿，忍不住哭了。

大梅放眼望去，周围到处都是溃兵。她灵机一动，忙用灶里的锅灰往脸上抹了一把，赶快混进了逃难的人群里。

路上，熙熙攘攘的，到处都是逃难的人群。人们一边逃一边说：快跑吧，要打仗了！要打大仗了！

那天夜里，黑头是二更天逃走的。

那天，他蹲在壕坑里挖了一天的战壕。到了后半夜，看看哨兵不那么警觉了，趁着那人背风点烟的当儿，他扔了挖战壕的铁锨，一骨碌翻出了战壕，而后就是一阵拼了命的狂奔。

天明时，他终于脱离了虎口，来到了一座火神庙前。在这里，黑头终于找到了大梅和同时逃出来的艺人们。当黑头默默地把那件戏衣从藏在身上的包袱里取出来,递给大梅时,大梅一时惊喜万状:"老天爷,你……拿回来了?!"

黑头仍沉着脸说:"嗯,拿回来了。"

大梅一时不知如何是好,只是叫了一声:"师哥——"

黑头应了一声,说:"你呀……"

大梅满心欢喜地说:"师哥,你、你打我吧。"说着,她往黑头面前一站,把眼闭上了。

这一次黑头没有打,只是讽刺说:"你都成名角了,我还敢打你吗?"

大梅闭着眼说:"你打。我就让你打。"

这一切,瞎子刘都默默地听在耳里,不由得笑了。

待他们安顿下之后,瞎子刘把大梅叫到了火神庙的后墙边,趁没人的当儿,他对大梅说:"梅,你也不小了。兵荒马乱的,我看你该成个家了。"

大梅一听,有点羞涩地勾下头去,说:"我……"

瞎子刘单刀直入,说:"你看他人咋样?"

大梅说:"谁?"

瞎子刘反问道:"你说谁?平地一声雷。"

大梅不吭了。

瞎子刘说:"人是好人。"

大梅仍不吭。

瞎子刘试探着说:"你是想找个大户人家?"

大梅摇摇头,说:"没想。我还小着呢。"

瞎子刘说:"你不小了。"

瞎子刘又问:"大户人家是养鸟的,你想当虫蚁儿?"

大梅两手绞着,又摇摇头,仍不语。过了一会儿,她低声说:"我……

有点怕……"

瞎子刘说："他是为你好。"

瞎子刘说："他打的不是你，他打的是戏。"

大梅说："我也知道，可……"

瞎子刘说："他是个戏筋，只有他才能当你的拐棍。"

瞎子刘说："梅呀，你好好想想。"

大梅终于说："师哥，他……也没说过。"

瞎子刘说："他不会说。"

大梅咬着嘴唇，小声说："他为啥不说？"

瞎子刘说："他心里说，眼里说，就是嘴上不说。"

瞎子刘说："闺女，兵荒马乱的，你也别跟我打哑谜了，说句痛快话吧。"

大梅勾下头去，迟疑了一阵，终于说："刘师傅，你、你就看着办吧。"

瞎子刘高兴地说："好！只要有你这句话。"

瞎子刘也是个急性子人，得了大梅的口信后，又把黑头叫到了火神庙的后殿里。瞎子刘和黑头一个站着，一个坐着。瞎子刘说："……你不小了，该成个家了。"

黑头却闷闷地说："人家是名角了。"

瞎子刘说："梅不是那种人。"

黑头说："那她……"

瞎子刘说："戏也是要对的，你得好好对。"

黑头沉默了一会儿，说："人家愿吗？"

瞎子刘一拍腿，站起来了……

当天夜里，就在这座破火神庙里，在瞎子刘的张罗下，黑头和大梅成亲了。借着火神庙的香案，两人正式拜了天地。婚礼上，仅有瞎子刘买来的十个馍和半斤牛肉。

夜半时分，艺人们簇拥着把两人推在了一起，让化了装的大梅和黑头演了一段《天仙配》，而后，两人在众人的簇拥下，走进了艺人们专门为他们腾出来的西厢房。当他们关上门后，买官和一些年轻的艺人还赖在窗子外边，偷偷地听房呢。

走入厢房后，黑头仍是大咧咧地坐在床边上，这时的大梅端着一盆热水直直地朝他走过来，刚要蹲下去给他脱鞋、洗脚，不料黑头一腿踢过去，厉声说："那圆场是咋走的？"

大梅一哆嗦，一盆水差点泼在了地上。她怔了一下，重新退回去，从侧面走着圆场来到了黑头跟前，小声说："师哥，今儿个可是……喜日子。"

黑头一愣，一拍脑门说："嗨，我忘了，忘了！"

后夜里，两人收拾完刚刚躺下来，突然远处枪炮声大作。有人喊道：打过来了！打过来了！

立时，艺人们全拥出来，匆匆地又走上了逃难的路……

第五章

　　一九四七年，是大梅时来运转的一个年头。

　　一九四七年，也是中原解放军由被动防御转为主动进攻的一个年头。在这一年的年底，刘邓大军开始南下，战场上的局面一下子进入了"拉锯"状态。没有多久，中原解放军接连打了几个大胜仗，于是，在隆隆的炮声中，国民党军队望风披靡，全面溃逃……

　　那时候，在京汉铁路沿线的大路小路上，到处都有溃败的国民党兵，到处都是逃难的人群。人们像羊群一样被赶来赶去，一时向东，一时又向西。大梅、黑头、瞎子刘等艺人们被挟裹在逃难的人流中，不时地互相喊着、招呼着，不知该往何处去。当他们又逃回漯河时，在码头上，一片混乱中却突然被两个人拦住了。这两个人一高一矮，其中一个鼻梁上架着一副断了腿的眼镜。这两个人很客气地问他们："你们是唱戏的吧？"

　　二梅嘴快，就说："是啊。"

　　那人说："有个叫铁喉咙的，你们认识吗？"

　　一个艺人手一指，说："她，她就是。"

那人又问："是不是还有一个叫老桂红的？谁是老桂红啊？"

有人赶忙叫道："他，他就是。"

人群中，艺名叫老桂红的老艺人也赶忙从逃难的人群中站了起来，说："啥事？"

这两个人看了看大梅，又看了看老桂红，高兴地说："太好了！可找到你们了。各位愿意到部队去演出吗？"

众人一听部队，一时面面相觑。

片刻，有人站起来说："是中央军吧？不去，不去。"

有人说："要是杂牌军，那就更不能去了。"

有人还说："不光砸场子，还抢人……"

这时，那矮个子笑着说："这一点请放心，不会的。实话告诉你们，我就是咱解放军派来的。解放军是人民的队伍，决不会欺压老百姓的。我告诉你们一个好消息，这里很快就要解放了。"

人们乱哄哄地议论着"解放"这两个字，一时都不知是什么意思。

大梅看了瞎子刘一眼，转过身来，迟迟疑疑地问："你们……管饭吗？"

那戴眼镜的很爽快地说："管，当然管了。你放心，解放军纪律严明，决不会欺负你们。到了地方，你一看就知道了。"

瞎子刘说："梅……"

大梅走到他跟前，小声说："刘师傅，我听说解放军纪律严明，再说，我看这人面善，不会坑咱。"

瞎子刘说："那你就拿主意吧。"

正是兵荒马乱、走投无路的时候，谁还有闲心看戏呢？没人看戏，这艺人就没有活路了。在这时候，只要有人管饭，那真是天上掉下来的大好事。于是，大梅想了想，很干脆地说："愿。我们愿。"

那戴眼镜的说："好，那就跟我走吧。我介绍一下，我姓宋，这一位姓朱，我们就是咱解放军派来接你们去演戏的。"

于是，当天晚上，他们这些逃难的艺人就跟着两人来到了叶县，这时候叶县已经是解放军的驻地了。部队看上去一切都是井井有条，部队的人不光说话和气，更重要的是管饭吃。头天晚上，他们就吃到了热腾腾的猪肉炖粉条子。

那锅是真大呀！锅里是热乎乎的猪肉炖粉条，蒸馍在笼屉里敞开放着。身上系着围裙的炊事班长笑呵呵地说："吃，敞开肚子吃。吃好！"立时，艺人们一个个手里端着碗，馋得眼都亮了……

吃过晚饭，大梅等艺人为了报答这顿多日没有吃过的饱饭，立马就准备了一场演出……当演出快开始时，他们看见台下整整齐齐地坐着一排一排的军人，军容整齐，歌声此起彼伏，好不威武。

周围也有许多老百姓在看戏，军人和老百姓就像是一家人一样。这一切都让艺人们觉得无比亲切。

戏开演之后，大梅刚一出场，台下便响起了热烈的掌声。

当晚演出后，艺人们一边卸装一边围在后台上，纷纷议论说：

"不赖，不赖。这队伍不赖，咱别走了。"

"猪肉炖粉条子，我还是头一回吃上！"

"人家多和气呀！"

"别走了，咱不走了。"

"大梅，你找老朱他们说说，咱不走了。咱赖也要赖在这儿了！"

"不是老朱，可不敢喊人家老朱——朱同志，人家是朱同志。"

演员们一高兴，竟然模仿军人们的规矩，相互间鞠着躬，打起趣来：

"同志，你好，你好。"

"同志，你坐，你坐。"

"同志，让让，请让让。"

"同志，请你把脸扭过来。"

正在这时，朱同志和部队领导出现了，众人一下子把他围起来了，都说这队伍好，我们是坚决不走了……朱同志自然是满口答应，说："太好了，部队正需要这方面的人才哪。"此刻，在场的一位部队领导握着大梅的手说："大梅同志，你演得好啊，演得好！"

不知怎的，大梅眼里的泪一下子流出来了……

第二天上午，朱同志单独把大梅约了出来。两人在河堤上走着，朱同志笑着对大梅说："怎么样，我没骗你吧？"

大梅一听，也笑了，忙说："没有，没有。净好人，这回可遇上好人了！"

朱同志说："大姐，你说，你过去唱戏是为了混饭吃。可从今往后就不一样了，你是人民的演员了。"

大梅喃喃地说："人民？"

朱同志就很严肃地说："对，人民。"

是呀，那时候，她对"人民"的概念还是很模糊的。

从此，他们这些走乡串村、四处漂泊的民间艺人，一个个换上了不很合身的军装，正式成了人民解放军的一员。

在隆隆的炮声中，有一面大旗在空中飘扬，大旗上写着四个大字：胜利剧团。随风飘扬的大旗下，几辆牛车在乡村大道上行进着，坐在牛车上的大梅和艺人们都穿着一身的军装，一个个都有了"家"的感觉。大梅激动地说："再也没人敢欺负咱了！"

第二年的夏天，漯河市解放了。胜利剧团也随着部队开进了漯河市区。当部队进城时，大街小巷锣鼓喧天，到处都是欢迎的人群，街面上，秧歌队、高跷队在锣鼓声中，一边扭一边唱："解放区的天是明朗的天，解放区的人民好喜欢……"好不热闹！

这一天，胜利剧团的艺人们虽然是坐着牛车进城的，但也觉得无比的骄傲。他们听见人群中有人喊："唱戏的！唱戏的！看，快看，军队里也有唱戏的?!"一时就纷纷向人群招手。大梅高兴地望着欢迎的人群，心里说，变化真快呀！

进城后的第十天，在一个万人的公审大会上，大土匪张黑吞、老八等人背上插着亡命旗，被人押着带上了审判台。

这天，台下万头攒动，骂声不绝。大梅和二梅都身穿新换的列宁装喜气洋洋地在人群中站着，二梅对大梅说："姐，你看，那人就是张黑吞？中间那个，他就是罪恶滔天的张黑吞?!"

大梅气恨恨地说："不是他是谁!"

二梅诧异地说："个儿也不高呀!"

大梅说："咦，那时候，他势海着呢，有多少人死在他手上！小孩一听他的名字，吓得哭都不敢哭!"

二梅说："这会儿，你看那头低的，不就是个一般人嘛。"

大梅由衷地说："解放了，这是解放了。"

二梅手一指说："姐，看，王三，那是王三。王三尿裤子了!"

这一天应该说是大梅最高兴、最解气的一天了。她亲眼看着昔日里威风凛凛的大土匪张黑吞被人押上了审判台，亲眼看着王三被人插上了亡命旗，亲眼看着他们这些无恶不作的人被绑赴刑场，执行枪决。

可是，不久之后部队开始整编了。胜利剧团也由部队下放到了地方。那一天，在剧团驻地的院子里，艺人们全都集中在院子里站着开会。那会开得极其严肃。当年的文化干事老朱，如今成了新任的剧团支部书记，这位个子不高的山东汉子，身上仍穿着一身旧军装，就那么站在一个小凳上，给大家训话。他抚着腰说：

"同志们，现在是新社会了。你们已经不再是走乡串店的旧艺人了，你们是人民的演员！所以，要扫除身上的旧垃圾，干干净净地进入新社会！什么是旧垃圾呢？黄、赌、毒！什么是黄、赌、毒呢？啊，这个这个这个……像那种什么'十八摸'啦，像那种……啊？都什么玩意儿！低级趣味嘛，不能再唱了。听人反映，艺人中还有不少吸毒的。现在，还有吸'老海'（毒品）的没有？有吸'老海'的站出来！"

在旧戏班的艺人中，自然有不少吸"老海"的主儿，这会儿他们一下子就蒙了。人群中，他们一个个傻呆呆地立在那儿，你看我，我看你，顷刻间都有了大祸临头的感觉。

那一刻就像是过了很多年一样。凡是吸过"老海"的，心里就像是揣着个小兔一样，一个个吓得心惊肉跳的。他们也都看见了，在城墙门口，只要是抓住卖"老海"的，二话不说拉出去就崩了。那么，他们的下场又如何呢？真不敢想啊！

就在这时，只见人群中突然跳出一个人来，这人竟是买官！这时的买官还不到二十岁，瘦得猴样，就那么缩脖袖手的，可此时此刻，他兴奋得脸都歪了，身子往前一蹿，高声叫道："报告，我揭发！我知道是谁……"说着，他跑出队列，从头到尾，前前后后，一个个点着说："他！他、他！……还有他！"当他从头到尾点出一些人之后，最后仍是很不满足地又往人群里扫了一眼，补充道："刘瞎子，你不也吸两口吗？出来吧，你也出来吧。"

立时，那些被他点了名的，再也不敢站在队列里了，一个个勾着头走出队列，也有的嘟囔着，想解释点什么，可终于还是不敢不站出来。

朱书记当即就对买官的行为做了表扬，并号召艺人们向他学习。可不知怎的，他心里并不喜欢买官这个人。

就这样，那些有过吸毒行为的艺人全都被关在了一个大户人家的旧戏楼上，接受强制戒毒的改造。那是一个很大的院子，院内的墙上写着一行醒目的大字：干干净净进入新社会！

这些被关起来的旧艺人，心里倒松了一口气，因为他们知道不杀他们了。于是，他们一个个老老实实地被带进了一间屋子，而后，在那间屋子里依次脱去了身上穿着的旧衣裳，于是，又有人惊恐地小声说："不会抓人吧？"有人跟着说："难说，这可难说。"结果，他们一个个排着队，又一律换上了带有号码的戒毒服，到了这时，艺人们才彻底放心了，一个个说："戒就戒吧……"

在戒毒的人群中，数老桂红的岁数最大，在戏班的资格也最老，他对众人说："戒就戒，只要有猪肉炖粉条。"

于是，这群艺人就全被关在了这个二层阁楼上。刚关起来时，他们也还能忍受，可两天后就不行了。那些真有瘾的人实在是受不了这种强制手段，他们一个个流着鼻涕眼泪，趴在地上满地找烟头吸。也有人受不了时，就高声野唱：辕门外，三声炮……一向托大的老桂红，这一回更是彻底蔫了，烟瘾发作时，他竟然像狗一样趴在地上，用头一下一下地往墙上撞，他一边撞一边哭喊着："老天爷呀，崩了我吧！我要死了，让我死了吧！"一会儿工夫，老桂红竟口吐白沫，像蛇一样扭动了一阵，昏过去了。

这时，瞎子刘趴在小阁楼的窗口，焦急地朝外喊道："喂，来人哪！有人吗？！"

这一天，大梅刚好端着一盆水，从楼前边走过。她抬头往上看了一眼，有点诧异地问："刘师傅？"

瞎子刘听出来了，忙说："梅？是梅吧？"

大梅说："是我。刘师傅，你咋样？没事吧？"

瞎子刘说："我没事。我是间或吸两口，没事。就是老桂红，老桂红快不行了！他三天水米不进，你……能不能去给上头说说……"

大梅有点为难地说："刘师傅，这吸'老海'可不是别的事，我……"

瞎子刘说："我也知道这事让你作难。可老桂红说起来也是名角，要是有个三长两短，不是太可惜了吗？你给上头说说，能不能让他慢慢戒。"

大梅迟疑了一下，说："我去试试。"

于是，大梅一口气跑到了办公室，把情况对朱书记说了一番。可她没想到，这位身穿发白旧军装、斜挎匣子枪的书记竟然暴跳如雷。他猛地拍了一下桌子，说："不行！胡——闹——台！"说着，他在屋子里走来走去地踱步，一边踱一边发脾气说："你知道这是什么罪吗？杀头的罪！掉脑袋的罪！你去大街上看看，这会儿，就这会儿，只要查出来有带毒品的，哪怕搜出来这么一小点点（他说着，用小拇指比画了一下），没二话，拉出去就地枪决！"

大梅站在那里，怔了一会儿，怯怯地说："我知道。"

老朱竟粗暴地说："你知道个屁！新社会，必须扫除这些污泥浊水！"

大梅央求说："朱书记，你听我说。老桂红是个名演员，那吸'老海'的毛病也是旧社会落下的，不是一天半天。戒是该戒……"

老朱插话说："必须戒！"

大梅接着说："要是一下子戒得太猛，会死人的。朱书记，这、这……影响也不好啊。"

老朱愣了一下，说："会死人？有那么严重吗？"

大梅说："真有戒死的，我亲眼见过……"

老朱摆了摆手，打断她说："你不要再说了。不行，我看不行，名角也不行！"说着，他在办公室里又来回踱起步来，一边踱步一边自言自语："这个老桂红，这个狗日的老桂红……"走着走着，他又停下来，说："组织上对文艺人才一向是爱惜的，可这个事我做不了主。这是犯罪，犯罪你懂吗?！"

　　大梅望着他，看他心有所动，就说："朱书记，老桂红是我师傅辈的名演员，咱也不能眼看着……"

　　这时，老朱慢慢地拉开办公桌的一个抽屉，严肃地说："凤梅同志……"

　　大梅一听他这样叫她，竟吓了一跳，她口不择言地说："不，不，我可称不起……"

　　老朱却缓声说："你不要怕，这事跟你没有关系。这个……你说的虽然情况特殊，可这个、这个、这个……"说着，他沉吟了片刻，从拉开的抽屉里拿出两包烟来，又小心翼翼地从里边拿出了一个小纸蛋，纸蛋里包着一个很小很小的黑丸，他很严肃地说："这是刚交上来的，你给他拿去吧，让他在烟上抹一点，暂时缓解一下。只此一次，下不为例。从爱护人才的角度考虑，我就犯一回错误。你告诉他，戒是一定要戒，没有余地。另外，我再给军管会说一下，让他们多出来晒晒太阳，也给他们改善改善伙食。"

　　一时，大梅激动地说："老朱，你真是个好领导！"

　　老朱沉着脸说："好人做不得。我这是纵容犯罪！"

　　从此，由于大梅求情，对那些强制戒毒的艺人管得就松了一点。每天，他们排着队到操场上去，在阳光下走步，一个军管人员在旁边喊操："一、二、一！一、二、一！挺胸，抬头，往哪儿看?! 向前看！一、二、一！……"

　　艺人们都没有经过正规的训练，走起来显得很散漫，吊儿郎当的，有人不断地受到批评：

　　"走好！你，说你哪，怎么走的?! 你，你，还有你，还像个人吗？抬起头来！……"

　　也就是同一天，老桂红被人带进了一间接待室。在那间接待室里，当着大梅的面，已经年迈的老桂红连起码的廉耻都不顾了，他就那么蹲在地上，像疯子一样抓过那包烟，抖抖索索地点上连吸了几口，接着，又扑通一声跪下来，连连磕着头说："感谢共产党，感谢共产党！我戒，我死戒，我一定戒……"

老朱望着老桂红的样子，一句话没说就扭过身去，十分厌恶地皱了皱眉头。

出了门，老朱摇了摇头，对大梅说："哼，还是个名角呢，一吸上毒，怎么不像个人哪?!"

大梅叹口气，由衷地说："旧社会，没有人把唱戏的当人看。在那些有钱人眼里，你是'戏子'。'戏子'不是人，一当'戏子'你就不是人了。又有谁把'戏子'当人哪？唱戏的，说不好听的，那是巧要饭。活着让人瞧不起，就是死了，也不能入老坟。现在解放了，托了共产党的福，艺人才是个人了。"

老朱说："这是新社会，艺人也要自重！"

大梅听了，认真地点点头。

这时，老朱突然说："今晚有一场演出，市领导要看。你回去让大家好好准备准备。"

大梅满口承当说："你放心吧。"

大梅怎么也想不到，解放后，她在漯河的第一场演出就砸了！

既然是首场演出，大梅自然是要上场的，她是主角嘛。可是，这天晚上的演出是带有慰问性质的。在漯河这样的城市里，大凡名角出演，文化人是定然要看的。所以这天晚上，来看戏的人多是一些知识分子。

是呀，票早就卖完了，售票口也早两天就挂出了两个醒目的大字：客满。在戏开演之前，剧场门前已是熙熙攘攘，那些卖水果、瓜子的小摊主站在戏院的台阶下，不时地大声叫卖。剧场内，自然座无虚席，可以看出，来看戏的大多是一些知识文化界人士。

　　铃声响了。戏一开始，大梅并不紧张，她已在各种台子上演了无数场了，还会在乎一个漯河吗？可是，待她上场后刚念了几句道白，台下便传出了哄堂大笑声。接下去，演着演着，台下仍不时响起哄然大笑。有时刚唱两句，台下就传出了哄笑声。一时间，剧场里显得乱哄哄的。

　　由于是剧团进漯河后的第一场演出，黑头格外看重。于是，他怀里精心地揣着两只小茶壶（一个盛热茶，一个盛凉茶），早早地就站在了舞台角上的暗处。

　　片刻，剧场里又传来了哄笑声……

　　开初，黑头不知道台下为什么笑，就趴在幕布后偷偷往下看，恰在这时，台下竟响起了稀稀拉拉的掌声。黑头也终于看清了，观众拍的竟然是倒好，于是黑头的脸立时沉下来了。

　　等到戏散场时，只听剧院大厅、过道里到处都是议论声。

　　有的说："都说唱得好，好啥？动不动就乱噞噞，也不知噞个啥？死难听！"

　　有的说："唱的啥？净白字！"

　　有的说："一听就知道是走乡卖艺的，没一点文化！"

　　有的说："可不，鄱阳湖吧，说成潘阳湖；马遂吧，说成马锤；梁虔吧，说成房山……你说说，这不是笑话吗，大笑话！"

　　有的说："这个大梅不是挺有名吗？"

　　有的说："没有麦克风还好，一用麦克，啥也听不清了……"

　　有的说："嗓门怪大，可喉咙喊的，那音儿都变了……"

　　有的说："头几排还行。说实话，吐字还是蛮清的嘛。"

　　后台上，演员们全都一声不吭地卸装。这是他们唱戏以来，第一次唱砸了。

　　在沉默中，卸了装的大梅一步步向黑头走去……

黑头铁青着脸，一句话也不说，抓起桌上的两只茶壶，只听"叭、叭"两声，一下子砸在了地上。

当天夜里，大梅刚进家门，只听得"呼咚"一声，两块大砖头撂在了她面前的地上。大梅看了一眼，默默地脱了衣服，就跪在了两块砖头上。

黑暗中，黑头气呼呼地站在那里，厉声喝道："你是咋唱的?! 越唱越差瓜！"

大梅不语，满眼含泪，扬起手来一下一下地在扇自己的脸……

这天晚上，大梅就那么整整地在砖上跪了一夜。

黑头自然没有想到，他会丢这么大的人。

他也没有想到，一大早就会有人来敲他家的门。听到敲门声时，他还正在床上打呼噜呢。不料，一群如花似玉的新学员，突然就拥了进来！

这是剧团刚刚招来的一群学生。学生一向是崇拜名演员的，他们来剧团的第二天，就叽叽喳喳地拥到大梅家来了。

那会儿，一个叫玲玲的姑娘小声对同伴们说："我问了，就是这家，这就是申老师家，大名鼎鼎的大梅老师就住在这儿。哎，他爱人的艺名你们知道吗？叫一声雷！听听，多棒，一声雷。"

于是，十几个姑娘、小伙围在门前，小声议论说："进，进吧。敲门，快敲啊，咱就是来拜师的嘛，怕啥？"他们叽叽喳喳地说着，一个叫阿娟的姑娘说："你敲。"玲玲说："你敲，你敲……"就这么你推我、我推你，先是不敢叫门，后来推推搡搡的，不经意间竟然把门给撞开了……

突然，他们全都愣住了。只见这位大名鼎鼎的演员，竟然在地上的两块砖上跪着。

片刻，众学员惊叫着，一起围上去，拉的拉，拽的拽，一个个义愤填膺。

一个说："新社会了，咋还能这样折磨人啊！"

一个说："看把人打的……不像话，太不像话了！"

一个说："新社会，男女平等。这也太欺负人了！"

有的说："哎呀！血，腿上有血，都跪出血来了！"

有人马上说："打人犯法！叫警察，快去叫警察！"紧接着，就有人往派出所跑去……

在一片纷乱中，大梅在众人的搀扶下，有点尴尬地站起来，不好意思地说："别，别，别叫……没事，我没事。"

这时，黑头刚刚从里间探出半个身子，马上就被一片斥责声包围了——

"你算什么演员？打人犯法你知道不知道?!"

"旧社会妇女受压迫，新社会还受压迫?!"

"你这是侵犯人权。太可恨了！"

"叫他自己说，叫他自己说。问他为啥打人？为啥罚跪?"

"走，把他扭到派出所去，看他还横……"

"简直是恶霸，大恶霸！"

"申老师，你别怕。你不用怕。现在是新社会，有说理的地方。告他！不行就跟他离婚！"

这时，大梅除了尴尬之外，一句话也说不出来了。

就这样，在一群小学员的报告下，派出所果真就派来了一个民警，把黑头和大梅两人一起叫去了。

进了派出所，黑头被叫到了一间办公室里，一个民警便劈头盖脸地训斥起来。那民警看着黑头，严厉地问："姓名?"

黑头勾头站在那里，嗫嚅地说："李、姓李。"

民警问："工作单位?"

黑头嗫嚅地说："剧、剧团。"

民警说："我知道你是剧团的。在剧团干啥？"

黑头嗫嚅地说："演、演员。"

民警说："噢，你还知道你是个演员？在台上人五人六的，下了台就不是个人了?! 说说，为什么动手打人？"

黑头不吭了。

窗外，一群学员趴在窗台上，一边看一边叽叽喳喳地议论着。他们怎么也想不到，一个名演员会挨打。

在另一间办公室里，派出所所长很和气地对大梅说："大姐，坐，你坐。我娘最喜欢你的戏了。"

大梅默默地坐下了，不好意思地说："你看，多丢人，净添麻烦。"

派出所所长望着大梅，试探着说："大姐，你说句实话，是不是真想离婚？要是的话……"

大梅十分尴尬地说："……都是这些学员闹的，离啥婚啊！他是个好人，就是脾气暴。新社会了，他那麦秸火脾气也真得改改了，要不……"

派出所所长说："那你的意思是……"

大梅说："吓吓他，吓吓他就是了。"

派出所所长说："那就……吓吓他？"

大梅说："吓吓他。"

派出所所长点点头，起身就往外走，这时大梅忙站起身来，有点不好意思地追上去说："也别太那个了……啊？"

派出所所长笑了，说："明白了，我明白了。"

于是，所长悄没声地走进了另一间办公室。他站在那里看了一会儿，突然大声喝道："站好！说你呢！"

黑头正勾头站着，猛一怔，身子赶忙立得直了些。

所长问那个民警："态度咋样啊？不行，就送局里，拘他！先让他喝半月稀饭再说。"接着,他使了个眼色,凑近那个民警,小声吩咐道:"吓吓他。"于是,那个民警就更大声地训斥起来……

这天,一直到天黑的时候,在黑头的保证下,大梅才把他领回家去。可是,一进了家门,黑头的脸立时就阴下来了,他就那么往床边上一坐,两腿盘着,像个黑煞神似的。

这时,大梅端着一盆热水走到床前,把水盆往黑头的腿跟前一放,轻声说:"洗吧。"

不料黑头却"咚"的一声,蹿蹿地、硬硬地把两只大脚踩在了地上,反而踩了两脚土。大梅蹲下身去,伸手去搬他的脚,可他硬是踩在地上不动。大梅说:"你看你……"

黑头气呼呼地说:"你是大名人,本事大,让派出所抓我呀,把我捆走!"

大梅就蹲在他的跟前,说:"你看你,跟小孩儿样。"接着,她又柔声说:"戏唱砸了,你就是不埋怨,我心里也够难受了……可谁让咱没文化哪。戏词都是老辈艺人口传的,咱又不识几个字。过去都是这样唱的。这城里看戏的都是些文化人,咱一张嘴净错字,人家咋不笑话?朱书记不是说了,咱也得学文化,我明儿就参加扫盲班……"

黑头仍沉着脸一声不吭。

大梅看他不吭,接着说:"往后,你那脾气也真得改改了。新学员来了,你又是教武功的,对新学员可再不能动不动就打人了……"说着,大梅用力搬起黑头的脚,终于放进了水盆里,水花溅了大梅一脸。

经过这么一番闹腾,大梅真的就参加了扫盲班。从没上过一天学的大梅初上扫盲班时什么都不会,只好从学拼音开始。那时候,她每天晚上给黑头做完饭,就急急忙忙地跑去"扫盲"。扫盲班占用的是一个小学的教室，老师在讲台上教拼音，她就在下边跟着学，她心里说：真跟念经似的！

老师用一根竹竿点着黑板上写的拼音字母念道："玻——坡——摸——佛——"

大梅与一些参加扫盲的学生就跟着念："玻、坡、摸、佛……"

这时，教师用教鞭往下一指，说："你，说你哪，发音不对。注意口形，是玻，不是剥。看我的口形，跟我念，玻——玻——"

大梅站起来，在众人注目之下，一遍又一遍地念："玻——玻——"

大梅觉得自己脑子太笨，在回家的路上，也是一边走一边背："得——特——讷——勒——"

回到家里，做饭时她也是一边做饭一边背诵："z——c——s——"

黑头常站在一旁笑话她，说她成天叽里咕噜的跟放屁一样。有一天，他突然发怒了，说："谁吃屎？你还喝尿哩！"

大梅一愣，"吞儿"一声笑了，说："谁说你吃屎了？我念的是拼音，往下是 j——q——x——"

就这样，一天一天的，她终于摸索着会查字典了。那一天，她是多么高兴啊，高兴得差一点蹦起来。那天中午，当她把饭端上去的时候，大梅有点激动地对黑头说："我会查字典了！"

黑头说："啥？"

大梅说："字典。我买了本字典。"

不料，黑头却哼了一声，说："啥字典？戏才是你的字典。"

日子就这样一天天过去了。

在二十世纪五十年代中后期，剧团一步步地走上了正轨，成为国营单位，对业务抓得很紧。那时候，每天早上，作为武功教练的黑头早早地就把那些年轻学员带出来，到河边去练功。黑头是一个十分严厉的人，一脸的铁色，平时又不爱多说话，学员们都有点害怕他。

有一天，一个学员练功（扎马步）时不认真，嘻嘻哈哈地逗乐子，一会儿点这个一下，一会儿又戳那个一下，黑头立时就火了，他飞一样地冲上去，扬起大巴掌就要打。可当他的手高高举起来，却突然又慢慢、慢慢地放下了，嘴里喝道："胡闹！"

那个学员吓得脸都白了……

黑头把大家集合起来，说："你们知道戏是啥？对于演员来说，戏就是命！旧社会学戏，一是打，二是偷。现在，哼，你们是赶上好时候了，要再不好好学，赌等着喝'转磨水'了！"

女学员玲玲说："报告老师，啥是'转磨水'？"

黑头瞪了她一眼，没有说话。

玲玲问："是不是驴？是驴吧？"

众人"哄"的一声笑了。

黑头厉声骂道："笑啥笑？要是不想学你滚！"

这一声，把玲玲吓得哭起来了。

收功后，等学员们散去，黑头把练功用的器具一一收起来，重新摆好。而后，他见一个姑娘的衣服忘在了一棵树上，就蹲在那儿等着。

片刻，玲玲慌忙跑来了，她定睛一看，见老师竟然还蹲在那里给她看衣服，一时怯怯地站住了。

此时，他看了她一眼，站起身来，说："拿去吧。"

第二天早上，当学员们揉着眼跑出来时，只见黑头一个人独自在练功的地方直直地站着。在他身后不远处，大梅正在晨风中吊嗓。

学员们一下子被镇住了，脸上也有了肃穆之气，他们赶忙跑过去，一个个站好队。

这次，黑头一句话不说，一个箭步跑起来，一连打了十个车轮大空翻。

太阳升起来的时候，黑头看玲玲扎的动作不对时，又是冲过去没头没脸地训斥道："你是咋搞的？连个马车轱辘都打不好?！重来！"

玲玲觉得她在众学员面前丢了脸，眼里的泪便下来了。

黑头喝道："哭什么？你还有脸哭？我看你那脸皮比城墙还厚。去，做去！"

玲玲眼含热泪又做了一遍。

黑头却说："这就行了？再来，连做五十个！"

最后，玲玲竟站在那儿哭起来了。

黑头说："哭吧，好好哭。今天你哭死在这儿也得给我做。要是解放前，哼，我打飞你！"

听他这么一说，玲玲哭得更厉害了，一直哭到了下课。

这天中午，在剧团大院里，大梅叫住了玲玲。大梅说："玲，我听说李老师又熊你了？"

玲玲不语。

大梅说："你不用怕他。他这个人，越是喜欢谁越对谁要求严格。他对你严，是看你有出息。你别怕。"

玲玲说："我一见他就害怕，一怕就出错，老出错。我、我都不知道该咋办了？"

大梅说："这样吧，晚上你到我家里去。吃了饭，我让他给你梳个头，他可会梳头了。"

玲玲吃惊地说："真的？"

那是一个十分沉重的背影。

傍晚时分，买官得意扬扬地押着一个人向排练厅走去。他押着那个背影——一个扛着铺盖卷的背影往前走。那个背影显得孱弱、萎缩，那弯着的脊背像大虾似的。买官跟在他的身后，一边走一边呵斥道："老实点!"

两人来到排练厅门口，买官突然说："站住。"

那人就老老实实地站住了。

买官喝道："转过身来。"

那人慢慢地转过身子，露出了一张苍白的、戴着近视镜的脸，尤其是他脖子里围着的那条文文气气的、系法很独特的大围巾，给人留下了很深的印象。

买官一时心血来潮，突然伸出手来，在门口比了一个高度："进去吧，退着走!"

那人像虾一样弓身向前，眯着眼贴上去看了好一会儿，才看清了买官比的高度，而后，他把腰弯成九十度，一步步退着进了排练厅。

进了排练厅后，买官仍不依不饶地说："站好，站好!"

那人重新弓身立在他面前。

买官说："我再问你一遍，姓名?"

那人小声说："苏，姓苏，苏小艺。"

买官说："猪?"

那人说："苏，姓苏。"

买官说："噢，姓苏，我还以为你姓猪呢。姓苏的，知道你的身份吧?"

苏小艺勾着头说："知道，我知道。"

买官说："那好，我现在给你讲讲政策。这个这个……啊，毛主席说，坦白从宽，抗拒从严……"

苏小艺突然说："对不起，崔、崔……政府，我能方便一下吗?"

买官正说到兴头上，被这么一打断，顿时气不打一处来，骂道："操，我说我是政府了? 你，就你，还想怎么'方便'? 你想'方便'什么?! 嚣张，你给我站好!"

苏小艺顿时不敢吭了。

这时，买官像是醒过神来，说："尿就是尿，狗日的，还'方便方便'？臭词不少！"

这天晚上，大梅家桌子上已经摆上了一些糖果、瓜子，学员们全都拥来了。特别是那些女学员，围在一起叽叽喳喳的，在看黑头给玲玲梳头。

大梅站在旁边说："对于演员来说，梳头也是一门学问。在台上，你演啥角，就得梳什么样的头。头要是盘不好，唱着唱着头发散了，那可就丢大人了！"

黑头一声不吭，经心经意地在给玲玲梳头、盘头。黑头小心翼翼地用手托着玲玲那长长的乌发，在他的手上，那把梳子像是有了魔性，所到之处陡然就有了乌亮的光泽。他的手是那样的轻、那样的柔，梳子轻得像羽毛一样，仿佛不经意间，一个头就梳好了，从镜子里陡然走出了一个姑娘的别具一格的俏丽。

立时，女学员们"呀、呀"地叫着，一个个争着说：

"我梳一个。"

"李老师，我也梳一个！"

第二天上午，大梅第一个来到排练场。她端着一大茶缸热腾腾的茶水，一边走一边吹着茶叶末子。进了排练厅后，她突然发现有一个人正蹲在台子角上，匆匆忙忙地卷铺盖呢。

旁边，买官正咋咋呼呼地吆喝他："快点，麻溜儿！咋搞的？！"

那人弓着腰慌忙应道："好的，好的。马上就好，马上就好。"

大梅一怔，问："这人是干啥的？咋睡在这儿？"

买官跑过来，贴耳小声说："昨儿个才押来的，朱书记让我多注意注意他。这人，反党分子，右派。"

正说着，只见那人夹着铺盖卷，低着头弓身走了过来。

大梅见这人连个招呼也不打，竟然是个"反党分子"，立时气不打一处来，她扬起手里的茶缸，"哗"地一下，把满满一茶缸水全泼在了那人的脸上。顿时，那人一脸一身都是水，鼻梁上架的近视眼镜也掉了。

一身是水的"老右"苏小艺趴在地上摸他的眼镜，摸来摸去终于找到了眼镜。当他一声不吭重新把断了一条腿的眼镜戴好时，参加排练的演员们差不多都到了，他们站在那里，像看怪物似的，疑惑不解地看着他。

有人问："怎么啦？怎么啦？这人是谁呀？"

然而纵使这样，大梅仍是气不打一处来，她追上去质问道："你为啥要反党？你给我说说，为啥要反党?!"

"老右"身子弓得像大虾一样，连连点头说："我有罪，我有罪。对不起，我有罪。"

接着，"老右"慢慢地弓着身子、夹着被褥向门口走去，每当他走到演员跟前时，他就弓身点着头说："对不起，我错了。对不起，我有罪。对不起，我有罪……"

这时，朱书记匆匆进了排练场，他一看这阵势，就问："干啥呢？这是干啥呢？新来个人，有啥看的！"说着，他一把拽住了"老右"，说："老苏，别走，你先别走，我给介绍一下……"

朱书记不让走，"老右"就老老实实地站住了。于是，朱书记郑重地咳了一声，对大家说："这一位，姓苏，苏这个这个……苏小艺，啊，你们可以叫他老苏，啊，这个这个……啊，是从上边下来的，是下放。啊，对他的安置问题，上级部门有交代，啊，大致意思呢，就是说政治上要监督，监督改造嘛；艺术上呢，要尊重。大家听清楚了吧，艺术上一定要尊重他。人家是学导演的，专家嘛！"

立时，演员们议论纷纷。

排完了戏，朱书记把大梅叫到了办公室里，私下里批评她说："大梅，毛主席不是说了，对俘虏还要优待嘛。你怎么能用水泼人家呢？很不好嘛！"

大梅说："我这人是麦秸火脾气。你说说，都是些有知识的人，他咋会反党呢？"

朱书记说："对于老苏嘛，上头的意思是要限制使用。从档案上看，他还不算是右派，名是后补的，叫我看，只能算是右倾，还是要团结的嘛。"

大梅怔了怔，说："右倾？啥是右倾？"

朱书记说："组织上的事，你也别打听了。"

大梅依旧说："老朱，他究竟犯的啥错，你能不能给我透透风？"

朱书记说："不管犯的啥错，你用水泼人家都不对。"

第六章

事过两天后，大梅心里一直不好受。她有一个疑问一直想问问那个"老右"。终于，挨到了这天晚上，排练厅里再没别人的时候，她就独自一人找苏小艺来了。

进了排练厅，却见苏小艺正一个人在排练场小舞台上站着。看见他，大梅就更觉得这人怪。他平时总是弓着腰走路，可当他一旦站在舞台上，立马就像是变了个人似的，身量、腰板、头颅，都挺得很直。他站在那里，一副神游万里的样子，面对着空荡荡的排练场，"唰"地把脖里的围巾一甩，朗声道：

"生存还是毁灭？这是一个值得考虑的问题。默默忍受命运的暴虐，或是挺身反抗人世的无涯苦难，这两种行为，哪一种更高贵？要是只用一柄小小的刀子，就可以清算他自己的一生，谁愿意负着这样的重担……"

正当他朗诵《哈姆雷特》时，却见大梅悄没声地就进来了。他吓了一跳，嗓子一顿，急忙改口念起了戏词："张三李四满街走，谁是你情郎？毡帽在头杖在手，草鞋穿一双……"

大梅却不管三七二十一，直通通地走到他跟前，说："老苏，你是姓苏吧？我这人麦秸火脾气，心里藏不住事，你也别计较。我用水泼你我不对，我来给你道个歉。可我还得问问你，你为啥要反党?!"

苏小艺的腰又慢慢地弓下去了，他喃喃地说："我有罪，我有罪。"

大梅说："你别给我绕。绕啥绕？你直说。有话直说。"

苏小艺愣了片刻，小声问："您，就是申凤梅——申大姐吧？"

大梅直直地说："是，大梅。"

苏小艺沉默了一会儿，说："大姐，你……让我说实话？"

大梅说："说实话!"

苏小艺眼里的泪掉下来了，他低声说："天地良心，我没有反党。我是新中国的第一代大学生，是靠国家发的助学金才读完大学的，我怎么会反党呢？"

大梅一听怔了，说："那你……是咋回事？"

苏小艺扶了扶眼镜，迟疑了一下，再次问："说实、实话？"

大梅说："实话!"

苏小艺在台沿上坐下来，说："我给报社投了一个小稿，是个只有几百字的小文章，套用了一个连队的小笑话，说是一个领导下去视察，战士们列队欢迎。领导说，同志们好! 战士们就说，首长好! 领导说，同志们辛苦了! 战士们说，为人民服务。往下，领导拍了一个战士的肩膀，说：小伙子挺胖的。战士们一时没词了，就齐声说：首长胖! 就这么个故事，我改了几个字，我把'连队'改成了'剧团'，把'战士'改成了'演员'，把'首'长改成了'局'长，坏就坏在'局长胖'这三个字上……"

大梅一听，忍不住"吞儿"一声笑了，说："就这事？ 不会吧？"

苏小艺说："主要就是这件事。"

大梅说："就'局长胖'？"

苏小艺说:"就'局长胖'。"

大梅说:"那……局长就是胖?"

苏小艺忙着解释:"我是无意的,我确实是无意的。要说、要说局长……是、是胖点。"

大梅两眼直瞪瞪地看着他,说:"你可说实话。"

苏小艺说:"当然,我平时也给领导提过意见。但要说我反动,能上纲上线的,主要指这件事。大姐,你要是不相信,可以去原单位打听。我要说半句假话,你啐我。"

大梅说:"这不对呀,你应该往上边反映嘛。我不信,我不信!"

苏小艺不吭了,就那么默默地坐着。

大梅猛地站起来,给苏小艺深深地鞠了一躬,说:"老苏,不管怎么说,我不该用水泼你,我现在再给你道个歉,郑重地给你道歉,对不起了。"

苏小艺说:"没啥,这没啥。再说,我也习惯了……"说着,他伸手往兜里摸烟,摸了摸,没有摸出来,也就算了。

这时,大梅从兜里掏出一包烟递了过去,就势也坐下来,说:"兄弟,我给你说句掏心窝子的话,你反啥都行,不能反党。你大姐是个艺人,唱戏的。你想想,旧社会谁把戏子当人呢?那时候成天提心吊胆的,过的不是人的日子。只有解放了,咱才是个人了。要不是共产党,哪有你大姐的今天!"

苏小艺听了,竟然哭起来了。

大梅站起身来,说:"算了,算了,你别哭了。我知道你说的不是假话,我给你反映,我找上边反映。"

大梅是个爽快人,她心里是一点掺不得假的。自从听了苏小艺的话之后,她就觉得这事实在是太过分了。于是,她开始主动去替苏小艺喊冤了。

从地区文化局到宣传部，她一个一个门槛进，进了门不管见了谁，就跟人家说。见了科长跟科长说，见了局长跟局长说，见了部长，就更得说了，直说得谁见了她就躲，她还是说："……你说说，这事太冤。就那一句，局长胖……"后来，她见找文化局不办事，就直接去找宣传部，大梅在宣传部又是给领导们一遍一遍地反映情况："……太冤，太冤。这能是政治问题？这不能算吧？说起来就一句，就那一句，局长胖……"最后，反映来反映去，大梅见谁也不敢答复她，一气之下就决定直接去找地委马书记。

那天，大梅起了个大早，就那么端着练功的架势，一溜小跑来到地委大院门口，到门口时，嘴里还小声喊着"咚——采——呛"，突然来一个戏剧上的大亮相，这才站住身子。

传达室的老头见了她，笑着说："是大梅呀，咋，跑这儿练功来了？"

大梅说："我找马书记。跑三趟了，都没见到他。他在吗？"

老头用手捂着嘴，小声说："在，在呢，这回可叫你给堵上了。快去吧，那个小偏门里边，挂帘子的……"

地委马书记的办公室在后院。由于他的家属不在本地，所以他的办公室"寝办合一"。这是个里边住人外边办公的套间，外边墙上挂着一幅巨大的区域地形图。马书记有个早起听广播的习惯，他手里拿着一个微型收音机，一边看地图，一边在收听《新闻联播》。听到门外有脚步声，马书记朝外看了一眼，说："大梅？进来，进来。"

待大梅进了屋，马书记一边让座一边说："坐吧，坐。听人说你找我，有事吗？"

大梅猛地站起来了，说："马书记，我找你反映点情况……"

马书记笑了："坐下，坐下，坐下说嘛。"

不知为什么，自从"右派"苏小艺进了剧团后，买官格外地兴奋。他比往常任何时候都起得早了。本来，作为剧团的演员，他也是要早起练功的。可他自从倒了嗓子之后，就再也不练功了。他每天很晚才起床，起来后手里捧着个大茶缸，转转悠悠的，啥事也不干。可打从苏小艺来了之后，他反而起得早了。一早就起床，而后就往厕所跑。

这天早上，苏小艺正弯腰挥着一把大扫帚，在厕所外边的院子里扫地，不料那扫帚却被买官的脚踩住了。买官趾高气扬地说："老右，厕所打扫了吗？"

苏小艺用手扶了扶眼镜，一紧张，说："扫、扫过了。"

买官四下看了看，说："那个……那个女厕所哪？"

苏小艺一愣，说："女、女厕所也要我打扫啊？"

买官说："废话。你不打扫谁打扫？！"

苏小艺低着头，一声不吭。

买官手一指，说："扫去，扫去。"

苏小艺低着头说："好，好。我扫，我扫。"

买官往前走了两步，又回过头来，又着腰说："老实点！扫干净！"

在马书记办公室里，大梅仍滔滔不绝地讲述着："……人家就说个'局长胖'，我看这也没啥错，咋能这样对待人家呢？听说他老婆这会儿正跟他闹离婚呢，眼看一家人就零散了。人家也是个人才呀！"

马书记听了，挠了挠头，笑着说："你这个大梅呀，真是个热心人。"

大梅说："马书记，你得管管哪！"

马书记说："既然是人才，就当人才使用嘛。"

大梅说："马书记，这话可是你说的？"

马书记皱了皱眉头，很严肃地说："对。你告诉他们，就说是我说的。"

大梅想了想，又说："那不行。马书记，送佛送到西天，你得给朱书记挂个电话，你亲自给他说……"

马书记沉默了很久，终于说："好吧。这个电话，我打。"

那边，大梅刚跟马书记说通；这边，大梅就又腾腾地跑回来做老朱的说服工作。

朱书记听了，沉吟半天，最后才说："……要不，先让老苏当个助理导演？"

大梅急切地说："也别助理了，还助理个啥？你让人家干活，还让人家心里恶恶心心的，图啥？马书记说了，是人才就要当人才使用。"

朱书记迟疑了片刻，说："让他当导演，这个、这个……合适吗？"

大梅说："老朱，朱书记，也别给人家留尾巴了，就导演吧。人家学的就是导演。"

朱书记严肃地说："他可是戴着'帽子'呢！"

大梅说："'帽子'是帽子。就为那点事，总不能耽误人家一辈子吧？"

朱书记想了想，很勉强地说："行啊，地委说话了，就导演吧。不过，在政治上还是要严一点，他毕竟戴着'帽子'呢，是'限制使用'，万一出了啥事……"

大梅说："能出啥事？我担保！"

第二天，苏小艺仍弓着腰在院子里扫地。人们看见他从女厕所里走出来，一只手拿扫帚，另一只手提着水桶。

这时，大梅跑来告诉他说："老苏，地你不用扫了。从今天起，你就是咱团的导演了。"

苏小艺手里拿着扫帚，怔怔地望着她，说："真的？"

大梅说："这还有假？地委马书记特批的。"

苏小艺仍愣愣地说："这是做梦吧？"

大梅说："大天白日的，你胡说啥！"

苏小艺再一次结结巴巴地问："真的？"

大梅说："真的。"

然而，就在当天下午，演员们走进排练场时，却一个个都傻了。

这时候，他们眼里的"老右"一下子像是变了一个人，只见他左边夹着一个"文件夹"，右手提着一个小黑板，旁若无人地大步走上台去。而后，他一个人就那么独独地站在舞台的正中央，居高临下，全身的每一个毛孔里仿佛都张扬着一种不可一世的"指挥"意识。他身上的衣服也全都换了，连裤缝都是重新烫过的，显出了他高人一等的文化背景。他的头高高地昂着，手里翻动着一个夹有几页"导演提纲"的文件夹，他把小黑板往台子边上一放，指着那个小黑板朗声说："从今天开始，凡是参加排练的人员，一律不许迟到。迟到者，把名字给我写到这个小黑板上。好了，今天走台。"

众人一听，一个个愣住了。

买官小声对人嘟哝说："操，一当导演，'老右'成人物了。"

剧团的一些老演员，也都对他十分反感。有人小声说："烧球啥哩！"

有人说："你看这人，张牙舞爪的，啥家伙？！"

有人说："你看那头，你看那头昂的！"

有人说："问问他，懂不懂班里的规矩？"

然而，站在台上的苏小艺却浑然不觉，仍高声说："注意，注意了。乐队，乐队准备——"接着，他又傲气十足地说："不客气地说，对于你们这样的地方剧团，我会要求严一点，你们也可能一下子适应不了。适应不了不要紧，慢慢适应。以后不要再这么散漫了，排练时，一定要早到十分钟，谁来晚了，就罚他。好了，不多说了，走一遍。"

突然，台下有人叫道："兔子！"

台上，苏小艺一怔，高声问："什么？什么意思？"

于是，台下的人竟然齐声叫道："兔子！"紧接着，哄堂大笑。

排练场外，雨下起来了……

排练场舞台上，正扮演"探子"的买官马马虎虎地走上来，双手一拱，说："报。"

立时，苏小艺火了，他冲上前去，喝道："干什么？你这是干什么？歪歪斜斜的，什么样子？没吃饭吗？重来！"

众人"哄"地笑了。

买官站在那儿没动，白了他一眼，又很勉强地重新喊道："报。"

苏小艺喝道："说你呢，没听见？退回去，重新来！"

买官嘴里嘟哝道："不就一个龙套嘛……"

苏小艺劈头盖脸地吼道："龙套，你知道什么是龙套？你说说什么是龙套？在戏里，一个龙套就意味着千军万马。你懂吗？我告诉你，在戏里，没有小角色，只有小演员！戏是什么？戏就是激情的燃烧！排练也一样。无论什么角色，都要把自己融化在戏里。你自己都不感动，怎么去感动别人呢？饱满，情绪一定要饱满！进戏时，每一个毛孔都要绷紧，绷紧！你懂吗？好了，好了，再走一遍！"

大梅听了苏小艺这番话，眼里一亮！

一些年轻学员眼里也露出了佩服的神情。特别是青年演员王玲玲，很专注很痴迷地盯着导演。

轮到大梅登场了。饰演"诸葛亮"的大梅刚刚唱了没几句，苏小艺便皱着眉说："停，停。不对呀，我听这唱腔有点不大对呀！"

大梅停下来，问："导演，哪点不对了？"

苏小艺说："唱腔要优美。这个、这个噘腔不好，太难听了……"

大梅不满地说：“越调就是这个味，都有‘嗷’腔。这也是老辈艺人传下来的……”

苏小艺摇了摇头，喃喃地说：“都是这个味？不对吧？不美，不美，实在是不美。那好，就先这样吧……”

正排着，突然外边有人喊道：“老苏，老苏，你老婆领着孩子看你来了！”

苏小艺却不耐烦地说：“正排戏呢，让他们等着吧！”

这时，排练场门口站着一个牵着孩子的女人一声不吭……

傍晚，剧团办公室门前，一个六七岁的男孩很孤独地在门外站着，孩子的脸上带着小兽般的警觉，好像随时都准备逃跑一样。

屋里是长久的沉默。站在桌旁的是苏小艺的妻子李琼，而苏小艺却在地上蹲着。下了舞台的苏小艺这会儿显得十分畏缩，也很无奈。他一直在地上蹲着，不停地在擦他的破眼镜片。末了，他终于小声叫道：“琼……”

李琼长得很漂亮，她站在那里，默默地从兜里掏出一张纸，放在了办公桌上——那是一张“离婚申请表”。

苏小艺喃喃地说：“琼，是我对不起你，对不起孩子……”

李琼瞥了他一眼，问道：“你……住在哪儿？”

苏小艺用手扶了扶眼镜，喃喃地说：“排练厅，暂时的。”过了片刻，他又解释说：“是舞台上，蛮好的，蛮好。”

李琼没有再说什么，只是长久的沉默。过了一会儿，她说：“我把你的棉衣带来了。”

苏小艺说：“这边安排还是蛮好的，让我做导演。我是团里的导演了……”

李琼很伤心地说：“你知道吗？你的儿子，在学校里被人叫作……‘羔子'。"说着，她眼里有了泪花，接着又说："孩子吓得不敢出门。还有我，得一次次地说……'立场'。我说够了，不想再说了。"

苏小艺两手抓着头发，眼里有了一种说不出来的恐惧。他说："琼，我知道，都是我的错……"

李琼看了看放在桌上的那张纸，低声说："签字吧。"

苏小艺先是喃喃地嘟囔着什么，继而竟呜呜地哭起来了。

这时，门外突然响起了脚步声，立时，苏小艺以极快的速度擦干了眼泪，猛地一下站起身子，一捋头发，昂着头说："……家里一切都好，我这就放心了。不需要，我什么都不需要。"

说话间，大梅推门走进来。她人到声到，说："老苏，听说你家属来了？让我看看。"说着，人已进了屋。当她看到李琼时，就"哎"了一声，说："怪不得藏在屋里不让人见，原来是张画儿呀！"说着，她笑起来，上前一把拉住李琼的手，说："走，走，上我那儿吃饭去，我给你接风！"

此刻，苏小艺赶忙介绍说："这是团里的业务团长申凤梅同志。"

李琼不好意思地说："噢，申大姐。谢谢，谢谢你，不去了。"

大梅仍拽着李琼不松手，说："不去？不去可不行，饭都准备好了。走！"说着，拉上李琼就往外走。

大梅是实心实意请苏小艺一家去家里吃饭的。当他们到的时候，饭菜早已准备好了。虽然很简单，桌上也摆着四五个菜，还有一瓶酒，竹筐里盛着一摞子新买的烧饼。

等苏小艺一家三口坐好后，大梅端起酒说："今天是给弟妹接风，也没什么好的，让孩子先吃着，咱们干了！"

在一旁作陪的黑头也端起酒说："干。干了！"

不料，李琼却说："大姐，我先敬你，我先喝为敬……"

大梅忙说："不对，这不对，这不合礼数……"

李琼说："我是借大姐的酒，说句话……"说着抢先把酒喝了，而后她又说："我不会喝酒，可大姐的这杯酒我喝了。我有句话想给大姐说说。"

大梅忙说："你说，你说。"

李琼说："大姐，我一见你，就知道你是个好人。老苏他这个人，外强中干，生活上有很多毛病，其实是……很脆弱的。有时候，他就像是个孩子……真的。大姐，我希望以后你能够多多地关心他，帮助他……拜托了！"

大梅说："看你说哪儿去了。在我们这儿，老苏是导演，是大才子，我们都很尊重他。老苏，你说是不是？"

然而，苏小艺却显得闷闷的，他勾着头，一声不吭。

大梅见气氛不好，忙说："吃菜，吃菜。"她一边说，一边给孩子往碗里夹菜。

黑头也说："喝，喝。老苏，你看你，媳妇来了，是喜庆事，你把头抬起来。"

苏小艺勉强地直了直身子，仍是无话。

这顿饭吃得很闷。

当晚，孩子睡了，留在大梅家。苏小艺和李琼离开大梅家，就在马路上慢慢地走着。这时，天下着小雨，人心里很寒，可走来走去，仍是无话。路灯很昏，两人的影子在路灯下长长的……

当两人走到排练厅门口时，却见一个人打着一把雨伞在门口站着——竟是大梅。大梅快步走到苏小艺跟前，把一张住宿证塞到他手里，说："大众旅社。去吧，房间我订好了。孩子也睡着了，你两口好好说说话。"

苏小艺激动地一把抓住大梅的手，流着泪说："大姐……"

大梅又把手里的雨伞递给李琼，说："孩子你放心。"

　　第二天早上，当大梅来到排练场门口时，见一群演员都在门口站着，正叽叽喳喳地在议论着什么……

　　大梅匆匆走上前来，立时有人对她说："团长，导演可能不来了。"

　　还没等大梅开口，买官抢先说："还来啥？两口子打离婚去了。"

　　大梅说："人家两口好好的，谁说他离婚去了？"

　　买官说："千真万确。我亲眼看见的，今儿早上在办公室，'老右'刚刚让小吴给开的证明。"

　　大梅吃惊地说："真的？"

　　买官兴高采烈地说："可不。'老右'的脸都白了，煞白！"

　　大梅一听，二话不说，扭头就走。

　　大梅匆匆赶到了街道办事处，进了门，她二话不说，三步两步抢上前去，拉上李琼就走。

　　这时，那位管民政的干部正在登记呢，他突然抬起头来，叫道："干啥？这是干啥呢？"等看见是大梅，他又慌忙改口说："是申大姐呀，有事吗？"

　　大梅也顾不上多说，径直把李琼拉到门外，这才喘口气说："大妹子，有句话我得给你说说。你可不能这样。戏上说，患难见真情。这时候，他到难处了，你要是再跟他离婚，不是太那个了吗？！"

　　李琼含着泪说："大姐，说实话，我也不想走这一步。可是在那边，我实在是……"

　　大梅说："走，你有难处给大姐说，咱想办法。"

　　李琼沉默了。

　　大梅牵着李琼的手把她拽进了家门。一进门，李琼往椅子上一坐，痛哭失声。她哭着说："大姐呀，我也是没办法呀！"

　　大梅想了想，安慰她说："你们这样长期分居，也不是办法。你一个人带着孩子，也真是不容易。这样吧，干脆你调过来算了……"

李琼摇了摇头说："像我们这种情况，要调动太难太难了！"

大梅说："调动的事，我给你想办法。你放心，我就是头拱地，也要把你跟孩子弄过来。"

李琼闹离婚的事，终于被大梅拦下了。往下，大梅又是跑前跑后地给她联系调动的事。这一切，苏小艺都看在眼里，他自然是十分感激。所以在剧团里，苏小艺也十分卖力。他恨不得一下子就把剧团的水平提高一步。可他怎么也想不到，他很快就遇到了巨大的阻力。

一天晚上，大梅在舞台上照常演出，台下，看戏的观众没有往常多，上座率只有五六成，剧场里显得稀稀拉拉。可就在剧场的过道里，有一个人猫着腰，一会儿到前边听听，一会儿到后边听听，当他偶尔直起身的时候，就会发现这人戴着一副眼镜——他就是导演苏小艺。他是来摸情况来了。

等戏散场后，苏小艺在剧院门口拦住了大梅。他说："大姐，你等等。"

大梅扭头一看，是苏小艺，就说："老苏，调动的事，我昨天又去催了，他们说商调函已经发了……"

苏小艺打断她说："今晚上，我专门又听了你的戏……"

大梅马上问："你觉得咋样？"

苏小艺很严肃地说："有一个问题，这个问题很严重。"

大梅说："你说，你说。"

苏小艺说："你的戏，我反反复复听了很多遍，美中不足的就是这个'噢'腔，这个'噢'腔实在是太难听了……"大梅刚要说什么，苏小艺却激动起来："你听我说，你听我把话说完。我必须说完！戏剧的唱腔，有一个标准，可以说是唯一的标准，那就是要美。美是标准！唱腔不美，不悦耳，不动听，为什么还要唱它呢？愉悦，它的核心是愉悦！"

大梅解释说："这个'呦'腔是老一辈艺人传下来的，一代一代都是这么唱的，越调就是这样，都带这个腔。唱腔能改吗？要是改了，那、那还能是越调吗?!"

苏小艺更加激动，他手舞足蹈地说："怎么不能改？为什么就不能改呢？我知道是老祖宗留下的，老祖宗留下的就不能改了?! 说实话，这个'呦'腔就像是鬼叫一样，没有一点美感，太难听!"

大梅疑疑惑惑地说："我都唱了这么多年了，过去也没觉得它难听……这、这到底是咋回事呢？"

苏小艺却仍是不管不顾地说："要改，要改，一定要改!"

结果是两人吵了一架，不欢而散。

可是，就在这晚的深夜，苏小艺怎么也睡不着，夜半时分，他忍不住爬起来，匆匆赶到大梅家门前，用力地敲起门来。苏小艺一边敲门一边喊道："大姐，起来，快起来! 我找到原因了!"

屋里，大梅披衣下床，开了门，月光下，只见苏小艺在门外走来走去，嘴里还嘟嘟囔囔地说着什么。大梅问："半夜三更的，你，有啥急事？"

苏小艺很武断地说："你出来，出来说。"

待大梅走出门，苏小艺用手一推眼镜，口若悬河地说："你过去是唱高台的，对吧？那时候你有一个绰号，叫'铁喉咙'，对吧？那时候，唱戏没有麦克风，凭的啥？我实话对你说，凭的就是嗓门大。在乡村的土台子上，谁的嗓门大，就算是唱得好。别急，你别急，听我说。当然，我不否认你唱腔上的优点，如果没有优点的话，你也到不了今天。可那时候，你是一俊遮百丑。你一喊二里远，吐字又清，乡下人看热闹的多，一听嗓门大就叫好，你可以一俊遮百丑。但现在就不行了，现在你在舞台上唱，有麦克风，不用那么喊了。这样一来，你唱腔上的毛病就显现出来了。比如这个'呦'腔，就是个败笔，绝对是草台班子的货色，简直是粗俗不堪……"苏小艺一边说着，一边走来走去。

大梅一下子像是被打蒙了，也气坏了，她指着苏小艺，说："你、你、你张口闭口草台班子，草台班子怎么了？你怎么能这样说呢?!"

苏小艺仍是不管不顾地说："我告诉你，艺术有层次之分、高下之分，还有优劣之分。艺术是要讲品位的——品位，你懂吗?"

于是，两人又在月光下争吵起来。在黑暗中，两人都手舞足蹈的，显得十分激动。他们从家门口一直吵到院门口，又吵到路灯下……结果，两人吵来吵去，仍是谁也说服不了谁。于是，又是气嘟嘟地各自回去了。

不料，天快亮的时候，只听门"咣当"响了一声，大梅又披衣从屋子里走出来，急火火地朝排练场走去。她要再去找苏小艺说说。

这边，苏小艺嘴里吸着劣质香烟，也是一夜未合眼，烦躁不安地在舞台上走来走去。当他从舞台上跳下来，朝门口走时，刚好跟匆匆走来的大梅相遇。两人一怔，都同时说：

"你听我说。"

"你先听我说!"

两人就那么气呼呼地互相看着，终于大梅说："你是导演，你先说吧。"

苏小艺说："大姐，我想来想去，这个'噢'腔必须改掉，如果不改掉，难登大雅之堂。另外，艺术也是要不断创新的，如果不发展，是没有生命力的……在这里，艺术的最高标准是真、善、美!"

大梅反问道："那……按你说，怎么改?!"

苏小艺一时被问住了，张口结舌地说："这个、这个……我还没想好。"

大梅气呼呼地说："你导演都没想好咋改，你这不是瞎咋呼嘛！你说这，我也想了，行，改掉'噢'腔，可你想过没有，唱到这儿往下咋唱？很秃啊！这可不是空口说白话，你一说改就改了？这唱腔能是乱改的吗?!"

苏小艺说："办法是可以想的，我也一直在想……"

大梅也发火了，说："这一次，你听我说完！"

苏小艺一怔，忙说："好，好，你说，你说。"

大梅说："还有个事，我想给你说说。京剧马连良的《空城计》你看了吧？原来，我并没有悟过来，经你这么一提，我倒是想起来了。人家马先生演的诸葛亮，怎么看怎么大气，身子也没怎么动作，却飘着一股英气，潇洒大方，八面威风。现在我才明白过来，人家的'诸葛亮'是穿靴子的。就是这么一双靴子，把人穿得大气了。回想起来，老师当年教我这出戏时，他演诸葛亮是趿拉着一双破鞋，手拿一把破扇子，懒懒散散的。现在想来，那时他因为戏演得好，人却懒散，还吸大烟，总是来不及上场，就趿着一双破鞋上去演……到我们这一代，就延续下来了。你说诸葛亮该不该穿靴子？"

苏小艺说："当然该了。诸葛亮是个大政治家、军事家，趿拉着个破鞋，什么玩意儿嘛！"

大梅说："我也觉得懒散，可当年老师就是这么个规矩……"

苏小艺说："你看，这不正说明问题吗？"

于是，两人就那么走来走去地说着、争论着，一直到天大亮时，大梅打了个哈欠，突然说："给我一支烟。"

到了这时，苏小艺猛一抬头，说："哟，哟，天亮了，天都亮了！"

几天后的一个上午，导演苏小艺胸有成竹地站在排练厅的舞台上，对乐队说："注意，今天咱们把唱腔修改一下，把这个、这个、用假嗓唱的'啾'腔切掉，改成真唱的拖腔，咱们试一试……"

然而，乐队却并不听苏小艺的，他们都侧过脸去看大梅。

苏小艺仍是不管不顾地大声说："开始吧。"

可是，乐队却没有一个人伴奏。

苏小艺往下看了看，有点惊讶地说："怎么回事？！——开始！"

这时，买官突然跳出来，大声喝道："'老右'！羊群里跑个兔，你算哪棵葱啊？你说改就改？你是谁呀？你是一品红？！"

众人"哄"地一下笑了。

就这么一声"老右"，居然把苏小艺喊倒了。他怔怔地站在那里，他的头竟然不由自主地勾下去了。

就在这时，一些中老年艺人也都七嘴八舌地说起风凉话来。

有的说："哼，老辈人传下来的玩意儿，说改就改了？"

有的说："杀猪杀屁股，各有各的杀法。要是能改，这越调还能是越调吗？那不成'四不像'了？！"

有的说："你看他那头，你看那头昂的，鹅样！啥东西！"

有的说："就他那破围巾一甩，咱就得改？！——摸摸？！"

有的说："能？叫他能吧。这越调唱了多少年了，出了多少名角，都不胜他？！瞎日白！"

此刻，苏小艺像是有点醒过神来了，他探头朝下看了看，说："什么意思？你们……什么意思？"

买官跳起来，大声戏弄说："啥……兔子！"

众人"哄"地又笑了，接着又齐声叫道："兔子！"

苏小艺傻傻地站在那里，嘴里喃喃地说："怎么就不能改呢？怎么就不能改呢？我不明白……"

正当众人议论纷纷的时候，只见拉头把胡琴的瞎子刘扭头对大梅说："大梅，你说句话？"

大梅迟疑了一下，说："听导演的。"

瞎子刘质问道："咋改？越调的曲子都有一定之规，你说咋改？"

大梅说："我也想了好几夜了，导演给了个谱儿，试试吧，我先哼一遍你们听听……"

乐队有人马上站起来说:"这不行,这不行吧?"

大梅说:"不行咱再说……"

说着,大梅走到前边,试着哼唱了一遍。

没等她唱完,买官便哈哈大笑起来,接着他说:"就这,就这?跟猫叫春样,就这?!啥玩意儿!老少爷儿们,听听,听听,'老右'把咱越调糟践成啥了?!"

众人也都跟着嚷嚷道:"不行,不行,这可不行!"

大梅刚要解释什么,只见苏小艺手里的文件夹"啪"的一声,扔在了地上,而后他头一勾,嘴里喃喃地说:"草台班子,真是草台班子!不可理喻,不可理喻!……"说着,他把脖里的围巾一甩,勾着头一步步走下台来。

立时,那些中老年艺人轰的一声,全都站起来了,人们群起而攻之:"狗日的,说谁呢?!"

"说清楚,谁是草台班子?!"

"草台班子怎么了?!"

"站住,不能让他走!"

此时,一直一言不发的黑头,脸色也陡然变了。他气得两眼冒火,一下子就攥紧了拳头……

苏小艺在人们的围攻之下,怔了片刻,突然弯下身子,给人们鞠了一躬,而后他头点得像鸡啄米似的,又转着身子向每一个人鞠躬:

"对不起,我错了……对不起,我错了……对不起,我错了……对不起,我错了……"

第七章

就在剧团为戏曲改革的事僵持不下的时候，演出的上座率却每况愈下。尤其是第三天晚上，看戏的人比往常又少了许多，竟还有人在高叫着退票：谁要票？谁要票？大梅的戏！

这一切黑头都看在了眼里，他几乎每天晚上都在剧院门口的黑影里蹲着，一声不吭地蹲着，只是暗暗地叹气。

然而，就在这天晚上，导演苏小艺却被人打了！

晚上的时候，苏小艺本是独自一人坐在排练厅的舞台角上，正闷闷地抽着劣质香烟。就在这时，买官领着几个艺人走进来。苏小艺抬头看了看，仍是一声不吭地坐在那儿抽烟。

不料，买官进来后却大声喝道："'老右'，你给我站起来！"

苏小艺不由自主地站起身来，问道："干什么？"

买官说："站好，站好。"

苏小艺一惊，说："干什么？你们想干什么？"

买官说："干啥？——'王二十'！"

苏小艺张口结舌地说："什么、什么意思?"

众人笑道："狗日的,连个'王二十'都不明白,还当导演哪?!"

买官说："我问你,你下来是干啥哩?"

苏小艺怔了怔,喃喃地说："接受改造。我接受改造。"

买官质问说："接受谁的改造?"

苏小艺怔了怔,说："人、人民。"

买官说："这就对了嘛。记住,你是来接受改造的,不是来当大爷的。谁是人民啊? 我们就是人民!"

立时,几个人围着苏小艺,指指点点地讥笑他说:

"洋学生,掉土窝里了吧?"

"咋不在大城市里日哄女学生呢? 那多光彩呀,跑这儿干啥来了?"

"王八蛋,说说,谁是草台班子?!"

"狗日的,说说吧,草台班子咋你了? 是吃你了,喝你了?"

"王八蛋! 在越调剧团,哪有你说话的份儿? 要想说话,没有个十年八年的工夫,你一边凉快去吧!"

苏小艺用手扶了扶眼镜,说："我郑重地告诉你们,我不姓王,也不姓狗,我姓苏,苏小艺。不要污辱人!"

买官笑了笑,说："嗨,嗨,你不姓王,也不姓狗,你姓酥,对不对? 姓酥的,你听好,今天我们哥几个就可以'酥'了你!"

此刻,几个人一捋袖子,都往前凑了一步。苏小艺往后退着,说："干什么? 你们到底想干什么?"

买官伸出一个指头晃了晃,说："我今天要好好改造改造你。我十几年的武功底子,一个指头就把你点倒了。"说着,他的指头一伸,突然发力,"咚"地点在了苏小艺的胸口处。苏小艺踉跄着退了几步,一屁股蹲坐在了舞台上。

买官等人得意地望着他，只见苏小艺被弄得狼狈不堪。他从地上摸到了眼镜，慢慢地爬了起来。

没想到，苏小艺爬起后，却身子一挺，大声喝道："草台班子！乌合之众！"

众人立马围上去，喝道："狗日的，你说啥?!"

正在这时，青年演员王玲玲突然从门口处跑过来，她一下子护在了苏小艺身前，高声叫道："打人犯法！"

就在这天深夜里，当黑头闷闷地推门回到家，却见大梅早已回来了，这次，她竟主动地在屋子中央的两块砖头上跪着。

大梅跪在砖头上，默默地说："哥，你打我吧。今天晚上，只上了三成座⋯⋯"

黑头站在那里，第一次破天荒的，没有动手打人。他站在那里，只是久久不语⋯⋯

大梅说："哥呀，再这样下去，戏就没人看了。我啥都想了，想来想去，我觉着人家导演说得对，咱得改呀，再不改就没有活路了。"

黑头仍是一声不吭。

大梅说："今儿个，我也听见观众议论了，都说那'啾'腔难听⋯⋯"

黑头还是一言不发。

终于，大梅勇敢地站起来了。她站起身来，默默地走了出去。

在一盏路灯下，大梅找到了正在电线杆下闷头抽烟的苏小艺。

大梅看见他，就冲过去急切地说："导演，我听你的，改，咱改！"

可是，苏小艺却默默地摇了摇头，叹了口气，说："素质太低了⋯⋯"

大梅说："我知道，你是从大城市下来的，看不起俺这草台班子⋯⋯"

苏小艺忙说："不，不，我没有这个意思。"

　　大梅说："导演，你也不用解释。说实话，唱高台的，开初都是为了混顿饭吃，识字少，没有多少文化，也散漫惯了。兄弟呀，我明白你的意思，可要想提高，不是一天半天的工夫，得慢慢来呀！"

　　苏小艺沉默不语。片刻，苏小艺说："我头上戴着'帽子'呢。"

　　大梅说："我知道。"

　　苏小艺摇摇头，又摇摇头……过了一会儿，他抬起头，说："大姐，你听我的？"

　　大梅说："听你的。"

　　苏小艺说："一切都听我的？"

　　大梅坚定地说："一切都听你的，你说咋办咱就咋办。你不用怕，我找朱书记，让他坐镇！"

　　到了这时，苏小艺才说："那好吧，为了艺术，我豁出去了！"

　　第二天，当演员们陆续来到排练厅时，一下子全怔住了。

　　人们发现，那个昨天已蔫了的苏小艺，这会儿竟然又气宇轩昂地在舞台中央站着。他身上的衣服显然又重新熨过，连裤缝都笔挺笔挺的；胸前仍然很潇洒地垂着那条羊毛大围巾。他站在那里，两手背在后边，高昂着头，对到齐了的演员们说：

　　"我知道，在越调剧团，有很多人不喜欢我，也更不愿让我站在这里。这一点，我表示理解。但是，职责所在，我必须站在这里。我也要不客气地说，这个地方，也不是谁都能站的！这是个什么地方呢？是舞台，是出艺术的地方。艺术是讲究品位的。虽然有许多人不爱听，可我还是要说。舞台，不等于撂摊卖艺。舞台艺术，是非常讲究的，这里的演出应该是高层次的，应该是广大观众喜闻乐见的……"

　　当苏小艺在台上侃侃而谈时，王玲玲竟激动地鼓起掌来。可她鼓了几下后，看人们都在看她，脸一红，才不好意思地把手缩回去了。

台上，苏小艺的话还未说完，突然，又见买官等一帮人气势汹汹地抬着一张椅子闯进来了。他们抬着的是一张不知从哪里找来的破罗圈椅，在罗圈椅上坐着的，正是旧日的越调名角老桂红，后边竟还有人扛着戏班里教训人时才用的长凳。几个人把老桂红抬到了排练厅的中心，往地上一放，横横地望着舞台上的苏小艺……

已经年迈的老桂红半躺半坐地靠在罗圈椅上，拿出一副老前辈的架势，哑着喉咙长声说："是谁要改越调的玩意儿呀？是谁骂越调是草台班子啊？嗯?!"

买官伸手一指："桂爷，就是他，这姓苏的!"

老桂红直了直身子，厉声喝道："还反了?! 来人——掌嘴!"

一听这话，几个中年艺人一捋袖子，就往台上冲去。

就在这时，大梅往前一站，说："慢着。"说着，大梅往前走了几步，来到了老桂红的面前，说："桂爷，要改戏的是我，与人家导演无关。你要罚就罚我吧!"

老桂红的嘴唇动了动，说："这是谁呀？大梅？红角呀! 大梅，我问你，连你也看不上越调的玩意儿了?"

大梅解释说："桂爷，不是我看不上，是要做些改动……"

没等她把话说完，老桂红就火了："改？多少年的玩意儿，你说改就改了？你想把越调改到哪里去?! 胡闹!"说着，他直了直身子，一下子端出了长辈的架势："给我跪下!"

当着众人的面，大梅刚要下跪，不料却被黑头拉住了。黑头一把把大梅拽到身后，身子往前一沉，平身趴在了那条长凳上，说："桂爷，你是长辈，要罚就罚我吧!"

到了这时，买官有些害怕了，他伸手拽了拽趴在凳子上的黑头，小声说："大师哥，这又不是冲你来的，你这是何苦呢？"

黑头闷闷地说："不用你管。"

老桂红怎么也没想到，黑头竟然也站出来了。他像气昏了似的，愣怔了好一会儿，才伸手指着他说："黑头，你、你、你……也不要越调了？！"

黑头平身趴在那里，竟一声不吭。人们见趴下的是黑头，一时谁也不敢动手了。

坐在罗圈椅上的老桂红一时脸面上下不来了，只好说："班有班规，行有行矩，给我打！"

就在这时，站在台上的苏小艺突然说："老先生，看起来你是越调的元老了，我有个问题向您请教一下。"

老桂红眯着眼往上看了看，细哑着嗓子说："这又是哪块地里的葱啊？"

苏小艺从台上跳下来，几步走到他的面前，说："老先生，我相信您是个讲道理的人。我请教您一个问题，越调真的不能改吗？据我所知，所有的剧种都是相互浸染、相互学习，你中有我，我中有你，共同提高的。为什么越调就不能改呢？我再请教您一个问题，如果不能改，'江湖十二色'是从哪里来的？'七行七科'是从哪里来的？'四梁四柱'是从哪里来的？'飞天十三响'又是从哪里来的？"

苏小艺这么一问，反倒真把老桂红给问住了。他坐在那里，使劲咳嗽起来，一长串撕心裂肺的咳嗽……

众人一会儿看看苏小艺，一会儿又看看老桂红，还有人悄声问："啥是'飞天十三响'？"

这时，站在一旁的买官喝道："狗日的'老右'，哪有你说的话？！"

此时此刻，正当老桂红骑虎难下的时候，瞎子刘站起来了。他慢慢地站起身来，说："老桂，桂爷，叫我说，你也不用在这儿倚老卖老了。我这人好说实话，在咱越调团，你说说，咱吃谁哪？不客气说，咱就吃人家大梅哪！不是人家大梅，咱指望啥哪？这就叫'角'！不错，当年你也红过，可红过是红过，说句不中听的话，那就跟过了午的茄子一样……不说现在是新社会，就是旧社会的时候，咱唱戏的啥时候不是跟'角'走？在咱越调团，人家大梅是'角'，我就听大梅的！大梅只要说改，咱就改。再说了，老桂，你可别忘了，你戒毒时差点死了，人家大梅还救过你一条命哪！你说说，都这么大岁数了，你出来挡什么横啊？"

听瞎子刘这么一说，老桂红脸上着实挂不住了，只见他就势往地上一出溜，竟扑地大哭："完了，越调完了！越调完了！……"

就在当天晚上，一些旧艺人指示徒弟们又一次报复了苏小艺。

在排练厅里，他的被褥被人用水浇了。苏小艺回到排练厅后，傻呆呆地抱着湿漉漉的被褥在舞台中央站着。舞台上全是水，被人泼上了一层水。

苏小艺站在那里，连哭都哭不出来了。

这时，只见门口处有红影一闪，王玲玲闪身进来了。她快步走到苏小艺跟前，说："苏老师，给我吧。"说着，她从苏小艺手里拿过被褥，从容地走到台下，放在了一张椅子上。她在排练厅里扯起了一根绳子，把被褥晾在了绳子上，而后她扭过头，说："这些人真坏，怎么能这样呢?!"

然而，一见有姑娘进来，苏小艺脸上陡然出现了一副神游万里的样子，只见他朗声背诵道：

……我旅行的时间很长。路途也是很长的。离你最近的地方，路途最远，最简单的音调，需要最艰苦的练习。旅客要在每一个生人门口敲叩，才能敲到自己家门，人要在外边到处漂流，最后才能走到最深的内殿……

此刻，王玲玲像是听醉了似的，痴痴地问："这是谁的诗?"

苏小艺随口说："泰戈尔。"

王玲玲由衷地说："真好！"

突然之间，苏小艺像是才发现玲玲一样，呆呆地望着她那俏丽的脸庞……片刻，他一下子就显得容光焕发，围巾一甩，在台子上走来走去，说："你喜欢泰戈尔的诗？"

王玲玲红着脸说："喜、喜欢。可我知道得太少了。"

苏小艺感慨地说："知音哪，知音！那好，那好，我再给你朗诵一首。"说着，他昂首在台上走了一个来回，突然转过身来，甩一下围巾，朗声背道：

> 讲个故事，讲个故事吧！
>
> ……在这无尽的长夜里——
>
> 为什么只沉默地呆坐着呢？
>
> 讲个故事，讲个故事吧！
>
> ……你并非麻木无情，
>
> 为什么不讲话呢？
>
> 我的灵魂听到了
>
> 你的脚步声，你心的跳动，
>
> 把你成年累月积蓄的传说
>
> 留在我的心底吧！
>
> …………

苏小艺在台上走来走去，在女学员的面前，一时显得神采飞扬。王玲玲像傻了一样，呆呆地站在那里，听得如醉如痴。他们都没有注意到，排练厅的窗外，还有一双窥视的眼睛……

听说瞎子刘病了，大梅专门去买了两包点心，提着看望他来了。

她刚一进来，虽背对着房门，正坐在那儿调弦的瞎子刘却已听出来了，他咳嗽了一声，说："是梅吧？正困难的时候，还花那钱干啥？"

大梅说："听说你病了，来看看你。"说着，她把点心放在了小桌上。

瞎子刘说："啥叫病？一辈子了，我没害过病。就是这眼里的天，老也不亮。唉，伤个风，咳嗽几声就好了。"

大梅感激地说："刘师傅，真想不到，你也支持导演修改唱腔……"

不料，瞎子刘却说："我会支持他？哼！"

大梅一怔，不解地说："那你……"

瞎子刘说："我有一定之规。多少年了，我就有一条，跟'角'走！"

大梅说："那你是支持我了？"

瞎子刘淡淡地说："我说了，我跟'角'走。你听明白了？"

大梅说："明白了。"接着，她说："刘师傅，我也难哪。不改不行，不改戏就没人看了。"

瞎子刘重复说："还是那句话，要是'角'，是坑是井我都跟着跳。要不是'角'，别想让我说她一句好话。"接下去，瞎子刘又说："不过，那戴围巾的主儿，烧是烧了点，他今天说的那几句，也还有些道理。你自己斟酌吧。"

中午时分，在院子里，朱书记叫住了苏小艺，说："老苏，你的房子批下来了，虽然小了点，还能住。这是钥匙……"

苏小艺忙躬身说："谢谢，谢谢。"

朱书记说："你别谢我，这是大梅找了地委领导，才要来的。"接着，他又问："家属调动的事办得咋样了？"

苏小艺说："快了，快了。"

朱书记拍拍他的肩膀，说："改唱腔的事，我听大梅说了。百花齐放，推陈出新嘛，这跟中央的精神是一致的。改吧，大胆工作。"

听了朱书记的话，苏小艺那颗提着的心才放在了肚里。

这天下午，在排练厅排戏时，苏小艺神气十足地站在舞台上。他先是捋了捋头发，展了展围巾，而后用力地拍了拍那沓写有曲谱的纸，大声说："改是一定要改的！先照这段谱试试，不行再改。"说着，他也不看人，就把手往前一伸："发下去！——五十遍。"

台下，乐队的人仍是不理不睬的，演员们也都沉默不语。

青年演员王玲玲反倒很主动、很兴奋地跑上台去，接过了那沓曲谱，一一发到乐队的手上。

苏小艺站在台上，两眼一闭，片刻，他突然伸出一只手，往上一举，说："开始——"

傍晚，苏小艺一边哼唱着曲谱一边往前走，这时，青年演员王玲玲突然从一根电线杆后边闪出来，说："苏老师，我想向你请教一个问题。"

苏小艺用手扶了扶近视眼镜，探身向前，待看清是谁之后，才笑着说："好哇，好哇。走一走，咱们边走边聊，好吗？"

王玲玲用羡慕的口吻说："苏老师，听说你是在北京上的大学？"

苏小艺自豪地说："是啊。中戏，我是中戏的！艺术类的院校，中国有两大名牌，一个是中戏，一个是上戏。我是中戏的，那时候，在学校的时候，我演过哈姆雷特……"

这边，排练厅里就剩下大梅和拉胡琴的老孙两个人了。大梅仍在一遍遍地"靠弦"。

老孙拉了一遍又一遍，有点急了，说："差不多了吧？"

大梅却说："再来一遍，再来一遍。"

老孙说："说是五十遍，这二百遍都不止了。"

大梅清了清嗓子，哑着喉咙说："再来一遍吧。"

　　老孙停住弦，说："都唱了一天了，你累不累呀？就这吧。"

　　大梅说："累，哪能不累。"

　　老孙说："这不结了。这一遍一遍的，多少遍了？是蛐子你也得让歇歇庵吧?!"

　　大梅求告说："唱腔改了，我心里没数，就再来一遍吧。"

　　终于，老孙气了，他把胡琴往地上一放，说："你'靠'起来没头没尾的！我饿了，我不拉了！"

　　大梅抬起头，看了看他："饿了？"

　　老孙发牢骚说："我就怕你'靠弦'！你看你……要不是瞎子刘病了，我说啥……"

　　大梅突然扭头就走。她走了两步，又扭回头说："你等着，你可不能走。"说着，她一溜小跑，风风火火地跑出去了。

　　老孙摇摇头，说："这人，都没看几点了？"

　　片刻，大梅又风风火火地跑回来，她把两个夹肉火烧、两包香烟和一缸茶水往老孙面前一放，说："你饿了，先垫垫。等你吃好了，喝好了，咱再来一遍。"

　　老孙一怔，叹口气说："我服了。我算真服你了！"

　　苏小艺把玲玲带到了颍河边上。在月光下，正在大谈戏剧的苏小艺突然不说话了，就那么定定地望着王玲玲，片刻，他嘴里喃喃地说："你真美。真的，真的，我从来没有见过像你这样美的姑娘……"

　　王玲玲的脸立时就红了。她用双手捂着脸，转过身去，跺着脚，害羞地说："苏老师，你看你……"

　　苏小艺说："真的，我不骗你。年轻真好啊！你的脸形太好了，刚熟的苹果一样，那红是天然的。你的眼睛尤其好，真润哪，能把人融化了。真的，真的……"

王玲玲两手捂着脸，转着身子，跺着脚说："苏老师，我不理你了，哪有这样夸人的。"

苏小艺一甩围巾，说："美就是美，为什么不能赞扬呢？我们艺术工作者就是要大胆地去发现美、创造美。现在美就立在我的面前，我怎么能不歌颂她呢？!"

王玲玲慢慢把手从脸上拿开，站在那里，轻声问："我……真的很美吗？"

苏小艺说："美得就像女神——月光下的女神。"

王玲玲听了这句赞美的话，身子颤了一下，摇摇的，像是站不住了。她喘着气，靠在了树上，终于忍不住喃喃地说："苏，你亲亲我吧……"

演出就要开始了。这是越调改革后的首场演出，后台上，大梅正在化装，可她心里七上八下的，吃不准观众会有啥样的反应。这时，导演苏小艺走进化装间，他一进来就给大梅打气，他说："大姐，要有信心。你一定要有信心！"说着，他一低头，看大梅脚上穿着一双新靴子，马上又激动地说："换了？早该换了！你终于迈出这一步了，太好了，太好了！"

大梅在导演面前，穿着靴子走起了"八字步"。她走了几步后，苏小艺说："有丈夫气。这靴子一穿，戏味就出来了。"

大梅说："唱腔改了，这是头一场，我心里不踏实。"

苏小艺说："要有信心，一定能演好！"

大梅说："要是演砸了呢？"

苏小艺说："别怕，砸了咱再改！"

大梅咬咬牙说："是好是坏，让观众检验吧。"

开演的铃声响了。在剧院大门旁，黑头一直在黑影里站着，他是在看观众多少呢；戏开演后，舞台的一角，幕布的后边，有一双焦虑的眼睛。那还是黑头，那是他在观察观众的反应……

夜半，天空中下起了淅淅沥沥的小雨。今年的雨水特别多。

在剧场内，等待已久的掌声终于响起来了。

演出结束时，观众一再鼓掌，大梅只好一次次地出来谢幕。这次演出获得了巨大的成功！

午夜时分，在剧院后门，寒风中，黑头打着一把雨伞，怀里揣着两只小茶壶，静静地在后台处的一个小门旁立着……

当卸了装的大梅最后一个走出时，黑头立马迎了上去，说："累了吧？先喝口水。"

大梅看见是他，站住了，而后小声问："咋样？"

黑头虽然仍然绷着脸，却说："不错。"

大梅脸上一喜，说："真的？"

黑头很难得地点了点头，说："不错，改得不错。"接着，他从怀里掏出那两只小茶壶，说："先润润喉咙。喝热的，还是喝凉的？"

大梅嗔道："我都吓死了。还等着挨你的大巴掌哪！"

当天夜里，待两人进屋后，黑头站在屋子中央，突然，他往地上一趴，身子弓成了马鞍形，而后往上仰着头说："今天得奖励你。坐，你坐！"

大梅笑着说："你呀，就认戏！"

黑头仍趴在那里不动，说："叫你坐你就坐嘛。你坐上我爬一圈！"

几天后。剧团大院里突然贴出了一张"下放"人员的名单。

一些演员在围着看。榜上有名的买官，脸色一下子就变了。

晚上，有一个黑影在大梅家门前蹲着，他怀里抱着一把胡琴，那是瞎子刘。

　　片刻，大梅匆匆走回来，她看见门前蹲一黑影，就问："谁呀？"

　　瞎子刘咳嗽了一声，说："我。"

　　大梅一听，忙说："是师傅啊，你快进屋吧。"说着，忙去开门。

　　瞎子刘说："我来给你靠靠弦，兴许是最后一回了……"

　　大梅心里一热，说："师傅……"

　　瞎子刘说："你也别劝我。没啥，'下放'就'下放'吧。一个没眼人，不全般，净耽误团里的事。不管咋说，上头还发了安置费……"

　　大梅安慰他说："师傅，你放心，我会按月给你寄钱。我管你一辈子。"

　　瞎子刘说："你负担也不轻，也别净操我的心。是人都有口饭吃。"

　　大梅一边给他倒水，一边说："你这么大年纪了，也得多注意身体才是。像被褥啊，四时的衣服啊，你都不用管，到时我去给你送……"

　　瞎子刘说："梅呀，我知道你仁义。我虽眼瞎，也算是拉了一辈子弦了。那时候，我送过多少名角啊！现今，虽然是新社会了，有句话我还得说。虽说你是'角'了，可无论你名气有多大，无论你走到哪一步，戏都不能丢。你要牢牢记住，你天生就是唱戏的，你是个'戏'！你唱一天，人家会记住你一天。'戏'有多大，你就有多大；'戏'有多红火，你就有多红火。要是不唱戏，你可就啥都不是了！"

　　大梅郑重地说："师傅，我记住了。"

　　瞎子刘不再说什么了，他操起弦子，动情地拉起来……

　　在剧团大院里，买官一脸愁容，无精打采地袖手在院里走着，嘴里还骂骂咧咧的——他也被"下放"了！

　　这时，二梅嘴里嗑着瓜子从西边走过来，她一看见买官，就打招呼说："老买，老买，会计让你去领安置费哪，你怎么不去呀？"

　　买官翻眼看了看她，鼻子里哼了一声，什么也没有说。

二梅走到他跟前，说："老买，你聋了？"

买官突然跳将起来，一连翻了两个空心跟头，恶狠狠地说："哼，还不定谁走哪！"

第二天一早，大梅身上背着瞎子刘的铺盖卷，一手还牵着他，在公路边上拦车。

瞎子刘说："梅，回吧，你回吧。"

大梅说："我得把你送上车，跟人家交代好再说……"

瞎子刘问："不去站上，行吗？"

大梅说："行，你就放心吧。站上十点才发车呢，我在这儿给你拦一辆。"

瞎子刘心里不踏实，说："人家要不停呢？"

大梅说："停。咋会不停呢。"

这时，有一辆"解放牌"汽车"呜"的一声，开过来了。大梅一招手，那车在大梅跟前"嘎"地停下，司机从车窗里探出头来，惊喜地问："是大梅吧？"

大梅说："是啊。师傅，往哪儿去呀？"

司机大咧咧地说："许昌。我老远就看着像你，果真是你呀！你那一出《李天保吊孝》我都看了五遍了！——哎，有啥事没有？有事你说。"

大梅说："我送师傅回家，就是在这儿等车呢，你能不能捎个脚？"

司机大腔大口地说："你怎么不早说？上来，上来！"

大梅说："车钱我拿。可有一样，我师傅眼不济事，你可得把他送到家。"

司机说："别提钱，你这是打我的脸哪！放心吧，我一准把老先生送到地方，上来吧。"

说着，司机跳下车来，和大梅一起把瞎子刘扶上司机楼。待老人坐好后，大梅从兜里掏出一沓钱来，悄悄地塞进了瞎子刘的上衣兜，瞎子刘抓住了她的手，说："梅，你……"

大梅松开手，说："师傅，装着吧。我就怕你不要。"说着，她又从提包里掏出两包香烟，放在了车窗前。

司机忙去抓烟，说："干啥？这是干啥？"

大梅说："一包烟。你要是不要，不坐你的车了……"

司机只好说："好，好。我吸，我吸。"

大梅又一次叮嘱说："送到家。"

司机一加油门，说："放心吧！"

大梅刚送走了瞎子刘，不料，已列入"下放"名单的买官，胳肢窝里夹着铺盖卷，头顶着一张席子，哭丧着脸就在大梅家门前蹲着呢。

大梅有点诧异地问："买官，你这是……"

买官苦着脸说："嫂子，我无处可去了……"说着，他眼里的泪掉下来了。

大梅同情地望着他，说："别哭，一个大男人，你哭个啥？"

买官说："我亏呀，我老亏呀！我九岁学戏，苦了那么多年，好不容易才熬到了今天，说裁就给裁了！你说，叫我上哪儿去呢？"

大梅有点为难地说："买官呀，你的嗓儿……不是倒了吗？"

买官嗫嚅地说："嗓儿是倒了，可我身上还有武功啊！嫂子，你帮我说说吧，哪怕让我跑个龙套哪，哪怕让我看大门哪……家里早就没人了，我是无处可去呀！"

大梅说："你家里……"

买官流着泪说："九岁就被卖出来了，哪儿还有家呀！"

大梅无奈地说："来吧，进来吧。我让你师哥炒俩菜，你师兄弟俩先喝两盅。剩下的事，我去给你说说。"

买官说："嫂子，我可是住下不走了……"

大梅安顿好了买官，就急忙去办公室里找朱书记。大梅对朱书记说："老朱啊，买官怪可怜的。我看，别让他走了。他九岁就出来了，你让他往哪儿去呢？"

朱书记说："那不行。现在剧团是国家正规的演出单位，不是旧戏班子，不养闲人。他嗓子倒了，留他干啥呢？再说了，现在是困难时期，各单位都在裁员，编制是死的，就这么多，他不走谁走?!"

大梅辩解说："他也不能算是闲人哪，他身上有功夫，跑跑龙套，翻个跟头总还行吧？"

老朱说："那也不行。名单已经公布出去了，要是这个走，那个不走，这个要留，那个也要留，往下工作咋做？"

大梅说："老朱，你就行行好，让他留下吧。他实在是没地方去。他说了，就住我家了，你说咋办?!"

老朱批评说："你呀，你呀，耳朵根子太软。退一万步说，就是我同意了，也不行。编制是上头定的，我说了不算。"

大梅想了想，突然说："哎，你不是说一个萝卜一个坑吗？这样吧，我有个法儿，让二梅走。许昌那边不是非要她嘛，我让她去，不就腾出一个指标吗？"

老朱一怔，说："这……怕不合适吧？二梅也没这个要求。恁姐俩可别因为这事闹矛盾啊。"

第二天早上，当姊妹俩在颍河边上练功时，二梅竟与大梅吵起来了！

晨光里，大梅叫了一声："小梅。"

二梅不理她。片刻，二梅气呼呼地说："我不是你妹子了。从今天起，我就不是你妹子了。"

大梅说："谁又咋你了？"

二梅没好气地说："你不是撵我走吗?!"

大梅说："你听我说……"

二梅跺着脚说："不听！不听！"

大梅走到她跟前，说："小梅，我也是为了你好啊……"

二梅哼了一声，说："为我好？那我问你，我在咱团挡谁的路了？"

大梅说："你谁也没挡，是我挡你的路了。"

二梅看了看大梅，小声嘟囔说："我可没这么说。"

大梅说："你不说，我心里明白。是我挡你的路了……"

二梅突然转过脸来，质问说："姐，咱可是亲姊妹？"

大梅说："是。"

二梅说："可是一母所生？"

大梅说："是。"

二梅说："那你为啥撵我走？我在团里丢你的人了？难道说我还不如他崔买官?! 你究竟安的是啥心哪?!"

大梅说："啥心？肉心，姐心。小梅呀，你想想，你在这儿，按说你也唱得不错，可姐压着你哪，你只能唱配角。你姐心里不好受啊！到了那边，你就可以独当一面了。咱是唱戏的，离了舞台，咱就啥也不是了。你掂量掂量，这到底是对你好还是对你坏？再说了，我不想让你留下吗？我是多想让你留下呀！你在这儿，咱姐俩早早晚晚的，还可以有个照应，你一走，谁还是姐的近人呢？可我，总不能让你一辈子唱配角呀！"

二梅沉默了一会儿，想了又想，嘴里还是嘟囔说："老买那人，心术不正，背地里好横事，你为啥还帮他？"

大梅叹口气说："一个戏班里出来的，他又无处可去，总还是个艺人吧。"

二梅说："他算啥艺人？成天混吃混喝，嗓儿没嗓儿，腔儿没腔儿，明明是个……"

大梅说："嗓子倒了，他也没办法。看人还得往好处看。小梅，去吧，人家执意要你，你就去吧。咱是演员，谁不想唱主角呢？"

二梅迟疑一下，终于叫道："姐——"

大梅动情地说："其实，我是巴不得你留下……"

二梅还是说："姐，你得防着那姓崔的！"

夜里，导演苏小艺独自一人站在舞台上，他背对着下面，"唰"地一下把围巾往后一甩，在台上走来走去地背诵道：

……轻声！那边窗子亮起来的是什么光？那就是东方，朱丽叶就是太阳！……起来吧，美丽的太阳！……要是我这俗手上的尘污亵渎了你神圣的庙宇，这两片嘴唇，含羞的信徒，愿意用一吻乞求你宽恕……

正在这时，只见青年演员王玲玲手里捧着一件新织的毛衣，一步一步悄悄地向舞台上走去，她像是走在自己的心上，每一步仿佛都能听到她的心跳。突然，她紧走了两步，冲上去一下子抱住了苏小艺的腰。

苏小艺一怔，慢慢地转过脸来，那样子十分紧张。他似要挣脱，却没有挣脱，嘴里喃喃地说："这、这、这不好……"

王玲玲羞涩地偎在他的怀里，十分冲动地说："苏老师，我……爱你！"

苏小艺惊慌着，迟疑着，四下看着，但他还是喃喃地说："你、你、你……真是太美、太美了……"说着，他的头慢慢地勾下去，两个嘴唇终于贴在了一起……

排练厅外，只听门"咚"地响了一声，一把大锁"咔"地一下锁在了大门上。

这时，只见崔买官站在排练厅的大门外，得意扬扬地跳将起来，高声喊道："都来看哪！都来看哪！抓贼呀！抓流氓啊！抓大流氓啊！……"

　　顿时剧团的人全跑出来了，围在排练厅门前，乱纷纷地嚷道：

　　"怎么了？怎么了？出啥事了?!"

　　"贼呢？贼在哪儿?!"

　　买官神气活现地高声说："在里边呢。可让我捉住了！——一对狗男女！"

第八章 ·······································

这是一个让人分外难堪的夜晚。

苏小艺——导演苏小艺，他被人堵在了排练厅里。那一把大锁别出心裁地锁住了他的退路。

那一刻，苏小艺恨不得有个地缝钻进去。可是，没有地缝可钻。他就那么两手抱头在地上蹲着。当门被打开之后，人们一拥而进。很快，在他的周围，围上了一群义愤填膺的艺人。特别是那些中老年艺人，他们一个个都冲上来唾他，一边唾一边骂："呸！不要脸！真不要脸！看着人五人六的，一肚子青菜屎！你看他那个样儿，动不动甩个球围巾，烧球哩不像！啥东西?！"

不料，正在哭泣的王玲玲却大胆地往前一站，说："这不怪苏老师。这事跟苏老师没关系。是我，一切都怪我。我爱上他了！"

此时，买官起劲地拍着两只手，一蹿一蹿地跳起来说："看看，招了吧？招了！招了！她已经招了！'老右'，你个王八蛋！调戏妇女，你该当何罪?！实话告诉你，我早就注意你们了。"

苏小艺在地上蹲着，听了这话，怔怔地抬头望着玲玲，似乎想解释什么，他嘴里喃喃地说："我、我没有……我不是……我是……"

买官冲过来说："'老右'，你想抵赖？当场捉住你还想抵赖?! 你给我老实点！"说着，"呸"的一口，吐到了苏小艺围巾上。

众人的手也指指点点地戳到了苏小艺头上。

买官故意高声说："大家看看，这就是导演！啥狗屁导演？导着导着，导到人家小姑娘身上去了！送公安局，我强烈要求把他扭送到公安局！"

正在这时，大梅和朱书记匆匆赶来了。朱书记一看这情形，就大声说："干啥呢？这是干啥呢？乱嚷嚷的，跟赶庙会一样?!"

大梅也说："吵啥哩？有啥事不会给组织上说？朱书记在这儿呢！"

买官马上说："朱书记，可不得了了！这个'老右'，光天化日之下调戏妇女，被群众当场捉住。你看咋处理吧?!"

可是，王玲玲又是突然往前一站，说："朱书记，这事怪我。这事跟苏老师没有关系。是我爱上他了，要处理就处理我吧！"

买官马上接着说："听听，听听！流氓，大流氓！呸！"

众人也跟着七嘴八舌地议论……

朱书记看了看大梅，又望了众人一眼，说："好了，好了，你们都回去吧，这事由组织上处理。"

等人们都散了之后，朱书记把苏小艺单独叫到了办公室。苏小艺既狼狈又沮丧地跟着他来到了剧团办公室，就势往地上一蹲，那头就再也抬不起来了……

朱书记在办公桌后默默地坐着，久久不说一句话。片刻，他看了苏小艺一眼，沉着脸说："老苏，你坐下吧。"

可苏小艺却哭起来了。

朱书记严肃地说："老苏，你是有家有口的人，你怎么能干这种事呢?!

再说了，你、你也不比旁人，你不还戴着'帽子'吗？你、你居然……你怎么能……你是疯了?!"说着，他猛地一蹾茶杯，"这不是扯淡吗？啊?!"

苏小艺流着泪喃喃地说："朱书记，我、我是昏了头……我、我我我、我没有……我是……"

朱书记气愤地说："老苏啊，你也知道党的政策。你到底……啊？这、这可是原则问题！"

苏小艺赶忙说："没有，没有。我对天发誓，我以我老师的名誉起誓！我没有，我真的没有！"说着，他抡起两手打起自己的脸来……

排练厅里，大梅陪着王玲玲在舞台的边上坐着。

起初两人都不说话，就那么沉默着。过了一会儿，大梅抚摸着玲玲的头发，语重心长地说："玲玲，你还年轻，你今后的路还长哪。老苏他是有家有口的人，你不知道吗？你这是干什么？一下子闹得满城风雨！"

王玲玲满脸都是泪水，她双手捂着脸喃喃地说："我知道，我什么都知道，可我爱他，我爱上他了……我没有办法，真的。"

大梅一怔，说："你、你爱他什么？"

王玲玲喃喃地说："我、我爱他那个动作，就那个……甩围巾的动作。他就那么一甩，我就没魂了……"

大梅吃惊地说："就、就……那么一甩，你就爱上他了?!"

王玲玲默默地点了点头。

大梅说："闺女，你是个好演员的苗子，你可不能因为这事毁了自己的前程啊！你想想，老苏他年龄大不说，他还有妻子有儿子，你这样，不是犯法吗?!"

王玲玲喃喃地说："申老师，我真的爱他。我愿意为他去死，真的。"

大梅说："傻闺女呀，你真是不懂事呀！可不敢这么想，你以后的路还长呢。你要这样，不但毁了你自己，你也把老苏给毁了！你也不光毁了老苏，你毁了老苏一家三口！想想吧，我的傻闺女！"

王玲玲抬起头，吃惊地问："有这么严重吗？"

大梅说："比这还严重。你想想，老苏是什么人？他是犯错误下来改造的。你要是这样缠着他，老苏他就完了！轻说，得判他劳改；重说，只怕得蹲监狱！你不清楚吗？他是戴着'帽子'哪！这种事，人人骂不说，你让老苏他往后怎么做人呢？！你不管干了什么，可以说是年轻，不懂事。他就不同了，他可是犯罪呀！好好想想吧，我的傻闺女！"

王玲玲沉默了，久久之后，她满眼含泪，说："申老师，从今往后，我再也不找他了……"

大梅说："孩子，天下很大，好男人多着呢。为了你的前程，也为了他，你把他忘了吧。"

王玲玲仰起泪脸，说："申老师，我能在心里——我是说我藏在心里，决不说出来——爱他吗？"

大梅说："闺女，你可不能这么想。你没听戏词上说：剪不断，理还乱；当断不断，贻害无穷啊！断了吧，这都是为你好。"

夜深了，当朱书记和大梅把他们两人都送走之后，回到办公室，朱书记气得拍着桌子说："这个、这个老苏，资产阶级思想严重，太不像话！叫我看，必须处理他！"

大梅劝道："朱书记，目前正是用人的时候，咱的唱腔改革正在刀口上。叫我说，对老苏这人，该批评批评，用还是要用。咱是剧团，要是戏没人看了，剧团不就垮了吗？用吧，咱是用他的业务。再说了，他人也不坏，这事呢，也没有造成啥后果，不就亲个嘴嘛。他只要能断，我看就算了吧。"

朱书记仍然气难平，说："那个、那个王玲玲，啊？年轻轻的，也太不像话了！"

大梅说："年轻人，不懂事，犯点错也是难免的。咱不是有一个青年演员去省戏校进修的指标吗？叫我说，让玲玲去吧。他们分开一段，玲玲见的世面大了，就不会这么幼稚了。"

朱书记沉默了一会儿，说："要是他们再有来往，惹出大麻烦来，咱可就不好办了。"

大梅说："朱书记，这个责任我担。"

朱书记沉吟了一会儿，转口说："那个崔买官，一直追着要处理他们。他要是告到上边去，就不大好办了……"

大梅说："买官的工作，我来做。我看，就让他留下吧。"

朱书记无奈地摇了摇头，可他什么也没有说。

第二天下午，大梅又把苏小艺单独叫了出来。在颍河边上，两人一边散步，一边交谈。

苏小艺仍显得无精打采的。

大梅语重心长地说："老苏啊，你媳妇对你那么好，你对得起她吗?！你要还是个人，就不该惹下这事。玲玲她小，还是个姑娘，你可是个成年人哪！"

苏小艺勾着头喃喃地说："大姐，我、我不是人，我昏了头了！"

大梅说："我不说别的。在你心目中，啥最重要？"

苏小艺想了想说："艺术，还是艺术。"

大梅说："好好记住你这句话吧！"

王玲玲要走了。

剧团里到处都在传播她跟苏小艺之间的流言蜚语，她实在是在团里待不下去了。因此，她就接受了团长的好意，去省戏校进修。当王玲玲背着背包、手里提着洗漱用具离开剧团大院的时候，她站在大门口，回过身来，默默地望着剧团大院，心里感慨万端。

这时，苏小艺就站在排练厅的窗口，默默地望着就要离开的王玲玲，他很想去送送她，可他实在是没有这份勇气。人言可畏呀！

在院子里，在阳光下，买官手里捧着一个大茶缸，一边吹着茶叶末，一边走来走去，悠悠地说着风凉话："我走？哼，看看谁走？！"

入秋以来，天像是漏了一般，接连下起了大雨。雨接连下个不停，连好好的排练厅也漏雨了。那些练功的青年演员没有办法，一个个竟都戴起了草帽。

这天早上，在排练厅里，青年演员一进门就在叽叽喳喳地议论：

"听说淹了不少地方呢！"

"我听人说，一家伙淹了七个县！"

"我妈来信说，连许昌那边都在动员募捐……"

"可不，这雨老也不停，真烦人！"

"下吧，下吧，狠劲下！这老天爷真是的……"

这时，教武功的黑头走了进来，他一看那些演员竟都戴着草帽，就大声喝道："把草帽都给我摘了！上样儿！"

几个青年演员一个个吓得吐吐舌头，赶快把头上戴的草帽摘了。在剧团，他们最怕的就是黑头老师。

中午时分，在饭桌上，大梅一边盛饭，一边对黑头说："你看这雨下的，没个头！听说淹了不少地方……"

黑头说："可不，照这样，麻烦大了。"

大梅说："也不知都淹了哪儿。该给刘师傅寄点钱了。"

黑头随口说："寄，多寄点。"

大梅说："那就多寄点吧。粮票呢?"

黑头说："你看着办吧。"

经过了那么一次丢人事之后，导演苏小艺像又变了个人似的，再没有往常的那种傲气了。进了排练厅，站在舞台上的时候，他身上再也没有了往日的神气，围巾也不围了，就那么光着脖子，傻呆呆地在舞台一角弓身立着，像是随时等着挨批判一样。

这天，大梅头一个走进来。大梅一看他竟成了这个样子，又好气又好笑，就大声说："老苏，把头抬起来。你看看你，跟夹尾巴的狗样!"

苏小艺喃喃地说："大姐，我……嗨，我真是没脸见人了!"

大梅说："老苏，你可不能这样。你这样更让人笑话。谁不犯点错啊?错了就改，往后你该怎么还怎么。你是导演，是统帅，大伙都指望你呢。把头抬起来，大胆工作!"

说着，大梅从舞台角上拾起他的围巾，拍了拍上边的土，重新给他挂在了脖子上，接着又说："老苏，你记着，往台上一站，你就是导演，就是三军司令。那事，忘了吧。"

苏小艺慢慢抬起头，呆呆地说："大姐，还会有人听我的吗?"

大梅说："你是导演，谁敢不听你的?!"

苏小艺喃喃地说："对，对，我是导演，我是导演，我是导演。"连说三遍之后，他的头终于又昂起来了。可是紧接着，他又勾下头去了……

大梅说："你呀，你呀，咋经不住一点事呢? 抬起来，头抬起来!"

苏小艺再次抬起头，可是，他仍然显得无精打采。

当晚，雨又整整下了一夜——天都下疯了!

第二天清晨，一大早就有人叫门，叫得很急。

有人拍着门高声喊："大梅，大梅!"

大梅在屋里应道："谁呀？"

门外有人说："地委马书记让你马上到他那儿去一下，有急事！"

大梅应道："好，我马上就去！"

说完，大梅匆匆地洗了一把脸，就冒雨一溜小跑赶往地委，纵是跑的时候，她仍然端着练功的架势，到了地委大院门口，她又是一个"大亮相"收了练功的姿势，这才大步向地委办公室走去。

来到地委办公室的时候，只见这里显得十分紧张，电话不停地响着，干部们不时地进进出出，好像是出了什么大事。

大梅几步来到了马书记办公室门前，透过帘子，见马书记独自一人趴在一张椅子靠上，望着挂在墙上的一幅周口区域图。地图上，用红铅笔圈圈点点地画了许多道道。大梅在门外站了片刻，叫道："马书记。"

马书记仍在看地图，他头没抬，只是应了一声，说："进来。"

大梅掀开门帘走了进来，说道："马书记，有啥急事？"

马书记抬头看了她一眼，说："凤梅同志，坐，坐吧。"

大梅有些不安地在一旁的椅子上坐了下来。

马书记先是微微地笑了笑，说："凤梅，那个苏、苏什么……家属调来了吧？"

大梅说："调来了，已经上班了。"

马书记点了点头。片刻，他话锋一转，很严肃地说："凤梅呀，我帮过你的忙，我希望你也能帮我一个忙啊。"

大梅一听，忙说："马书记，看你说哪儿去了，有啥任务，你说吧！"

马书记站起身，点上一支烟，皱着眉头说："凤梅同志，你可能也知道一点，今年咱周口地区灾情严重啊！好几个县都被洪水淹了，颗粒无收。一句话，粮食，我需要粮食！原来呢，希望上边会拨一些，但目前来看，今年受灾面积大，国家也有困难哪。可困难归困难，办法还得想，一个原则，不能饿死人哪！"

大梅听了，忽一下站起来了，说："马书记，有啥吩咐，你就下令吧。"

马书记说："……情况很严重，我就不多说了。我现在准备借你的戏用用，发兵一支啊。听说呢，南阳地区没有遭灾，收成比较好，我写一封信，你带着剧团到南阳去，就算是慰问演出吧，目的只有一个：筹粮！"

大梅说："那得需要多少粮食？"

马书记说："十万火急！越多越好，越快越好哇！"

大梅知道情况严重，说："那好，马书记，我马上就带剧团出发。"

马书记上前握住她的手，语重心长地说："人命关天，拜托，拜托了。"

大梅刚要走，马书记又叫住她说："哎，前一段，你们搞那个'板车剧团'下乡演出的计划，我已经批过了。怎么样啊，这次能用上吗？"

大梅说："正在搞，差不多吧。"

马书记说："噢，那就好。"

带着地委马书记的亲笔信，剧团赶到南阳的时候，已是三天后的下午了。安顿好剧团，大梅、朱书记、导演苏小艺等人带着马书记的亲笔信，匆匆赶往南阳地委驻地。几经周折，他们终于见到了南阳地委的徐书记。徐书记见是名演员大梅来了，自然是十分的热情。待徐书记看完信后，眉头却皱起来了，他微微地笑了笑，说："实话对你们说，我们这里也不宽裕呀……"说着，他稍稍地考虑了一会儿，说："这样吧，你们既然来了，又是专程来慰问演出的，我首先表示感谢。粮食嘛，我们这里也是很紧的，我咬咬牙，给你们五万斤，行吧？"

大梅说："徐书记，才五万斤？我们那里淹了好几个县，颗粒无收啊！我可是带着任务来的，就多给点吧……"

徐书记说："大梅呀，就这五万斤红薯干，已经是我的最高权限了。至于够不够，我实在是无能为力呀……不过，我听说，山里边情况好一些，可你们要是下去，山里又不通车，太辛苦了吧？"

大梅说："我们不怕，我们有准备。既然山里情况好，我们就下去！"

徐书记笑着说："这样，咱先吃饭。今天我请客！"

大梅说："饭就不吃了。我们先下去，待回来后再请你看戏。"

徐书记笑着说："饭还是要吃，一定要吃。名演员来了，大梅来了，我们南阳要是连顿饭都管不起，说起来不让人笑话吗？吃吃吃。"

大梅笑着说："徐书记，这样行不行？饭我吃，我一定吃，可你得让我带走吃，让我带走行不行？"

徐书记一怔，笑了，说："你这个大梅呀，又将我军哪。"

大梅说："徐书记，再加一千斤红薯干吧？就一千斤，这就算你请客了。"

徐书记摇摇头，却一言不发，扭过身去看地图。

这时，朱书记私下里扯了扯大梅，小声说："可不能再胡说了……"

徐书记站在那儿看了一会儿地图，片刻，他转过身来，看着大梅，许久才深情地说："冲你对周口的这份感情，好，我再加五千斤玉米吧。虽然也是杂粮，但耐吃些。"

大梅一听，即刻弯下身去，给徐书记深深地鞠了一躬，而后说："谢谢，谢谢徐书记。你这五千斤玉米，不知要救多少条命啊！"

后来三人出了地委大院，在路上，朱书记说："大梅呀，刚才我真替你捏把汗。你怎么能跟领导讨价还价呢？"

苏小艺说："是，是，我也吓坏了。怕他一生气，那五万斤也不给了。"

大梅说："十万火急，我也顾不了那么多了……"

伏牛山连绵千里，当越调剧团进山后，他们才真正体会到大山的厉害。

俗话说，望山跑死马。放眼望去，几十辆板车（架子车）像长蛇一样一字排开，在山间小道上行进着，车上装有各样的布景、道具等演出用的装备。前边，第一辆板车上扎着一杆大红旗，旗上有"周口越调剧团下乡慰问演出"的字样，演员们一个个徒步行走，开始还有说有笑的，慢慢地一个个就累成"败兵"了。但是，在崎岖的山路上，演员们三五一组，拉的拉，推的推，仍显得很坚强。

他们每到一个山村，就不断有人跑出来，兴奋地高声喊道："喂，有戏了！"

挑水的姑娘对人说："有戏了！大梅的戏！"

挑柴的对放羊的说："有戏了！大梅的戏！"

放羊的对赶驴的汉子说："有戏了！大梅的戏！"

也有人对着山那边喊："有戏了——"那喊声传得很远……

越调剧团演出的第一站是一个叫"大湾"的村子。他们找到了一片山间空地，就在那片空地上搭台唱戏。经过了一下午的忙碌，到傍晚时，一个由几十辆板车临时搭建的舞台已经装好了。

当天晚上，台下是黑压压的人头。成千上万的乡亲蜂拥而至，有很多人爬到了周围的树上。

挂在舞台前的两个大喇叭正播送着音乐，突然，有人在大喇叭里喊道："黑沟子村的，黑沟子村的王狗蛋，你媳妇赶戏崴住脚了，让你立马回去——"

立时，人群里传出一片哄笑声。

片刻，铃声响了，报幕员袅袅婷婷地从幕布里走出来，先是对观众示一礼，而后对着麦克风说："各位父老乡亲，你们好！周口越调剧团慰问演出，现在开始！首先由著名演员申凤梅同志，给大家见个面……"

一时，台下掌声雷动。当已化了装的申凤梅从后台走出来时，观众一个个都伸长了脖子。

申凤梅走上前台，先是深深地鞠了一躬，而后她两手一拱，说："各位父老乡亲，说实话，我申凤梅今天是向各位要饭来了！我们周口那边遭灾了，大水淹了好几个县，颗粒无收，眼看这个冬天就过不去了……老乡们，待会儿你们看了我的戏，家里要是有多余的粮食，就支援支援我们吧。我大梅在这里给你们作揖了！"

霎时，台下静了，没有人再乱嚷嚷了。

山村的夜是墨色的，那夜一墨一墨的黑，那黑一层一层的叠出不尽的动感，在一片混沌中润出了无限的神秘。那天就像是一口煮星星的大锅，锅是无边无际的，那星光的闪烁也是无边无际的，叫人不由得遐想。

戏台上，大梅那别具韵味的唱腔在夜空中传得很远很远……

第二天早上，阳光普照，那山那树都在一片金色中放着滋滋润润的光芒，山醒了，一切都醒了，突然有人从临时搭起的棚子里探出头来，猛地"呀"了一声，说："快来看哪！"

只见，在临时舞台前边的空地上，堆满了各种各样的粮食：红薯是一堆一堆的；玉米是一串一串的；红薯干是一袋一袋的；烙饼是一摞一摞的；还有一袋一袋的柿饼、核桃……那些装了粮食的布袋上大多写有名字：王书成，刘二狗，张保元，拐家，麦芒，春山，书怀，葛三，葛四……

这时演员们全都拥出来了，看看这一袋，摸摸那一堆，不住地咂嘴说："山里人厚道哇！"

这时，大梅高兴地说："照这个劲儿，咱一天唱三场！"

站在一旁的朱书记很关切地说："大梅，你可是主角，这个……白天夜里连轴转，累垮了咋办？"

大梅说："没事，我没事。只要有粮食！"

阳光下的伏牛山，满山红柿。剧团在大湾唱了三场后，又来到了后沟。

临时舞台又搭在了另一个山坳里。在舞台前的空地上，堆着各样的粮食，红薯堆得越来越高。

上午，演出前，大梅站在舞台上，又是大着嗓子对观众说："乡亲们，我申凤梅是要饭来了！"

下午，临时舞台前仍是人山人海，山里的孩子们在台下钻来钻去，一个个扒着缝隙往上看。

一个说："看不清，我看不清……"

一个说："抠个眼儿，抠个眼儿……"

夜里，看戏的小伙子看着、看着，偷偷地钩了一下身旁姑娘背在后边的手，姑娘躲了；那小伙再钩……

第三天上午，在谷场上，两个光脊梁的乡下汉子竟为了一场戏吵起架来。乡下汉子吵架的方式是背着手头对着头"顶牛"，他们从南边顶到北边，又从北边顶回到南边……

一个气呼呼地说："《李天保吊孝》！"

一个说："《王金豆借粮》！"

一个说："胡日白！"

一个说："你胡日白！"

一个老汉拦住两人说："干啥？这是干啥?！"

两人都呼呼地直喘气……

一个说："我说是《王金豆借粮》，他非说是《李天保吊孝》！"

另一个叫二憨的说："咋？俺爹说哩！"

那个汉子说："你爹？你爹耳背，能听个啥?！"

二憨说："俺爹早先看过，咋啦?！"

那个汉子骂道："呸！你爹老烧?！你咋不把她请你家去唱哪?！"

二憨恼了，一头顶了过去，只想跟他拼命。

劝架的老汉忙上前死死地拽住他，说："恁俩呀，头顶烂也没用，去问问不结了？"

那个汉子继续用嘲笑的口吻说："你爹懂戏？你爹懂个屁！你去问问，有本事你去请、去问啊？！"

二憨闷了一会儿，一跺脚，冷不丁说："你狗日的等着，我就去问问！"

二憨是个死心眼，他说去问就真的去问了。他先是气呼呼地回到家，立马从窖里扒了两袋红薯，而后他挑着两袋红薯来到了临时舞台前。正当他掀着幕布往里看时，被崔买官发现了。买官说："看啥，看啥哩？"

二憨说："我我我……不看啥，我送粮食呢。"

买官看了看，说："好，好，放下吧。"

然而，当二憨把两袋红薯倒在了地上后，却没有走的意思，仍是迟迟疑疑地往里边张望。

买官说："你怎么还不走呢？"

二憨闷声闷气地说："俺、俺想见见……大梅。"

买官看了他一眼，说："嗨，你见见大梅，口气不小，你是谁呀？主要演员，能是谁不谁都见的？！"

二憨吞吞吐吐地说："俺就问她句话。"

买官吓唬说："别说是你，县长来了也不一定见得上。不行！"

二憨说："就问句话，还不行？"

买官说："我说不行就不行。"

二憨重重地哼了一声。

买官说："你哼啥哼？"

二憨气了，一犟脖子，说："我就哼了！"

这时，大梅从里边出来了，忙问："咋回事？啥事？"

立时，崔买官用嘲笑的语气说："他要见你。你说说，一个二半吊子，还非要见你。"

大梅见地上有一堆红薯，就很客气地说："大兄弟，你有啥事？"

二憨见真是大梅，一时竟结巴起来："是、是这……俺爹、俺爹他……耳、耳背……他老、老喜欢你的戏，就是那、那《李天保吊孝》那、那一出……"说着，说着，他越说越说不清楚，竟急了一头大汗。

大梅就问："你爹多大岁数？"

二憨说："俺爹七、七、七十六……我都、都挑了三、三回粮食了，头、头一回是那个红薯干，二一回是半桩子玉、玉米，这、这三一回是我从窖里扒的红薯……"

大梅说："那谢谢你了。你爹想听我的戏？"

二憨说："那、那也不……不敢，就、就……"

大梅脱口就说："走，上你家去。"

崔买官刺道："大梅，你可是名演员，谁不谁你都去唱？这、这也太不值钱了吧？"

大梅白了他一眼，说："咱会啥？咱不就会唱两句吗？"说着，大梅一拍二憨，说："走吧，大兄弟！"

大梅来到二憨家，见这家很穷，只有两间破草房，一间还是喂牲口的地方。就在那间牲口屋里，大梅见到了二憨的爹。老人坐在那里，正在默默地抽旱烟。大梅走上前去，对着老人大声说："大爷，今年高寿啊？"

老头扭过头来，猛一看见大梅，样子十分激动，他哆嗦着嘴说："聋啦！老想听你的戏，没这福分了……聋得可很。"

二憨高声说："人家问你多大岁数？"

老头说："噢、噢，七十六……"说着，他伸出手来比画着："七十六啦。"

大梅说："大爷，只要你喜欢，我这就给你唱两句……"说着，竟大声唱起来。

大梅唱着唱着，又很随意地停下来问："大爷，听见听不见？"说着，又朝老人身边靠靠，再唱……

大梅这边唱着，老人侧耳听着。听着，听着，老人说："听见了，听见了，老有味啦！"说着，他眼里的泪流下来。

二憨说："爹，你看你是哭啥哩？！"

这边大梅正唱着，不料二憨家门口已围满了人，连村街上、土墙上，也都站满了围观的村人。当大梅从院里走出来时，村人们都直直地望着她，谁也不说什么……

片刻，人群后边突然有人高声喊："唱一段！"

立时，村人们跟着齐声高喊："唱一段！唱一段！"

大梅笑了，她望着众人，说："唱一段？唱一段就唱一段！"说着，清了清干哑的喉咙，就唱起来了……

等大梅唱完后，村人们就拼命鼓起掌来。这时，村支书披着衣服往石磙上一站，高声说："爷儿们，也别光鼓掌了，叫我说，一家再拿一篮柿饼吧！"

众人听了，二话不说，纷纷回去拿柿饼去了。

老支书对大梅说："老薄气呀！实在没啥可送了……"

大梅说："大爷，看你说哪儿去了。谢谢，谢谢。"

一会儿工夫，众人把柿饼一篮一篮地放在了大梅的跟前。

大梅望着乡亲们，一下子激动了，她弯下腰去，深深地给众人鞠了一躬。

时光在飞逝；秋光，秋色，秋景……山里的秋天，真是一天一个样啊！

在秋光里，一页一页的日历掀过去了。

剧团在大山里演出，为了更多地募到粮食，他们几乎每一个山村都跑到了：大湾，胡家寨，小坳，二道梁，孙湾，夏家顶子，毛胡，坎上，吴家坡，常甸……

大梅一天三场，每一场都要参加演出，常常是从早唱到晚，连喘口气的机会都没有；舞台上，上午唱，下午唱，晚上还唱，她的喉咙都唱哑了，连话都说不出来了，可她还是唱。每唱一场，都是粮食啊！

就这样，一天天，这个来自周口的"板车剧团"在崎岖的山路上行进，有一次，一辆板车一不小心差点翻到沟里去了，人们惊叫着，赶忙去追……他们累是累，可换来了一车一车的粮食，在那个特殊的年月里，粮食就是人命啊！在山间公路上，汽车、马车排成长队，运走了一车一车的粮食。

当剧团来到上顶村的时候，大梅已累得连站都站不住了。那时，导演苏小艺正领着演员们装台呢。大梅实在是累得不行了，她刚要站起来，苏小艺忙说："团长，你别动，你歇歇吧。"

大梅实在是太乏了，就坐在地上，没有再站起来。

剧团的全体人员在导演苏小艺的指挥下，把几十辆架子车组合在一起，上边用螺丝固定上厚木板，组成了一个固定的临时舞台。苏小艺钻到下边再检查固定情况，可他一不小心把眼镜碰掉了，于是，他趴在里边爬来爬去地摸……

站在一旁的崔买官看见了，笑着对人说："你看，你看，'老右'学王八哩。"

这时，青年演员阿娟一声不吭，帮他摸到了眼镜。

买官给众人使了个眼色，撇了撇嘴说："我说有秧儿吧？说不定又勾上一个……"

　　众人都不说一句话，反倒弄得买官很无趣。

　　就在这个临时舞台上，已化好了装的大梅却突然说不出话来了。当她张开嘴试唱时，却突然失声了，她竟然一个字也吐不出来了！

　　后台上，人们立时慌了。

　　有人叫道："导演呢？导演呢？快去喊导演！"

　　有人说："朱书记，快叫朱书记！"

　　众人焦急地围着大梅，一个个说："老天爷，这可咋办呢?!"于是，他们七手八脚地把大梅搀到了舞台后边临时搭起的一个草棚里。这时，书记、导演也都赶来了，众人十分关切地围着大梅，一个个急得直搓手。

　　有人递上毛巾先让她擦了一把脸。

　　有人说："倒水，快倒水！"

　　有人说："热的，要热的!"

　　有人马上说："也不能太热。快快快!"

　　于是，有人飞快地端来了一个小茶壶，说："半温的，半温的，先让她喝两口……"

　　大梅在众人的包围下，喝了两口温茶水，这才嘘了一口气，张嘴说话，依然发不出声来，她的口型在说："我'哈'不出来了，我、一、声、也、'哈'、不、出、来、了……"

　　导演苏小艺忙凑近些去听，"大梅，你说啥?"

　　大梅嘴张得很大，仍是用口型说："我、'哈'、不、出、来、了，我、一、声、也、'哈'、不、出、来、了……"

　　苏小艺慌了，搓着手说："这怎么办呢？这儿又没有医院……"

　　有人忙说："白天黑夜连轴转，这是上火了！胖大海，找点胖大海!"说着，就朝人喊："谁那儿有胖大海?"

　　有人立马说："我有。我那儿有。我去拿。"说着，就飞快跑出去了。

此时，有个青年演员没见过这阵势，竟吓得"哇"地哭起来了。

老朱发火了："哭啥？出去出去！"

那个女演员手捂着脸跑出去了。

朱书记沉默了片刻，叹了口气说："换人吧，让大梅歇歇再说，下头这一场换人。"

草棚外，有一个扎红头巾的小媳妇在偷看，她看着看着，眼里竟也有了泪……

然而，乡亲们一听说大梅不上场，一下子炸窝了。他们乱纷纷地闹到了支书那里，支书一听，很快来到了剧团。他把导演苏小艺叫了出来，而后往石磙上一蹲，一边抽着烟锅，一边急切地说："苏团长，俺上顶村对剧团咋样？"

苏小艺忙解释说："我不是团长。不错，上顶村对剧团不错。"

大队支书又说："苏团长你小看人！"

苏小艺再次解释说："我不是团长，真不是，真的。"

大队支书说："戴眼镜的，都是大领导。俺这儿上头也来过些人物，我见过，都是戴着眼镜，围着围脖子，大领导。"

苏小艺哭笑不得，说："我真不是团长。导演，我是个导演。"

大队支书说："'导'啊？'导'更厉害，就是要领着'导'嘛。我说你这个'导'看不起人！"

苏小艺忙说："没有，没有。我们是专门下来慰问演出的，到哪儿都一样的，都一样的。"

大队支书说："俺这儿粮食没少出吧？我一动员，没有一户不出的。你说要是不够，我们再想办法，可你们不能看不起人！"

苏小艺再三解释说："没有，没有。你要对剧团有啥意见，你提出来，我们一定改。"

　　大队支书把烟锅往石磙上磕了磕，说："说实话，群众来看戏，都是冲大梅去的。人家旁村演戏，都是大梅出场，到俺这儿了，大梅咋就不出场了呢？群众意见老大呀！"

　　苏小艺忙说："这我给你解释，这我得给你解释解释。不是大梅不出场，是她的喉咙哑了，实在是唱不出来了……"

　　大队支书说："不会吧？这就怪了？她在别处能唱，咋一到俺的地界上就唱不出来了呢？是俺这儿风水不好，还是咋的了？哪怕出来唱一场呢，哪怕让俺见上一面呢，也不冤枉啊！要不，都说是看大梅的戏哩，四邻的亲戚们也都来了。可到跟前了，连大梅的装都没见上，你说，叫我咋给群众交代呢？给群众没法交代呀！"

　　虽然苏小艺反复解释，可到晚上演出开始时，一些群众又高声嚷嚷起来，他们一个个叫道："俺是来看大梅的戏哩！大梅咋不上场呢？！"

　　当戏开演一分钟后，台下的一些年轻人又开始起哄了："大梅上场！大梅上场！……"

　　此刻，看戏的群众也都炸了，全都站了起来，像墙一样立着，一声声起高喊：

　　"让大梅上场！让大梅上场！大梅不出场我们就不看了！"

　　无奈，眼看着戏演不下去，大幕只好又重新拉上了。

　　后台上，那个已上场却又被轰下来的"二号演员"脸上挂不住了，她哭着跑到后台对导演苏小艺赌气说："不演了，我不演了！"

　　没等苏小艺开口，朱书记就喝道："敢！演去。你没看大梅成啥了？！"

　　那个"二号演员"流着泪说："要是没人看呢？"

　　苏小艺说："没人看也得演！"

　　此刻，场子里仍是乱哄哄的，一些年轻人仍在高喊着起哄呢。不料，突然之间，只见一个扎红头巾的小媳妇站了起来，她鼓足勇气，大声喝道：

"上顶的，不仁义！"说着，她竟然"哇哇"地哭起来了。

于是，剧场里立时静了，有一群老太太围上她，焦急地问："咋啦？咋啦？咱上顶咋不仁义了？！"

扎红头巾的小媳妇哭着说："人家喉咙唱坏了，话都说不出来了……我亲眼看见的！"

于是，有一个老太太站起来，劈头给了一个小伙一耳光："咋呼啥？！"

立时，再没人敢吆喝了。

就在这天晚上，戏好歹演完后，苏小艺十分激动地跑进了草棚，对大梅说："大姐，想不到，真想不到啊！你的威望居然这么高。这怎么办？他们一个个嗷嗷叫，非要你上台，非要听你的戏……"

大梅哑着嗓子小声说："有、热、水、没、有？能、不、能、让、他、们、烧、点、热、水？"

苏小艺说："开水？这可以烧哇。"

大梅想了想，哑声说："给、我、弄、一、桶、开、水，让、我、对、着、热、气、哈、一、哈，兴、许、管、用……"

苏小艺说："那好，我这就去让人烧水。"说完，他快步走出去了。

片刻，阿娟和小秋两个学员把大半桶烧好的热水抬了进来，后边跟着导演苏小艺，苏小艺边走边说："小心，小心。"

两个姑娘把大半桶滚烫的热水放在了草棚里，而后看了看大梅，说："这、这怎么用呢？"

只见大梅从床上爬起来，往桶前一蹲，竟然把整个脸贴在了水桶上，去吸那水上的热气。她一边哈着热气，一边还扭过头说："被、子……给、我、用、被、子、捂、上，捂、得、严、一、点……"

于是，两个姑娘赶忙从床上拿起两床被子，把大梅和那桶热水整个包起来，捂得严严实实的。

阿娟有点担忧地问："这、这没事吧?"

小秋也说："不要紧吧? 别捂……"

可大梅一动也不动。

这时,苏小艺感慨地说: "看清楚了吧? 什么叫大演员? 这就是大演员! 只有大演员才会有这种风范,你们俩得好好学学。"

过了一会儿,苏小艺吩咐说:"烧水,赶紧让他们接着烧水呀!"

这天夜里,大梅一直捂着两床被子在热水上哈她的嗓子。阿娟和小秋不时地把热水抬进来,把凉了的水换去,一直忙到天亮。

最后,当大梅从水桶旁站起时,却一下子摔倒了。阿娟和小秋赶忙上前扶住她,同时关切地问:

"申老师,没事吧?"

"申老师,摔着没有?"

只见大梅满脸都红腾腾的,头发上全是水珠,脸上也是水汪汪的。

第二天上午,当锣鼓响过之后,大梅已精神抖擞地站在了舞台上,当她一声唱出来时,全场掌声雷动。

后台上,在幕布边上望着她的演员们全掉泪了……

第九章

　　在南阳山区，大梅整整演了三个多月。嗓子都唱哑了，可她还在不停地唱，唱。一座又一座山村，一个又一个舞台，她在舞台上唱了一场又一场，心里想的却是粮食。

　　每次站在舞台上，大梅总是不断地重复着一句话：乡亲们，我大梅是要饭来了！

　　山里人厚道啊！

　　粮食！在"粮食"这两个字的后面，是纯朴的脸，脸上叠印着一袋一袋红薯干；

　　粮食！在"粮食"这两个字的背后，是一瓢一瓢倾倒的玉米……

　　粮食！在"粮食"这两个字的后边，是一碗一碗的红薯……

　　山间小路上，驴车、马车、牛车上，装的全是大梅他们用喉咙换来的——粮食！

　　漫天飞雪……

　　在大雪封山之前，"板车剧团"终于打道回府了，他们已经完成了上级交给的任务，受灾的地区已经得到了他们募来的粮食。于是，在返回的路上，一拉溜几十辆架子车排成一字长蛇阵，缓缓地行进着，当他们进入周口地界时，演员们一个个含着泪说：回来了！可回来了！

可是，当他们踏上地界不久，突然之间，在漫天飞雪中，他们发现从一个路口处竟拥出来一群黑压压的村民。

村民们不期而至，一下子拦住了行进中的"板车剧团"。开初时，带队的朱书记吓坏了，他忙跑上来说："咋回事？咋回事？！"

然而，村民们谁也不说话，他们只是默默地站在那儿，一双双眼睛都往村里看。只见远处的村头，有几个媳妇捧着什么，正往这边传呢。

终于，人们看清了，传过来的是一个木托盘，托盘上放着一只碗，碗里漂着四个打好的荷包蛋。

有一位老人接过了这个托盘，高高举起，郑重地说："恩人，恩人们啊，听说你们回来了，我们冯村实在是没啥可献的，村里就只有这四个鸡蛋了，喝碗鸡蛋茶吧！"

一时，人们都愣住了，不知如何才好……

大梅已累得起不来了。她本是在一辆架子车上躺着呢，一看这场面，她激动得一下子坐了起来，说："好，咱就喝一口吧，一人喝一口！"说着，她从托盘上取下碗，放在嘴边上喝了一小口，而后往后传去，演员们一个个就喝了一口……

然而，剧团刚走了不远，又在大李庄村头被拦下了。村民们一群一群都站在公路边上张望着，一见前边有动静，就有人高喊："过来了！快过来了！"

这边，立时有人吩咐说："点火，快点火！"

就在公路边上，有人在那儿点着了地火，是用坯头临时垒起来的，地火上放着个大瓦罐，瓦罐里煨着一只早已炖好的老母鸡……

当"板车剧团"越走越近的时候，路口上人也越聚越多；待"板车剧团"来到跟前时，村民们立马就围上了。人们围上前，又慢慢让开一条小路，由一个老人捧着一个托盘走上前来，托盘上是一碗热腾腾的鸡汤。那老人径直走到大梅跟前，说："大梅，听说咱剧团要回来，俺已等了多时。俺代表大李庄全村父老，给各位鞠躬了！唉，也没啥献的，喝口鸡汤吧，暖暖身子。"

正说着，突然有一位老太太扯着两个孩子抢上前来，那两个孩子木然地走着，突然之间，就跪在了大梅的跟前。

大梅赶忙去拉，这时那老太太说话了。老太太说："梅呀，就让孩子给你磕个头吧！俺家分了二十斤红薯干，听说这粮食是你们一村一村唱戏化来的，要不是这二十斤红薯干，这俩孩子也许就没命了。这大恩大德，啥时候都不能忘啊——快给恩人磕头！"

两个孩子很听话地在雪地里磕头。

大梅赶忙把两个孩子拉起来，搂在怀里，眼里含着泪说："大娘，看你说哪儿去了，天这么冷，别把孩子冻坏了……咱都是一家人哪！"

这时，又有一群孩子跑出来，跪倒了一片，演员们都慌忙上前去拉……

在雪中，村民们都默默地望着她，那无声中表达着村民的感激之情，托盘上的鸡汤冒着一股股的热气……

碗，在演员们手中传递着……

接下去，一村又一村：马庄，秋庄，吴庄……黑压压的村民们都站在路口上张望着……

走着，走着，剧团的人实在是受不了这份如此厚重的情义，一个个都议论说：咋办呢？这咋办呢?! 于是，大梅对朱书记说："绕路吧，朱书记，咱绕路吧。可不能再让乡亲们这样了，天多冷啊！"

朱书记沉思了片刻，说："行，绕路。"

雪越下越大了，在一片白茫茫的大雪中，"板车剧团"绕道而行了。

可是，漫天大雪中，一个又一个村庄，乡人们仍站在路口上张望着……

第二年的春上，周口越调剧团的演员们经过了一个多月的休整，总算是缓过劲来了。春节的时候，地委马书记还专门看望了剧团的人员，特别提出要给剧团嘉奖，以感谢他们为全区募粮所做出的贡献。那会儿，大梅的喉咙经过一个时期的治疗，也好多了。她笑着说："马书记，也别嘉奖了，每人奖一碗红薯吧。"她这么一说，众人都笑了。马书记说："好，我就请你们吃一顿红薯宴！"

第二天中午，在剧团的排练厅里，一拉溜摆上了十几张桌子，地委马书记果然请全体演员们吃了一顿丰盛的"红薯宴"。在那个年月，能饱饱地吃上一顿红薯，实在是很难得了。那天晚上，整个剧团大院臭烘烘的，因为演员们红薯吃得太多，他们放的全是红薯屁。

过罢年不久，新一年出外演出的"台口"也已经定下了，剧团又要出外演出了。然而就在这时候，团里却听到了一个对他们的演出极为不利的消息。一个团的人都愁住了，不知如何是好。于是，在剧团办公室，朱书记召集一些骨干人员商量到底去不去开封的问题。

会场上，一个个大茶缸的后边，一张张脸都很严肃。

刚从开封赶回来的老余说："……情况就是这样。反正'台口'年前就定下了，去还是不去，团里拿主意吧。"

一时大家都不吭声。有人捧起了大茶缸，一遍一遍地吹着缸里的茶叶末……

朱书记说："说说吧，大家都说说。"

有人慢慢腾腾地说："我看算了吧。人家是中央的剧团，咱跟人家较啥劲哪？反正咱也不是只定了这一个'台口'，错开不就是了？"

有人说："就是。人家啥阵容，咱啥阵容？人家是京城来的，是国家级。咱一个小越调团，能跟人家比吗？那袁世海、杜近芳可都是京剧界的大名人，在全国响当当的，咱去了，万一卖不上座咋办？"

有人插话说："票价都错着呢。人家是五、八、十，好座卖到十块钱。咱是一、二、三，最高也才三块钱。"

导演苏小艺说："我看话不能这么说。它是京剧咱是越调，不是一个剧种，他演他的，咱演咱的嘛。再说，这也是一次学习机会，可以相互交流。"

又有人说："要是万一坍台了咋办？那才丢人呢！"

这时，拉"头把弦"的老孙说："我说一句，咱团是卖啥哩？不客气说，就是卖大梅哩！"

听他这么一说，众人都"哄"地笑了。

老刘说："笑啥笑？大梅是主角，不就是看她的吗？叫大梅说吧，她只要说去，咱就去。"

一时，众人都望着大梅，一个个说："让大梅说，让大梅说吧……"

大梅在众人注目下站起来了，她说："叫我说是吧？朱书记，我可说了。我说，就一个字：去。为啥不去？俗话说，宁叫打死，不叫吓死。人家演得比咱好，咱跟人家学嘛。以往，咱还费劲巴力地去北京观摩哪，这回人家到开封来了，多好的学习机会呀。我这人不怕丢人，唱不好就跟人家学。你们要不去，我自己掏钱搭车也得去看看。"

此刻，苏小艺也激动了，说："去，一定要去！艺术有不同的风格流派嘛，唱腔旋律不同，表现方式不同，很难说谁高谁低。当然，人家水平高，咱也要向人家学习。不管怎么说，这都是一次提高的机会。"

中午的时候，大梅回到家，急急忙忙地做了饭，可是当饭端上桌的时候，两人都没有吃——心里有事，吃不下去呀！

大梅对黑头说："你说去不去？"

黑头说："去！"

大梅说："要是坍了台呢？"

黑头说："我用肩膀头儿顶着。"

大梅听了，心里一暖，差点掉下泪来。

当越调剧团浩浩荡荡地开进开封时，在车上他们一眼就看见了贴在大街上的戏报。在开封一家最大的剧院——东京大剧院门前，挂的是中国京剧团主演袁世海、杜近芳的戏牌，而且在售票处，人们熙熙攘攘地排着长队。

而他们要演出的光明剧院却是一家小剧场，当然门前也是挂了戏报的，挂的是周口越调剧团主演申凤梅的戏牌。不过还好的是，售票处也有人在排队买票。

这样一看，大梅心里还稍稍好受一些，可人家毕竟是国家级呀！

傍晚，演出前，已化好装的申凤梅，独自默默地在台子一角坐着。这时，黑头手里捧着两个小茶壶走过来，轻声说："喝两口润润？热的，还是凉的？"

大梅默默地摇了摇头。

黑头闷声问："咋样？"

大梅说："你让我定定神。"

黑头训道："你慌个啥？"

大梅说："我不是慌……"

黑头沉着脸说:"开封咱又不是没来过。"

大梅说:"这一次……"

黑头说:"虽说人家是中央的团,可他唱他的,咱唱咱的嘛。"

大梅说:"我知道。"

黑头说:"你别慌,好好唱就是了。"

大梅说:"票送了没有?"

黑头说:"送了。老崔送的。"

大梅说:"也不知道人家来不来?"

终于,剧场里的铃声响了,演出马上就要开始了。

黑头透过舞台大幕的缝隙往外看,第五排中间的两个位置仍是空着的——是呀,票送了,人却没有来,是看不上?

东京大剧院里,剧院里自然是座无虚席。

京剧名演员袁世海正在舞台上演出,观众席上不断传出热烈的掌声。

这边光明剧院里,申凤梅正在舞台上唱《收姜维》,当唱到著名的唱段时,观众报以极为热烈的掌声。

在舞台角上,黑头一直捧着那两个小茶壶候在那里。

幕间休息时,黑头又探头往下看去,只见第五排中央那两个特意留出的位置上,坐着一个女人和一个小孩。

午夜,戏散场后,待大梅卸了装,走下舞台时,见黑头黑铁着脸在后台门旁袖手站着。

大梅有点怯怯地走过去,看了看黑头的脸色,问:"咋样?"

黑头一声不吭。

大梅说:"哥,叫我先喝口水?"

不料黑头沉着脸,不但不给水喝,反而怒斥道:"你是咋唱的?才叫了三回好。"

大梅看他不高兴，小声说："头一场，能叫三回好也就不错了。"

黑头有点不满意地哼了一声，说着说着声音就大了："以前来开封，哪一场不得五六回碰头好？这头一场才三回好，你、你是……"说着把手扬起来，像是要打人。

大梅闭上眼，心说："打吧，我就准备着挨你的大巴掌呢。"

黑头沉默不语，片刻他的手放下了。

两人站在那儿，沉默了一会儿，大梅小声问："……来了吗？人家。"

黑头仍是一声不吭。

大梅说："兴许是票没送到？"

黑头扭头就走，走了几步，他突然说："再买几张，明天我去送。"

第二天上午，大梅想，人家不来就不来吧，人家是国家的剧团，咱说啥也得去看看人家的演出，也好跟人家学学。这么想着，大梅就掏钱让人去排队买了一些票，而后拿着一沓子戏票，对那些年轻演员说："一人一张，都去。人家是北京来的，咱得好好向人家学学。"

有人就问："这票是送的？"

玲玲说："哪儿呀，这是申老师自己花钱买的。"

大梅说："别管谁买的，都得去看！"

而后，大梅就带着这群青年演员专程到东京大剧院看戏来了。因为他们夜里有演出场，所以他们看的是日场。大梅坐在剧场里，全神贯注地在看袁世海、杜近芳的演出。五天来，大梅夜里演戏，白天就来看戏，她一场也不落。每次看了戏后，她还要跟那些学员研究一番，看人家演得好，究竟好在哪儿了，说到激动处，还总是要比画比画……

一天中午，吃饭的时候，在剧院餐厅的饭桌上，大梅又一次小声问："票送到了吗？"

黑头闷闷地说："送是送了，我去送的。但门卫就是不让进门，我交给他了，他说他会送。"

大梅又说："也不知道人家来不来？"

黑头仍闷闷地说："话都说到了。"

大梅叹道："人家唱得就是好，那扮相、做功，多细呀！真想好好跟人家学学。"

这时，导演苏小艺端着饭碗凑过来说："京剧是国戏呀！做功，你看那做功，非常细腻。"

大梅羡慕地说："真想跟这些老师交流交流……"

这天夜里，大梅演出的剧目是《李天保吊孝》。舞台上，申凤梅唱到了"哭灵"那一场，那声情并茂的表演，赢得了观众一次又一次的热烈掌声。

剧场里，有很多女人都落泪了。可是，当黑头偷眼往下看时，只见在第五排中间的位置上，坐着的仍是那个女人和孩子。

戏散场了，天上下着蒙蒙小雨。

在舞台的后边，黑头怀里揣得鼓鼓囊囊地在那儿站着。

待大梅卸装后，黑头出人意料地快步迎上前去，破天荒地从怀里拿出了两只十分精致的小茶壶。他举着那两只小茶壶说："喝热的还是喝凉的？"

大梅"吞儿"地笑了。

黑头也笑着说："不赖，不赖，今儿净'好儿'！"

大梅一气喝了几口茶水，小声问："来了吗？"

黑头叹了口气，说："咱该咋唱还咋唱，人家……"

大梅一怔，说："不来就不来吧……"

第二天上午，大梅还不死心，就亲自到东京大剧院送票来了。当她朝偏门的演员驻地走去时，不料，一个看大门的年轻人把她拦住了："站住，干啥？干啥呢？"

大梅说："找人。"

那年轻人说："嗨，你知道这是啥地方？你知道这儿住的是啥人？这地方可不是谁都可以进的。去吧，去吧。"

大梅笑了，说："你这个年轻人，怎么这样？"

那年轻人说："我啥样？不让你进，就是不让你进。"

大梅说："我找人，你为啥不让我进？"

那年轻人看了看她，说："找人？你找谁？"

大梅说："我找中国京剧团的袁世海，袁先生。"

那年轻人又看了看她，说："嗨嗨，你找袁世海？袁世海是谁不谁都可以见的？"

大梅说："为啥不让见？"

那年轻人说："人家是从京城来的大演员，国家级！你见？你是谁呀？人家早吩咐过了，谁也不见。"

大梅说："见不见，你通报一声嘛。"

那年轻人两手一抱，说："人家说了，不见就是不见。"

于是，大梅说："你不让见算了，那我见见老曹吧。"

那年轻人一怔，说："哪个老曹？"

大梅说："曹九。"

那年轻人眨了眨眼说："你、你认识……"

大梅说："看你说的，老朋友了。"

那年轻人有点不相信地说："你、你认识我爹？"

大梅笑着说："噢，闹了半天，你是曹九的儿子？你这孩子呀！"

那年轻人迟疑了片刻，说："那你、你是谁呀？"

大梅说："我是申凤梅，问问你爹知道不知道？"

那年轻人一听，忙说："掌嘴，掌嘴！申老师，是申老师呀，对不起，对不起了！我娘最迷你的戏了，哎呀，哎呀，你看这事办的……"

大梅笑着说:"我让人给袁老师他们送的票,你没送到吧?"

那年轻人的脸"腾"地红了,他红着脸诺诺地说: "申老师,你、你……骂我吧!这都怪我,都怪我。那票、票……"

立时,大梅从兜里掏出五张戏票,塞到他的手里,说:"今晚上的,全家都去。"

那年轻人手里拿着票,收也不是,不收也不是,脸上的汗不禁下来了,说:"申老师,你看,你看,我真是没脸见你了。"

大梅说:"好好拿着。这是我请你爹娘去看戏,你务必给我送到。"

那年轻人嘴里嘟嘟囔囔的,也不知该说什么好了。

大梅说:"接你爹的班了?"

那年轻人很无趣地"嗯"了一声,说:"才、才来俩月。"

大梅说:"好好干。"

那年轻人连声说:"嗯,嗯。"

接下去,大梅笑着骂道:"娘那脚!我可以进了吧?"

那年轻人慌忙说:"我给你领路……"

事情弄明白之后,大梅一时气得哭笑不得。她心里想,怪不得呢,我还以为人家是大演员,看不起咱地方剧团呢,原来是你这个小家伙作怪哪!待她见到袁世海后,一切都真相大白了。原来人家袁老师是个极热情的人,一看到她,就拉着她的手说:"凤梅同志——是凤梅吧?刚才还在跟近芳说你呢,就说今天要去看看你呢!坐坐坐,快坐。"说着,又朝外边喊道:"近芳,近芳,快,快,申凤梅同志来了。"

这时,杜近芳听说申凤梅来了,也匆匆赶过来,亲切地与她握手。

大梅说:"袁老师,杜老师,我今天来,一是登门拜访,二是请你们去看戏。你们是从北京来的,是国家级。我们是地方小团,请你们多批评,多指导,给我们一个学习的机会。"

袁世海说:"凤梅呀,你可别这么说。你的戏我们都看了,演得好,演得太好了!"

大梅有点吃惊地说:"我的戏,你们……看了?"

杜近芳说:"看了,看了。不错,不错。没想到,你会演得这么好!"

大梅说:"不会吧?票是送了,可……"

袁世海笑着说:"你不信?我们一连看了三场:《收姜维》《火焚绣楼》《李天保吊孝》。"说着,他从桌上拿起一沓撕过副券的戏票,递给了申凤梅:"你看,我没说假话吧?"

大梅惊异地说:"这票……"

袁世海开玩笑地说:"凤梅呀,你不送,我们只好去买了。"

大梅听了非常感动,一下子站起身,连连道歉说:"哎呀,您看看,让老师们还去……真是,真是太失礼了!"

袁世海感叹说:"坐坐,你坐嘛。凤梅呀,说老实话,我看了戏,大吃一惊,真是没想到,河南竟然飞出了个金凤凰!我这不是夸张,我一点也不夸张。一般的演员,有的能演旦角,有的会生角,像你这样,旦角、生角都能唱,而且还唱得这么好的,我还真是没见过。了不起,了不起呀!"

杜近芳也说:"是好,真好。《李天保吊孝》里'哭灵'那一段,内在感情表达得那么细腻,那么丰富,真是催人泪下!"

大梅听了,连声说:"老师们太夸奖了,还是多说说我的毛病吧,地方剧种,戏演得也比较粗糙……"

袁世海说:"不,不,袍带戏可不是谁都能演的。你的诸葛亮很大气,你把诸葛亮演活了!唱腔也很有特点,质朴,优美,尤其那唱中带笑,真让人……"说着,袁世海一拍椅子,激动地站了起来,"还有,还有一板好唱。我数了,整整一百零八句,一气呵成,真好!我要把你们介绍到北京去,我一定要把你们越调请到北京!请你这个河南的'诸葛亮'到北京演出！"

大梅一听，更是激动了，说："袁老师，我、我这一趟真是没有白来呀！越调是河南的土戏，想不到您能给这么高的评价。太谢谢您了！不过，不管怎么说，两位老师，我既然来了，你们两位得好好教教我。袁老师是大艺术家，杜老师戏中的'女红'那真是惟妙惟肖！"

袁世海说："谢什么？一笔写不出两个'戏'字，不管是哪个剧种，都是一家人嘛！"

三个人越说越激动，越凑越近，很认真地切磋起来……

当晚吃过饭，当大梅回到光明剧院时，一见到黑头，她竟忍不住掉泪了。

黑头说："咋，又没送到？"

大梅说："哪儿呀，我是太高兴了！"说着，她就把见到袁世海、杜近芳后的情况，给他详详细细地讲了一遍。黑头一听，说："就是嘛，大演员就是大演员！这才叫'戏'。"

三天后，当中国京剧团离开开封时，大梅、苏小艺等人专程去火车站为他们送行。

在站台上，袁世海握着大梅的手说："……回到北京，我要做的第一件事，就是宣传越调，为你们请功。京剧也要向你们地方戏学习，到时候，欢迎你们去北京演出！"

杜近芳也握着大梅的手说："愿早日在北京相会。"

大梅握着两人的手，激动得连话都说不出来了。

苏小艺激动地重复说："大师啊，这真是大师风范！"

大梅回来后，把袁世海要推荐越调去北京演出的消息告诉了大伙。一听说他们有可能进京演出，剧团上下都很激动。北京啊，北京可不是一般人能去的地方，那可是首都啊！当天晚上，导演苏小艺就召集全体人员开会，在会上给演员们做动员。

他挥着手说："啊，人家袁世海先生说了，他要把我们越调介绍到北京去，到北京去演出！这对咱们团来说，是个大喜事。北京是什么地方？是皇城，是我们的首都，说不定中央领导都要看我们的演出。所以，这一段，每一个演员都要抓紧业务上的提高，不能有丝毫的懈怠。不管是谁，哪怕迟到一分钟，也得把名字给我写到这个小黑板上，以儆效尤。另外，罚款两元。"

听了导演的话，一些年轻演员吓得直吐舌头。

袁世海的确是一个非常重情义的热心人，他一回到北京，就忍不住地给人介绍河南的剧团水平高，他几乎是逢人就说。刚下车那会儿，一进院，他就给碰到的每一个人介绍申凤梅。袁先生进院后，一边走一边与人打招呼。有人见了他说："噢，回来了？"

袁世海就说："回来了。这次下去真是开眼界了，河南这地方不得了，出人才呀！"

那人说："噢，有啥收获？"

袁世海说："收获大了。河南有个申凤梅，呀呀，把诸葛亮演活了！"

那人有点不相信，说："女角？能演袍带戏?!"

袁世海说："女角，不但会演袍带戏，简直绝了！人家是旦角、生角都能演啊！"

那人不相信地问："戏你看了？"

袁世海说："看了，连看三场！"

那人说："别人说了，我未必信，可你老袁说了，我信。要是真好，可以请他们到北京来嘛。"

袁世海高兴地说："我正有此意呀。"

走着，又碰见了熟人，袁世海又停下来给人介绍一番。后来，袁世海说得多了，人家都说他成了河南的"说客"了，他笑笑说："说客好啊，说客好！"

周口这边呢，自不必说，团里所有的演员都在加紧排练。大梅更是一天三响，每一出戏都是抠了再抠，生怕进京演出会出什么纰漏。一天早上，大梅刚出家门，正要赶着去剧场排戏，突然听到有人扯着喉咙叫她。她心里说，这是谁呀？喊魂儿呢?！

谁知，在剧团宿舍门口，从乡下来的二憨肩扛着一个坏车轱辘，一脸煤灰，竟然跟看大门的老头闹上了。

开初，看大门的老头说："哎哎，你找谁呀？"

二憨生硬地说："找谁？找大梅！"

看大门的老头上下打量了一番，说："你认识大梅？"

二憨竟气昂昂地说："认识，可认识。看你说的，咋不认识呢？唱戏的大梅，谁不认识?！"

看大门的老头探问道："你……跟她是老乡？"

二憨说："俺是南阳哩。她去俺村唱过戏，我还跟她说过话哩……"

听他这么一说，看门的老头恼了，说："去，去，滚球一边去。我还以为你跟她是老乡呢！"

二憨说："大爷，你咋骂人哪？我就是认识嘛，你让我进去吧。"

老头气呼呼地说："净瞎编！下力人，一点也不实诚，我就不让你进！"

二憨急了，说："我给你唱一段吧？我给你唱一段大梅的戏，你听听……"

老头不耐烦地说："去，去去！"

二憨无奈，探身往里看了看，一时急了，竟站在门口高喊起来："大梅！大梅……"

老头火了，说："喊啥？你胡喊个啥?!"

二憨解释说："俺遇上难处了，在这周口地界上又不认识人，俺就知道大梅，你不让俺喊，咋办哪?!"说着，他又大声喊起来："大梅！大梅……"

正在这时，大梅夹着个包从家那边赶过来了，她一边走，一边应声说："谁呀？这是谁呀？给我喊魂儿呢?!"

这边门口，二憨高声说："我呀！是我，你不认识我了?"

大梅匆匆地走到门口，上下打量着，说："你、你是……"

二憨忙说："我是二憨，南阳的，听过你的戏。你不认识我了?"

大梅望着他，仿佛在回忆什么，而后随口说："噢，想起来了，我想起来了……你找我有啥事？"

到了这时，二憨竟然哭了，流着泪说："大姐呀，俺是万般无奈才来找你的。俺是遇上难处了，在这儿也不认识一个人……"

大梅说："兄弟，别哭，有啥难处你说吧。"

二憨流着泪说："出来拉煤哩，车轴断到路上了，走不了了，带的盘缠也花完了。我是没有办法，才一路问着摸到这里来的。"

大梅说："你别说了，兄弟，换个车轴得多少钱?"

二憨吞吞吐吐地说："人家说，咋也得七八块……"

大梅立时从兜里掏出了十块钱，递给二憨，说："十块够不够?"

二憨捧着钱，一下子噎住了，无语。

大梅说："不够?"说着，又要掏兜……

二憨喘了口气，十分感激地说："够了，够了。恩人哪，要不是你，我就回不去了……"

大梅说："去吧，赶紧换个轴。兄弟，我不送你了，我这边还等着排戏呢……"

等二憨走后，大梅朝着排练厅的方向走去，可她走了几步后，又反身追了回来，小跑着追到了大街上，终于又追上了扛着架子车下盘的二憨。大梅说："兄弟，刚才我忘了，你还没吃饭吧？南阳路远，这五块钱你路上用……"说着，硬把五块钱塞到了二憨手里，扭头就走。

二憨站在大街上，突然满脸都是泪水。他肩上扛着那个坏车轱辘，身子转着圈，呜咽着说："其实，你不认识我，我知道你不认识我……"

大梅觉得时间不早了，就急着往排练厅赶。可紧赶慢赶，还是迟到了一步，所有的演员都到了，就大梅一个人来晚了。

那时，看了表的青年演员阿娟小声对伙伴说："时间已过了两分钟，申老师还没来呢。这回可有导演的好看了！"

当大梅匆匆地走来时，所有的目光都望着她。

苏小艺站在舞台上，沉着脸，一声不吭。

这时，有人在下边低声说："这一回是团长迟到了，看他咋办吧。"

只见申凤梅怔了一下，便走上了舞台。她径直走到那个小黑板前边，拿起粉笔，在小黑板上恭恭敬敬地写上"迟到者申凤梅"几个字。而后，她放下手里的粉笔，面对众演员，又恭恭敬敬地鞠了一个躬，说："对不起，我耽误大家的时间了，我向各位做检查……"说着，她从兜里掏出两块钱，默默地放到了那张桌子上。

此刻，全体演员都默默地望着她，没有人说话，谁也不说一句话——她是团长，又是主角，她都认罚了，谁还能说什么呢？

○　●

第十章　·····································

在北京，袁世海为越调剧团能赴京演出，这一次可是花了大气力。那时，老先生已是上了年纪的人了，可他仍是一趟一趟地跑文化部，跑北京市文化局，能找的人他都找了，能说的话他都说了，在文化部办公大楼内，袁世海老先生正在气喘吁吁地一层层爬楼梯，他只要见了管事的人，就给人家一遍遍地推荐申凤梅。

而后，他又来到北京市文化局，一个办公室一个办公室地敲门，仍是一遍一遍地给人们讲述着、推荐着……在北京市文化局艺术处，连处长都不好意思了，感动地说："袁老师，以您老的名气，专程跑来推荐剧团，这让我们感动啊！您老放心，我们一定考虑。"

袁世海一遍遍地说："唱得真好，确实好！"

周口这边，在剧团排练厅里，那个写有"迟到者申凤梅"字样的小黑板一直在舞台上挂着。可从此之后，不管刮风下雨，每次排练，申凤梅总是第一个到。

有一次，苏小艺来到排练厅，见又是申凤梅头一个到，他有点不好意思了。于是，他快步走上舞台，拿起一块破抹布，想把那些字擦掉，可被申凤梅拦住："别擦，别擦。"

苏小艺一怔，摇了摇头，笑了："大姐，我知道，你是为我撑腰呢。"

这天中午，那封盼望已久的电报终于来了，上边写着：一切事项均已联系妥当，欢迎越调剧团进京演出。

立时，全团一片欢呼声，演员们奔走相告，一个个喜气洋洋。

只有崔买官一人脸上带着酸溜溜的样子，含沙射影地说："那可是首都，不是谁不谁都能去的！"

没过几天，这事倒真让崔买官说着了。谁也没有想到，在赴京演出的名单中，竟然没有导演的名字。那天，当接到通知后，办公室里的空气一下子就紧张了。

朱书记沉默着，背手而立。

导演苏小艺则在地上蹲着，一脸的苦涩。

大梅却是一脸气愤，说："这、这也太不像话了！谁告的？这不是欺负人吗?!"

朱书记沉默片刻，说："大梅，你不要急，急也没用。这个事呢，本来嘛，我也没觉得有什么不妥，可现在群众有反映……这个、这个就不能不考虑了。"

大梅不平地说："朱书记，你说说，这可是赴京演出啊！这么大的事，导演不去？不让人家导演去，行吗？"

朱书记解释说："大梅，你清楚，这并不是我的意思。老苏也在，有些话我本来不该说，可是呢……"

苏小艺蹲在地上，喃喃地说："你们不要再说了。我，理解、理解……"

大梅仍在坚持："朱书记，不管谁有意见，也不管是谁的意思，导演得去。导演不去还行?!"

朱书记缓缓地说:"本来,我也是从工作考虑的。可是,有人反映上去了,说老苏这个那个的……为此,我还专门请示了宣传部。我的意思呢,也是想再争取一下,最好让老苏去。可这个、这个……有人往上一告,宣传部的态度一下子十分坚决,说正因为是进京演出,政审必须严格。这么一来,我就、就不好再说什么了……"

大梅说:"朱书记,为排演进京演出的剧目,人家老苏没日没夜地干,花了多少心血,你不是不知道。光唱腔、剧本,人家收拾了多少遍哪?到了,不让人家去,这事说得过去吗?!"

苏小艺勾着头,喃喃地说:"大姐,别争了,你别争了。有你这句话就行了。不去就不去吧。没事,真的,我没事。"说着,他取下眼镜片,用力擦着,他的眼湿了。

大梅说:"那不行,导演一定得去。咋能这样对待人家呢!"说着,她快步走到桌前,毅然拿起了电话,说:"不让导演去不行!我现在就给部长打电话。"

朱书记猛地转过脸来,急忙说:"大梅,你要慎重。"

说话间,大梅已接通了电话。她对着话筒说:"……喂,徐部长吗?是我呀,大梅。噢噢……部长放心,我们一定好好演出。喂,徐部长,有个事呀,你看,进京演出,导演不去行吗?导演导演,一个剧团,全凭导演的。不让导演去,这戏还咋唱?是啊,是啊,我知道……我也是党员,我担保行不行?我保了,我给老苏做担保,要是出了事,你拿我是问!……噢,朱书记?在,他在呢……"说着,大梅用手捂着话筒,对朱书记说:"老朱,你保不保?"

朱书记站在那里,沉吟了片刻,终于开口说:"大梅呀,你保,我……保!"

大梅马上对着话筒说："朱书记也保。我们两人联保。……好，太好了！你放心吧。"

苏小艺慢慢地站起身来，他满眼含泪，就那么弯下腰去，给两人深深地鞠了一躬。

一列火车在京广线上飞驰。

当剧团的演员们坐火车到达北京站的时候，谁也想不到，在站台上，袁世海及中国文联、文化部艺术局、北京市文化局的领导同志已等候多时了。

火车进了站台后，当大梅等演员从车上下来时，一下子怔住了，她没有想到会有这么多人来迎接。片刻，她快步走上前去，紧握着袁世海的手说："哎呀，袁老师，您怎么来了?!"

袁世海笑着说："我举荐的，我不来行嘛。"说着，又分别给她介绍前来迎接的各位领导，大梅跟他们一一握手致谢。

当天，他们的住处就安排好了，下榻在吉祥剧院后边的演员宿舍里。这时，演出的一切事项全都安排好了。当他们稍事休息之后，就在当天下午三点半，申凤梅就头一个来到了后台上，她独自一人坐在那里，面对墙壁，嘴里念念有词，开始默戏了……

这时候，剧院门口早就贴着一张巨大的戏报，上写着——剧目：《李天保吊孝》，主演：申凤梅，时间：晚八点。

下午五点，当演员们来到后台时，却被导演苏小艺拦住了。苏小艺小声对他们说："先别过去，谁也别过去。等一会儿，等一会儿再说。"

演员们探头往里边一看，只见大梅凝神静气地在后台一角坐着，两手还比画着，很专注地在默戏。

片刻，台口上站的人越来越多了，却没有一个人走过去，也没人敢大声说话。过了一会儿，大梅终于站起来了。这时，演员们才各自归位，急火火地化装去了。

晚七点半，剧院门口熙熙攘攘，观众进场了。

演出开始后，剧场里不时爆发出热烈的掌声。尤其是"哭灵"那段唱腔，一下子征服了京城里的观众。

当掌声再一次响起时，导演苏小艺一个人在剧场外的空地上兴奋地踱来踱去。他嘴里喃喃地说："打响了，打响了！一炮打响！"而后，他把脖里的围巾一甩，伸出两手，望着夜空，高声说："星星真好！月亮真好！北京真好！真好哇，真好！"

这时，刚好有两人从他面前走过，他们诧异地望着苏小艺，一个人说："这人有病吧？"另一个人摇了摇头说："……莫明其妙！"

第二天，由于首场演出获得巨大的成功，首都各大报纸都发了消息，对申凤梅的精湛表演给予了很高的评价。

这时，剧院门前的戏报已经换了——剧目：《收姜维》，主演：申凤梅。

早晨的时候，演员们突然发现，售票口已排起了长队，队列中竟然有人披着被子……

然而，当申凤梅连演了几场之后，苏小艺却看出问题来了。夜半时分，戏早已散场了，在空荡荡的剧场里，苏小艺又是独自一人，表情癫狂地在舞台上走来走去。只见他神情怪异地在台子上踱着步，一边踱步一边嘴里还念念有词，不知在说什么。片刻，他突然一展胸前的围巾，大步走下台子……

当他找到申凤梅时，他的两眼顿时放光。他一下子拉住申凤梅，激动地说："大姐，你听我说，你听我说。我有个很好的想法，我突然就有了一个——大想法！你知道这是什么地方吗？这是首都，这是中国的心脏，这是中华民族的政治文化中心，这是……"

大梅一时有点摸不着头脑，就说："老苏，你慢慢说，慢慢说……"

苏小艺一挥手，说："好，好，我慢点说。就一句话，我问你，在艺术上，你想不想独树一帜，登峰造极？"

大梅不假思索地说："想啊，怎么不想?!"

苏小艺连声说："这就好，这就好，只要你想……"说着，他的话锋一转，语气变了，说："我已经研究你很长时间了，你这样下去是不行的。不行！不行！你要再往下走，说句不客气话，就毁了！"

大梅一怔，生气地说："哎，你这个人，说着说着话味就变了，怎么又不行了？你不是说……"

苏小艺抬起两手，说："且慢，且慢。你听我说，你的唱腔很独特、浑厚。戏呢，也不错，这是优点。但艺术上太粗，用三个字说就是：粗、土、糠。这个'糠'可能用得不准确，但就是这个意思。我的总体意思是'品'低了。你明白吗，品是品位，就是说……"

听他这么一说，大梅的脸色变了："你、你这是骂我哪?!"

往下，苏小艺一甩围巾，恳切地说："大姐，不瞒你说，在这几天里，我一连看了九场戏。九场！全是京城名角的戏。看了之后，我才发现问题了。我觉得大姐你确实具备了大演员的素质，但是——你如果不提高的话，也是很难登上大雅之堂的。往下走，后果不堪设想。大姐，我再问你一句，你想不想一枝独秀，登峰造极？"

大梅不吭了，她很长时间一句话也不说。片刻，她喃喃地说："老苏，你、你说话真伤人哪！要不是……我……唉，你也是好意，你叫我想想。"

苏小艺再一次诚恳地说："大姐，话说重了。我真是为你好，何去何从，还是你自己拿主意吧！"

大梅沉思着，轻声说："我初学戏时，老师送我了八个字……"

苏小艺问："哪八个字？"

大梅说："戏比天大，戏比命大。"

苏小艺喃喃地说："明白了，我明白了。那就是说，为了戏，你可以舍弃一切?!"

大梅果决地说："只要是为了戏，有啥想法，你说吧！我舍命不舍戏。"

苏小艺说："你的诸葛亮，可以说是一绝。我是这样认为的。但是——如果你想永葆艺术青春，如果你想走向艺术的最高峰，那你就得扬长避短！提高，提高，再提高！说白了，你的缺点，就是草台班子共有的通病：粗，土，俗。现在，咱们是在京城，这里有多少大师级的演员呀，机会难得啊！"

大梅说："你让我再想想……"片刻，她突然说："我想拜师，拜马连良先生为师。"

苏小艺头猛地一仰，很严肃地望着大梅，说："太好了，你行。大姐，你记住我的话吧，你是大师的料儿！"

这天上午，袁世海又专程来剧团看望申凤梅。袁世海坐下后，激动地说："昨天晚上，我又看了一遍《收姜维》。不错不错，真的不错！"

这时，大梅突然说："袁老师，我有个想法，不知你……"

袁世海说："你说，你说。"

大梅张了张嘴，说："我想……哎，张不开嘴呀。"

袁世海说："嗨，有啥不能说的? 你说，尽管说。"

大梅说："我想……拜师。"

袁世海怔了一下，说："拜师? 拜谁呀? 用不着吧? 用不着，用不着。"

大梅郑重地说："我想拜马连良先生为师，他的诸葛亮演得太好了！我想跟先生好好学学。"

没等大梅说完，袁世海就笑着说："我看算了吧，用不着，你的诸葛亮也不错嘛。叫我看，在艺术上是各有千秋。马先生的诸葛亮有仙气，你的呢，可以说有人气。我看可以切磋切磋，不一定非要拜师吧？"

大梅恳切地说："袁先生，我这个心愿你一定要成全。马先生是京剧界的大师，我看过他的戏，非常钦佩。他的诸葛亮演得那么飘逸，我真是太想学了！袁先生，你可一定要成全我呀！"

袁世海迟疑了一下，说："这个事嘛，听说马先生已经关门了。不过，你有这个诚心，要是执意想拜师，我就舍下这张老脸，去做个说客吧。"

立时，大梅激动地站起身来，躬下身说："袁先生，我……给你作揖了！"

袁世海忙说："别，别，折煞我也。说客我做，至于成不成，这要看马先生的意思。这样，你等我的信儿吧，一有消息，我马上告诉你。"说着，他站了起来。

二十世纪六十年代的北京街头，大街上来来往往的电车、公共汽车对外省人来说，显得十分新鲜。那时候，他们总是对车顶上驮着的一个大黑包好奇，谁也不知道那究竟是干什么用的。曾在北京待过的苏小艺也说不明白，后来，转了好几道的嘴才打听清楚，那汽车上驮的东西叫煤气包，听了解释后他们才都笑了。

那天，在演员驻地门外的大街上，大梅一直在来来回回地踱步、张望，脸上带着说不出来的焦急。等啊，等啊，终于等来了袁世海的身影。

远远的，大梅一见袁先生的身影，便急切地迎上前去，急切地问："怎么样？马先生他……"

袁世海没有说什么，只是很客气地说："马先生说了，他要看看你的戏。"

大梅一听，沉吟了片刻，喃喃地说："那就好，说明还有希望……"

当晚，剧团在政协礼堂演出。这场演出，大梅是格外地用心。她知道，她仰慕已久的马连良先生就在下边坐着呢。当演出结束时，站在舞台上的大梅在一次次谢幕的同时，终于忍不住往下瞅，却没有看到她要找的人，她心想，可能是台下太暗的缘故吧。

大梅卸装后，当袁世海走近她时，她怔怔地站在那里，似乎不敢再问的样子，可她还是忍不住问了："先生答应了吗？"

这一次，袁世海仍没有正面回答，他只是说："马先生看了你的戏，说你的功底还是很扎实的，演得很好……"

大梅望着袁世海，再一次焦急地问："先生答应了吗？"

袁世海沉吟了片刻，说："马先生说，京剧和越调是两个不同的剧种，拜师就不必了……"

大梅一下子怔住了。片刻，她很失望地说："是……是先生看不上我，还是……"

袁世海赶忙说："不，不，马先生他不是这个意思。这样吧，大梅，我看你心这么诚，我就再去游说游说。你等我的信儿！"

听了袁先生的这番话，大梅心里非常难过。她是诚心诚意想拜师的，可人家不收她，她心里就像针扎一样难受。怎么办呢？难道就这样算了？大梅还是不甘心，当晚，她把这件难堪的事给导演苏小艺讲了。苏小艺听了之后，沉默片刻，说了一个字："闯！"大梅一怔，说："闯？怎么闯啊？"苏小艺说："一不做二不休，直接到他家去。"大梅怔怔地说："行吗？"苏小艺说："管他行不行，闯！"

于是第二天，苏小艺领着大梅，就直接到马连良家去了。晨光里，那是一座古色古香的四合院，苏小艺陪着大梅，带着四色礼品来到了马连良家门前，而后，他们两人就躬身在门外站着。

这时，大梅低声说："先生要执意不见我们呢？"

苏小艺连声说："心诚则灵，心诚则灵。"

大梅说："那好，要是先生不见，我就在这儿一直站着。"

太阳慢慢地爬上了树梢，他们仍在门外站着。

十点钟的时候，袁世海匆匆走来，他一见大梅在马连良的门外立着，就什么都明白了。于是，袁世海说："你们先在这儿等着，我再去游说游说。这个老古板！"

大梅感动地说："让先生为我受累了！"

袁世海摆了摆手，大步走上前去。

太阳慢慢地移到了头顶，可马家仍没有动静。一直等到将近午时，门终于开了……

这时，马连良的夫人陈慧琏满脸带笑地迎了出来，说："进来吧，快进来。"

两人进了客厅后，只见马连良先生正与袁世海拱手告别，袁世海给大梅递了个眼色，说："你们谈吧。"说完，站起就走。

待送走了袁世海，大梅赶忙上前，深施一礼，恭恭敬敬地说："马老师，师娘，我大梅给二老磕头了……"说着，就要下跪。师娘赶忙拉住了她，说："快起来，新社会不兴这一套了。"

继而，马连良先生看了他们两人一眼，缓缓地说："大梅，你的《收姜维》唱得不错。你唱一段，再让我听听。"

于是，大梅就站在客厅里唱起来。

马连良坐在那里，闭上两眼，凝神静气地认真倾听。

当大梅把"四千岁……"这个唱段唱完时，马连良两眼并没有睁开，只点了点头，说："再来一遍。"

大梅又唱……

等大梅唱完后，马先生竟说："再来一遍。"

大梅就再唱……

正在这时，有一个保姆从外边走进来，小声报告说："马先生，上海的客人到了……"

马连良仍在闭着眼睛倾听，只随口说："让到饭厅。"

保姆一愣，扭身走了。

待大梅唱完后，马连良久久没有睁眼，像是仍沉浸在唱腔里。过了一会儿，他才缓缓地睁开眼来，说："你知道我为什么不愿收你吗？"

大梅怔怔地望着马连良，摇了摇头，老老实实地说："不知道。"

马连良的脸严肃起来，他说："你的功底的确不错，可有一样……"说着，马连良摇了摇头，很直接地说："你犯了一个大忌讳——串角！"

大梅愣愣地望着先生。

马连良严肃地说："京剧最忌串角。你不要以为你什么都能唱是好事，恰恰相反！不客气地说，地方戏，马虎就马虎在串角上。你以为你什么都能演，什么都去演，生角、旦角都去串，串来串去，什么都演不好！"

大梅一下子傻了！她就那么呆呆地望着马连良，一句话也说不出来了。

这时，马连良看了大梅一眼，突然说："你去吧。回去好好想想，等想好了再来。"

大梅迟疑一下，默默地走出去了。

屋子里，马连良仍在那里端坐着。片刻，他略一怔，即刻起身，说："哦，失礼了。"说着，这才匆忙赶往饭厅接待上海的客人去了……

这天夜里，大梅独自一人在昏黄的路灯下走来走去，她心乱如麻，一时不知如何是好。"串角"这两个字一直坯一样在她的心头上压着，压得她喘不过气来。怎么办呢？

夜已很深了，心里乱麻麻的大梅走回房间，一下把黑头从床上拉起来，说："老黑，我的哥，要是两样让你选一样，你要戏还是要人？"

黑头睡眼惺忪，却不假思索地说："要戏。"

大梅说："人呢？"

黑头说："人就是戏，戏就是人！"说完，倒头又躺下了。

第二天一大早，大梅再次来到了马连良家。她先是在门口站了一会儿，待先生起床后，她才上前敲门；来到客厅后，大梅恭恭敬敬地站在马先生的跟前，小声说道："先生，我想过了。"

马连良坐在椅子上，很严肃地对站在他面前的大梅说："你想好了吗？"

大梅说："想好了。"

马先生说："那好，我问你，为了艺术，你能豁出来吗？"

大梅坚定地说："我能。"

马连良说："好。我再问你，你看过梅先生的戏吗？"

大梅说："看过两场。"

马先生说："那么，在你眼里，舞台上的梅先生是男还是女？"

大梅说："在舞台上，梅先生实在是把女人演活了，他身上没有一处不是女人……"

马先生说："这就对了。艺术就是艺术，艺术是需要献身的。你的唱功和做功都是不错的，基础也很扎实。但是，你要想把诸葛亮这个人物真正演活，就必须先把自己变成男人，至少在舞台上是个男人，彻头彻尾的男人！要做到这一点，你比我要困难得多，我本来就是男人，而你则是女人演男人，演一个活生生的男人，这就太难为你了。你能做到吗？！"

大梅脑海里炸了一下，久久之后，她说："……我能。"

马连良说："你要想好啊！从今以后，我要你专攻生角，只要一踏上舞台，我要你只有一个念头：我是个男人。你能做到吗?"

大梅坚定地说："我能!"

马连良望着她，沉默了一会儿，说："我要最后再问你一遍，从今以后，我要你学会养气，养男人的儒雅气，大儒！大度！大雅！这的确是太难为你了，你——能做到吗?!"

大梅咬了咬牙，再一次坚定地说："我能!"

马连良终于点了点头，说："那好，你这个徒弟我收了!"

大梅听了这话，一时满脸都是泪水！

当天夜里，戏散场后，大梅趴在房间里大哭一场。

导演苏小艺推门进来，见大梅在哭，一惊，忙问："大姐，怎么了？你、你怎么了?!"

这时，大梅擦了擦脸上的泪，说："没事，没事，我是高兴。"说着，她从一个提包里掂出了两瓶酒，"咚"地往桌上一放，说："喝酒，喝酒！去，你把老胡他们也叫来，吆喝吆喝，咱也划划拳!"

苏小艺吓得一推眼镜，探着头说："大、大姐，你、你真的没事？"

大梅说："你看，我菜都买好了，没事！去，去喊老胡他们来。"

这天夜里，大梅邀了一些团里的人来喝酒。菜很简单，只有些花生米、酱牛肉什么的。可就在这个酒摊上，大梅一下子喝醉了，哇哇大哭。可谁也不知道她究竟哭什么。

第二天，大梅又如期来到马连良家。在马家内厅里，马先生亲自给大梅比画着说戏，算是上了拜师后的第一课。他说："……比如说，诸葛亮这把扇子，它是用来表现人物内心世界的，在舞台上是一个很重要的道具，是不能胡乱扇的。这么一把折扇，它扇的不是风，是心绪，是气度，是儒雅，也可以说是智慧。有时候，它就是雄兵百万；有时候呢，它就是奇兵一支。诸葛亮的气度涵养，他的潇洒飘逸，可以说都在这把扇子上……"

说着，马先生一边给大梅做示范，一边让大梅自己练习。

日子就这样一天一天过去。夜里，大梅照常在舞台上演出，白天，只要有空，她一准到马家去，听马连良先生给她说戏。马先生说戏是极讲究的，也是极严格的，给她"捏戏"更是一丝不苟。就这样，在马连良的亲自指导下，大梅的表演越来越精湛，在舞台上赢得的掌声也越来越热烈。

有一天清晨，大梅来得早了些，见门没有开，就一直站在门口候着。等到马先生的夫人出来开门时，见大梅在门外站着，就诧异地说："梅，你怎么不叫门呢？进来，快进来。"

大梅说："没事。我是怕打扰先生休息……"

来到内厅，马连良看了大梅一眼，说："你的戏，昨晚我又看了一场，有进步。不过有些地方，你还是得注意……"说着，他站起身来，"你跟我来。"于是，就把她带到了后边的一个花棚下，再一次给大梅说戏：

"……走台，是一个演员的基础。看似简单，但要走出内涵，走出变化中的人物感情，就不那么容易了。尤其是戏曲，要边走边唱，这时候情绪在变化中，又要随着唱腔完全表达出来，这就全靠自己去体会琢磨了。比如你那句'可喜将军把汉降'，用流水板一连唱下去，表达不了诸葛亮此时此刻的心情，不如在'可喜'后稍作停顿，而后再唱'将军把汉降'，这样，诸葛亮的安慰、爱慕之意就完全表达出来了。再一个，在这出《收姜维》里，诸葛亮的步法要'苍'。你想，他这时已五十多岁了，将死之年，身为相辅，身份不同，身体又不大好，心境也大不如以前了，一步一步，都带着一种'忧'。这时候，他已经是一个鞠躬尽瘁的老人了，所以，那个'苍'味一定要带出来……"

马连良一边说着唱着，一边示范着，大梅不时点头，认真地学着。她是心服口服啊！

这天下午，吃过饭，当大梅要走时，却被师娘陈慧琏叫住了："你等等。"

这时，陈慧琏手里拿着一个小包走了过来，对大梅说："梅，你师傅既已答应收你，我就代你师傅送你一件礼物吧。"

大梅赶忙说："师娘，我也没给您带什么，您看……"

师娘说："你知道我送你的是什么礼物吗？"

大梅望着她……

师娘说："你们唱戏的什么最金贵？"

大梅一怔，说："嗓子？"

师娘点了点头，说："对了，我送的就是保护嗓子的药。这药是你师傅珍藏的，是好药。你收下吧。"

大梅双手接过来，十分感动地说："谢谢师娘，我收下了。"

三天后，在中国剧协的一个大礼堂里，由中国剧协主席田汉亲自主持的"申凤梅拜师会"隆重举行。那天，会场上熙熙攘攘，极其热闹。到会的大多是中国文学艺术界的各位名流，各大报刊记者，其中有老舍、田汉、曹禺、崔嵬、赵丹、汪洋、张梦庚、李準、裴盛戎、张君秋、凤子、陈怀皑、谭富英、袁世海、田方、于大申、于黑丁……一时，这个拜师会成了文艺界的一次盛会。

在会上，作家、艺术家们纷纷向大梅、马先生表示祝贺，他们连连地握手、问候，相互致意，有献花的，有题字的……一时，记者们呼地围到这边，又呼地围到那边，镁光灯闪闪烁烁。

作家老舍先生带病出席拜师会，见了申凤梅，说："戏我看了，好哇，好！"当他来到题写贺词的桌旁时，兴致勃勃地铺开宣纸，即兴赋诗一首：

东风骀荡百花开

> 越调重兴多俊才
>
> 香满春城梅不傲
>
> 更随桃李拜师来

一时，围观众人纷纷拍手叫好。

会上，北影厂的大导演崔嵬走到申凤梅面前，自我介绍说："我是崔嵬，北京电影制片厂的。我看了你的戏，会后咱们好好聊聊！"

大梅感动地说："谢谢，谢谢！"

这时，作家李凖先生也凑了过来，笑呵呵地说："凤梅，你可是为咱河南争光了！"

大梅忙说："老大哥，你可要多帮我呀！"

拜师会上，大梅平生第一次见到了这么多的京城名人，见了这么多的专家学者，一时感慨万端。

拜师会正式开始，首先由田汉先生在会上致辞。

他说："同志们，今天申凤梅同志的拜师会，可以说是文艺界的一次盛会。京剧演员收地方戏学徒，这是戏剧界的一件喜事，有特殊的意义。地方戏的好处是'博'（唱词多，生活气息浓厚），京剧的好处是'约'（精练，每唱一句都要找俏头），二者可以互相取长，共同繁荣我们的戏剧事业……"

顿时，会场上响起了热烈的掌声。

最后，由司仪高声宣布：现在行拜师大礼！

于是，大梅恭恭敬敬地向马连良先生三鞠躬。一时，人们热烈鼓掌，会议达到了高潮。

此刻，大梅眼里有了泪花，不知怎的，她突然想大哭一场……

翌日，京城各大报纸纷纷刊登了题为《越调轰动京华》《申凤梅拜师马连良》的文章，并陆续登出了大幅剧照：申凤梅扮演的"诸葛亮"……

　　从此，售票口连连挂出了"客满"的字样，然而，人们排队购票的队列却越来越长了。每到晚上，大梅在京城舞台上演出时，居然场场爆满，赢得了观众极为热烈的掌声。

　　这大约是申凤梅一生中最为风光的时期了。

　　在这两个多月里，她从没有受到过如此的关爱。自从拜师后，她一下子从一个来自民间的艺人，变成了整个社会关注的名角。这是她从未想到的。有许多个夜晚，她常常夜不能寐。到了京城后，她才深切地体味到什么叫作"艺术"。于是，她想了很多很多……

　　尤其是马先生的教诲，时常出现在她的脑海里，她一次又一次地重温马先生的教导，那些话在她的心海里一次次地浸泡——

　　马先生说："……这把胡子，演的是男人的刚性、气概和经验，不是平白要挂在那里的。捋，或是不捋，快捋和慢捋，都是有讲究的。什么时候快，什么时候慢，什么时候轻轻拂一下，都是人物内心世界的反映……"这些话，是多么的准确呀！

　　大梅怎么也想不到，好事还在后边呢。

　　突然有一天，剧团里传出了一片欢呼声，周总理要来看戏了！

　　一得到消息，导演苏小艺马上就召集全体演员开会。在会上，他激动地对演员们说："……周总理能来看我们的戏，这是对我们最大的鼓舞！最大的支持！最大的鞭策！大家一定要演好……"

　　大梅虽然激动，可她一句话也没有说。她真是太激动了！可她一边激动着一边又担着一份心，她是生怕演不好啊！

　　散会后，演员们各自带着喜悦的心情，纷纷去做准备了……

　　不料，当会场上只剩下朱书记和苏小艺时，朱书记拍了拍他的肩膀，小声对苏小艺说："老苏，这些天你累了吧?"

　　苏小艺依然很兴奋地说："不累，不累，一点也不累。"

　　朱书记看了看他，接下去十分婉转地说："我看你是累了，休息几天吧。"

　　苏小艺仍说："不累，我真的不累。这场戏咱一定要唱好！"

　　朱书记再次暗示说："老苏，你不要逞强。我看你脸色不好，是熬夜太多了。这样吧，这两天你好好休息，演出由我顶着。"

　　苏小艺围巾一甩，竟然火了，厉声质问说："你什么意思？你到底什么意思?! 这是干什么呀？我说过了，不累！"

　　一时，朱书记被弄得哭笑不得，他万般无奈，只好说："老苏啊，我真没有别的意思。只是明天晚上……你……啊？就在家休息吧，好好休息休息……"

　　此时此刻，苏小艺才像是突然明白了什么；他先是慢慢低下头去，点了点头，说："明白了，我明白了。"而后，他勾着头，一声不吭地走出去了。他突然觉得心口很疼，像是什么地方断了似的……

　　下午，马连良派车到剧团接大梅来了。大梅坐着马先生的专车来到了马家。当大梅从车上下来时，只见马先生已迎到了门口，先生看见她，笑着说："听说，周总理要去看戏？"

　　大梅说："总理要看《收姜维》……"

　　马先生说："总理很喜欢诸葛亮的戏。要演好，一定要比平时演得更好！来，来，快进来，我再给你说说戏。"

　　大梅望着老师，什么也没说，深深地给老师鞠了一躬。

　　第二天下午三点，马连良先生再次驱车赶往剧院。而后，先生不要任何人传话，独自一人来到了后台的化装间。

　　在后台化装间里，大梅早就来了，又是独自一人坐着，在那里悄悄地默戏。在她身旁，黑头捧着一壶热茶、一壶凉茶静立着，不时小心翼翼地问一声："喝一口？"

大梅总是摇摇头。

黑头把两只精致的小茶壶放到大梅跟前，说："今晚不比往常，你可要沉住气。"

大梅只是点点头，一句话也不说。

黑头小声说："万一有啥，我就在台角上站着呢。"

大梅再次点了点头。

最后，黑头脸一沉说："那别演砸了！"

大梅心一寒，说："你放心吧。"

黑头朝外走了两步，突然又折回身说："想想，你是个啥？"

大梅怔了一下，说："我知道。"

黑头不太放心地看了她一眼，还是走了。

黑头走后，大梅静了静心，又重新把戏在心里默了一遍，她坐坐，走走（八字步），拿起那把鹅毛扇偶尔扇一扇。

过了一会儿，当她刚刚拿起画笔准备化装时，却听见身后有人叫道："且慢。"

大梅扭头一看，只见马先生竟在化装间门口站着。她忙起身相迎，感动地说："老师，您怎么来了？"

这时，跟在后边的司机双手捧着一把精致羽扇和一件诸葛亮戏衣送到了大梅面前，说："这是马先生特意送给你的。"

大梅感激地叫了一声："老师……"

马先生点点头，轻声说："收下吧。"说完，马先生在一张椅子上坐了下来，又说："来，让我给你化装。"说着，马先生亲自拿起了画笔。

此刻，演员们全都拥了过来，看着这位京剧大师亲自给弟子化装。

当马先生一笔一笔给大梅化好装后，又亲自给她布衣，把帽子、髯口

——给她戴好、扶正，最后又把那件诸葛亮衣给她穿在身上，而后，让她站起身看了看，点点头说："你知道吗？在京剧里讲究三白——衣领白，水袖白，靴底白。一个演员，外在服饰一丝一毫也不能马虎，这就是艺术。"当他看到一切都满意时，才说："好了，你好好演。"说完，扭头就走。

大梅刚要送他，他陡然停住身子，一摆手说："不送。"

众人一时像看傻了一样，全都默默地望着他……

第十一章

那个夜晚是申凤梅终生都不会忘怀的。

那天晚上，剧场里座无虚席，人们怀着无比激动的心情等待着一个人的到来。时间一分一秒地过去了，一些青年演员多次从幕布的缝隙里往下看，希图能看到什么，可是，有那么一排座位仍然是空着的……就在演出临开始前的五分钟，剧场里突然响起了暴风雨般的掌声。这时人们才发现，周恩来总理、邓颖超同志和一些中央领导人到剧院里看戏来了。掌声响起时，周恩来挥动着大手和蔼地向人们招手致意。

片刻，开演的铃声响了，大幕徐徐拉开……

上场之前，大梅的脑海里曾一度出现空白。有那么一刻，她几乎忘记了她身在何处。是老黑一脚把她踢醒的！那时，黑头就在她的身后站着，当她发愣的那一刻，黑头二话不说，照着她的屁股就是一脚。那一脚来得正是时候，就是那一脚，一下子就把她的演员意识踢出来了，她浑身上下陡然间就有了演出的激情，舌头上像是挂上了一连串的唱词，一字一句都在脑海中浮现。好了，她一下子就彻底地放松了，剩下的就是演出了。所以，当她一嗓子喊出去时，人未出场就先来了个满堂好！

当这么一场重要演出开始时，导演苏小艺反而被隔在了剧场的外边，成了剧团进京以来唯一的一个闲人。

他独自在大街上溜达了一会儿，而后，他晃着晃着就晃到了邮电局的门前，看见电话的时候，他的心一动，突然觉得非常孤独，于是就下意识地走了进去，交过钱之后，他进了一个玻璃隔起来的电话间，拿起电话。他等了很久之后，电话终于接通了，苏小艺心里很苦，却笑着对着话筒说："……李琼吗？我小艺，小艺呀。你好吗？孩子好吗？哦，告诉你一个好消息，我们剧团进京演出获得了巨大的成功！你知道吗，周总理来看戏了，好多中央领导都来了！我？见了，当然见了，我还跟总理握了手呢！总理问我叫什么名字，我说姓苏，叫苏小艺，真的，真的……是呀，是呀……哭？我……我是高兴，太高兴了……"说着，苏小艺泪流满面。

出了邮电局的门，苏小艺心里才略微好受了一些。这时候，天已渐渐黑下来了，华灯初上，北京街头到处都闪烁着亮晶晶的路灯，苏小艺在路灯下缓缓地走着，突然之间，他很想去母校看看，于是，就在一个公共汽车站牌下等着，可是等了很久，车没有来，最后，他心里说，算了吧，算了。接着，他又百无聊赖地在街上走着，一边走一边喃喃地说："你是谁？苏小艺。苏小艺是谁？导演。对了，你不过就是一个小小的地方剧团的导演嘛，你也就是个导演，戏导了，你的任务就完成了。你还争个什么？你有什么可争的？如果人家不用你，你是个屁！对了，你就屁也不是……你知足吧。"

剧场里，演出结束了，观众席上再次响起了热烈的掌声。大梅等演员一次又一次地出来谢幕……

片刻后，周总理和一些中央领导人在掌声中走上舞台，跟演员们一一握手。当周总理走到大梅跟前时，他亲切地握住她的手说："申凤梅同志，你演多少年戏了？"

申凤梅由于太激动，心一慌，竟回答说："我演两年了……"

总理笑着探身问："两年？"

这时，申凤梅才明白她说错了，就有点不好意思地赶忙纠正说："总理，我演二十多年了。"

总理笑着问："哦，你演的还有诸葛亮的戏吗？"

申凤梅说："有，还有《空城计》《诸葛亮吊孝》……"

周总理笑着点了点头，对申凤梅说："好哇，你把诸葛亮演活了！"继而，他又用赞赏的语气指着申凤梅对众人说："河南的诸葛亮会做思想工作！"一些中央领导同志都跟着笑了。接着，周总理笑着招招手，对众人说："大家合个影吧。"

一时，镁光灯闪闪烁烁，留下了美好的光辉瞬间。

合影后，演员们一个个激动地鼓起掌来。

当周总理临走下舞台时，却突然停住身子，又专门对交际处的一个处长招招手，小声说："演员同志很辛苦，请河南剧团的同志到小餐厅去就餐。"

处长赶忙说："总理，你放心吧。"

当夜，按照总理的吩咐，演员们全都坐车到中央直属机关的小餐厅去吃夜宵。这对演员来说，实在是不可想象的。坐上车的时候，他们一个个激动地你看我、我看你，心里都藏着一个疑问，中央领导都吃些什么呢？一直到进了小餐厅之后，一个个还都愣愣的，显得很拘谨。

午夜时分，当吃完夜宵的演员们登车返回时，有一个工作人员匆匆追出来，非常有礼貌地说："申凤梅同志，总理的电话。"

大梅听了，一下子怔住了，站在她身旁的朱书记赶忙推了她一把："快，快去呀！"

大梅这才急忙跑回去接电话，拿着话筒激动地叫了一声："总理——"只听总理在电话里说："凤梅同志吗？吃过饭了吗？哦，中直有个舞会，我请剧团的同志们来跳舞吧。"

大梅一听，又怔住了，一时不知该如何回答。众人在一旁着急地小声说："不会呀，咱不会跳呀！"这时，大梅激动得语无伦次地说："总理，我是凤梅，谢谢总理关怀。我们不会跳舞，也怕影响您老人家休息。我们……非常感谢总理的关怀！"

于是，周总理在电话里说："那好，你们休息吧。我有空看你们演的'李天保'。"

待电话挂了之后，大梅还紧紧地攥着话筒，攥了一手的汗……

当演员们坐车返回时，大家的心才彻底松下来了，于是车上响起了一片欢呼声："我们见到总理了！我们见到总理了！"

已是后半夜了，导演苏小艺仍然在桌前修改剧本，他心里苦辣辣的，实在是睡不着呀，就在这时，突然响起了敲门声。

苏小艺怔怔地抬起头，问了一声："谁呀？"说着站起身来，把门拉开了。只见大梅和黑头双双在门口站着。黑头手里捧着一个大荷叶包，包里放着一包花生豆、一包猪头肉、一包酱牛肉、一条烟、一瓶北京二锅头。

苏小艺愣愣地说："这么晚了，你们……"

黑头爽快地说："跟你喝二两！"

苏小艺默默地望着夫妻二人，有很长时间没有说话，他不知该说些什么才好，可心意他是明白了。很快，桌子就拉开了，上边摆着摊在荷叶上的花生、猪头肉、酱牛肉和盛了酒的三个茶缸。

当他们端起酒的时候，苏小艺突然哭了，他流着泪说："大姐，你放心吧，我没有怨言，真的。能让我来，已经是非常难得了。我知道，能让我来，是大姐你做了工作的。你放心，我不会有怨言，我只是觉得……惭愧。"

黑头说："兄弟，喝，咱喝。你也是个直性人……"

大梅望着他说："兄弟，你是幕后的，你一直站在幕后，不显山不露水，可你出了多大力我知道，大姐从心里感激你呀！"

苏小艺眼里含着泪，再次端起茶缸说："大姐，来，不说别的了，祝贺你演出成功！"

大梅说："这也是你导演的成功，是你导得好！"喝着，说着，大梅哭了，大梅哭着说："兄弟呀，我一个穷要饭的，要不是新社会，哪有我的今天呀！我不但能拜马连良先生为师，连总理都见了啊，这是多大的荣誉！你说，咱会干啥？咱不就会唱两句吗？从今往后，更得好好唱，唱死在舞台上都没话说！"

黑头一口一口地抿着酒，他也醉了，带着几分醉意说："我知道你能红，我知道……"

大梅流着泪带笑说："那时候，你没少打我……"

黑头乜斜着醉眼说："噫，你是谁呀？不敢，可不敢了……"

大梅说："我知道，你是个红头牛，该打还打。你是为我好，打的是戏。不过这次进京，我算是开眼界了，咱是从唱地摊过来的，确实粗糙，要不是老苏提醒，越调哪会有今天呢……"

苏小艺已是半醉，他口吃地说："不，不，大姐，大、大姐……你错了。我从你身上学到了很多东西，我知道了什么叫大演员，什么叫百折不挠。自从你拜师后，提高得真快呀！真的，真的。其实，人生就是一台戏呀！"

大梅说："是啊，我从先生那里学了很多东西。往后啊，咱好好演。不管别人说什么，心放正就是了。"

苏小艺又端起茶缸，说："对，大姐说得对。深刻，深刻……"片刻，他喃喃地说："大、大姐，总理好吗？他身体好吗？他老人家跟你握手了吗？"

大梅说："总理好着呢。手也握了，还合了影，请我们吃了饭。咱一个地方剧种，做梦都想不到啊！"

苏小艺说："让我握握你的手，这是总理握过的手啊！"说着，他伸手去握，却抓空了。

大梅一把抓住他的手，说："老苏，兄弟，这次进京演出，你是呕心沥血……话就不多说了，来，我敬你一杯！"

苏小艺端起茶缸说："都在心里，都在酒里……"说着，他又激动起来，"我醉了？我没有醉！大姐，别看我戴着'帽子'，我也是人啊，我也是有上进心的，我也想进步啊！诸葛亮的戏，咱要系列化，要多排新戏。我都想好了……人家说，马连良的诸葛亮有仙气，你的诸葛亮有人气，我的体会是烟火气，女子演诸葛孔明，能演出男人的内涵。小女子演一个活生生的大男人，不容易呀！我最服的，就是你这一点。"

喝着喝着，大梅也略有了两分醉意，她忽然伸出手，一捋袖子，竟比画起来（竟然还能双手出拳，左右开弓），她一边比画一边说："你说这男女有啥差别？我演男人就是男人。兄弟，不瞒你说，我为了演戏，连男人们喝酒划拳都学了，你看，一支令箭！二马连环！桃园三结义！四面埋伏！五更造饭！六出祁山！七擒孟获！……"

苏小艺喊道："好一个诸葛亮哇。"

忽然之间，全团进京演出的演员们全拥了过来。

大梅扭头一看，笑了："咋，都睡不着了？"

这是一个激动的不眠之夜！

第二天，首都各大报纸都登出了黑体大字：河南的诸葛亮会做思想工作。

于是，各种好消息接踵而来，全国各地邀请演出的信件像雪片似的飞来；紧接着，记者们蜂拥而至，几乎所有的摄像机、照相机、镁光灯都对准了身着演出服的申凤梅；北京电影制片厂、珠江电影制片厂，争相联系要把《收姜维》《李天保吊孝》拍成电影。一时间，整个剧团天天都热闹非凡。

可是，谁也想不到，大梅却躲起来了，记者们一连几天都没有找到她。后来经反复打听，他们才知道，申凤梅到北京电影制片厂去了。

是啊，大梅的确到北影厂去了。她是给人送礼去了。

在北影厂的一间办公室里，大梅从提包里拿出了两条香烟，说："吴导演，我都找你三趟了。这是我们家乡的烟，你尝尝吧。"

吴导演一看，笑了，说："好，我这人是个烟鬼，我也不客气，收下了。"接着，他又说："上戏的事，你放心吧。"

不料，大梅却对吴导演说："吴导演，有个事，我想给你商量商量，也不知道行不行？"

吴导演说："你说，有啥事你尽管说。"

大梅说："那两部戏，我能不能让出来一个？"

吴导演愣了，说："让出一个？什么意思？"

大梅说："演李天保，我年龄偏大了。我想给你推荐一个年轻演员，我觉得她更合适。"

吴导演怔怔地望着她，好半天才说："申大姐，你没病吧？我当导演这么多年，还从未见过有人让戏的，更别说上电影了……"

大梅恳切地说："我有个学生，是个苗子，长得也好，让她上吧。她上更合适。"

吴导演说："大姐，不客气地说，电影不是谁都可以上的！条件是很苛刻的，别说是你的学生，就是我的亲妹妹也不行。特别是戏曲片，必须是名角。"

大梅说："导演，这样行不行，让她来试试镜。要是你相不中，就算了。咱培养个人不容易，你就让她试试吧？"

吴导演终于说："你能说出这个'让'字，就令我刮目相看了。好，就让她来试试吧。"

当天晚上，青年演员王玲玲匆匆走进了大梅住的房间，说："申老师，你找我？"

大梅坐在床边上，看了她一眼，说："你站好，让我看看。"

王玲玲怔了一会儿，说："到底啥事呀？"

大梅望着她，看了一会儿，才喃喃地说："长大了，长成大姑娘了。"

王玲玲不好意思地说："申老师，你看你……"

大梅笑着说："不错，我没有看错。明天上午，你跟我到电影厂去一趟。"

王玲玲惊喜地说："电影厂？"

大梅说："好好打扮打扮，跟我去见个人。"

王玲玲一惊，问："见谁？"

大梅笑着说："到时候你就知道了。"

第二天上午，大梅把王玲玲领到了北影厂，带进了一个摄影棚内，说："你去试试镜。"

王玲玲更吃惊了，说："我？"

大梅说："不是你是谁？去吧，别怕，大方点。"说完，她就走了。

当王玲玲站在摄像机前的时候，心里还是七上八下的。

这时，那个年轻的摄像师一边摆弄着镜头，一边随口问："你就是申凤梅？"

王玲玲诧异地四下看了看，说："我不是申凤梅。"

那人一怔，说："不是你怎么来了？"

王玲玲的脸一下子就红了，她难堪地说："我、我也不知道……"

不料，那人竟不耐烦地说："回去，回去，胡闹！"

就在这时，大梅过来了，她抢上一步，说："是我让她来的。我跟导演说好了，让她来试镜。"

那人看了大梅一眼，很勉强地说："噢，好，好吧。"

当天下午，王玲玲要拍电影的消息不胫而走，一下子就在剧团里传开了。一时，剧团的一些青年演员都用异样的目光看着玲玲，有的忍不住问："听说你去电影厂了？"

有的用不无嫉妒的语气说："行啊，玲玲，你要上电影了！"

有的说："那可是千载难逢的机会呀！"

有的说："哼，那还不是申老师的劲……"

听了这些风凉话，王玲玲心里非常委屈，她一句话也不说，就从房间里走了出去，出了门，径直就去找申老师了。

在另一个房间里，大梅、苏小艺、朱书记三人正在商量拍电影的事情。三个人坐在那里，显得十分严肃。

苏小艺说："老申，你真要让？"

大梅说："真让。"

苏小艺说："大梅，人家可是请你的。你让玲玲上，这、这不好吧？"

朱书记也说："是啊，这个事你还是再考虑考虑。拍电影可不是个小事情，万一演砸了，咱剧团的名声……"

大梅说："让玲玲上吧，她是个苗子。两出戏，她演李天保，我演诸葛亮，人家导演都同意了。再说，也该让年轻人上了，这是个机会。"

这时，门突然开了，玲玲站在门口，含着泪说："申老师，还是你演吧。人家是专门请你演的……"

大梅说："傻。多好的机会呀，多少人争着抢着要上呢！"

王玲玲说："我怕演不好，砸了老师的牌子。再说，那么多演员，都眼巴巴的……"

大梅说："你好好演，我不怕砸牌子。"

王玲玲说："我太年轻，怕万一……"

大梅说："年轻？你多大了？"

王玲玲说："二十了。"

大梅说："在戏班里，我十四登台，十六就挑大梁了。"

大梅接着说："你能演好，我相信你能演好。"

王玲玲怔了一下，突然一下子扑到了大梅的怀里，哭起来了。

苏小艺心里一直藏着一句话。

他总是想找机会对王玲玲说，可他没有机会。有那么几次，趁着没人，他刚要凑上去，王玲玲却有意无意地躲开了。自从王玲玲从戏校毕业回来后，苏小艺发现，她像是一下子成熟了，她不那么爱笑了，总是静静的，脸上带着一种忧郁。这对苏小艺来说，就更加重了他内心的愧疚之情。是的，他喜欢她，他是那样的喜欢她，可他……人哪！你一旦背上了什么，你就不是你自己了，你就成了一个符号，一个单位，一架机器上的零件。所以，该埋没只好埋没了。可心里还是痛啊！所以，他总想找机会对她说点什么。

这天，化装间里就剩下王玲玲一个人了，苏小艺快步走过来，叫住了王玲玲。他说："玲玲……"

王玲玲离他有六七步远的样子，听到他的喊声，身子颤了一下，扭过脸来，有点害羞、也有点吃惊地望着苏小艺，可她并没有迎上去。

苏小艺左右看了一下，有几分矜持地走过来，说："玲玲，一定要好好演，这对于你来说，是个极好的学习机会。"

王玲玲慢慢地勾下头去，轻声说："谢谢。"

苏小艺低声问："拍电影的事，事前你找过申老师吗？"

王玲玲摇摇头，说："没有。"

苏小艺说："你申老师肯让，那是一个演员的气度——大气呀！你一定要抓住这次机会。"

王玲玲仍低着头说："我知道。"

苏小艺迟疑了片刻，张了张嘴，却什么也没有说，他只是又一次重复说："要抓住这次机会。"

苏小艺还是没有说出口。

自从申凤梅在京城一炮走红之后，周口越调剧团一下子红遍了全国。各地邀请他们演出的函件像雪片一样飞来。于是，他们受文化部的委派，又开始了走向边疆的巡回慰问演出。

由于大梅的照片在各大报纸上都登载过，所以无论在火车还是汽车上，她常常被一些戏迷认出来，只要一看是她，人们就大声喊：唱一段吧？唱一段！

大梅二话不说，站起来就唱……

一次在车上，看大梅手扶着晃动的车座在唱，一位老人赞叹地说："看看人家，名演员，一点架子也没有！"

又有一次在汽车上，大梅又被乘客认出来了。于是，在人们的呼唤下，她站起身来，手扶着车上的栏杆说："好，唱一段就唱一段吧。"顿时，车厢里掌声四起。

在新疆一望无际的戈壁滩上，大梅在唱……

在一座座军营里，大梅在唱……

在只有一个战士持枪站岗的雪山哨卡上，大梅喘着气在给他一个人唱……那持枪站岗的战士听着听着竟落泪了……

大梅拍拍他说："小兄弟，你保家卫国，比我辛苦啊！"

战士郑重地给大梅行了一个军礼！说："不苦。"

大梅说："咦，听音儿，你是咱河南人？"

战士郑重地点了点头。

大梅高兴地说："小老乡，你给咱河南人争光了！"说着，把一包香烟塞进了他的衣兜里。

在煤矿上，千米矿井下，掌子面上，大梅头戴矿灯，身穿工作服，给井下当班的煤矿工人清唱……那些挖煤的工人们，拼命给她鼓掌，高喊道："再来一段！再来一段！"

人家一喊，大梅就再唱一段……

夜半时分，大梅又特意走进了煤矿的食堂，对值夜班做饭的三位大师傅一人递上一包烟，说："师傅们辛苦了，你看，叨扰你们忙到现在，戏也没看成，我给各位师傅唱一段吧！"

说完，她就站在厨房里唱起来了：

四千岁你莫要羞愧难当，

听山人把情由细说端详。

想当年，长坂坡你有名上将，

一杆枪，战曹兵无人阻挡。

如今你，年纪迈发如霜降，

怎比那姜伯约血气方刚。

虽说你今一天打回败仗，

怨山人我用兵不当你莫放在心上。

…………

整整一冬一春，千里大戈壁上，一根根电线杆上的大喇叭里，都回荡着申凤梅的精彩唱段。

剧团终于回来了。

风尘仆仆的，申凤梅一推开屋门，见家里空空荡荡，一些简单的家具上已落满了灰尘。大梅进门就往地上一出溜，人像是瘫了一样，有气无力地对黑头说："叫我先喘口气，然后做饭。"

黑头随手把包放在地上，呆呆地站在那里，也不说话。

大梅瘫坐在地上，有气无力地说："我身上一点力也没有了。哥，给我点支烟。"

黑头从兜里掏出烟来，点燃后递给坐在地上的大梅。

大梅接过来吸了两口，说："待会儿咱吃芝麻叶面条吧？"

不料，此时黑头竟然往地上一趴，说："别坐地上，地上凉。坐这儿。"

大梅"吞儿"笑了，说："你也别这样。只要少打我两次，就行了。"

黑头脸一沉，竟然说："我打过你吗？"

大梅嗔道："好，好，你没打过我……"

黑头竟固执地说：　"我说过多少遍了，我打的不是你，我打的是'戏'。"

大梅说："行，你打的不是我，是戏，你都是为我好。"

两人说着说着，都笑了。这是他们两人多年来从来没有过的。

不料，三天后，剧团的气氛陡然紧张起来。

这天，剧团的全体人员接到通知，在排练厅集合开会，说是要传达上级重要文件精神。会议开得非常严肃，朱书记传达了上级的文件，他念道："……我们不能让帝王将相、才子佳人长期占领舞台，要大力提倡演革命现代戏和样板戏，这是个态度问题，必须从政治的高度来认识……"朱书记念完文件后，以征求意见的口气说："省里马上就要搞现代戏调演了，咱团咋办？大家发言吧，都说说。"

一时，大家都不说话了。有人偷偷地看了大梅一眼，可大梅也一声不吭。过了很久之后，才有人在下边议论说：

"看来，这古装戏是不让演了。"

"可不，报上都公开批判了！"

"帝王将相、才子佳人，面多宽呢，一下子都演不成了！"

苏小艺怔怔地站起身来，诧异地说："哎呀，那咋办呢？咱已在上海订了古装戏的服装了呀，这、这可怎么办呀？"

朱书记问："还能退货吗？"

苏小艺说："怕是不行了，合同已签过了，钱也付过了……"

朱书记说："已经订过的就算了。都说说吧，大家都说说，大梅你带个头。"

大梅仍然愣愣地坐着，也不知在想什么。

朱书记又叫了一声："大梅——"

有人推了她一下，大梅急忙站起身来，她迟疑了一下，咬咬牙，终于表态说："我没意见。党让演啥，我就演啥！"

这时，苏小艺也跟着说："排完《红灯记》，咱马上就上三小戏：《红大娘》《扒瓜园》《卖箩筐》，保证不耽误参加调演。"

往下，崔买官竟然第一个站了起来，他一捋袖子，慷慨激昂地说："毛主席教导我们说……"

就在崔买官背语录的当儿，众人不禁侧目而视，纷纷笑起来了。崔买官却一本正经地说："笑什么笑？严肃点，这可是你死我活的斗争！"

崔买官话音刚落，电线杆上的大喇叭里随之播送起新华社述评文章："……长期以来，我们的舞台一直被帝王将相、才子佳人所占领……"

崔买官立时趾高气扬地说："听听！听听！"

往下，崔买官很主动地拿出一张报纸，阴阳怪气地高声念起来："……《海瑞罢官》并不是芳（芬）芳的鲜花，而是一那个（株）毒草！影响很大，流毒很广，听听！这个这个……在舞台上，银布（幕）上表现出来的东西，大量是资产阶级、封建主义的东西！……听听，听听！"

"哄"的一声，人们笑得更厉害了。

可这一次，崔买官却不知道人们究竟笑什么……

从此，剧团开始排练现代戏了。可是，从演古装戏到演现代戏，对大梅来说，竟是一道难以逾越的关卡。

这天在排练场上，导演苏小艺大发雷霆。他摔打着手里拿的一个夹子，气冲冲地跑上前对着大梅喊道："停！停！你……你是张大妈，你要记清楚你的身份。我再说一遍，你是张大妈！张大妈咋走的？你是咋走的？你会走路不会？你连走路都不会了？荒唐！重来！"

正在排《红大娘》的大梅一下子傻了，她站在那里，脸红了又红……片刻，她喃喃地说："我错了，我再来……"说着，她稳了稳情绪，又照着剧情一边表演着走上台来。可她越是怕出错，就越出错，走得就更不像样了。

站在一旁的演员们忍不住"哄"地笑了。

这时，苏小艺更是气不打一处来，他把手里的夹子重重地拍在了放有水杯的桌子上，指着大梅，劈头盖脸地说："咋回事？你到底是咋回事？！你、你怎么这么笨哪？！走路，你到底会不会走路？就是一般地走，平平常常地走，像一个农村老太太那样走，知道吗？你拿个什么架？你见谁走路还端着个架子？你说说！我再告诉你一次，这是现代戏！你演的是现代戏，你、是、张、大、妈，明白了没有？！"说着，他学着大梅走的姿势，说："这，这这这……像什么样子？！"

"哄"的一声，人们又笑了。

此刻，在大庭广众之下，大梅掉泪了。她流着泪说："我再来，我再来……我一慌就忘了。导演，你别生气，我我我……再来。"

苏小艺沉着脸，好半天不说一句话，过了一会儿，他才说："好，再来一次吧。"

这次，大梅走得慢了些，力求走得像一个农村老太太。可是，她仍然走得很僵硬，就像腰里塞着块坯似的。

苏小艺终于忍耐不住了，"咚"的一声，他把那个夹子摔在地上，夹子里的十几页纸飞了一地。他跳起来就走，一边走一边说："不排了！不排了！这戏没法排了！简直、简直是……对牛弹琴！还想拿奖呢！拿个屁！"说着，他一甩围巾，扬长而去。

崔买官却故意大声说："哼，有些人，就会演帝王将相，连个老太太都演不好……"

此刻，只听"咔嚓"一声巨响，黑头把揣在怀里的两只小茶壶重重地摔在了地上。

大梅立在那里，满脸都是泪水。片刻，大梅擦干了眼里的泪，又快步追了上去。

大梅跟在导演的身后，追着苏小艺的屁股说："兄弟，你让我试试，你就再让我试试吧……"

苏小艺一声不吭地往前走。

大梅说："我笨，我知道我笨，我这人就是有点笨……"

这时，苏小艺突然停住步子，扭过头，很认真地说："大姐，算了，你别演了。你是名演员，想想，我不该那样对你，对不起了……"说着，苏小艺很认真地给大梅鞠了一躬。

大梅说："兄弟，你这是打我的脸呢。你别这样，是我不对，你该吵就吵嘛。你骂也行，不行就骂我两句，我不会计较。你是导演，你说咋咱就咋，你就让我再试试吧？"

苏小艺被感动了，他转过身说："大姐，你还不明白吗？你是演古装戏演习惯了。这不是你的错，你是在古装戏里泡得太久了，出不来了！大姐，这不能怪你呀。可演现代戏，你……"

大梅流着泪说："我知道，兄弟，我知道啊。可是上头……提倡的是现代戏，以后不让演古装戏了。你说，我要不演，我不成废人了吗?! 兄弟呀，你帮帮我，帮帮你大姐吧！我学，再难我也学！一遍不行两遍，两遍不行一百遍、一千遍、一万遍！我不怕吃苦，我求你了，你就让我试试吧……"

苏小艺一下子怔住了，他就那么直直地看着大梅。片刻，他说："大姐，你让我说实话吗？"

大梅怔了怔，说："你说，你说。"

苏小艺叹口气说："我说一句实话。大姐，太难了，太困难了！你已经融化到古装戏里了，回不来了。"

大梅说："那按你说，我是没救了？"

苏小艺说："大姐，我看……就算了吧。"

大梅哀求说："照你说，我是一点希望都没有了？"

苏小艺叹口气说："也不能说一点希望没有，只是太难了！"

当天夜里，当黑头喝了几盅酒回到家时，一推门，却见屋子中央放着两块砖，大梅在那两块砖上跪着……

黑头看了看她，默然地坐在小桌前，仍是一口一口地喝闷酒。

大梅跪在那里，哭着说："哥呀，咋办呢？我完了，我不会演戏了，我成了废人了！"

这时，黑头拿起酒瓶，咕咕咚咚地喝了几大口酒，突然站起身来，走到大梅跟前，扬手给了她两个耳光，恶狠狠地说："哭！哭哭就行了？你死吧！不会演戏你去死！"

片刻，黑头又吼道："好好想想，你是个啥？！"

大梅在那两块砖上整整地跪了一夜……

第二天，大梅心一横，推出一辆自行车，又上街买了两匣点心，骑车来到了瞎子刘的家。

月光下，院子里雾水白白，屋子里却显得很黑。大梅在院子里站着，她刚要叫，却见屋里闪了一下，忽地有了亮光，那是瞎子划着了火柴，顿时，油灯亮了，一个苍老的声音说："是梅吧？"

大梅说："刘师傅，是我。"

瞎子刘说："我就知道是你。"

大梅走进来，随手把两匣点心放在土桌上，说："来看看你。"

瞎子刘说："如今你名声大了，奔生活吧。我就这样了，队里待我也不赖。隔三岔五的，你还总给钱。"

大梅不由得叹了一声。

瞎子刘一下子就感觉到了，说："咋？心里有屈？"

大梅低声说："师傅，我不会演戏了……"

瞎子刘沉默了一会儿，说："坐院里吧，我闻出来了，院里好月亮。"

大梅演不好现代戏，苏小艺心里也不痛快。晚上，他来到剧团办公室，很无奈地对朱书记说："……换人吧。我看，只有换人了。"

朱书记沉吟片刻，挠了挠头，说："这个、这个……离省里戏曲大赛只剩下一个多月了，还来得及吗？再说，人家别的团可都是上的名角呀！"

苏小艺说："那你说咋办？她不会走路，一上场她就不会走路了。当然，这也不能全怪她，主要是她演古装戏时间太长了，一上台就是八字步，咋说都改不过来。她也不是不想改，就是改不过来，你说咋办？叫我看，只有一个办法——换人！"

朱书记严肃地说："我告诉你，部里说了，今年必须拿奖。咱可是要拿奖的。换了人，你能保证拿奖吗？"

苏小艺沉默片刻，喃喃地说："就剩一个多月了，时间太紧，我可保证不了……"

朱书记说："换人可以，你必须保证拿奖。"

苏小艺急了，说："不换人更糟糕。她不会走路，连走路都不会了，还咋上去演啊？"

朱书记无奈地说："那……那就换吧。换谁呢？"

是啊，换谁呢？苏小艺也挠起头来。

在瞎子刘家，大梅和瞎子刘在院子里坐着。瞎子一句话也没再说，就在院子里拉起胡琴来。那琴声哑哑地传达着不尽的忧伤。

大梅坐在那儿，默默地听了一会儿，流着泪说："师傅呀，我完了，我成了废人了。我大梅演了一辈子戏，到了，我不会演戏了！我……"说着说着，她放声大哭。

瞎子刘坐在院中的树下，一声不吭。他闭着两只瞎眼，默默地、一板一眼地拉着胡琴。

片刻，大梅止住悲声，含着泪说："师傅呀，你说我该咋办？我是无路可走了……"

瞎子刘仍不语，接着又拉了一曲。那琴声在不断地转换着，一会儿高亢，一会儿低沉，一会儿激越，就像是一架转动中的老磨……

久久，大梅站起身来，说："师傅，我走了。"

瞎子刘说："听懂了吗？"

大梅说："听懂了。"

瞎子刘说："啥是戏？戏就是一个字：活。活人的运道，生生死死，谓之戏。进了戏，你就不是人了。俗话说，拳不离手，曲不离口。三年不唱，人家就把你忘了。"

大梅说："师傅，我记住了。"

瞎子刘又说："当年，马先生要你主攻生角，是对的。那是'大'。现今，还是先奔生路吧。这谓之'小'。大大小小，小小大大，也是戏。活着，才有希望啊！话说回来，不管老戏、新戏，都是戏。戏是个乐子，是给百姓顺气的。就我这没眼人，村里人凭啥高看我呢？不就是一把胡琴儿嘛，间或给爷儿们拉拉，解个心焦罢了。"

大梅说："我记住了，师傅。我走了。"

瞎子刘说："夜重了，走吧。路上小心。"

然而，当大梅转过脸，推上车要走时，却见院墙外围着很多村人。村人们见她转过脸，一个个都亲热地跟她打招呼：

"梅回来了？"

"又看你师傅来了？"

"回来了？梅。"

"咱梅老仁义呀，隔三岔五来看看，生怕老头受屈……"

有些老人说："瞎子，你狗日的咋恁有福哩！人家多大的名气呀，还一趟趟来看你。"

大梅望着众人，把车子一扎，擦干了泪，笑着说："大伙是不是想听我唱两句？唱两句就唱两句吧。"

立时，掌声四起。

大梅就站在院子里唱了一段……

众人鼓掌后，有人又叫道："再来一段！"不料，老支书在人群中说话了，他往一个石碌上一站，说："算了，天晚了，别让大梅唱了，改天再唱，她又不是不来了。"说着，又吆喝他的儿子："二怪，路黑，去送送你大姐！"

二怪还未应声，一些年轻人就抢着说："我去！我去！……"

老支书说："去恁多人干啥？又不是打狼哩。二怪去就行了。记住啊，送到家你再回来！"

二怪在人群中高兴地说："放心吧！"

说着，众人簇拥着大梅往村外走去，老支书再一次恳切地说："梅，不管啥时候，这都是家呀。"

第十二章

在这一段时间里，大梅找不到自己了。

她熬了很多个夜，掉了很多头发，人几乎都要崩溃了。古装戏肯定是不让演了，现代戏呢？于是，她一次次地问自己，如果我不是"戏"，那我是什么呢？我还会什么？我这一辈子不就完了吗?！夜里，躺在床上，她大睁着两眼，想啊想啊，越想越觉得要是这样下去，她还不如死了呢！

她不想就这么"完了"，她也不能就这么认了。她从小学戏，也只能是个"戏"了！于是一早起来，大梅又跑去找了朱书记。在办公室里，大梅决绝地对朱书记说："老朱，我只求你这一次，再给我半个月时间，我下去深入生活。我就不信，我唱不了现代戏！"

朱书记说："大梅，你是名人，要下去的话，生活上……"

大梅说："我不怕，我本就是苦出身，要饭出身，还有啥苦我不能吃？你就让我去吧。"

朱书记又说："大梅，你想好，这一次参赛，地区可是要求拿奖啊！"

这时，大梅沉默了。上头是要拿奖的，可她能保证拿奖吗？可要是不能拿奖，能证明你能演现代戏吗？到了这份儿上，已经没有退路了，也只有豁出来了。大梅咬了咬牙，一拍桌子，说："我豁出去了，拿奖！"

朱书记再一次说："大梅，咱可是一言为定啊！"

大梅说："一言为定。"

朱书记沉默了一会儿，说："好！我同意，你说你去哪儿？"

大梅想了想，说："大营。"

这时，站在一旁的苏小艺也激动了，说："朱书记，既然团长愿意下去深入生活，我陪她去！可有一条，要是还不行，咋办？"

大梅又沉默了片刻，瞪着两眼说："……要是再唱不好，我死。我宁肯死！"

就这样，大梅和导演苏小艺各推一辆自行车，车上捆着被褥，到市郊的大营村体验生活来了。

田野里，正在地里干农活的妇女们看见她，有眼尖的说："那不是大梅吗？"有人说："噫，真是大梅！"于是，一下子围上来了，叽叽喳喳地说：

"梅回来了！"

"真是梅呀，怪不得看着像呢！"

"住几天吧？"

"这回可得多住几天……"

"中午上俺家吃饭。"

"上俺家！上俺家！"

"我知道，咱梅好吃芝麻叶面条，早上我就泡好了！"

女人们说着说着，竟争吵起来了。

有的说："凭啥上你家，你家有啥好吃的？"

有的说："凭啥上你家，你家老好？"

有的说:"你家有芝麻叶,俺家没有?芝麻叶有啥稀罕的,真是!"

这时,支书女人往田埂上一站,说:"你们谁也别争了!这回,我说啥也得强势一回,上俺家!烙馍、稀饭、香椿菜、煎鸡蛋!"

当大梅被乡亲们扯来拽去的时候,苏小艺就在一旁站着。他这个"眼镜"一下子成了一个局外人,没有一个人理他,他自己也显得很失落。但他对大梅是羡慕的。他觉得,一个演员能到这份儿上,也值了。

就在他们住下的第二天,大梅早早就起来了,她一起来就跟村里的人一样,站在大钟下等着队里给她派活儿。队长说,你刚来,歇两天再说吧。她说,歇啥,时间紧,我就是来学习的。说着,见有妇女被派去起粪,她跟着就去了。

在粪坑边上,见几个妇女跳下去了,她也跟着把裤腿一挽,鞋一脱,跳进了臭烘烘的粪池。

几个女人忙说:"大姐,呀呀,大姐,这活儿太脏,你……"

大梅笑着说:"没事,你们能下,我也能下。我就是来学习的。"说着,抄起粪叉便干了起来。

干了一上午,下工的时候,在村街上大梅见一位胖大嫂正挑水呢,她就跟上去学胖大嫂挑水,立时就惹了一村人看。

这位大嫂是个热心人。在村街上,她担着两只水桶,身子一悠一颤的,胳膊甩得很开,她一边走一边回头热心地教大梅,说:"大妹子,甩开,你把胳膊甩开!实话给你说吧,女人挑水就是浪哩,一浪一浪走,别低头看桶,要仰起脸儿,挺起胸……别怕看,就是让那些死男人看哩!看吧,看到眼里拔不出来……"正说着,却一下子跟对面来的一个挑担的人撞了个满怀,水桶里的水也撞洒了大半。胖大嫂骂道:"娘那脚!这是谁呀?没长眼?!"说着,竟又哈哈笑起来。

大梅担着半桶水,也学着把胳膊甩起来,一悠一悠地走。可她没挑过水，身子仄歪着走，显得很吃力。

站在一旁的苏小艺一听，赶忙掏出本子来记，禁不住脱口说："好！这个'浪'字太好了！"

"哄"的一声，满街都是笑声，笑得苏小艺愣愣的，不知道人们到底笑些什么。

这天夜里，大梅因为干得太猛，累坏了，她就地躺在场里的一堆麦秸上，几次想翻身，都没有翻成。无奈，她在腰下边垫了一块砖，把疼痛难忍的腰一点一点支起来。这会儿，望着满天的星星，她心里却畅快了许多。

这时，苏小艺走过来问："累坏了吧？"

大梅咬着牙说："没事，我挺得住。"

苏小艺感慨地说："啥叫脱胎换骨？这就叫脱胎换骨！我刚打成'老右'的时候，也有忍不住的时候，你要是挺不住，就算了。你又没犯错误，犯不上受这份罪。"

大梅说："我能挺住。"

在大营的这些日子里，大梅见什么学什么，无论学什么她都十分认真。她心里只有一个信念，一定要学会演现代戏！

在田野里，大梅在跟老支书学犁地。

老支书说："你要先学会使唤牲口，学会'号头'。比如说，吁——吁——就是停，你喊吁，它就站住了；喔——喔——就是走；捎——捎——是往后退；让它往左，手里的鞭子就往右撩；你让它往右，你手里的鞭子往左撩，你看，最好是撩到它的耳朵根上，这样不伤牲口……"

大梅笑着说："它还挺通人性呢。"

老支书说："别看它是牲口，但通人性，可知道好歹。"说着，老支书把鞭子交给大梅说："你试试？"

大梅从老支书手里接过鞭杆，又用手扶住犁柄，说："大伯，你松手，让我试试……"说着，就一个人赶着牲口犁起来。

支书小跑着跟在后边，嘱咐说："慢点，慢点。"

开始还行，可当她快要犁到地头时，大梅就有点慌了，说："这、这咋说呀？"说着，就一迭声地乱喊起来："吁——吁——喔——喔——捎——捎——"可那牲口不听她的，径直往前走，一下子窜到了田埂上，大梅措手不及，一下子被带倒在地上。

身后，几个人高叫着"吁——吁——"追了上来，拽住了缰绳，赶忙把大梅扶起来。大梅笑笑说："没事，没事。"

众人都笑起来。

这天傍晚，大梅趁歇工的时候跟二怪学拉车。

二怪对大梅说："大姐，这拉车没啥学，是下死力的，要领就是两手扶杆，头往前拱，脚往后蹬……"

大梅就说："光说不行，兄弟，你叫我试试。"说着，就从二怪手里接过了车杆，用力往前拉。

二怪对那些正往车上装粪的农民说："哎，少装点，少装点。"

大梅由于用力太大，二怪也没注意，拉车的襻带也没挂好，大梅一使劲，竟然拉空了，她一跟头踉踉跄跄地栽出去七八步远，一头栽在了地上，这回比上次跌得重，头上竟磕出血来了。

众人立马围上来，乱纷纷地说："血！血！大姐，要紧吗？"

大梅从地上爬起来，笑着说："没事，没事，擦破点皮。"说着，又走回到架子车前，说："叫我再试试。"

旁边有人说："梅，是那回事就行了，你又不是要上山拉煤的，出那力干啥？"

大梅说："既学就得学会。学会了才能琢磨出味来，光比画还不行……"就这样，她整整拉了三天的粪车。

这天，在一个农家小院里，大梅看见一个老太太抓鸡。她觉得老太太太有意思了。鸡往东跑，老太太往东撵；鸡往西跑，老太太往西撵；而后，老太太虚虚地往西边一晃，身子却往东边扭，这一下子逮个正着！

看着看着，大梅上心了，她一边看一边在模仿她的动作。

这时，老太太抱着鸡扭过头来，笑着说："哟，是梅呀，你看这鸡子，老费手！"

跟在后边的苏小艺一听，忙凑上来说："你听听，这语言多生动！抓鸡，她不说鸡淘气，说是'费手'，精彩，精彩，编都编不来的。"

在大营，隔三岔五的，农民们就要求大梅给唱一段。大梅呢，只要有人让唱，她就唱，从来不拿架子。常常是在中午的时候，人们都蹲在饭场上，在村中的那棵老槐树下，地上蹲一片人，摆一片老海碗。

大凡这会儿，大梅一准要给乡亲们散烟，她散过烟后，见众人都看着她，光张嘴，不说话，就明白意思了，不等人们要求，就说："我给老少爷儿们唱一段……"这么说着，就站在饭场中央唱起来。

众人自然是热烈地鼓掌。

老支书感慨地大声说："看看人家大梅，恁大的演员，给周总理都唱过，请都请不来的大名角，给你们狗日的唱地摊！给我再拍拍，手拍烂都不亏呀！"

众人一放碗，死拍，接下去的掌声就更热烈。

老支书又说："梅，不管你啥时候来咱大营，见门就进，见饭就吃，这里就是你的家！哪个狗日的敢不认，我砸他的锅台！"

众人齐声说："对！谁敢不认，砸他狗日的锅台！"

大梅就连声说："谢谢，谢谢。"

可她怎么也想不到，在未来的日子里，她这一个"谢"字，竟救了她的命。

　　俗话说，佛争一炉香，人争一口气。大梅为了学好农家人走路的姿态，可以说是花了大气力，她甚至连命都豁上了。在大营，她是什么活儿都干，什么苦都吃，几乎是每时每刻，她都关注着乡下人的每一个生活姿态，而后认真地去体会琢磨。在田野里，大梅跟一群媳妇学着打花杈。她一边干活，一边还关注着她们的姿势、动作。她偷偷地观察媳妇们给孩子喂奶的情景；她偷偷地观察媳妇们在田埂上走路的模样，哪个膀子先甩，哪只胳膊后甩；她观察媳妇们擦汗的各种姿势；她观察孕妇走路的笨拙、弯腰捡东西的一态一势……

　　她甚至跑到村路上，去观察挑担人换肩的动作……

　　这天，在地里干活的时候，一个媳妇笑着对大梅说："大姐，你再来就住到二斗家，二斗家媳妇最怕见你了。"

　　大梅一怔，十分诧异地说："二斗家为啥怕见我？"

　　另一个快嘴媳妇说："二斗家媳妇不孝顺，她……不说了。"

　　旁边的又有一个媳妇说："她怕看戏。戏是劝人的。她抠，待她婆子不好。赶明儿，你专门给她唱一出《墙头记》。"

　　众媳妇笑着说："对，就给她唱一出《墙头记》！"

　　有人说："可不，要是谁嫌贫爱富，就给她唱一出《王金豆借粮》！"

　　有人说："小赖才不是东西哪！进城没几天，就闹着要退婚哩，连名也改了，叫个啥、啥子李文彬。鳖形！小赖就小赖，还'闻'个啥子彬，闻（文）你娘那个脚！"

　　顿时，田野里响起了一片笑声。

　　有人接着说："那就给他唱一出'陈世美'（意为《秦香莲》），看他那脸往哪儿放！"

　　有人说："再不学好，铡他个小舅！"

　　立时，田野里又是一片朗声大笑。这时，大梅才明白了这些媳妇话里的意思。她心里说，倒是应该去见识见识这个"斗家媳妇"。

于是，傍晚的时候，大梅和导演苏小艺一块儿来到了二斗家。

当他们站在院门口的时候，就见支书和村里的妇女主任正坐在二斗家院子里断"官司"呢。几个年轻的媳妇在院外指指点点地对大梅说："……这家，就是这家。"

大梅好奇地说："叫我去看看。"

导演苏小艺说："好，太好了。我也要看看。"

大梅笑了："你这人，人家吵架，你好个啥？"

苏小艺觉得失口了，忙不迭地解释说："我、我……不是这意思。"

几个年轻媳妇都捂着嘴笑起来，见他们真要进去，忙往后退了退身子，说："恁去吧，俺不去了，二斗家老厉害……"

二人一进院子，便听见那个漂亮的小媳妇高声说："……一把葛针挃不到头。啥事都是人心换人心，四两换半斤。去年会上，点心封了十二匣，今年，才封两匣，这算啥呢？只要人一骗过来，啥都不说了！车拉的，轿抬的，姑奶奶也不是白来的……"

苏小艺用手掩着嘴小声说："听听，多生动！"跟着用手指头点数着，又喃喃地小声重复着："车、拉、的，轿、抬、的，姑奶奶、也、不、是、白来的。"大梅忙扯了他一下，意思是让他小声点。苏小艺立时不吭了。

两人一进院子，老支书忙站了起来，先给大梅使了个眼色，说："你看看，就这点事，连市里领导都惊动了。坐，坐，快，灯家，看座！"

于是，二斗家爹娘赶忙搬凳子让座。

待两人坐下后，老支书说："咋弄？我要是说不下，我就不说了？大梅不用说了，你们都认识，这位苏领导可是从市里来的！"

二斗娘灰着脸小声问支书："老天爷，大干部？"

老支书故意说："大干部。"

　　二斗家媳妇见市里"领导"来了，还是"大干部"，偷偷地瞅了一眼，勾着头，再也不吭了。

　　大梅望着这个"斗家媳妇"，觉得这个小媳妇看上去蛮利索的，穿得干干净净，头发也梳得光溜溜，长着一张耐看的瓜子脸，不像是一个恶人，于是她就笑着说："这小媳妇就是斗家吧？看长得多齐整！人家都说漂亮的女子面善，心事好。二斗，你可不能欺负人家呀！"

　　二斗看样子粗粗憨憨的，就在地上蹲着，也不敢吭，一副"受气包"的样子。

　　老支书笑着说："媳妇好不容易才娶进来，手捧着怕摔了，嘴含着怕牙挂着，二斗他哪敢呢？"

　　大梅笑了，故意问："是吗？"

　　老支书接着批评说："……咋说也不能对老人这样。不能在娘家一个样，来婆家又一个样。斗家，你说是不是？要不，让大梅给你唱段《墙头记》？"

　　新媳妇低着头红着脸小声说："宽叔，你别再说了。我改，我改还不行吗？"

　　老支书一拍腿说："这不结了！"往下，他又问："二斗，你说说。"

　　二斗蹲在那里，用眼瞥了瞥媳妇，再瞥瞥，不敢说，又想说，嘴里嘟嘟哝哝地说："那这……俺娘这……俺爹这……她只要这……那，我也、没啥说了。"

　　这时，二斗娘也借机会说："可不能再骂那树了，那树又没惹你。那树长歪了，我也没法，我也不想叫它歪呀！"

　　老支书问："啥树？"

　　二斗娘说："院里的，槐树。"

　　新媳妇侧脸瞪了男人一眼，低着头说："我也不是那……主要是那……

他家要是那了，我也会那……前头有车，后头有辙；东边有风，西边有雨；南边是晚虹，北边是早晴……"

二斗娘就接着说："那是。一把葛针挌不到头，谁家灶火不冒烟呢？谁家公鸡不打鸣呢？桥归桥，路归路，罐是罐，盆是盆，也别这山看着那山高，和和美美地过日子，多好哪?!"

新媳妇也接过话头说："可不，有远的有近的，有长的也有圆的，说是一把葛针挌不到头，可也有个青红皂白吧？一锅连皮的时候也有，可那是事出有因。山不在高，水不在深，日头一天也晒不红柿叶；萝卜缨子长，兔子尾巴短，那就是该着了……"

老支书接着说："好，好，我都知道了，改了就好。和面去吧，今儿个就在你家吃饭。市里领导来了，叫我也跟着尝尝新媳妇的手艺。"

这时，新媳妇立马站起来说："行，恁说吃啥吧！"

老支书说："你看着办，拿手的。"接着，老支书又夸道："斗家媳妇厉害是厉害，可人家是嘴一份、手一份，待会儿尝尝人家的手擀面。"

苏小艺忙说："这不好吧？这不好……"

大梅暗暗地扯了他一下，对斗家媳妇说："好，尝尝就尝尝。"

在斗家吃了饭，回去的路上，大梅和苏小艺高一脚低一脚地走着。夜，满天繁星，月光洒下一地银白……

走着走着，苏小艺说："大姐，生活真丰富啊！你看这个斗家，说话多生动！"

大梅说："可不，常听人说，乡下的媳妇，是嘴一份、手一份，今儿才领教了。你看那话说的，没一句明的，可她想说的都说出来了……"

苏小艺说："是啊，是啊，这就是生活呀！"这么说着，他又感叹起来："其实，大姐呀，这些天让你受这份罪，我心里也很不是滋味啊！"

大梅也感叹说："兄弟呀，一个唱戏的，上不了舞台，你知道我心里有多苦！我死的心都有啊！"

苏小艺说："我知道。大姐呀，说心里话，你的确是一个唱古装戏的料儿，尤其是唱生角的大材料呀。你的诸葛亮，本可以登峰造极的，可惜了，太可惜了！"

大梅说："不说了，不说了，一说我就想哭……"

苏小艺说："有句话，本不该我说，这古装戏为啥不让演？以人为镜，可以正衣冠；以古为镜，可以知兴衰，凭什么不让演？这是信号呀，这说不定是一个信号！"

大梅说："老苏啊，你咋又反动了？上边的事，咱也不知道，可不敢乱说！唉，不让演就不演，不管咋说，咱得听党的……"

苏小艺一凛，忙说："那是，那是，我也是瞎猜的……不说了，不能乱说，我以后得管住自己的舌头。"

两人默默地走了一会儿，大梅突然悄声说："老苏，咱弄点酒吧？不瞒你说，我浑身疼，想喝两口。"

苏小艺看着她，笑了，说："好，我去买。"

苏小艺转身要走，大梅拉住他说："给你钱。别争了，我的工资比你高。"说着，把十块钱硬塞到了他的手里。

看苏小艺去了，大梅站了一会儿，突然冲动起来，她快步跑到地里，顺手拔了两个白萝卜。

夜，麦场里空荡荡的，到处都是深深浅浅的灰白，月光照在高高的麦秸垛上，洒一抹凉凉的银粉。大梅和苏小艺坐在麦秸窝里，一人拿着一截白萝卜……大梅先把酒倒在瓶盖里，双手端起，恭恭敬敬地递给了苏小艺，说："老苏，我先敬你一杯！"

苏小艺忙说："不，不。大姐，你来，你来，你先喝。"

　　大梅说："你端着，我有话要说。"待苏小艺接过酒，大梅又说："老苏啊，你大姐是唱戏的，离不了舞台。这一次，请你务必对我严一点，狠一点，该骂你就骂，让我过了这一关。你大姐求你了！"

　　一时，苏小艺激动起来，呼一下站起身，说："大姐，我敬重你，你就是艺术的化身！不说了，我喝！"说着，端起那瓶盖酒，一饮而尽！

　　就此，两人就着萝卜，你一瓶盖，我一瓶盖，喝起来。

　　突然，苏小艺又跳将起来，激昂地说："大姐，我给你朗诵一首诗——"说着，他跳上麦秸垛，站在最高处，一甩围巾，对着天上那朗朗的月光，大声朗诵道：

> 雅典的少女呵，在我们别前，
>
> 把我的心，把我的心交还！
>
> 或者，既然它已经和我脱离，
>
> 留着它吧，把其余的也拿去！
>
> 请听一句我别前的誓言，
>
> 你是我的生命，我爱你！
>
> …………

　　此时，大梅忙提醒他说："老苏，你又犯病了，可不敢再往男女的事上想了！"

　　苏小艺高声说："大姐，我不是想犯错误。这是诗，'雅典的少女'是一种象征，是艺术之神的象征！"

　　那天晚上，两人都有点醉了，他们谈了很多很多……

　　第二天，导演苏小艺开始给大梅导戏了。两人就关在场院里，一天一天地排，也不知道排什么，只是常常听见他们说着说着就吵起架来，每一次都吵得很凶。开初的时候，村民们总是跑来劝，生怕两人打起来。可是当他们跑来的时候，却又见两人有说有笑的，弄得劝架的人反倒很无趣，后来，再听见他们高声嚷嚷的时候，也就没人劝了。

再后，听见大梅唱的时候，村人们就围过来看，于是，场上总是围着一群一群的村人。

那时候，大梅已开始唱《卖箩筐》的选段了。

在表演中，有一点乡亲们是很不服气的，像大梅这样的名角，竟然时不时地受这个"眼镜"的气！那戴眼镜的家伙时不时地就呵斥大梅说："停！停！重来，重来重来！"

大梅也不还嘴，就老老实实地重新再来一遍。

可唱着唱着，那苏小艺又喊道："停！再来。中间这一段，显得硬了，再来一次！"

大梅就再来一次……

在场上观看的人都说，看看人家大梅，真好脾气呀！

越是这样，那"眼镜"却教训得越凶，他就站在一旁，不时地批评、教导说："要时时刻刻记住，你就是一个农村老大娘！"

在一旁围观的乡亲们说："老天爷呀，排个戏老不容易呀！"

时间就这么一天天过去。一天下午，苏小艺终于对浑身是汗的大梅说："差不多了，歇会儿吧。"

大梅还是有些担心，问："导演，你觉得咋样？"

苏小艺说："我看差不多了，只能说还欠一点火候……"

大梅愣愣地站了一会儿，突然说："导演，这里边是不是加一些生活中的舞蹈动作？你看，乡下人挑水，都要甩个手，一摆一悠的，挺好看。推小车的，都要扭个腰。他们说，推小车，不用学，只要屁股掉得活。挑着卖东西的，讲究个'荡'，那担子一'荡'一'荡'，不一定逼真，只要像那回事，你说呢？"

苏小艺一拍头说："太好了，太好了！要神似。你说的意思就是'神似'！要加，要加，加这么一组舞蹈动作，可以说，整个戏就出新了！"

于是，两个人就蹲下身，在地上比比画画的，研究起舞蹈动作来……

半个月时间，一晃就过去了。临走的时候，一村人都出来为大梅送行。

大梅站在村口，望着众人，一拱手，说："谢谢，谢谢乡亲们！都回去吧，地里活儿忙……"

可是，没有一个人走，人们仍深情地望着她……

大梅看众人依依不舍的样子，就说："那好，我再为大伙唱一段。"说着，就站在村口上，给大伙唱了一段《卖箩筐》。

众人自然是热烈地鼓掌。

这时候，苏小艺很想站出来，给乡亲们朗诵一首诗，可他看大伙的注意力都在大梅身上，也就作罢了。

这当儿，老支书站出来说："算了，都回去吧，梅又不是不来了。让二怪代表大伙去送送。"

媳妇们围着大梅，纷纷说："大姐，你可常回来呀！"

大梅说："我回来，得空就回来。"

这时，二怪拉着一辆架子车走过来，老支书说："不是让你套车吗？"

二怪说："大姐说了，用架子车。"

大梅从二怪手里接过车杆，说："让我拉。"

二怪一怔，说："你拉？"

大梅又对苏小艺说："导演，你坐上吧。"

苏小艺竟然毫不谦让，大腿一迈，堂而皇之地坐上去了。

二怪吃了一惊："你拉他？凭啥？！"

大梅说："他可是导演哪。把他拉进城，我就毕业了！"说着，大梅扭头对坐在车上的苏小艺说："算不算？"

苏小艺说:"算!"

大梅说着,与众人招招手,很爽快地拉上苏小艺就走……二怪心里不忿,嘴里嘟囔着跟在后边。

功夫不负有心人啊。在省城郑州,申凤梅可以说是再次一炮走红!

在河南省举办的这届戏曲大赛上,由申凤梅主演的现代戏《卖箩筐》,出人意料地获得了专家们的一致好评。她所饰演的农村老大娘,达到了惟妙惟肖的程度。演出那天,在挂有"河南省现代戏曲大赛"横幅的河南剧院里,申凤梅和与她唱对手戏的演员演出现代戏《卖箩筐》时,她那极富于生活情趣的表演,赢得了评委和观众极为热烈的掌声。

坐在第五排的专家们纷纷点头说:有新意,这小戏出新了!

然而,演出结束后,大梅仍担着一份心。要知道这次调演,她是立过军令状的,万一评不上奖,她实在是无法交代啊!所以,当天夜里,她饭都无心吃,忐忑不安,在心里默默地说,要是再不行,我只好改行了!

后来在颁奖大会上,当省文化厅领导宣布获奖名单时,大梅的心一下子又吊起来了,她根本就没有听,而是悄悄地跑到了剧场外边……这时,厅长高声念道:获现代戏一等奖的有:《卖箩筐》《扒瓜园》……场上响起了极为热烈的掌声。

此刻,大梅站在剧院外边的台阶上,当苏小艺喜滋滋跑出来告诉她时,她扭头看了看,小声问:"怎么样?"

苏小艺像孩子一样跳了起来,扬起手高兴地说:"评上了,一等奖!不光评上了,还要代表河南参加全国调演呢!"

这时,大梅才喘口气,身子一软,出溜一下坐在了台阶上。她两眼含泪,喃喃地说:"老天爷,歇会儿,叫我歇会儿吧。"待喘了几口气,过了片刻,她又点了一支烟,一直到这支烟吸完,她才又扭过头来,认真地问:

"这么说，我能演现代戏了，是吧?"

苏小艺说："你当然能演!"

她喃喃地说："老说我就会演帝王将相，我现在也能演现代戏了。"说着，她竟然泪流满面。

此时此刻，只见黑头匆匆走来，他是专程从周口赶来的。他来到大梅跟前，往地上一蹲，从怀里捧出了两只精致的小茶壶，亲切地小声问："喝热的，还是凉的?"

大梅一抬头，惊道："你啥时候赶来了?"

春去秋来，大梅终于迎来了她演出生涯的第二个青春期。在这段时间里，大梅以惊人的毅力又争回了在舞台上演出的权利。现在，她仍是越调剧团的主角，是台里的台柱子。没人知道她到底下了多少功夫，没人知道她到底流了多少汗水。在台下，她逢人就学，不耻下问，只要是她不如人的地方，她都要问，都要学。为学到别人的长处，她也不知道花了多少钱。她总是买烟买酒买点心，送给让她"靠弦"的师傅们。她在钱上的大气，常让那些男人不能不服气。她从来没有在乎过钱，她的工资全都花在"戏"上了。

就这样，大梅牢牢地站稳了舞台，无论演什么，她都是当之无愧的主角。她在现代戏《李双双》中饰演过"李双双"；在《红灯记》中饰演过"李奶奶"；在《江姐》中饰演过"双枪老太婆"……无论在城里舞台上演，还是在乡下的土台子上演，还是在工厂里演，她都一样的认真。在河南大地上，说到越调时，没有人不知道她大梅的。大凡看戏时，人们就会说：大梅的戏来了!

"大梅的戏"几乎成了中原地方戏的一种代称。

然而，好景不长。夏天来了，这年的夏天特别热，热得让人发疯。就在这个炎热的夏天里，突然有一天，街头的一个个大喇叭里，反复播送着五个字："……文化大革命……"

那天，大梅刚刚演出归来，她坐在一辆长途车上，很诧异地问车上的人："干啥呢？这是干啥呢？"

可是，车上没有一个人能回答。

当车开进市区时，大梅发现，竟有人在街口上烧书。每一个街口上，都有一些人在主动地烧书。他们把自家的书从家里拿出来，很招摇地拿到街口处当众点着，而后看着那些书页化成灰烬；接着，不断地有人也跟着把自己家里的藏书拿出来，扔在火堆上……

这究竟是为什么呢？大梅不解了。

下了车，大梅匆匆赶到剧团大院。她刚踏进院子，却又一次惊讶了，只见那些刚刚从上海定制的古装戏衣，连箱都没有拆，就整箱整箱地堆放在院子中央。尤其让人不解的是，崔买官正在往戏箱上浇汽油！

浇完汽油的崔买官把那只空油桶扔在一边，一下子跳到一张桌子上，拍了拍手，大声说："毛主席教导我们说，革命不是请客吃饭，不是做文章，不是绘画绣花，不能那样一致（雅致），那样从容不迫，文质林林（彬彬），那样温良古（恭）俭让。革命是暴动，是一个阶级推翻另一个阶级的暴烈的行动。首先，我向各位宣布，本人从今天起，正式更名为崔卫东。我要告别过去父母强加给我的旧的、封建的'崔买官'，走向革命的崔卫东！"

这就更让人诧异了，被人叫了几十年的崔买官，竟然连名字都不要了。

正当"崔卫东"要点火时，大梅快步走了进来，她一看这阵势，一下子慌了，忙问："干啥呢？这是干啥?！"

崔卫东扭头看了她一眼，说："干啥？你说干啥?！封、资、修的东西，毒害人民的东西，不能烧吗?！"

大梅一怔，张口结舌地说："这、这可是专门从上海定做的呀！这、这……朱书记呢？朱书记呢?！"

四周的人都一声不吭。

不料，只见崔卫东一蹦三尺高，声嘶力竭地喝道："不就是帝王将相才子佳人嘛，封资修的东西，谁敢不让烧？谁不让烧站出来！申凤梅，我郑重地告诉你，我受压几十年了，就是你，一直让我跑龙套。可该我今天出口气了——点火！"

大梅也气了，她往前一站，说："不能烧，我是团长，我说不能烧就不能烧。这都是国家财产，就是不能用了，可以改成别的什么……"

革命的崔卫东说："你说，你留住这些封资修的东西，到底是何用心？你到底还想毒害谁?！"

大梅说："买官，你咋……"

革命的崔卫东脸一红，气急败坏，一蹦一蹦地说："谁是买官？谁是买官？告诉你，老子已正式更名为崔卫东了！"

大梅愣了愣，一时竟不知说什么好了，她心里说：疯了？这买官可能是疯了！

此刻，导演苏小艺小心翼翼地走上前，小心翼翼地说："老、老崔，能不能……这个、这个……"

革命的崔卫东用蔑视的目光看了他一眼，脱口骂道："呸！大右派，这里哪有你说话的权利，给我滚一边去！"

就这么一句，只一句，苏小艺往边上一闪，再也不敢吭声了。

就此，崔卫东胳膊一伸，突然高声呼道："打倒大戏霸申凤梅！申凤梅不投降，就叫她灭亡！革命无罪！造反有理！"

谁也想不到，崔卫东就这么振臂一呼，众人竟然都跟着呼起口号来了……

　　顷刻间，只见崔卫东把一支燃着的火把扔在了戏箱上，只听"呼"的一声，几十只从上海运来的、还未拆封的戏箱，顷刻之间变成了一堆熊熊燃烧的大火。

　　此时，大街上传来了歌声，那歌声就着火势，显得十分洪亮：马克思主义的道理，千头万绪，归根结底，就是一句话：造反有理！……

　　大梅一下子傻在那儿了，再也说不出话了……

　　当天夜里，一直等到半夜三更的时候，大梅手里拿着一支手电筒，蹑手蹑脚地来到了焚烧戏衣的地方，她睡不着，想来看一看……

　　大梅在灰堆前蹲下来，小心翼翼地在灰堆上扒拉着，只扒出了一些没烧完的戏衣的衣领、衣角，拿在手里，轻轻地抚摸着……

　　此时，她身后突然有了咳嗽声，吓了她一跳。她赶忙摁灭手电，轻声问道："谁?"

　　黑头走过来说："我。你半夜里跑出来干啥呢?"

　　大梅一听是黑头的声音，这才松了一口气，说："我睡不着。"

　　黑头默默地说："你愁个啥? 不让演，咱就不演……"

　　大梅十分委屈地说："怎么一下子就变了呢? 说起来，咱也是诚心诚意为人民服务的，咱也是苦出身哪……"

　　黑头小声说："要不，你跑吧? 出去躲几天……"

　　大梅很不服气地说："我躲啥? 我也是苦出身，我也是贫下中农，我凭啥要躲?!"

　　黑头说："上头不是……"

　　大梅仍然固执地说："既然是上级号召的，他能革命咱也能革命，他能造反咱也能造反。我得去省里问问，凭啥咱就不能革命!"

　　黑头沉默了片刻，说："那好，我陪你去，问问上头到底是咋回事。"

　　大梅说："走，说走咱就走!"

黑头说："天还早着呢！"

大梅说："反正也睡不着，走吧。"

于是，夫妻二人连夜往省城赶去。他们二人坐了一夜的火车，车开得很慢，到省城郑州时天已大亮了。出了站，两人发现，这时的省城已变成了一座大字报的海洋，火车站上到处都是醒目的大叉叉，连南来北往的火车车厢上，都糊满了大字报。他们二人越看心里越糊涂，不知这个世界究竟发生了什么事。他们在车站旁的小摊上匆匆地吃了点饭，而后心急火燎地往省文联赶去。人到了难处，就想家了，文联是他们的家呀！

上午，大梅和黑头走进省文联的大楼，一进院子，就见楼道贴满了大字报，到处都是令人恐怖的字眼："油炸""火烧""千刀万剐"……这时，两人已不敢再多问什么了，当他们刚走到挂有戏剧家协会牌子的门前，只见里边闹嚷嚷的，已站满了戴红卫兵袖章的年轻学生。这些年轻人将头戴高帽的剧协秘书长往外揪，秘书长一头的糨糊正从上往下哩哩啦啦地滴着。

大梅"呀"了一声，惊异地小声问："这、这是……"

这时候，那些红卫兵也发现了他们，只见一个戴红卫兵袖章的小伙子厉声质问道："你！你是干什么的？"

申凤梅一怔，忙说："我？我们、我们也是来'革命'哩！"

此时，文联的一个年轻人走上前来，看了大梅一眼，用蔑视的口吻说："革命？你一个大戏霸想革谁的命?！你就是革命的对象！赶快滚回去，老老实实地接受当地群众的改造！"说着，使劲推搡了大梅一把！

那一眼，是大梅终生不能忘怀的一眼。就是那一眼，让大梅彻底地心寒了，她心里像针扎一样的难受。她是来找上级的，是来找亲人诉说委屈的，可亲人在哪里呢?！

好在那群学生并不认得她，加上人声嘈杂，楼道里乱糟糟的，学生并不知道她的身份，就那么呼着口号，押着剧协秘书长下楼去了。

就在两人不知如何是好的当儿，突然，那个曾骂过他们的年轻人却悄悄地走了回来，他暗暗地把他们两人拽到一边，小声说："赶紧走，赶紧走吧，没看这是啥时候。快走，快走！"

说话间，只听呼啦啦一阵响动，又一群红卫兵举着大旗冲进了文联大楼，一时口号声此起彼伏，震耳欲聋。

大梅和黑头再也不问什么了。两人低着头，慌慌张张地下了楼，在一片口号声中匆匆逃离了省文联大院。

大街上，一片红色的海洋……

他们当天就回到了周口。到周口时，大梅就觉得她是无处可逃了。只一天时间，周口也变了样了，只见满街都是打了红叉叉的大字报，街口上，"打倒大戏霸申凤梅"的大字报也已贴在了剧团门口的墙上。

大梅心里说，完了，我是在劫难逃啊！

第二天，剧团大院里就开起了批斗大会。这个大会是崔卫东一手主持的，就是在这次会上，申凤梅、苏小艺、朱书记三人被造反派揪了出来。他们每个人的脖子里都挂着一个大纸牌子，被勒令勾头站在桌子上，在一连串的口号声中，接受批斗。

此时此刻，那些平时老师长、老师短的青年演员也都反戈一击，跟着崔卫东起来造反了。就连那个平时不爱多说话的青年演员吴阿娟，这会儿也像变了个人似的，只见她满脸通红地跳起来，一下子显得兴奋异常，手里高举着一本毛主席语录，激动地跑步上前，说："毛主席教导我们说：凡是敌人反对的，我们就要拥护！凡是敌人拥护的，我们就要反对！申凤梅，你这个大戏霸！你教我们的是些什么？全是流毒！今天，我们这些要革命的学员就是要反戈一击，肃清你的流毒！"

立时，下边有人呼起口号来：

"打倒大戏霸申凤梅！"

"申凤梅不投降，就叫她灭亡！"

紧接着，臂戴红卫兵袖章的崔卫东大步蹿了上来，一句话没说，竟先是大哭。他一边哭着一边控诉道："……你们、你们压制了我多少年哪！你们这些'帝王将相'，你们这些'残渣余孽'，你们这些'资本主义当权派'，整整压了我几十年哪！就是你们，一天到晚让我给你们跑龙套，打小旗，我、我、我是连一回像样的角色都没演过呀！你们就是这样迫害我，迫害贫下中农的呀……"说着，他一下子又跳了起来，用袖子一擦，喊道："今天，我终于翻身了，可到我说话的时候了！打倒大戏霸申凤梅！打倒走资派朱建成！打倒大右派苏小艺！"

他一呼，众人也跟着呼起口号来……

突然之间，只见崔卫东忽地蹿将起来，扬起手来，一巴掌扇在了大梅的脸上，只听"咕咚"一声，大梅一头从桌子上栽了下来。

人群立时就乱了，下边有人小声嚷嚷道："怎么打人呢？怎么能随便打人呢?！"

当大梅被人从地上拉起时，只见她满脸都是血。

纵使这样，谁也不敢同情她。她已经是"敌人"了。

很快，大梅等人就被拉上大街，开始游街示众了。第二天中午，在暴烈的阳光下，大梅和一些"走资派""右派"被红卫兵们五花大绑地押在一辆汽车上，头戴高帽游街示众。

这天，大梅已被人强制性地穿上了她唱戏用的"八卦衣"，脖子里挂着一把扫帚（意为"鹅毛扇"），正值六月天，在暴烈的阳光下，只见她满脸满身都是汗水，就那么极其痛苦地勾着头在车上站着……

街头上，围观的群众小声议论说："天哪，大梅？那不是大梅吗？大梅犯啥罪了?"看着申凤梅受苦，有的老人竟然落泪了。

汽车上的大喇叭一直哇哇响着，不停地播送震天的口号。

当汽车在一条条大街上行进时，车上押解她的人还不时地按着大梅的头，架着她的胳膊，一次次地逼她说话。大梅站在那里，真有点叫天天不灵、叫地地不应了。她两眼一闭，也只有听喝了，于是她就一声声地跟着说："我是大戏霸！我是个罪人！我是大戏霸！我是个罪人！……"

这天夜里，大梅已经不能回家了，她被关在了一个废弃的厕所里。头上是一弯冷月。这时候，她已经两天没有吃饭了，她的胳膊也被人拧伤了，怎么也抬不起来。她独自一人坐在干草上，强咬着牙，一点一点地往上抬着，然而，无论怎么努力，她的胳膊还是抬不起来，最后大梅彻底绝望了，她四下望去，伸出那只没有受伤的手摸来摸去，终于她摸到了一根草绳。

大梅艰难地站起身来，流着泪说："死吧，让我死了吧！"

第十三章

那是一个疯狂的夏天。

游街的时候，导演苏小艺是挨骂最多，挨唾沫星子最多的一个。因为他胸前的牌子上写的是"大流氓大右派苏小艺"。在民间，作风问题是最让人看不起的，他这"大流氓"的牌子一挂出来，挨打的机会就比旁人多多了，有些妇女甚至用西瓜皮砸他。

最让苏小艺羞愧的是，王玲玲为他也受了牵连。崔卫东竟然把大字报贴在了玲玲宿舍的大门口，那天玲玲起来一看，门上贴着一张大字报，大字报上竟还挂着一双破鞋……

就在这天早上，青年演员王玲玲割腕自杀了。这一下惊动了全团的人。由于发现得早，玲玲被送进了医院，最后还是被抢救过来了。可是从此，玲玲被人送回了家中，再也没有回来。苏小艺知道后，两手揪着自己的头发，大哭了一场，他甚至高叫着："杀了我吧！我不是人！杀了我吧！"

可是，在红卫兵眼里，右派导演苏小艺只是一只"死老虎"，可"死老虎"也是要打的。于是，他也被关起来了，就关在隔壁的一间囚室里。这间囚室是由女厕所改的，比较小，只有二三平方米的样子。苏小艺被关进来后，开初他像死人一样躺在那里一动也不动，由于地方太小，他根本就伸不开腿，过了一会儿，当他站起来时，又像狼一样，在这只有几平方米的囚房里走来走去。他毕竟当过右派，是住过几年监狱的，心里并不那么怵。所以，他对自己说：我要锻炼，我必须锻炼。

当他走了几个来回后，突然听到了什么动静。这时，他灵机一动，两手抓住窗上铁栏，竟然背起诗来：

> 既然我们的国家，我们的上帝，
> 噢，父亲！都要你的女儿死亡，
> 既然你用誓言取得了胜利——
> 请用刀刺进我袒开的胸膛！
> 相信吧，我的父亲！相信这句话：
> 你的孩子的血是纯净的，
> 它和我祈祷的福泽一样无瑕，
> 它纯净有如我最后的思绪。
> …………

在囚室，大梅本已下定了要死的决心，她实在是受不了了。可当她抓住那根已绑在窗棂上的绳子，却突然听到了苏小艺背诗的声音，一时她热泪盈眶。她心里说，老苏，这不是老苏吗?! 天啊，真是老苏！

可是，大梅实在是不想再受这份罪了，她嘴里仍然说："死吧，叫我痛痛快快死吧！"

然而，就在这时，黑头提着一个饭盒走进了关押人的院子。

只听一个红卫兵高声叫道："站住，干啥呢?"

黑头闷闷地说："送饭。"

那红卫兵看了他一眼，说："放下吧。"

　　黑头探身往里边看了看，那人立刻说："快走，快走！看啥呢？都是坏人！不准看！"

　　此刻，黑头突然放开喉咙，高声喊道："大梅，好好活着！我等你出来！"

　　立时，有七八个红卫兵吆喝着赶出来，把黑头推推搡搡地轰走了。黑头一边挣着身子，一边吼道："推啥推？老子也是贫下中农！"

　　大梅听见喊声了，那是黑头在叫她，那是她大师哥在叫她。她真想死啊！可是，她迟疑了一下，手里的绳子却慢慢地松开了……

　　大街上，仍然是铺天盖地的大字报。

　　街口的大喇叭里，仍播送着大批判文章。

　　大梅已先后游了八次街，每次游街回来，她都头疼欲裂。这时候，她已不再害怕"展览"了，也不觉得丢人了，反正已经这样，不要脸就不要脸吧。可她仍是一次次地动着死的念头，她实在是受不了了呀！那样的人格污辱，那样的折磨，到什么时候是个头呢?! 她的头发已经快要被人揪光了，她脸上一次次地被人泼上墨汁，她甚至不敢看自己的脸，连她自己都觉得自己是"牛鬼蛇神"，是不齿于人类的"狗粪堆"了。当把那些揪掉的头发一绺一绺地挂在墙上的时候，她又一次在心里升起了死的念头。可是，她囚室里的那根草绳已被人搜走了，她连死的权利都丧失了。

　　她多想给人说说，她不是坏人，她是一心跟党走的，她给周总理唱过戏，她给那么多的人唱过戏……她真不是坏人哪！可是，谁听她说呢？夜里，她睡不着觉，就一次次地慢慢扶着墙站起来，身子倚靠在墙上，一点一点地练着往上抬胳膊，她的胳膊被人扭伤了，每抬一下，都钻心地疼痛。她心里说，我老亏呀，我得活着，我得活到能说话的一天，到时候，我一定要跟人说说！

于是，她开始了顽强的练习。囚室里边的墙上，已画出了好几个道道，那是她一次次顽强练习后，胳膊能抬到的地方；在没人注意的时候，她也试着伸一伸腿脚……

她心里说，黑哥说了，我是个戏！活着是戏，死了也是戏！

人已到了这份儿上，就做个戏吧！

这天上午，大门口突然传来了喧闹声。

仿佛是突然之间，大约有一二百个农民忽一下拥了过来，领头的正是大营村的二怪。二怪胳膊上戴着一个红卫兵袖章，气汹汹地领人冲到了这个关押文化艺术界坏人的地方。

把门的红卫兵拦住他们说："干什么？干什么?！"

二怪故意伸了伸胳膊，把胳膊上戴的红卫兵袖章展了展，大声说："干啥？抓人！"

把门的人顿时慌了，说："抓谁?！"

二怪说："抓谁？抓申凤梅！她在我们那儿放过毒，我们要把她揪回去批斗！"

把门的红卫兵一听，说："噢，一家人，一家人。革命不分先后，我们也是要批斗她……"

二怪说："我们贫下中农坚决要把她押回去批斗，肃清她的流毒！你快把人交出来吧。"

把门的说："批斗可以，是不是让我请示一下？"

二怪一挥手说："都是造反派，还请示个屁！押走！"没等他的话落音，农民们忽地一下全拥进去了……

进了院，二怪领人把门打开，在一片口号声中，他把一顶事先准备好的"高帽子"戴在了大梅的头上，众人围着她，一边走一边高呼口号："打倒申凤梅！打倒大戏霸！……"

就这样，在众人的簇拥下，大梅糊糊涂涂地被他们押走了。

几百人呼啦啦地在大街上走着，他们一边走一边呼着口号，一时谁也闹不清这些农民到底要干什么。可是，当他们来到郊外的一个路口时，二怪一招手，众人都站住了，此刻，只见有一辆马车从西边赶了过来，很快地停在路边上。到了这时，二怪警觉地四下看了看，说："快，快！"说着，他把胳膊上的红卫兵袖章往下一取，随手装在了裤子兜里，而后把那顶纸糊的高帽子从大梅头上取下来，说："大姐，让你受苦了！快上车吧。"

到了此时，大梅才醒悟过来，她抬起头来，默默地望着众人，一句话没说，泪先下来了。

二怪急切地说："大姐，此地不可久留，快上车吧，回去再说……"说着，他招呼人把大梅搀到了马车上，而后，他跳上马车，亲自扬鞭赶车，在几百个农民的簇拥下，飞快地往大营村赶去。

大梅被大营村的农民救出来了。

其实，这招险棋是老支书一手策划的。

她被接到大营村之后，被人悄悄地安排在羊圈后边的一个小屋里。这小屋虽然破旧，却打扫得很干净，靠墙的地上已铺上厚厚的干草，一盏新买的玻璃灯擦得锃亮。靠里边的地方，还有一张土垒的炕桌。饭早已做好了，是大梅最爱吃的芝麻叶面条，外加一盘炒鸡蛋。大梅是含着泪吃下这碗饭的。她觉得一生一世都没吃过这么好的饭。

老支书吸着旱烟在她对面坐着，看她吃完饭，老人吸完了烟，把烟灰磕在地上，而后才说："梅呀，外头风声紧，委屈你了，就暂且在这羊圈里住一段吧……"

大梅说："大伯，要不是你们，也许我就……"

老支书说："闺女呀，可不敢瞎想。这人哪，谁没个三灾六难哩？想开些吧。人得往宽处想，你想想，有多少人听过你的戏呀……"

大梅长叹一声，说："我做梦都没想到，我成了坏人了……"

老支书说："现今，这世事，我也捉摸不透了。按说，这外头乱哄哄的，到底是咋回事呢？许是朝里出了奸臣？依我看，怕是朝里出奸臣了。"

大梅不语，因为她想不明白。

老支书说："你是唱戏的，你会不知道？自古以来，奸臣当道，这忠臣就没好果子吃。那岳飞——岳王爷，十二道金牌传他，不活活让奸臣害死了嘛！"

这时，二怪又端着一碗鸡蛋茶走进来，他说："大姐，乡亲们都要来看你，叫我挡住了，我是怕跑了风……你再喝碗茶吧。"

老支书却命令说："二怪，你立马给我进城一趟，给你大哥捎个信儿，别让他急，就说人在我这儿，让他放心吧。"

二怪应了一声，刚要出去，老支书又叫住他说："你给民兵交代了没有？你大姐在咱这儿住着，民兵要昼夜巡逻。出了事，我可饶不了你！"

二怪说："放心吧，我都交代过了。"

这天夜里，草屋前边的羊圈里忽然传出了悠扬的胡琴声。

听到琴声，大梅从茅屋里走了出来。月光下，在露天的羊圈里，是瞎子刘在拉胡琴呢。琴声像水一样，如泣如诉，连羊儿都静静地卧着，仿佛也在倾听。

瞎子刘拉了一会儿，突然停了下来，低声说："梅，回来了？"

大梅哽咽着说："师傅……"

瞎子刘伸出两手："你过来，叫我摸摸。"

大梅走到瞎子刘跟前，慢慢地蹲了下来……

瞎子刘的手在夜空里摸了一下，先摸住了她的脸，而后又摸了摸她的两个肩膀，喃喃说："让他们打坏了吧？"

　　大梅说："……不要紧，一时半会儿还死不了。"

　　瞎子刘两手停在半空中，沉吟片刻，说："梅，我问你，你是个啥?"

　　大梅说："戏，我是戏。"

　　瞎子刘说："既然你心里清亮，我就不多说了。戏嘛，就是让人听的。人家愿听，咱就唱。有一个人听，咱就给一个人唱；有两个人听，咱就给两个人唱……人家真不愿听，咱就不唱。你没听人说嘛，舞台小世界，世界大舞台，说白了，也都是戏。"

　　大梅望着瞎子刘那像枯井一样的双眼，说："师傅，你的话，我解不透哇!"

　　瞎子刘说："解不透你就别解。这人世上，忠忠奸奸的，都是留给后人唱说的，凡唱出来的，就是文化了……你看那庄稼人，说起来大字不识，可提起岳飞，可以说尽人皆知，说起秦桧，呸，也是无人不晓啊。啥道理?这都是艺人们一代一代唱出来的。"

　　大梅望着师傅，久久不说一句话。

　　瞎子刘说："人活一世，啥能留下来? 只怕是啥也留不下来。只有这口传的东西，可以一代一代地传下去。"

　　瞎子刘又说："梅呀，你记住，活着，你是戏，是一张嘴。死了，你就是灰一堆。"

　　终于，大梅说："师傅，我明白了。你放心，我不会死了。"

　　瞎子刘又操起胡琴，对大梅说："妞，我再给你拉一曲《满江红》，你好好听……"说着，他就拉起来，拉着，他口诵道："大江东去，浪淘尽，千古风流人物……听听，这多大的胸襟哪!"

　　大梅认真听着这曲《满江红》，一时感慨万端。

　　夜深的时候，瞎子刘提着那把胡琴去了。然而，瞎子刘的话，却让大梅一夜都没睡好。

这天中午，在村头的大槐树下，老支书正蹲在一个大石碌上抽旱烟，二怪就凑凑地走过来了。他往旁边一站，那眼里似想说些什么却又没说。

老支书仍耷拉着眼皮，在那儿蹲着，什么也不说。过了一会儿，二怪终于憋不住了，说："爹，这成天开会，念那啥子文件，社员们可都开烦了呀。你说咋办？"

老支书吸着烟，仍是一声不吭。

二怪挠了挠头，又说："爹，你看咱能不能想个办法，把这会开得活泼一点？比如说……"

老支书乜斜着眼看了看他，笑了，说："你个鳖儿，又想啥孬法了吧？"

终于，二怪急了，说："爹，我明说吧，大姐她在咱村住着，大家都要求说……"

老支书把烟一拧，突然说："说啥？打住。你是想给我惹事的吧?!"

二怪说："咱可以偷偷地搞，不让人知道嘛。"

老支书说："没有不透风的墙。"

二怪气了，也往地上一蹲，说："那按你说，一点办法都没有了？"

老支书吧嗒吧嗒地吸着旱烟，过了好久，他才说："这批斗会嘛，还可以开……"

二怪一怔，说："批斗？批谁？"紧接着，他眨了眨眼，突然一拍腿，高兴地说："明白了，我明白了。"

老支书嗔道："我看你老不成稳。我啥也没说，你明白啥了？"

二怪笑着说："我知道你啥也没说，反正我明白了。"说完，扭头就跑。

片刻，村里的钟声就响了。

这天晚上，全村的老老少少都到大队部开会来了。当然是"批斗会"，很严肃的：人们齐聚在一个很大的院落里，院里的树上高挂着两盏汽灯，院外还有四个民兵背枪站岗；四周还有背枪的民兵在放"流动哨"……

在黑压压的人群中，有人私下里小声说："今儿个是叫看戏的？"

有人马上制止说："可不敢乱说。是会，是开会哩。"

说是"批斗会"，可会场前边明明摆着一根长凳子，凳子上坐的是大梅和带着胡琴的瞎子刘。

这时，只见二怪走上前来，摆了摆手，高声说："静静，静一静，别吭了，都别吭了！今天，咱们开个会，啥会呢？大家都已经知道了，是批斗会！啊！不管哪个鳖孙问，咱开的都是批斗会。谁要多说一句，我掰他的牙！听清了吗?！"

众人马上应道："听清了！"

正说话间，二怪突然走过去，搀住人群里的一位老人说："三爷，你坐前头。"说着，把他拉到了前边的一个蒲团上。

老人说："不是有戏吗？"

二怪马上对着他的耳朵大声说："会，是会，开会哩！你坐这儿听吧。"

人群里立时有了笑声。

二怪脸一嗔，说："别笑。笑啥笑？严肃点，咱开的就是批斗会。毛主席不是说了，要文斗不要武斗。咱是文斗。下边，如果大家听'会'听得高兴了，那也不能拍巴掌。咋办呢？这样吧，要是实在忍不住，你就举举拳……"说着，二怪举起一只手，说："就这样。再高兴了，就喊一声'打倒'！只准这样啊！"

二怪说完，几步走到大梅跟前，小声说："大姐，老少爷儿们老想听你唱唱，你就唱两段吧。没事，我都安排好了。"

这时，大梅站了起来，走到众人面前，先是深深地鞠了一躬，未开口，泪先流下来了。

立时，人群中举起了森林般的拳头。

大梅说："老少爷儿们，既然大家愿听，我就唱一段《卖箩筐》吧。"

片刻，瞎子刘拉了一段过门，大梅跟着就唱起来了……

这时，村街里一片静寂，村头村尾，到处都可以看到民兵的身影，唯独老支书一人在村头的黑影里蹲着，那里闪着一个时明时暗的小火珠。在他的脚下，还卧着两只狗，狗眼里闪着一片绿光。

风一阵阵地刮着，村街东头偶尔会飘来一片"打倒"声……老支书心里说：不管谁来，我都在这儿候着呢。

俗话说，没有不透风的墙。第二天，小刘庄的刘支书就赶来了。这是个极精明的人。他先找二怪，见了二怪，他啥话都不说，先是扔过一支烟，而后就笑眯眯地望着他。望得二怪有些发毛了，他才说："二怪，你媳妇可是俺庄的。平时，有个啥事，可从没让你掉下吧？"

二怪说："别绕了，丈哥，有啥事你说吧。"

刘支书说："你个小舅！那我可开门见山了？"

二怪说："救（舅）？不救你你早死牛肚里了。我看哪，你是黄鼠狼给鸡拜年，没安好心吧？说，有话说，有屁放。"

刘支书说："前后村都是亲戚，谁还不知道谁呀？"

二怪很警惕地说："那是。"

刘支书说："那我就直说了，问你借个人。"

二怪笑了，说："这好办，大营一千多口，随你挑。"

刘支书瞥了他一眼，不紧不慢地说："你一千多口我一个也看不上，我就借一个人。"

二怪把刘支书给他的那支烟夹在了耳朵上，又低下头去卷烟，他拧好了一支，叼在了嘴上，而后才说："你要是看不上，我就没法了。"

刘支书说："你也别给我打哑谜。你借不借吧？"

二怪说："你看看，你要借人，我让你随便挑，这还不够意思?"

刘支书拍了拍他的肩，说："兄弟呀，没有不透风的墙，你借还是不借?"

二怪脸一变，说："丈哥，说赖话哩不是? 你要是说这话，我也豁出去了! 大营一千多口人，要是真摔出去，哪一罐都是血!"

刘支书忙解释说："兄弟，兄弟，你领会错了。我是那种人吗? 小刘庄虽没你大营人口众，我敢说，也没一个孬种!"

二怪警惕地说："那你是啥意思?"

刘支书说："都是明白人，我也不转弯子了。跟你借一个人，你要是不放心哪，我让我媳妇回来做抵押! 这行了吧?"

二怪仍装作不明白，说："你不就借个人嘛，我刚才不是答应你了吗?"

刘支书说："借人不假。别的我不借，我就借一个人。"说着，他往四处看了看，压低声音说，"——大梅。"

二怪也往四周望了望，小声说："你听谁说的?"

刘支书说："兄弟，求求你，别难为你哥了。大梅的安全，你尽管放心。少一根汗毛，你拿我试问! 我准备了五十个民兵，都是棒小伙，咋接走的，咋给你送回来!"

二怪不吭。

刘支书急了，说："哪怕去唱一场呢，这可是你丈母娘的主意……"

二怪直直地望着他："这可不是小事，传出去……"

刘支书一再保证说："放心吧，兄弟，你尽管放心!"

二怪沉吟了一会儿，终于说："你黑晌来吧。"

刘支书站起身来，说："这才够句话。"

当晚，小刘庄就派民兵把大梅偷偷地接走了。

当天夜里，钟声响过之后，在小刘庄的牲口院里，又是一片黑压压的人头，人群里不时传出低哑的咳嗽声。

片刻，有人匆匆走了进来，低声说："接来了吧？"

有人耳语说："来了，来了。"

立时，就有人把点亮的一盏汽灯挂在了一根木桩上，待牲口院有了亮光之后，刘支书就大声说："小刘庄现场批斗会，现在开始！请，请……"

于是，大梅和瞎子刘一前一后地走了上来。

接着，又有人大声宣布说："批斗会第一个节目：清唱《李双双》选段！"

在灯光下，大梅上前一步，深鞠一躬，说："老少爷儿们，我是个罪人，本来是不该放毒的，可大家想听，我就唱两句，请大家多批判……"说着，她清了清喉咙，待瞎子刘的弦子一响，就跟着唱起来了。

等大梅唱完一出，黑压压的拳头就举起来了。接下去，马上就有人上前宣布说："批斗会第二个节目：清唱《红灯记》选段！"

大梅再接着往下唱。

在黑暗中，乡亲们听着听着心里反而酸酸的，心里说，这么大的名角，唱个戏，咋就像小偷样？！……

到了深夜时分，一群背枪的民兵在村头等着送大梅上路。村里的一些老太太依依不舍地把大梅团团围住，有的手里掂着一兜鸡蛋；有的提的是一竹篮油饼；有的拿的是刚从地里摘的黄瓜、西红柿、西瓜、甜瓜、菜瓜……她们把这些礼物装在一辆马车上，一个个动情地拉住大梅的手说：

"梅呀，让你受屈了！"

"闺女呀，啥时候再来呢？"

"你看看，连口水都没顾上喝……"

"梅，你可要想开些，不管日出日落，你看看，还是一地大月明！"

这时，刘支书说："别扯唠了，让大梅走吧，改天咱再请……"

于是，乡亲们依依不舍地看着大梅和瞎子刘上了马车。前后，都有民兵护驾……

自从小刘庄把大梅借去开了"批斗会"后，往下就再也闸不住了。来大营探风的人像走马灯似的，来了一拨又一拨。

一天上午，二怪刚从公社开会回来，就见田野里突然多了五犋牲口，牲口正在犁地呢。

二怪气喘吁吁地跑过来说："停住！停住！哪村的？你们是哪村的？干啥呢？这是干啥呢?！"

这当儿，一个戴草帽的中年人说："二怪，咋，不认识了？"

二怪看了看他，诧异地说："老司？司队长，你、你咋来了？这、这是唱的哪一出啊？"

那姓司的队长说："哪一出？《借东风》。你看，这犁都扎下了。俺司台总共五犋牲口，全来了，给你连干三天，咱来个工换工，咋样？"

二怪说："不敢。不敢。啥意思？你这是啥意思吗?！"

老司说："兄弟，司台离你这儿也就一二十里地，扯起簸箩乱动弹，说起来可都是亲戚。不管咋说，这犁是扎下了，你看着办吧！"

二怪大声说："停住，停住。赶紧给我停住！"

可那些犁地的根本不听他的，只管吆喝牲口犁地……

二怪无奈，说："不就是换一个人吗？"

老司说："对，换一个人。兴恁偷也兴俺偷。"

二怪说："偷谁？"

老司很干脆地说："大梅。"

二怪看着老司，老司却看着在田野里犁地的那五犋牲口。

沉默了很久之后，二怪叹了一声，说："我爹要骂死我了！"

于是，就在当天下午，司台小学突然宣布放假半天，饭时，校园门口处民兵就站上了双岗。

午后，一村的老老少少齐聚在校园里，一个个都长伸着脖子；大人身上驮着孩子，人一摞一摞地叠着……司台可是个大村哪！

在校园的台子上，大梅在唱《扒瓜园》的唱段；瞎子刘坐在一旁的椅子上，一板一眼地用二胡给她伴奏……

大梅刚唱了一段，突然之间，门口处传来了一声吆喝："狗来了！"

立时，会场里也跟着一声声往里传："狗来了，狗来了……"

说话间，就有两个民兵跳上台去，先是扶住大梅，而后快速地给她戴上了一顶事先准备好的纸糊高帽子，附耳小声说："大姐，委屈你了……"

大梅点点头小声说："没事，没事。"

紧接着，村里一个叫"司铁嘴"的中年人，头一摇一摇地走上台去，他一边走一边把一个红袖章戴在胳膊上，上台后，立时就大声唱说道："春风杨柳万千条，六亿神州尽舜尧。红雨随心翻作浪，青山着意化为桥！"接着，他又捋了一下头发，背诵道："修正不修正，全靠主义正，宁要社会主义草，不要资本主义苗！……"

此时，下边忽然有人喊道："你说那是恁娘那脚！"

"哄"一下，人们都笑起来了。

就在这时，门口有几个穿制服、戴红袖章的人进来了。他们一个个神气活现地望着众人，有的还招招手。

站在台上的"司铁嘴"，胳膊一伸，紧接着就呼起口号来："打倒李天保！"

众人都跟着他高呼："打倒李天保！"

"司铁嘴"又呼："打倒诸葛亮！"

众人跟着喊："打倒诸葛亮！"

"司铁嘴"又说:"诸葛亮不投降,就叫他灭亡!"

众人跟着喊:"诸葛亮不投降,就叫他灭亡!"

在一连串的口号声中,那几个身穿制服的人走上前来,一个领头的人招招手说:"好嘛,好嘛,贫下中农的觉悟很高嘛!继续开,继续……"

站在一旁的司队长给"司铁嘴"使了个眼色,"司铁嘴"张嘴就来:"好,我就继续批!我们二队,有个人看老戏看傻了,咋看傻了呢?有一出戏叫作《墙头记》,那毒害深着呢!他娘说,你真学那《墙头记》哩?他说,我就是学那《墙头记》哩!你咋着?他娘说,你早说这话呀。他说,早说咋着?他娘说,早说?早说我早把你填尿罐里溺死了……"

"哄"的一声,人们又笑了。

"司铁嘴"马上说:"严肃点!笑啥笑?这是批判!"

人们还是笑!

这当儿,老司小声对那些穿制服的说:"主任,去队部吧,饭都备下了。"

那领头的就说:"好啊,好。你们继续开……"

当那些人走了之后,门口就有民兵喊道:"走了,走了,狗走了!"

立时,"司铁嘴"招呼说:"弦子。赶紧,赶紧,弦儿!"

于是,有人给大梅摘下了那纸糊的高帽子,瞎子刘就拿着二胡又从后边出来了。

"司铁嘴"就大声宣布说:"批斗会接着开始,下一个节目——"

于是,众人都举起了森林般的拳头……

从此,在广袤的平原上,流动着一支所谓的"批斗小分队"。这支小分队由三人组成,一个是所谓的批判对象,大梅;一个是拉胡琴的瞎子刘;另一个就是司台那位有名的"司铁嘴"了。他们在武装民兵的"押送"下,从这个村转移到那个村，每到一个地方，都受到了老百姓极为热烈的欢迎。特别是入冬以来，场光地净了，田里也没什么活计了，这个"批斗小分队"就更忙了，他们几乎是每天都要换地方，就这么一村一村地"批"下去了……

在乡村的土路上，乡人们一看到背枪的民兵一队一队地在路上走着，民兵中间夹着大梅和背着胡琴的瞎子刘，还有那位戴红卫兵袖章的"司铁嘴"，就有人飞快地跑回村去，说："来了！来了！"

就这样，大梅常常从这个村被移交到另一个村，在村与村之间，交接仪式十分郑重。民兵们一个个扛着枪，那神情像是在完成一个至高无上的任务：前宋村。后寨村。王庄村。小集村。

在交接的时候，村东、村西，不时有民兵在喊："口令！"

一个道："批。"一个回道："判。"送行的民兵会郑重地说："送到三人！"接"批判小分队"的民兵也十分严肃地回道："实到三人！"

然而，田野里，地边上，灶房里，女人们却一个个交头接耳地相互传递着这样一个消息：

"哎，有戏。"

"有戏。"

"黑晌有戏！"

整整一冬一春，大梅在不同的时间（晌午头儿，半夜里，月光下……），在不同的场合（批斗会上、学习会上、赛诗会上……），在不同的地点（高粱地里、小树林里、麦场上、炕烟房里……），以不同的装束（有戴"高帽子"的，有挂打"×"纸牌子的，有画黑了脸的……）一次次地给农民们演唱……

她也常常为那黑压压的人头，一张张专注的、兴奋的脸而感动。

"司铁嘴"说："值了，值了，我这一辈子也真值了！跟着大姐你，我吃了多少油馍呀，一嘴油！"

后来，风声慢慢地就传出去了，连城里人也听说乡下有这么一个小分队，于是，突然有一天，一辆吉普车停在了大营村的村口。从车上走下几个穿绿军衣的人，领头的却是崔卫东。

崔卫东带着三个戴红袖章、身穿绿军衣的人气势汹汹地闯进了大队部。在大队部里，崔卫东十分神气地从上衣兜里掏出了一张盖着红色大印的纸，就那么在二怪眼前一抖，说："交人吧！"

二怪故作糊涂地说："交人？交谁呀？"

崔卫东说："大戏霸申凤梅。我们要带回去开批斗大会！"

二怪说："那可不行，我们这儿正批着呢。"

崔卫东用手点了点那张纸，说："你看好，这上边盖的可是地区革委会的大印。你负得起这个责任吗?！"

二怪说："我不管你啥印，我又不认字。"

崔卫东气呼呼地望着他，说："你?！你竟敢……"

二怪站起来说："我怎么了？告诉你，老子三代贫农！你给我说说，你是啥成分？"

崔卫东气得转了一个圈，他扭头一看，门外站满了民兵，于是，他说："好！你等着，你等着！"说完，对他的手下说："走！"

二怪却说："不送，不送。"

崔卫东等人走后，二怪匆匆地来到了大队部后边的牲口院，这里还有一群外村人等着他呢。二怪一走进来，立时就被众人围住了。他们拥上前来，七嘴八舌地说：

"怪，可该轮到俺郭庄了吧？"

"坟台，该轮坟台了吧？"

"霍庄，霍庄排得最早！"

"曹寨呢？咋也该了吧？！"

二怪发脾气说："还喳喳哩，城里都来人了！风都是恁外庄人透的，人家非把大梅带走不行……"

众人立时喝道："敢？！"

二怪说："咋不敢？"

众人说："他只要敢进村，腿给小舅拧了！"

可就在当天下午，有三辆大卡车，载着头戴柳条帽的"造反派"，气势汹汹地开进了大营。

车上的大喇叭哇哇响着："贫下中农同志们，革命的战友们！贫下中农同志们，革命的战友们！无产阶级文化大革命正以排山倒海之势，雷霆万钧之力……"

然而，卡车刚开进村口不久，却突然停住了，喇叭也不再鸣哩哇啦地响了，站在车上的那些"造反派"，一个个变得目瞪口呆。在他们的眼前，村里村外，庄稼地里，竟然站满了黑压压的农民，到处都是人脸，人脸像墙一样沉默着，而且仍有四面八方的农民正源源不断地往这里赶……

于是，车上有人急忙指挥说："快，快，倒车！回去回去！"

就这样，不到一袋烟的工夫，三辆卡车后车变前车，前车变后车，匆匆而来，又匆匆而去，灰溜溜地开走了。

此后，再没人敢来抓人了。

一天傍晚，老支书心事重重地走进了羊圈后边的草屋。进了门，跟大梅打了声招呼，老人就蹲在那里一袋一袋地吸旱烟。他吸了一锅又一锅，大梅看看他，终于忍不住问："大爷，有啥事？"

老支书迟疑了片刻，说："……有个事，我本不想说……唉，算了。"

大梅说："大爷，有啥事你说吧，是不是我在这儿……"

老支书笑了笑，说："看你想哪儿去了。好，我说……这个事呢，按说也不算个啥事，可这……唉，过去咱地区的马书记你知道吧？"

大梅说："知道，知道。他……咋样？"

老支书小声说："人被打坏了！听说，两条腿都给打断了，肋巴整整断了七根，这会儿还在病床上躺着呢……"

大梅一听，忙问："那、那咋办呢？有没有危险？"

老支书说："一时半会儿，难说呀。"接着，老支书又说："他可是个好人哪！"

大梅试探着说："那咱……能不能去看看他？"

老支书把烟掐灭，沉吟了一会儿，说："我说的就是这个事。市面上，现在到处抓他。他呢，这会儿还躲在部队上的一个营房里。头前，有人捎信说，老马疼得受不住了，说了一句话，说他……想听你的戏。"

大梅立时站起身说："咱去。咱现在就去！"

老支书迟疑着说："闺女，路老远，跨着县呢。你的名气这么大，路上万一……老不安全哪！"

大梅说："大爷，我呢，就这一堆了，你也别替我担心。老马是好人，大好人！他都到这一步了，想听我唱两句，我无论如何也得去呀！"

老支书说："闺女，不瞒你，他的秘书小元是咱村人，夜里二更天摸来的，天不明就走了。当时，我没敢答应他，我说，风险老大，让我想想再说。就这么愁了一天，还是没想好。我是怕万一出事，无法给群众交代呀！"

大梅说："我去。再难我也去！"

老支书想了想，说："既然这样，那就去吧。可这……不得带个弦儿？让瞎子刘跟你一块儿去吧。派民兵吧，少了不济事，多了又太招眼。唉，这样吧，弄挂马车，再派俩民兵，挂上几只羊，只当是卖羊的。梅呀，你执意要去，我也不拦你了，路上可一定小心。路过城里，可千万别进市，走城边上，绕着走……我老担你的心哪！"

大梅说："大爷，你放心吧。"

第二天一早，大梅跟瞎子刘就上路了。他们在两个民兵的护送下，坐着马车七拐八拐地整整走了大半天，才来到襄县境内的一个部队营房里。进了部队营房的大门，他们连口水都没顾上喝，就直奔后院去了。

在几排营房后有两间小屋，小屋的房门紧闭着，门口还站有岗哨。屋子里的窗户全用黑布蒙着，里边放着一张床，床上躺着一个人。那人看上去白发苍苍，身上缠满了绷带，十分憔悴。

大梅和瞎子刘在秘书小元的带领下，悄悄走了进来……

大梅进屋后，疾步来到床前，她一把抓住老马的手，呜咽着叫了一声："马书记，马书记！"

这时，马书记慢慢地睁开眼来，苦涩地笑了笑，说："大梅，这时候，你还敢来？"

大梅两眼含着泪，激动地说："马书记，啥时候我都敢来。你忘了，三年困难时期，你派我跟剧团去南阳募粮，救了多少人哪！人到啥时候都不会忘的……人心是秤啊！"

此刻，马书记也落泪了，说："谢谢，谢谢你能来看我……嗨，我也做过错事呀！"

这时，秘书小元走上前，低声对大梅耳语了几句，大梅就对马书记说："马书记，我既然来了，你想听啥，我给你唱几句。"

马书记沉吟了很久，最后，他含着泪说："大梅，谢谢，谢谢你！……"接着，他长叹了一声，说："我是太喜欢你的戏了，就《收姜维》吧。"

大梅稍稍迟疑了一下，说："好。我唱！"

　　这当儿，秘书小元走上前来，附耳说："大姐，这……合适吗？会不会给你添麻烦？你要是有难处，就唱段新戏吧。"

　　大梅擦了一把脸，说："别说了。人都到这一步了，他想听啥，我就给他唱啥。出了事，我一个人顶罪！"

　　瞎子刘一直在一旁站着，一句话也不说。当大梅要唱的时候，瞎子刘这才坐下来定了定弦儿。接着，大梅往前一站，扎好了架势，一丝不苟地给马书记一人唱起了《收姜维》选段：

　　　　四千岁你莫要羞愧难当，

　　　　听山人把情由细说端详。

　　　　想当年，长坂坡你有名上将，

　　　　一杆枪，战曹兵无人阻挡。

　　　　如今你，年纪迈发如霜降，

　　　　怎比那姜伯约血气方刚。

　　　　虽说你今一天打回败仗，

　　　　怨山人我用兵不当你莫放在心上。

　　　　…………

　　唱这段戏的时候，大梅心里一时翻江倒海，许多往事涌上了心头。她想起了马连良，想起了袁世海，想起了周总理，想起了她在北京演出时的辉煌，那一幕幕恍若昨日！心说，世道怎么就到了这一步哪?！就这么想着，她心里涌上了一片苍凉。她唱得也很"苍"，唱出了一种从未有过的苦涩，那苦味是从她的心底里漫上来的。

　　马书记听着听着，满眼满脸都是热泪。

　　这时候，只听"哐当"一声，门突然开了！

　　站在门旁的秘书小元顿时吓得目瞪口呆，脸色都变了。

　　这边，瞎子刘正拉得起劲，听到响动，琴声也骤然停了。

屋子里一片静寂。

此时，只见有七八个人随着门的响声"扑扑通通"地拥进来，倒在了地上。

大梅扭身一看，窗户上也全是眼睛。

大梅就默默地站在那里，一动也不动。仿佛有一个世纪那么久了，大梅才转过身来，终于，她发现，前后的窗户上扒的全是部队的战士。

窗外，晴空万里，操场上，一排战士正在列队操练。

小屋里，是一片死样的沉默。

片刻，那七八个摔倒在屋里地上的战士，一个个有点尴尬地从地上爬起来，他们立正站好，整好军容，又一个个郑重地向大梅敬了一个军礼，而后一句话也不说，就依次退了出去。

门，又无声地关上了。

此时此刻，只听躺在床上的马书记说："梅，你看见了吗?"

大梅点点头，说："我看见了。"

马书记说："这就是民心啊!"

第十四章　·······································

　　在周口，崔卫东已不是昔日的崔买官了。他现在是周口文化系统的革委会副主任。人一当官，连走路姿势、说话的口气都不一样了。在人前人后，他也常"啊、啊"的，不时地还要"研究研究"。他又专门到部队去找了两套军衣穿在身上，人也显得年轻了许多。但是，在他的内心深处，一直还埋藏着一个缺憾。是呀，他从小学戏，却从未真正地登台演出过，就是上台，也仅仅是翻个跟头、打个圆场什么的，自然也从未演过什么主角。他也是演员出身哪，也是想上戏的呀！他那么恨大梅，就是因为大梅太红了、太火了，而他作为演员，这一生也太没有光彩了，他不平啊！自从他当上了文化系统的造反派头头，他一直就做着登台演出的梦想，现在，机会终于来了，他可以说了算了。于是，在剧团排演样板戏《沙家浜》的时候，他就当仁不让地成了"胡司令"。

　　在这年的夏天，剧团第一次在周口的剧院里上演革命样板戏《沙家浜》时，他演的"胡司令"一下子就在周口传开了，成了民间的一大笑话。

　　当时，在舞台上饰演"胡传魁"的崔卫东本来正用假嗓唱着（他的嗓子倒了）：

> 想当初老子的队伍才开张，
>
> 拢共才有十几个人七八条枪，
>
> 遇皇军追得我晕头转向，
>
> 多亏了阿庆嫂
>
> …………

不料，他刚唱了不到半段戏词，下边竟传出了一片哄声，观众乱纷纷地叫嚷道：

"下去！下去！"

"你下去吧！卖红薯去吧！"

有人起哄倒还罢了，他还只管硬着头皮往下唱。可是，在一片纷乱中，有一个老人竟跑到了台前，指头点着他高声嚷嚷说："唱的啥？让大梅出来！我们是来看大梅的戏哩！"

老头这么一闹，在台上的崔卫东竟然一下子哑住了。这时，饰演"刁德一"的演员已经连唱了两遍台词，他竟还在那儿傻傻地愣着……

往下，那演"刁德一"的急得没有办法，只好现场编词说："司令，皇军不是早走了吗？你还怕什么？"

这时，饰演"胡传魁"的崔卫东脑海里一片空白，他竟忘了词了。无奈，他一挥袖子，脱口说："日他姐，他说不定还来！"

"哄！"台下一片大笑。

此刻，那位饰演"阿庆嫂"的女演员急忙上前救场，她款款地走上前说："司令，抽烟，你抽烟。"说着，她悄悄地拽了拽"胡传魁"，小声说："错了，错了。"

不料，饰演"胡传魁"的崔卫东装模作样地点上烟，接下去竟然说："司令啥时候会错?!"就这么说着，他一挥袖子，用手指着饰演"刁德一"

的演员："胡司令，你说，我错了吗?!"

"刁德一"立时恼了，竟然不管不顾地说："到底谁是司令？是你还是我?! 扯淡!"

"哄!"台下人一个个笑得前仰后合，差点背过气去。

就此，戏再也演不下去了。有人在后台喊道："净胡扯淡! 拉幕——拉幕——"就这样，大幕慌慌张张地拉上了……

戏虽然演砸了，可崔卫东不仅不检讨自己，倒还反咬一口，说这是一场严肃的政治事件，口口声声说："要追查责任，一定要找到幕后的策划者!"

听他这么一说，吓得剧团的人没敢再说什么了。

在剧团里，李黑头成了一个地地道道的闲人。

"文革"以来，由于受大梅的牵连，他也再没有上过戏。本来他是教武功的老师，可现在武功也不让他教了。于是，他就每天里这里站站，那里看看，偶尔也打打牌、喝两盅闷酒什么的。可他的心还是在戏上。每天，他去得最多的地方就是剧院门口。他常常一个人站在剧院门前愣愣地发呆，有时候一站就是一天。夜里他也去，有时候，剧院早已散场了，灯都灭了，他还一个人独独地、怏怏地在剧院门口的柱子旁边立着，就像立着的一个鬼魂。

有天清晨，在剧院门旁，一个老头出来打扫卫生，那老头一边扫一边哼唱着："想当年长坂坡你有名……"当他哼唱到这里时，突然听见有人咳嗽了一声，立时警觉地扭头看了一眼，不敢唱了。

这时，他才发现，那柱子旁还站着一个人呢，那人竟满脸是泪。当时，扫地的老头吓了一跳，他退后两步，直直地望着黑头，好半天才看出这人是剧团里的黑头。这时，他才走上前去，打招呼说："老黑，你这是干啥呢？"

李黑头也不吭，就那么直直地有点发痴地望着他，半天才说："你听过大梅的戏？"

老头看四周无人，大着胆子走上前去，摸了摸他的额头，说："看你这话说的。不发烧吧？"

黑头也不理他，就那么呆呆地说："都三年了！"

老头愣了一会儿，忽然像是明白了什么，叹了一声，说："老黑，想开些吧，想开些。"

黑头默默地站在那里，空握着两只拳，怔了好一会儿，才喃喃地说："锈了，喉咙都锈了。"

谁也没有想到，剧团到扶沟县演出的时候，崔卫东竟然又被观众从舞台上轰下去了。

那天，周口越调剧团是在农村的一个土舞台上演出的。这一次，崔卫东不再演"胡司令"了，他饰演的是《沙家浜》里的郭建光。那会儿，他正在高唱"要学那泰山顶上一青松……"这个著名的唱段，可唱着唱着他的嗓子就顶不上去了……

台下，那些老百姓立即就给他拍起"倒好"来。光拍"倒好"倒还好说，他只管厚着脸皮往下唱就是了。可是，见他还在唱，观众们竟然全都站起来了，齐拥到舞台跟前，大声吆喝起来：

"下去吧！"

"你咋还不下去哩?！"

"呸，你的脸皮咋恁厚哩?！"

就这样，人们竟连续吆喝了有一分钟之久，戏再也演不下去了，只好把大幕重新拉上了。

这一次，崔卫东再不说什么了，他只说，他的嗓子确实倒了。当年，他也曾红过，那时候呀……往下，他就不说了。到底怎么红过，谁也不知道。

这事没过两天，他没有想到，他的事很快就传到地区文化局去了。地区文化局一个电话把他叫了回去。在文化局的办公室里，革委会主任拍着桌子把他狠狠地熊了一顿，主任说："崔卫东，你是怎么搞的？你也是老演员了，你到底会不会演戏?! 净给我出洋相！"

崔卫东勾着头一声不吭。

革委会主任喝道："这是革命样板戏！你知道吗？弄不好，就是严重的政治错误！"

崔卫东一听，吓坏了，嗫嗫地说："我、我是……忘词了。"

革委会主任说："忘词？这时候能忘词吗？胡闹！你听听，你出去听听，看看群众都是怎么说你的！你出的洋相还少吗?! 嗯？我都替你丢人！"

崔卫东说："主任，我的确是忘词了。我对天发誓，确确实实是忘词了。你不知道，他们压制我呀，压制了我几十年，我多年没上台了。我是太生疏了。当年，我当年……我以后……我保证……"

革委会主任摆摆手，不耐烦地说："算了，算了，你以后不要再上台了。你马上把申凤梅给我叫回来！"

崔卫东一怔，说："咋？她、她解放了?!"

革委会主任无可奈何地说："上边有人指名要看她的戏，我们也没有办法。先让她演着戏。斗批改嘛，一边改造一边使用吧。"

崔卫东诧异地说："文化大革命搞了这么久了，她、她……还能演戏?!"

革委会主任低声说："告诉你，你一个人知道就是了。一个大军区的首长，点名要看她的戏。"

崔卫东说："这、这……群众要是不答应呢？"

革委会主任轻蔑地笑了笑说："群众？谁是群众？这事儿呀，我顶不了，你更顶不了。马上通知她回来。"

当崔卫东怏怏地离去，走到地区文化局门口的时候，这位造了多年反的人，这位"革命者"，却蹲在门旁呜呜地哭起来了，他一边哭一边呜咽着说："日他娘，革命了半天，还是跑龙套，这是图啥?!"

崔卫东回到剧团后，当晚就来到了大梅家。他在门外站了很长时间之后，才上去敲门。

屋里，黑头问："谁呀？"

站在门外的崔卫东说："师哥，我，是我呀。开门吧。"

黑头拉开门，见是崔卫东，冷冷地扫了他一眼，闷声说："啥事？"

崔卫东说："师哥，我可是给你报喜来了。你门都不让我进？"

黑头讽刺说："你是造反派，咱高攀不起呀！"

崔卫东竟现出了一脸的委屈，说："师哥，你真是冤枉我了，我可一直替师姐说好话呀！你想想，在运动头上，谁能抗，谁敢抗？虽说大面上我也批过师姐，那也是没法呀！暗地里我可是一直在保护她呀……你想，我虽说是个革委会的副主任，可我不当家呀！这不，我给上边争取了好多次，好说歹说，总算让师姐回来了。"

黑头是个实心眼的人，他一怔，结结巴巴地说："大梅她……能回来演戏了？"

崔卫东说："嗨，不管我咋作难吧，总算把师姐弄回来了。你不知道，我求了多少人……不说了，不说了，师姐能回来，我也算尽心了。"

黑头有点不相信地再次问："大梅……她可以回来了？"

崔卫东说："看看，看看，不信吧？我就知道你不信。唉，当个人老难哪！去吧，你去把师姐叫回来。别的，我就不多说了。"

黑头开始仍是半信半疑，继而又被感动了，忙拉住他说："兄弟，是你哥不对，你哥误会你了。别走，别走，我弄俩菜，咱喝两盅。"

当晚，夜半时分，崔卫东在大梅家喝了酒走出来，一个人又悄悄溜回大梅家的对面，鬼鬼祟祟地蹲在墙角，提着一个糨糊桶，偷偷摸摸地刷起大标语来。

那大标语足有十几米长，整整刷了一面墙，上边写着斗大的黑字：大戏霸申凤梅必须低头认罪！老老实实地接受改造！

在黑影里，崔卫东一边刷大标语，一边嘴里嘟哝："回来？回来也得参加'斗、批、改'！"

大梅终于重新回到了剧团。

她"解放"了。"解放"这个词在她心里是很重的。三年来的苦辣酸甜此时都化成了梦一样的回忆。她心里说，乡亲们实在是太好了，要不是这些乡亲，我早死一百次了！所以，临走的头天晚上，她在村里的麦场上整整唱了半夜，以此来答谢乡人。

离开大营村的时候，全村的老老少少都跑出来给大梅送行。他们依依不舍地一直把大梅送到了村口。在村口，老支书一再劝阻说："回吧，都回吧，别再耽误大梅的事了……"可乡亲们谁也不走。

临分别时，大梅站在村口，一次又一次地给乡亲们鞠躬，她说："谢谢，谢谢，谢谢老少爷儿们！"可她连说了几遍，乡亲们依旧跟着往前送。大梅没办法，就说："这样吧，我再给大家唱一段！"说着，她往槐树下的石碾上一站，就又给大伙唱起来了。

可唱着唱着，她哽咽了……

那些婶子、大娘提着一串串、一篮篮的油馍、鸡蛋、柿饼、石榴、大枣轮番往车上放，放得车都快装不下了。

乡亲们一声声说：

"梅，这就是家，你可常回来呀！"

"梅，回来呀！"

"梅，床还给你留着呢！"

"梅，回来还是芝麻叶面条！"

走的时候，大梅是一步一回头……大营，是她的再生之地呀！

大梅回到家，一眼就看出了男人的凄凉。那还是家吗？到处是灰尘，到处是蛛网，到处是没有洗刷的碗筷……大梅在屋子里站着，好久没有说一句话。三年哪，多少个日子，就是这么过来了！

门无声地关上了，大梅望着黑头，黑头望着大梅……

大梅说："这几年，苦了你了，连个热乎饭也吃不上……"

黑头说："一梦就是戏，老是在戏台上见面……"

大梅苦苦地一笑，说："梦见你打我了吗？"

黑头说："不说了，回来就好。"

大梅长叹一声，说："哥，给我支烟。"

黑头从兜里摸出烟来，刚把火柴点着，像是突然想起了什么，又"噗"一下把火吹灭，定定地看着大梅。

大梅说："咋？"

这时，黑头突然说："戏呢？戏是不是丢了？！"

大梅好半天不说话，就那么看着黑头，黑头也直直地望着她。过一会儿，大梅往后退了退，又抬眼看了看黑头，接着，她猛地一抬腿，就那么金鸡独立，一条腿"啪"地就勾到了头上！

黑头这才点了点头，说："不赖，不赖。戏没丢！"

片刻，剧团里的人就拥进来了，他们都是来看大梅的，一进门就嚷嚷着说：

"申老师回来了?!"

"申老师回来了!"

大梅出门迎接他们时，一眼就看见了对面墙上的大标语：大戏霸申凤梅必须低头认罪!……

大梅看了心里像刀扎一样难受，可脸上却没有任何表情。有演员在一旁骂道："有些人，真不是东西! 申老师明明解放了，咋还贴大标语?!"

大梅却淡淡地说："贴就贴吧。"

离家三年了，大梅想给男人好好做顿饭，第二天一早，她就到集市上去了。集市上恢复了往常的喧闹，那股熟悉的市井气息扑面而来，一切都显得很亲切。

大梅挎着一个篮子，边走边看。很快，街头上那些卖胡辣汤的、卖包子的、卖油条的、卖菜的……一个个都亲热地跟她打招呼。

卖胡辣汤的说："这不是大梅吗? 回来了?!"

大梅笑着说："回来了。"

"喝碗汤吧? 热的。"

大梅笑笑说："不啦。老孙，生意咋样?"

"市管会的老来查，马马虎虎吧。"

卖包子的说："大梅，你可回来了! 来，来，我给你包两盘包子。"

大梅拦住他说："改天吧，改天。"

卖油条的说："梅，老天爷，你总算回来了! 别走别走，热油条，我给你再回回锅!"

大梅说："老胡，你这生意可好? 你不收钱，我可天天来吃!"

卖油条的说："你来，你来! 就怕你不来……"

　　大梅笑着说："改天，改天我一定来。"

　　卖菜的说："大梅，你不是好吃缨缨菜吗？抓一把，抓一把！"

　　另一个卖菜的抢着说："大梅，我这儿有荆芥、芫荽，都是你最爱吃的，包回去点吧！"

　　大梅笑着说："大嫂，我可是吃你多少回了，你回回都不收钱，这回我说啥也不要了！"

　　卖菜的大嫂说："你得要！下回你演戏时，给我留张票，这行了吧？"说着，硬是把荆芥、芫荽塞到了她的篮子里。

　　大梅一一应着，关切地问候着，从一个个摊前走过。她心里从来没有这样舒畅过。是呀，回来了，又回到剧团来了，就像是做梦一样，这一梦就是三年哪！

　　这时，突然有人叫道："姐——"

　　大梅一回头，看见了二梅。二梅，真是二梅！一晃，姐妹俩多少年没有见面了？在街头上，姐妹俩骤然相见，眼里都含着泪花。

　　大梅把二梅领回家去，两姊妹似乎有说不完的话。分别太久了，那思念也是太久太久了，两人坐在那里，互相端详着，久久不说一句话。过了一会儿，二梅说："姐，我给你梳梳头吧？"

　　大梅笑着说："好哇，小时候我没少给你梳头，你也该还报我了。"

　　二梅一边给大梅梳着头，一边说："姐呀，你的头发……"

　　大梅说："我知道，白了不少。"

　　二梅说："这些年，你是咋过的？"

　　大梅说："熬呗。熬着，熬着，也就熬过来了。"

　　二梅说："我偷偷去看过你一回，咋说都不让见，我一路哭着又走了。"

　　大梅问："许昌那边，老毛咋样？"

　　二梅说："也没少挨打……"

　　大梅叹口气说："你不知道，最初让我游街的时候，我死的心都有！那时，我就想，我也没害过谁呀，咋让我受这种罪哪？！老天爷你睁睁眼，让我死了吧！唉，最让我受不了的，是那些学员……旁人打我吧，我认了。可我没想到，我教过的学生，竟然也上来打我，我实在是受不了，我想不通啊……"

　　二梅一边梳着头，一边咬着牙说："姐，从今往后，咱不唱了，咱再也不给鳖孙们唱了！"

　　大梅听了，忽一下转过脸来，厉声问："你说啥？！"

　　二梅手里拿着梳子，呆呆地望着大梅："我、我是说……咱不给龟孙们唱了。咋？"

　　大梅说："可不能这样。你骂谁呢？谁是龟孙？那是衣食父母！不唱？为啥不唱？——唱！还得好好唱哩！你想想，要不唱，咱是个啥？群众为啥抬举咱？说来说去，咱不就会唱两句嘛！我在大营的时候，多亏那些乡亲，要不是他们，也许你就见不着你这个老姐姐了！从今往后，我得好好给他们唱哩！只要不死，活一天我就唱一天！"

　　二梅说："那些打你的人……"

　　大梅说："恨是恨，现在想想，也不全怪他们。你想啊，运动头上，乱哄哄的，又都说是中央的精神，也难免哪……"

　　二梅说："姐，叫我说，这些人都不是啥好东西！说是运动头上，别人为啥不打，偏偏他打？！"

　　大梅不语。

　　过了一会儿，大梅说："二梅，咱俩从小在一个班里学戏，多少年相依为命。说起来，姐可就你这一个亲人。咱是啥？戏！唱戏的！不管到啥时候，功夫可不能丢啊！"

　　二梅沉默了片刻，流着泪说："姐，还让咱唱吗？"

大梅抬起头，深情地望着二梅，说："瞎子师傅说得对，无论啥时候，都会有人看戏！"

在劳改农场整整待了八年的苏小艺回来了。

冬去春来，万木复苏，大街上，行人一个个喜气洋洋；街头电线杆上，大喇叭里正播送着"大快人心事，打倒'四人帮'"的唱段……

苏小艺弓着腰，驼着背，背着他的铺盖卷，独自一人回到了周口。他在街上慢慢走着，一边走一边四下张望，脸上既有岁月的沧桑，也有"解放"了的喜悦。

当他走过一家理发店门前时，突然停住了身子，他站在那儿看了好一会儿，伸手摸了摸长长的胡子，迟疑一下，而后推门走了进去。在理发店里，他把那铺盖卷随手撂在了地上，那位理发的小姑娘看他穿得很不讲究，有一点怠慢地问："理发？"

他就那么往椅子上一靠，闭着眼说："理发。"

理发小姐又问："吹不吹？"

他说："吹。"

理发小姐再问："上油不上？"

他说："上。"

苏小艺等了很久，见理发的小姑娘就是不过来，他忽地坐起来，发火说："怎么回事?!"

理发小姐看了他一眼，也不吭声。

这时，苏小艺猛地从兜里掏出十块钱，往旁边的桌上一放，说："够吗？"

那姑娘匆忙赶过来说："够了，够了。"

苏小艺身子往椅子上一靠，说："你知道我是谁吗？"

那姑娘问："你是谁呀?"

苏小艺说："我是苏小艺。"

那姑娘漫不经心地说："苏小艺?没听说过。你不会是省长吧?"

苏小艺说："那倒不是。不过,省长有很多,苏小艺却只有一个。"

那姑娘暗暗地撇了一下嘴。

苏小艺说："我,苏小艺,中国著名导演,你信不信?"

姑娘就笑着说："我信,我信。"

可是,当姑娘说了那个"信"字时,苏小艺反倒没劲了。他闭着两眼,默默地靠坐在理发椅上,眼里竟然流出了两行泪水……是啊,中国著名导演,那是他一生的追求,也是他最大的梦想。可是,这一切都化为泡影了。当了二十多年的"老右",这"尾巴"夹得不能再夹了,连人都不是,还谈什么事业呀?!"文化大革命"的时候,他又一次被揪了出来当成"死老虎"打;接着又因为"男女关系",他再次进了劳改农场,这一晃,又是八年过去了……人一生中又有多少个八年?!还好,回来了,总算活着回来了!

当然,那桩曾被人在大庭广众之下反复提起的"男女关系"一直是他内心深处的一个痛点。他记得,在八年的劳改生涯中,他曾收到过一个奇怪的包裹,那包裹里有他童年时最爱吃的"蜜三刀"。他知道这点心是谁寄的,他只跟她一个人说过,是他在最激动的时候说出来的。可他却害了人家,他真不是人哪!每当他想到这里时,心里就隐隐地发痛。

他知道,她还爱着他呢。可他,却再也不能有一丝一毫幻想了,因为他没有这个权利……

在剧团大院里,大梅和苏小艺紧紧地握手。苏小艺激动地说:"大姐,让我抱一下,为我们都还活着!"说着,他与大梅紧紧地拥抱。

大梅说:"老苏,你还没有变呢!"

苏小艺用自嘲的口吻说:"怎么没有变?我现在是七级泥水匠。"

大梅问："平反了？"

苏小艺说："我是无反可平啊。他们查了当年的档案，说我根本就不是'右派'，仅仅是……"

大梅感慨地说："活着就好，活着就好哇！"

苏小艺激动地说："大姐，关于你的戏，我有很多想法。这一次，咱们可以大干一场了！你的'诸葛亮'，这回可以系列化了！"

大梅高兴地说："晚上到我那儿去，我备酒，咱好好聊聊！"

中午的时候，黑头独自一人在喝闷酒……大梅"解放"了，他心里自然高兴。可她自回来以后，却一直没有上过戏，剧团里也没有给她派"角"，所以他心里一直很不痛快。老黑不善言谈，心里有了什么事，就喝闷酒。

大梅兴冲冲地从外边走回来了，她一进门就激动地说："师哥，告诉你一个好消息！"

黑头抬起头，问："啥好消息？快说！"

大梅说："上头说，可以演古装戏了。"

黑头一拍桌子，猛地站起身来，两眼圆睁："真的?!"

大梅说："真的。"

黑头不相信地追问道："谁说的？"

大梅说："杨司令亲口跟我说的。"

黑头听了，用手拍着头，连声说："好！好！好！"他一连说了三个"好"之后，扭身就往里屋急走，可他刚走了没有几步，却"咕咚"一下子栽倒了。

大梅急忙上前扶起他，连声喊道："师哥，师哥！咋啦？老天爷，你这是咋啦?! ……"

黑头躺在大梅怀里，艰难地抬起手，往里屋指了一下，却一句话也说不出来了。

大梅匆匆跑出去叫人，众人七手八脚地把老黑抬进了医院。一路上，大梅小跑着跟在后边，不断地在心里念叨着：师哥，你可不能去呀！

当他们赶到医院，医生们一看是大梅的亲属，二话不说，立马就把他推进手术室进行紧急抢救。

在医院走廊里，大梅、朱书记、苏小艺等人都焦急地等待着……

手术室门口的红灯一直闪烁着，一直到天黑的时候，那盏红灯突然灭了，有医生从里边走出来，大梅急忙上前问："大夫，他……"

医生说："病人得的是突发性脑溢血，非常危险，已经抢救过来了。不过，病人有可能会留下后遗症……"

大梅一听，忙说："后遗症？啥后遗症？他还能演戏吗？"

医生摇摇头说："恐怕不能再上台了。"

大梅听了，眼泪"唰"地就流下来了，她呜咽着说："等啊盼哪，才说日子好了，又得下了这病……"

苏小艺赶忙上前扶住她说："大姐，你、你不要激动……会好的。"

大梅哭着说："他老亏呀！"

几天后，黑头终于醒过来了，可他不仅半身瘫痪，而且也失语了，干着急说不出话来。他就那么躺在病床上，两眼瞪瞪的，嘴张张的，一只手总是指着一个方向。

大梅俯下身去，贴在他的耳边，问："你想要啥？你给我说。"

可黑头的嘴动着，就是说不出来话！他那只能动的好手，仍然很固执地指着一个方向。

大梅心急火燎地望着他，干着急没有办法，也只好猜了，她问："你是说那灯亮着太刺眼，咱把它关了？"说着，她快步走过去，把电灯拉灭了。

可黑头的那只手仍焦躁地摆动着……

大梅看看他，说："不是？好，好，拉开，拉开。"说着，又赶忙把灯拉亮了。

黑头的手仍然朝前方指着……

大梅又贴近他问："你是想吃啥哩？你说，你想吃啥，我给你去买。胡辣汤？羊肉汤？煎包？油馍？蒜面条？……"

可黑头的手仍是很急躁地摆动着……

大梅急得头上也冒汗了，她说："我的哥，不是这，不是那，你究竟是想要啥哩？"

黑头的手仍指着，嘴里呜呜噜噜的，就是说不清楚。

大梅贴近些，再贴近些，却怎么也听不明白。大梅哭了，她哭着说："哥呀，哥呀，你咋成这样了？"过了一会儿，大梅又擦擦泪说："哥，这多年了，我咋就猜不透你的心哪?！让我一样一样地问吧，你是想解手？"

黑头摆摆手……

大梅仍不厌其烦地问："想翻身？"

黑头仍摆手……

大梅问："你是……想吃水果？是苹果？是梨？是嘴里没味？——山楂糕？还是烟？你是想吸烟？"

黑头生气了，那只好手使劲地拍着床……

大梅忙说："好，好，不要，不要……你别急嘛。"

大梅又问："你是……想回家？你放心，病好了咱就回去。"

黑头两眼冒火，那样子气呼呼的，竟开始捶床了……

大梅说："好，好，你别急。你这病可不能急……"大梅再一次俯身贴近他，小声说："哥，你别心焦，咱慢慢来，就跟我小时候学戏一样，一句一句来，行吧？"

　　听到"戏"字时，黑头眼珠动了一下，好像不那么急躁了……

　　大梅耐心地说："哥，你究竟是哪儿不舒服？你用这只好手给我指指。是心口？是肚子？是耳朵，是耳朵眼儿痒了？"说着，就要给他掏耳朵，可黑头用那只好手一下子就把她的手推开了。

　　黑头的手仍然执着地指着一个方向。

　　大梅两眼含着泪，想了又想，说："你说的是家，对不对？"

　　黑头终于点了一下头。

　　大梅说："你是想让我回家一趟，对不对？"

　　黑头又点了一下头。

　　这时，大梅高兴地哭了，她终于猜到他的心思了。她擦了擦眼里的泪，继续问："哥，你让我回家干啥？是害怕东西丢了？"

　　这次，黑头又急躁起来，他胡乱地摆着手。

　　大梅说："哦，不是不是。那你是想让我回家拿东西？"

　　黑头又点了一下头。

　　大梅说："啥东西？你想要啥？"

　　黑头嘴张着，那只能动的好手跟着又往下指了指……

　　大梅无奈地说："哥，我还是解不透啊！"

　　黑头气得用力地捶了几下床，突然他的嘴一张一张的，用力地拱成了"O"形，竟呜呜啦啦地学起了狗叫……

　　大梅眼一亮，说："你是想吃狗肉哩？我马上去给你买。"

　　然而，黑头拼命摆着手，竟抓起床上的什么东西，朝她砸来……

　　大梅愣愣地站在那里，嘴里念叨着："狗？狗？老天，是狗啥哩？……"终于，大梅突然悟了，她蹲下来说："哥，我明白了，你是让我回去拿那件狗皮褥子，是放在柜子下边的那件狗皮褥子，对吗？"

黑头眼里流泪了，他流着泪无力地点了点头。

大梅眼里也流泪了，她苦笑着说："哥呀，你真难为人哪！好，我去拿，我现在就去拿。"

大梅一溜小跑着赶回家去，进门后连口气都没来得及喘，就在屋子里翻箱倒柜地找那件旧了的狗皮褥子。

由于长年在外，东西放得也没个啥规矩，她扒来扒去，一连扒了好几个地方都没找到。她一急，就把柜子里、箱子里放的东西一件一件拉出来，把衣服、被褥也都扒出来，而后再一件件地叠好，重新塞回去……就这么扒过来扒过去，她在床下的一个小木箱子里终于找到了那件紧裹在一起、用一块蓝布包着的狗皮褥子。她长出了一口气，心里说：老天爷，可找到了！

当大梅把那件裹着的狗皮褥子一层层打开后，她发现，在这件已多年不用的狗皮褥子里，竟裹藏着一件她当年唱戏用的"诸葛亮衣"和一把羽扇。

大梅拿着那件"诸葛亮衣"和那把羽毛扇，流着泪说："哥呀哥，我不如你呀！"

在回医院的路上，大梅一时百感交集。她在心里暗暗地谴责自己，她觉得，在艺术上她实在是不如她的师哥，她没他执着。多少年了，他就那么默默无闻地站在她的后边，不显山不露水地支持她、矫正她。当然，他也打……可他都是为她好哇，他就是她艺术上的一个阶梯、一根柱子。

当大梅捧着那件仍用蓝布包着的狗皮褥子，来到病床前的时候，她俯下身子，亲切地小声说："哥，是这件吗？"

黑头的眼顿时亮了，他点点头，默默地望着大梅……

大梅把那个包裹一层层解开，拿出那件演戏用的"诸葛亮衣"和那把羽扇，把它放在了黑头面前。大梅说："哥，你的意思我懂了，你是让我上戏!"

黑头嘴里呜呜啦啦地说着什么,郑重地点了点头。

大梅哭着说:"哥呀,你病成这个样儿,我怎么走得了呢?!"

不料,黑头一下子火了,他嘴里呜呜啦啦的,像是骂着什么,那只好手又是一下一下地捶床……

大梅在他跟前默默地站了一会儿,说:"哥,我明白你的心思。好,我上戏。可你也得好好治病啊!要不,我怎么能放心哪?!"

黑头望着她,默默地点了点头。

大梅长叹一声,说:"哥,我就听你的,上戏!"说着,她把饭盒打开,小心翼翼地把饭倒在碗里,亲切地说:"哥,我要去演出了,让我再喂你一顿饭吧?"说着,大梅扶着黑头,让他坐起来,背后靠着被褥,胸前给他围上一条毛巾,一口一口地给他喂饭……

正当大梅给黑头喂饭时,朱书记、苏导演和负责联系演出的老孙走了进来,三人把提着的水果放在了病床前的小桌上,一个个走上前问候着……

当大梅喂了饭,到洗漱间洗碗时,这三个人却又跟出来了。在医院过道里,大梅拿着刚刷过的碗走过来,朱书记、苏导演、老孙三人正在走廊里等她。他们小声嘀咕着什么,就听老孙压着嗓音说:"这咋办,合同可都订出去了……"然而一见大梅过来了,他们都望着大梅,谁也不说话。

大梅望着他们,终于说:"是想让我上戏吧?"

三个人仍是一声不吭。

大梅说:"我不让你们作难。我找人照顾他,我上!"说完,她扭头回病房去了。

在病房里,就在黑头的病床前,大梅试着穿上了那件"诸葛亮衣",她把戏衣穿在身上,在黑头眼前缓慢地扭了一圈,说:"还成?"

黑头望着她，默默地点点头。

接着，大梅俯身贴在他耳边，小声说："哥，我可要去了，你打我吧！"

黑头望着她，迟疑地终于扬起那只好手，趔趄着身子，在大梅脸上扇了一耳光……由于他半边身子不能动，打得并不疼。

大梅这才直起身子，站在黑头的面前，说："哥，有你这一巴掌，我就记住了。我去了，你放心，我好好唱！"

苏小艺离婚了。

谁也没有想到，苏小艺会在这个时候离婚。可他离婚了。

他是当过"右派"的人，在他最困难的时候，女人没有跟他离婚。在"文革"中，在他劳动改造的那八年里，女人年年去给他送衣送药。到了现在，一切都好起来了，他却离婚了。离婚的要求是女人首先提出来的。那些年，女人没跟着他过过一天好日子，现在到了该过好日子的时候了，女人说，咱们离婚吧。

苏小艺不愿意离婚，他觉得他对不起女人和孩子。说是夫妻，有很多时候，他都不在她的身旁，他太对不起李琼了。可李琼一定要离，她说孩子已经大了，离婚吧。我不愿意再这样过下去了。

苏小艺说："为什么？"

李琼说："不为什么，我不想这样过了。"

苏小艺说："我知道我身上有很多缺点，我对不起你和孩子……"

李琼说："也别说缺点不缺点了，你这人太自私，我不想再说什么了，离了吧。"

苏小艺嗫嚅地说："……没有挽回的余地了？"

李琼说："用一生的时间看清楚一个人，实在是代价太大了！你是搞艺术的，搞艺术的人都自私，我要是早明白这一点就好了。"

苏小艺说："我承认这一点。能给我一点时间吗？"

李琼说："算了。你也忙，我也忙，办了吧。"

于是，两人就去办了。他们是悄悄办的，办了也没人知道。当两人从民政局走出来的时候，苏小艺说："最后一次了，我请你吃顿饭吧？"

李琼说："好吧，有生以来，你是第一次请我吃饭。"

两人就来到了街头上的一家较干净的餐馆，找了一个僻静位置坐下。李琼坐在那里，看苏小艺张罗着点菜，还要了一瓶红酒。而后，两人端起酒杯，苏小艺说："琼，我祝你幸福。"

李琼想说什么，可她终于还是什么都没有说，就举起酒杯，跟苏小艺碰了一下，接着，她说："也祝你幸福。以后，你如果再结婚的话，我希望你好好珍惜。"

苏小艺摇摇头说："不会了，我不会再结婚了。就像你说的那样，我是一个自私的人，这样的人还是不成家好。"

李琼望着他，久久不说一句话。

苏小艺连喝了几杯酒，开玩笑说："没有家了，我就成了'人民'的了，就让'人民'来养活我吧。"

李琼说："多保重吧，都有岁数了。"

可是，当最后结账的时候，苏小艺掏光了所有的衣兜，他尴尬地发现，他竟然没有带钱！

苏小艺站在那里，连声说："我去拿，我回去拿，很近的。"

李琼望了望他，说："不用了。"说着，她把账单拿了过来，掏出钱来把账结了。最后，她又向服务员要了一包烟，放在了苏小艺的面前，说："我走了。"

二十世纪八十年代初，是剧团最红火的时候，刚刚开禁的舞台，一下子吸引了那么多的观众，那时候，在任何一家剧院的门口，都排着长长的队列。晨光里，剧院售票处门前，竟还有人披着被子在排队买票。

名演员的戏就更不用说了，在一家家剧院门口，到处都高挂着"申凤梅"的预定演出的戏牌。

尤其是在河南，许昌、漯河、南阳、郑州……到处都是"申凤梅"的戏牌。常常是早在半个月前，戏票就已被抢购一空。

夜里，剧院门口人声鼎沸，到处都有人举着钱叫嚷："谁有票？谁有票？!"

这时候，重返舞台的申凤梅的表演已达到了炉火纯青的程度，她演活了各个不同年龄段的"诸葛亮"，她那独特的唱腔给观众们带来了不尽的欢乐，几乎每一场都是掌声。

舞台上，申凤梅在演《收姜维》……

舞台上，申凤梅在演《诸葛亮吊孝》……

舞台上，申凤梅在演《诸葛亮出山》……

从四月开始一直到七月，这时候申凤梅已经在舞台上连续演出了八十八天。

在这个时期，申凤梅进入了人生的又一次辉煌。然而，没有人知道，在申凤梅辉煌的背后，还藏着一条鞭子。

那条皮鞭就挂在床前的墙上。那是已经瘫痪的黑头让她挂上去的。黑头出院后，他的半边身子仍然不能动，所以，除了打针、按摩之外，在大部分时间里，他不得不倚在床上……大梅雇了一个小保姆来家里照顾他的生活。可是，突然有一天，当大梅演出回来时，发现墙上挂着一条鞭子，那鞭子就挂在黑头伸手就可以够着的地方。那已是深夜了，大梅一进卧室，灯光下，她发现黑头仍半倚半靠地在床上坐着，还没有睡。看见她回来了，黑头就呜呜啦啦地问："戏……咋样？"

大梅随口说："还行吧。"

不料，黑头立时就火了，他抬手取下那条皮鞭，劈头盖脸地就朝她打来，一边打一边喝道："啥、啥叫还、还行？好好说，说说清楚！"

大梅挨了几下后猛地一怔，片刻，她心里说，他有病，心里急，他还是为我好哪……这么想着，她就笑着说："师哥，你别急，听我好好给你说……"往下，她就一五一十地把演出的情况全都告诉了他。

从此后，这就成了习惯了，每次演出归来，大梅都要把演出的情况给黑头学一遍。有没有"好"了，鼓了几次掌了，演出时出了什么事了……要是有黑头不满意的地方，那条皮鞭一下子就抽下来了！

每一次，病瘫在床的黑头都要告诉她："你是啥？你是戏！"

大梅也一次次地回道："是，我是戏。"

这年夏天，越调剧团下乡演出，来到了一个乡村古镇上，正赶上一年一度的庙会，人头攒动。在庙会上，到处是草帽的河流，草帽下是一张张劳动者的脸；到处是花衣裳的河流，女人们提着花花绿绿的点心匣子在赶会串亲戚。她们一个个相互招呼说：

"哎，有戏呀！大梅的戏！"

"真是大梅的戏？"

"真是大梅的戏！"

在庙会上，各种叫卖吃食的小贩们把摊子摆成了一条食品的河流，叫卖声不绝于耳。

在庙会中央的河套里，有一个用四辆大卡车搭成的临时舞台。在临时舞台前边，有一个极为奇特的景观——人树！

在河套两旁的几十棵柳树上，密密麻麻地爬满了看戏的农民。每棵树上都爬有几十人，看上去就像是一片片长满了脑袋的怪树。

在一棵稍靠前点的柳树上，已爬满了十几个年轻人！可是，仍有一个六七十岁的老人，脚下垫着两块砖，正抱着树十分艰难地往上爬……

突然，有人拍了他一下，哑着喉咙说："大爷，你下来吧，这么大岁数了，别摔着了。"

可是，那老人连头也没回，一边爬一边喘着气说："不妨事，嗨，活一辈子了，没见过大梅……"

听老人这么说，那人说："大爷，别爬了，我真怕你摔着。算了，算了，你想见大梅还不容易？来，跟我来，我给你找个地方。"

那老人有点生气地回过头说："看你说的，见大梅就那么容易？！"

那人却随口说："容易。"

老人真的生气了，问道："你是谁呀？口气恁大！"

这时，大梅笑着说："大爷，我就是大梅。走，咱到前边去，我给你找个地方。"

老人顿时愣住了，他呆呆怔怔地看了她好一会儿，说："老天爷呀，大梅？你真是大梅？！"

这时，树上的人全跳下来了，里三层外三层地把她团团围住，有人高声喊："大梅，唱一段吧！唱一段！"

大梅说："好，好，别挤，别挤，我就给大家清唱一段吧！"说着，就站在人堆里唱起来了……

不料，她唱完一段后，人们仍高喊着："唱一段！唱一段！"

这时，朱书记和一些演员跑来给她解围了，他们挤过来，用尽全力把大梅拽了出来，拥着她往舞台上走去……

到了台上，朱书记批评说："大梅，你怎么能这样呢？挤坏了咋办？以后可不能这样了！"

大梅说："你看，那老大爷恁大岁数……结果叫围住了，我也没办法。"

　　在这个夏季里，越调剧团获得了从未有过的成功，在导演的日志上，他用红铅笔标注着这是连续演出的第九十九天了。

　　鄢陵，县城边的一座古镇上，临时舞台前仍是人头攒动。

　　这天，当锣鼓响过，大幕徐徐拉开的时候，一个演员刚出场唱了没几句，蓦地，观众像是突然被炸了一样，一片一片地骚动起来，人群中乱嗷嗷地叫着：

　　"不是大梅！不是大梅！"

　　"哎，咱是来看大梅的戏哩！"

　　"下去！下去吧……"

　　于是，一顶顶的破草帽飞上了舞台。顷刻间，观众全站起来了，台下一片混乱……此时，演出已无法正常进行，大幕只好重新拉上了……

　　片刻，一个年轻的报幕员扭扭地走了出来。她站在麦克风前，先是给观众们鞠了一个躬，而后说：

　　"父老乡亲们，你们好！我团非常理解各位的心情。可是，由于申凤梅同志已连续演出了一百天，她累得病倒了，现在正在治疗中，实在是无法参加今天的演出，请各位能够谅解！现在由我团……"

　　然而，没等报幕员把话说完，观众们又哄起来了：

　　"不行！不行！我们就看大梅的戏！！"

　　"净说瞎话！哄人哩！她日哄人哩！"

　　"下去！让大梅出来！"

　　于是，大幕再次拉上了。

　　片刻，大幕又缓缓地拉开了，只见舞台的一角，有两个人扶着大梅，一步一步地走上前台，前边有一个女护士手里高举着一个输液瓶。

　　这时，站在台上的大梅已是十分憔悴。她的身子晃晃悠悠地很勉强地立在那里，在两人的用力搀扶下，她尽其全力给观众鞠了一躬。而后她的嘴一下一下地翕动着，像是要说话，却发不出声来了。

此时此刻，台下一片寂静！人们默默地注视着台上的大梅，有许多观众掉泪了……

又过了片刻，台下响起了雷鸣般的掌声。

一些老太太赶到台前，高声说：

"让大梅赶快治病吧！"

"梅呀，大家都明白了，你快回去吧！"

"回吧，赶快给她治吧！"

只见站在台上的大梅在人们的搀扶下，又一次深深地鞠躬，再鞠躬……

第十五章

⃝ ●

　　黑头的病经过多方治疗，有了一些好转，已能拄着棍多多少少地走一点路了。他是个心躁的人，就这么刚能走几步路，他就再也躺不住了。于是，他就这么一拐一拐地走着，那眼神看上去仍有病态，呆呆的，痴痴的，可他还知道看戏，每天都要去剧院或排练厅看戏。因为怕他再摔跤，每天都有小保姆跟着他。

　　黑头出门后，走的几乎是一条直线，是从不拐弯的。他总是表情呆滞地、一脚硬一脚软地在街上走着，从家门口直接走到剧院的门口。有戏了，他就进去看，没戏了，他就再直直地走回来。

　　这天，他又像往常那样，直直地朝剧院走来。可待他在那小保姆的搀扶下，一个台阶一个台阶艰难地来到剧院门口时，看大门的老头却给他摆摆手，大声说："老黑，没戏，今儿没戏。"

　　黑头不理他，仍直直地往里走。

　　这时，那老头拽住他，再一次摆摆手，大声说："没有戏！"

　　黑头这才站住了。他怔怔痴痴地站在那儿，嘴里呜呜啦啦地说："……

没戏?"

那老头又对着他的耳朵大声说:"没戏!"

这次,黑头像是听明白了,扭过身去,又是直直地往回走……当他回到剧团大院的时候,却没有回家,又直直地朝排练厅走去。当他一瘸一瘸地来到排练厅门口时,见门是关着的,他就扒着门缝往里看。此时,又有人走上来告诉他说:"今儿不排……"

黑头怔怔地立在那儿,人像是在梦里一样,说:"不、不、不怀(排)?无、无、无话不怀(为啥不排)?!"

他就那么站了片刻,脸上的黑气就下来了。

大梅病了。

连演了一百场之后,她就累病了。过去,有点小病什么的,吃点药也就熬过去了。可这次不行了,她一天数次腹泻,有两次竟然在演出时拉在了舞台上。这样熬了有十几天,拉得她成了"一风吹",身上一点力气都没有了。于是,剧团一回来,大梅就去了医院。

医院里看病的人很多,连挂号也得排队,大梅就老老实实地站在那里排队挂号。可她没排多久,就被人们认出来了,不断地有人走过来关切地说:"大姐,你怎么来了? 身体不舒服? 你先看吧……"

大梅说:"不,不,排吧,都很忙。"

那些人就死拉活拽地非让大梅到前边来,大梅也就不再谦让了。待她进了诊室,医生一看是她,忙站起来,赶快拉把椅子让她坐下,问了病情,仔仔细细地给她检查了一遍。在让她做了一系列的化验之后,医生很严肃地对大梅说:"大姐,你这病不轻啊,住院吧。"

大梅一听,像烫住了似的,忙说:"住啥院哪? 我不住院,我又没啥大病,你给我开点药就行了。"

医生很严肃地说："糖尿病还不算大病？你真得注意了。你还不光是血糖高，你的心脏也有问题。另外，你还有慢性肠炎……"

大梅笑着说："我知道机器老了，毛病慢慢就出来了。不要紧，你给我开药吧。"

医生恳切地说："我看还是住院吧？"

大梅说："开点药，开点药就行了。"

医生再一次嘱咐说："我再说一遍，你可真得注意了。"

大梅说："我注意，我一定注意。"

从医院出来，大梅回到家，她把药放在桌上，四下里看了看，诧异地说："哎，人呢？"

一会儿工夫，黑头回来了。

他直直地从外边走回来，就那么往门口的椅子上一坐，就不动了。这把藤椅是大梅特意让人给他定做的，就是让他走累的时候好坐下来歇一歇。可每次把藤椅搬出来的时候，黑头就一定让小保姆把那条皮鞭也取下来，拿到外边，放在他的手边。

大梅从屋里走出来，见老黑回来了，就随口说："我说呢，这人上哪儿去了……"说着，她走到黑头跟前，拿着一支烟，说："哥，练练你的手，给我点支烟。"

黑头铁着脸不动，看上去气呼呼的。

大梅站在那儿，诧异地问："哥，你是咋啦？"

不料，黑头抓起那条皮鞭，劈头盖脸地朝她打来，一下子就把那支香烟打掉了。

小保姆刚要上前劝阻，大梅给她使个眼色，说："小慧，你别管。"

大梅站在那里，不躲不避，又拿出一支烟来，笑着说："哥，好哥，给咱点支烟呗？"

黑头更气了，他扬起那只好手，又是一鞭抽下去，一下子把烟给她打掉。接着，他嘴里呜哩哇啦、不清不楚地说了一大篇："今儿没戏？咋连戏都不排了？剧团不排戏，干啥吃的?!"

这时，大梅才明白他的意思了，她笑着说："哦，我知道了。今儿没戏，也不排戏了，歇哩。哥呀，人都才回来，不得洗洗衣服，歇几天?"

黑头抬起头来，迟疑了一会儿，嘴里仍呜哩哇啦地说："休、休息？我、我、我咋不知道?"

大梅忙说："怨我，怨我。让我通知你，我忘了。"

黑头喃喃说："忘、忘了?"

大梅说："可不，一回来就忘了。你看我这记性!"说着，大梅从地上拾起那支烟，递给黑头，说："哥，给咱点一支吧?"

黑头仍固执地问："歇、歇几烟（天）?"

大梅说："七天。"

黑头嘴里"噢"了一声，这才接过烟来，用那只好手拿着火机，那只半瘫的手哆哆嗦嗦地点烟，两只手总是配合不好，一次又一次，终于还是凑在了一块儿，把烟点着了。

大梅笑着说："好，好，有进步。再练一段，等你彻底好了，就能上戏了。好好练吧，你这手，还得练哪。"

看老黑成了这个样子，大梅心里清楚，他永远上不了舞台了。这么想着，她心里突然有些凄凉。

大梅安置好老黑，就到剧团办公室来了。她心里清楚，她的身体一天不如一天了，早早晚晚的，也会有那么一天……有些事，她想跟老朱谈谈。

进了办公室，大梅见只有老朱一个人在，就对他说："老朱啊，我不能再这样唱了……"

朱书记听了，一惊，说："怎么了，老申？你的身体查得咋样?"

大梅说："身体也没啥大不了的。问题是，我不能这样老霸着舞台呀！你也看出来了，我也是五十多的人了，一天不如一天了，老这样下去，剧团以后咋办呢？得让年轻人上啊！得有人接班哪！"

朱书记听了，点了点头，说："老申，你说得对。不过一时半会儿，怕观众不认可呀！出去演出，你也都看着呢，你不出场，观众不答应哪！"

大梅说："得想办法，得赶快把他们带出来，尽快让观众认可。你说呢？"

朱书记说："你说得都对。到底是老同志呀！这样吧，你亲自带带他们……"

大梅说："行，我带。另外，必要时也可以让他们挂我申凤梅的戏牌。"

朱书记开玩笑说："你不怕砸了牌子？"

大梅说："只要能把他们带出来，我不怕。"

大梅说完，站在那儿迟迟疑疑地，似乎还想说点什么，又像是无法张口的样子。

朱书记看出来了，就问："老申，你还有啥事？有事你说。"

这时，大梅叹了口气，说："说起来，我本不该张这个嘴，净给团里添麻烦。可我那口子，他是个戏筋。他一辈子都迷到戏上了，离了戏他活不成。我想，出去演出时能不能让我带上他？"

朱书记默默地望着她，好久才说："老申，你拖着个病人，也不容易呀！行啊，老黑虽然有病，也是团里老人了，就带上他吧。"

大梅迟迟疑疑地说："我还有个要求。如果可能的话，让团里也给他开一份演出工资吧……"

这一次，朱书记沉默了。他沉默了许久，才很勉强地说："要说……这也不算过分……"

大梅赶忙解释说："朱书记，你领会错了，我是那种贪钱的人吗？我只是想让他心里好受些。至于这份工资，由我来出，仅仅是让团里转给他，让他觉得他还有用，不是个废人。不过，可千万不能让他知道哇。"

朱书记点点头说："明白了，老申，我明白了。"

大梅从办公室里走出来，没走多远，刚一拐弯，崔买官突然从旁边闪了出来，拦住她说："师姐……"

大梅一惊，说："你怎么跟鬼样？吓我一跳。"

崔买官可怜巴巴地说："师姐，你还记恨我吧？"

大梅看了他一眼："记恨。"

崔买官悻悻地说："师姐呀，说来说去，我不就打了你一巴掌？你一直记着。"

大梅气呼呼地说："我记恨你，是你把功夫丢了！你想想，一个演员，把功夫丢了，你是个啥？！"

崔买官很委屈地说："师姐，嗓子倒了，也不能怪我呀！我不想唱吗？这团里谁都看不起我，谁也不让我上台，我、我成个啥了？"说着，他两手捂着脸，哭起来了。

大梅叹口气说："买官，不是我说你，这人哪该吃啥饭是一定的，不能这山望着那山高啊！"

崔买官说："师姐，我虽说造了几天的反，当了几天革委会副主任，那也是上头号召的呀！我从小学艺，也不识几个字，我知道啥？"

大梅说："算了，买官，你别再说了。人哪，这一辈子说来说去，得把心放正。"

崔买官求告说："师姐呀，不看僧面看佛面，冲咱从小在一块儿学艺的份儿上，你就再帮我一回，让我跟团吧，我哪怕打杂哩！"

大梅说："好，我给你说说。"

可是等大梅走后，崔买官却猛朝地上吐了一口唾沫，咬着牙恨恨地说：

"再来'文化大革命',还打你个小舅!哼!"

当天下午,在排练厅,大梅把几个重点的年轻演员召集在一起,对他们说:"……是时候了,你们都看见了,我一天天老了,身上也有病,应该把舞台让出来了。我不想让,可我必须让,如果不尽早让你们上台,到时候就来不及了。我跟书记、导演都商量了,戏由你们主演,我给你们打下手,尽快让观众熟悉你们……戏是唱出来的。就这出《收姜维》,我唱了几万遍才唱到目前这种样子,你们必须勤练功、多登台……"

几个年轻人都很高兴,一个个跃跃欲试,他们当然希望有机会能多登台,那是每一个青年演员都梦寐以求的事情。

大梅说:"今天,咱先把戏抠一抠,然后再排一排 AB 角。好,开始吧。阿娟,你先来……"

阿娟迟迟疑疑站在那里,好半天不动。

大梅又叫了一声,说:"阿娟,你怎么回事?快点。"

阿娟竟哭起来了,她哭着说:"申老师,我心里一直有愧,我一直等着你报复我,你要是真的报复我了,我心里也许会好受些……"

大梅诧异地说:"你这闺女,我报复你干啥?"

阿娟流着泪说:"'文革'的时候,我、我年轻,不懂事,头、头一个上去批判你,还……"

大梅一听,马上制止她说:"你别说了,不用说了,以后也别提了。我不怪你,那时候也不是一个人的事……好啦,排戏吧!"

几个年轻演员站好位置,开始排戏了。

阿娟哭过之后,心里好受些了,她再也没说什么,只是给大梅深深地鞠了一躬。

在排练厅的舞台下边,有一个人像卫士一样,直直地在那儿站着,那是黑头。

当天晚上，排练厅门口突然又传出了大叫声！只见崔买官站在门口处，高声叫道："抓贼呀！快来抓贼呀！"

剧团的人都跑出来了，人们披着衣服，一个个很诧异地说："干啥呢？这又是干啥呢？！"

这时候，崔买官拿出一把明锃锃的钥匙，把门打开了。他用力地把门推开，大声说："看，大家看！满口仁义道德，一屋子男盗女娼！"

此刻，有些好事的就真的进去看了，可是，他们又很快地退了出来。退出来的人，仿佛都很鄙视地看了崔买官一眼，然后匆匆走了。

崔买官愣愣地站着，说："咋回事？咋回事？出了这样的丑事也没人管了？！"

这时，有人问他："老买，那锁是哪儿来的？"

买官支吾着说："啥？"

有人说："锁！问你那锁是哪儿来的？"

买官不好意思地说："锁？"

"对，锁！"

买官说："我买的。咋？！"

有人问："你买锁干啥？净咸吃萝卜淡操心！"

有人就挖苦他说："滚吧，赶紧滚吧！你说你这个人，咋说你呢？有空干点正事吧，以后别再弄这事了……"

买官被人说得一头雾水。他扭过身来，走进排练厅一看，"哧溜"一下，也慌忙退出来了。出了门，他狼狈地追着人解释说："我不知道，我真不知道，哪个龟孙知道……"

在排练厅的舞台上，苏小艺和王玲玲两人相拥坐在台沿处，幕布上贴着一张放大了的结婚证书。

买官狼狈透了，他在院子里一边走，一边嘴里嘟囔着："日他娘，好事都让他占全了！"

剧团又出外演出了。这次去的第一站是舞阳。他们在舞阳演了七天，而后到了临平。临平是个大县，戏迷也多，一听说是大梅的戏来了，售票处门口早早地就排起了长队。

然而，就在当天夜里，演出开始后还不到十分钟，就出乱子了。在剧院门外的大街上，突然有几百人骂骂咧咧地从剧院里拥出来，他们气愤地拥到了售票处窗口，使劲敲打着玻璃窗，一个个高声叫道："退票！退票！……"人们像疯了一样，只听"哗啦"一声，售票处的一块玻璃被人挤破了。

售票处里边的人先是不理，而后一看情况不好，慌忙锁上小门跑掉了。

这么一来，更是惹恼了那些观众，只听"咣当——哗啦——"两声，有人把售票窗口的玻璃全都砸碎了。

这时，人们一窝蜂围在剧院门外，闹嚷嚷地高叫着："退票！退票！骗子！大骗子！……"

人们越说越气，剧院门外的人越围越多……

剧院里边，座位上却空空荡荡的，只有很少的一些人在看戏……

剧院外边呢，愤怒的人群聚集在一起，到处都是乱哄哄的，眼看就要闹出大事来。

这时，崔买官刚好从剧院旁边的大门里走出来，他本来是想看热闹的，却一下子被愤怒的群众围住了。人们乱嚷嚷地说：

"拉住他！不能让他走！他就是剧团的人……"

"问问他，为啥骗人?！"

"问问他，大梅到底来了没有?!"

"不用问，她根本就没来！净骗人哩！"

立时，崔买官一下子被群众团团围住了。最初，崔买官不知到底发生了什么事，脸都吓白了，嘴里连声说："不是我，不是我……"片刻，当他明白过来后，却又以领导的口气说："哎，各位，各位，听我说，听我说……"

于是，人们又嚷嚷道："别吵！别吵！让他说，就让他说！"

此时，有一个年轻的大个子一把抓住崔买官的衣领子，质问道："你老老实实告诉我，申凤梅到底来了没有?!"

崔买官很气愤地去掰那年轻人的手，说："你松手！"

众人喝道："不能松！不能松！一松他就跑了！"

那年轻人说："他敢?! 你先说，你是剧团的人不是?!"

崔买官说："是。怎么了?"

那年轻人说："那我问你，申凤梅到底来了没有吧?! 她根本就没来，是不是?!"

崔买官却迟疑了一下，装模作样地想了想，说："来了吧? 可能来了。我也说不清……"

听他这么一说，人们更加气愤：

"放屁！人既然来了，为啥不演出?! 卖豆腐的搭戏台——架子不小！"

"骗子！净骗人！"

有人叫道："王八蛋！给鳖儿砸了！净糊弄人哩！"

此时，崔买官反倒又不阴不阳地说："各位，各位，我实话实说，你们说的这些情况我是一概不知。我只是个跑龙套的，啥家也不当。你们要有啥意见，找领导说吧！去找领导……"

他这么一说，等于是火上浇油！人们像是炸了窝的马蜂，"嗡"地一下，齐伙子往剧院里冲去……

"走哇！找他领导退票去！"

"走，打他个鳖儿！"

顿时，在一片"嗡嗡"声中，剧院旁边的大门被冲开了，接着人群像乱蜂一样地往后台上拥……

这时，站在台口处的导演苏小艺刚傻傻地问了一句："干什么？这是干什么……"顷刻，他的眼镜就被人们打掉了。

剧团的一些年轻人，由于气盛，没说上几句，就跟人打了起来。这么一打，台上就更乱了。到处都是愤怒的人群，人们乱砸乱打。

正在后台化装间准备后半场演出的大梅，听见人声，急忙从里边走出来问："咋回事？咋回事？"

这时，青年演员阿娟哭着说："申老师，不好了，拥上来好多人，要砸场子！"

申凤梅赶忙说："走，看看去……"

当申凤梅等人赶到前边时，人已经黑压压地拥上来了。一个老演员吓得团团转，他拍着两手对大梅说："老天，这一砸，剧团的家业可就完了呀！"此时，大梅也不理他，只扭头看了看后边挂着的一排戏装，突然之间，她手捂着胸口倒在了地上……

阿娟低头一看，刚要说什么，只见倒在地上的大梅伸出手朝她的脚上使劲掐了一下，低声说："快！快喊！就说我被人打倒了……"

阿娟一下子明白了，她直起腰，立时高声喊道："不好了！不好了！申老师被打倒了！申凤梅昏过去了！快来救人哪！申凤梅被人打昏了……"

此刻，后台上到处都是呼救声："申凤梅被人打昏了！快打电话！快去打电话！快救人哪！……"

在这紧要关头，那拥上来的人群一下子都被镇住了，谁也不敢再往前冲了。见大梅真的来了，人们你看我、我看你，一个个都知道背了理了，他们见事不好，就慢慢地出溜出溜地退到了剧院外边，嘴里却喊着："找领导去！找他领导！"

听说大梅被人打倒了，一时，在剧院门外的大街上，仍聚集着黑压压的人群。

几分钟后，一辆救护车响着警笛开进了剧院，紧接着，维持治安的警察也赶到了。

当一些不明情况的演员哭着喊着把大梅送上担架，往救护车上抬时，大梅微微地眨了一下眼，小声、狡黠地说了一句："别哭，别哭。我装的，我是装的……"说完，又赶快把眼闭上了。

大街上，人们眼看着大梅被响着警笛的救护车拉走了，一个个都默默地散去，谁也不敢再闹事了。

有人小声议论说："是谁打大梅了？是谁呀？"

有人就说："乱糟糟的，谁知道呢！"

有的说："也不知道伤得重不重？"

有的说："老天爷呀，大梅要是有个三长两短，这事就闹大了！"

有人说："赶紧走，赶紧走吧！"

夜深了，空空荡荡的剧院门前的台阶上，仍有一个人拄着拐杖站立着，那人是黑头。他一直在那儿站着，整整站了半夜。

第二天，全团演员集中在一起，在后台上开会……

这时候，只见黑头拄着一根棍，一步一步地走了过来。团里的演员都十分诧异地望着他。大梅看见他来了，刚要上前去扶他，却被他"嗷"的一声喝住了。

此刻，黑头一步步地走到大梅跟前，甩手把那根棍子一扔，扬起那只好手，朝大梅脸上打来，只听"啪"的一声，大梅脸上重重地挨了一耳光。

众人忽一下全站了起来，一个个诧异地说："咋回事？这是咋回事？"

有人要上前劝阻，说："老黑，老黑，你怎么能打人哪？"

大梅一动不动地站在那里，说："别管，你们都别管。让他打吧，他是个病人。"

紧接着，黑头的第二下又打在了大梅的脸上。

会场上，朱书记想上来劝解，说："老黑，老黑，别激动，你别激动，有啥话咱慢慢说……"

只听黑头嘴里呜呜啦啦地说："不样（唱）？卖了报（票）为啥不样（唱）?！这不是押（砸）牌子吗?！"说着，就又扬起手打大梅……

大梅仍直直地在那儿站着，嘴里说："朱书记，你别管，你们都别管。他是个病人，让他打我几下出出气吧。"

黑头扬起手，一巴掌又一巴掌，他一连打了十下……最后一下由于用力过猛，他打了一个趔趄，差点摔倒，大梅又赶忙扶住他。

黑头又一下把她推开，指着她骂道："你说，你狗日的是个夏（啥）？"

大梅说："我错了，师哥，是我错了。"

黑头仍不依不饶地问："你是个夏（啥）?！"

大梅说："戏。我是戏。"

黑头呜咽着说："唱艺（戏）的，报、报（票）都卖出去了，你不唱？你是个啥东西?！怪不道人家说你是骗、骗子！"

面对黑头，全团人都默默地，肃然起敬。

事后，在剧院台阶上，导演苏小艺拉住他，连声解释说："老黑，我给你说，这事不怪大梅。这事怪我。你听我说，你听我解释嘛……这个、这个主要是想培养年轻人，让年轻人多一些演出机会。再一个，大梅身体也不好，腿还肿着。所以，是我不让大梅上场的……"

然而，老黑却顿着拐杖，气呼呼地喝道（吐字不清，说得半清不楚）：

"我不管你这这那那，挂了牌，卖了票，就得上场！爬、爬、爬也得给我爬到台上，死、死、死也得给我死到台上……"

苏小艺忙说："那是，那是。咱重演一场，咱向观众道歉……"

谁知就在当天晚上，黑头找人写了一张字，独自挂着拐站在了剧院外边的台阶上。他胸前挂着一张大纸，纸上写着一行字：越调剧团申凤梅郑重向观众道歉。立时，台阶前围了很多人看。

片刻，听到消息的大梅匆匆走来了。她一步步走上前去，扶住老黑，而后，站在了他的身边……

周围围观的人越来越多。人们一个个感叹说："啧啧，看看，到底是大演员，就是有气魄！"

有人竟然说："我问了，那不怨人家大梅。是团里领导坏，压制人家硬不让人家上场！"

这时，导演苏小艺匆匆赶来，说："大梅，该你上场了……"

大梅应了一声，这时，她突然发现老黑的身子抖得有点厉害，忙靠近他问："哥，你没事吧？"

老黑摇摇头，摆摆手，示意她上场……

苏小艺也上前扶住黑头，对大梅说："你去吧，这里有我呢。"

大梅匆匆赶回剧场时，又回头嘱咐说："他兜里有药。"

不料，待大梅一走，老黑便出溜到地上去了。苏小艺忙叫："老黑，老黑！……"

可老黑再也说不出话了。

那是个十分凄惨的夜晚。

大梅的内心从来没有这样孤独过。家，已经不是家了。没有了那个人，家还能是家吗？屋子里弥漫着一股悲凉、孤寂的气氛。

内室的正墙上，挂着蒙有黑纱的遗像，那就是她的老黑；桌上的那盏长明灯，成了她的伴夜人。

还有那条皮鞭，仍在床头边的墙上挂着。可人呢，她的人呢?! 大梅已经哭不出泪了，可她的心仍在哭，哭那个把她打成"戏"的人……那条皮鞭黑着一条影子，那影子在黑暗中竟显现出了一份温热。她默默地把那条皮鞭从墙上取下来，贴在脸上，心里说："哥，你再打我一回吧，打吧，我的哥!"大梅就这样，躺躺，坐坐，再躺。躺的时候，她就想，托个梦吧，老黑你就不能给我托个梦吗?

半夜时分，大梅又一次从床上爬起来，坐在那里，呆呆地望着老黑的遗像……

屋子里很空，很静。大梅从这间屋子走到那间屋子，而后又慢慢地走回到内室，站在老黑的遗像前，大梅下意识地从兜里掏出烟来，说："哥，给我点支烟。"

没有人回答，那人没有回答，那是个硬性人哪! 大梅怔怔地站了一会儿，眼里有了泪，可她仍说："哥，给咱点支烟呗。"

最后，大梅自己在长明灯上点着了烟，吸了一口，慢慢地出溜到了桌前的地上。她就那么坐在地上，一口一口地吸烟……

慢慢地，大梅像是看见了什么——

幻觉一：

夏夜，大梅正躺在蚊帐里睡觉。她睡着睡着，突然觉着有什么地方不对劲，有什么黑黑的东西慢慢地朝她压过来。恍惚间，她猛地睁眼一看，只见老黑手里拿着一把大剪子，正朝着她的头发伸过来（那是她有生以来第一次烫了头发）。她惊慌失措地坐起身来，往后退着说："哥，你这是、这是……"

黑头沉着脸厉声说："谁让你去烫头的? 啥样子! 以后还咋演戏?! 铰

了!"

大梅慌忙说:"铰。哥,我铰。你让我自己铰……"

老黑望着她,放下了那把剪子,说:"这好看吗?"

大梅说:"我也不知道,净年轻人撺掇的……"

老黑说:"这屈屈乱乱、杂毛六狗的,啥样子?!再说了,演戏时,你咋勒头?咋上装?!"

大梅说:"我铰。我明天一定铰。"

幻觉二:

一根棍子忽地扫在了大梅的腿上,大梅一下就摔倒了。这时,黑头厉声说:"爬起来!再走!"

大梅含着泪又走,没走几步,那棍子再一次扫在腿上,大梅又一次栽倒在地上……

黑头再次吼道:"起来!"

大梅又走……

黑头举起那根棍子,用足全身力气,像是要横扫的样子,然而却没有扫,只是轻轻地落在了地上。可大梅吓得一屁股坐下了,惊魂未定说:"师哥,你能打死我?"

黑头冲冲地说:"打死你?哼,你记住,打死了,我自然偿命;打不死,你可就是戏了!"

大梅说:"戏?"

黑头说:"戏!"

幻觉三:

田野里,下着大雨,黑头背着大梅深一脚浅一脚在走,人走过去,地上留下的是一行一行、两个两个、深深浅浅蓄满泥水的大脚窝。大梅手里举着两片大桐叶挡雨,桐叶遮挡不住雨滴,雨水"啪啪"响着,全溅到了两人的脸上……

　　大梅趴在黑头的背上，说："哥，你冷不冷？"

　　黑头说："不冷，你呢？"

　　大梅勾着头羞羞地说："我、我还热呢。"

　　往下无语……

　　大梅问："哥，那是啥草？"

　　黑头说："败节草。"

　　大梅说："那一棵？"

　　黑头说："灯笼棵。"

　　大梅说："那个那个……"

　　黑头说："蜜蜜罐。"

　　大梅说："那个那个那个……"

　　黑头说："驴尾巴蒿。"

　　大梅感叹说："多好啊。"

　　黑头问："啥好？"

　　大梅说："草，草好。"

　　黑头说："草有什么好？"

　　大梅说："草平平和和的，没那么多事。"

　　黑头问："戏不好吗？"

　　大梅叹了一声，说："戏也好……"

　　片刻，大梅又说："哥，你累不累？"

　　黑头说："不累。"

　　大梅说："你累了就言一声，我下来……"

　　黑头说："要是累，我早把你扔了。"

　　大梅撒娇说："你可不能扔，要是扔了，你就没这个师妹了……"

黑头说："可不。我背的是个'角'呀！"

幻觉四：

一个土台子，四周只挡了些简单的幕布，大梅匆匆从土台子上跳下来，往庄稼棵里跑。她刚要蹲下，却见黑头和另一个演员也在庄稼棵里站着。她两手捂着小肚子，急得直想哭……

黑头却满不在乎地说："解吧，解吧，都是干这一行的……"

大梅急了，说："你背背脸。"

黑头说："好，好，背背脸。"

说着，黑头脱下身上穿的布衫，迎风张起来给她挡住，把脸也扭过去了；另一个艺人却笑着提裤子跑出去了……

幻觉五：

河滩里，黑头高声喊："站住。你给我站住！"

大梅跑了几步，停下来说："我不站，就不站！"

黑头说："敢不站？我打飞你！"

大梅站在那里，说："打吧，我就不站！"

黑头大步走上前去，把一双黑臭黑臭的鞋扔到她面前，说："闻闻。"

大梅哭着说："不闻。我就是不闻！"

黑头上前按住她的头，说："闻！"说着，硬把大梅的头按在了那双臭鞋上，说："敢?!"

终于，大梅的脸贴在了那双臭鞋上。

大梅哭了……

黑头说："你也别嫌脏，它真治病！"

……这一切历历在目，仿佛就在眼前，可她的这个人呢，她的这个恨不够的人哪?! 这么想着，大梅泪如雨下……很久很久之后，她才慢慢站起身来，身子倚在桌上，两眼盯着黑头的遗像，轻声说："哥，你这一辈子，爱戏都爱到骨头里了，可你从没有大红大紫过，你亏呀！你太亏！哥呀，说实话，多少年来，你……你从没把我当女人看，我、我也……已经不是女人了。我的哥呀，我六岁学戏，裤裆里夹砖头，走的就是八字步啊！在你眼里，我根本就不是女人，是戏，我是戏呀！我的哥，生前我没给你生下一男半女，现今你去了，身后连个烧纸钱的人都没有！我……可这也怪你呀！罢了，罢了，不说了。谁让咱是戏哪?！我不怨你，你也别怨我。这都是为了戏呀！我的哥……你活着的时候，这话我是不敢说的，我怕伤了你的心，现在你去了，我又能跟谁去说呢?……"

更深夜静，谁家传来了小儿的啼哭声，那哭声是多么亲切呀！

大梅独自一人坐在小桌前，桌上放着半瓶酒和一小堆花生豆；大梅面前一只酒杯，对面也放着一只酒杯。

大梅端起酒，说："哥，我知道你好喝酒，我陪你喝两盅。"说着，她把杯里的酒一饮而尽。接着，她又说："哥，我还会划拳呢，划两个？来吧……"接着，大梅伸出手，高声喊道："一只孤雁！二木成林！三星已晚！四顾茫茫！五更上路！六神不安哪！我的哥呀，你干吗要撇下我一个人呢……"喊着，大梅脸上泪如雨下……

送走亲人的第三天，大梅又按时参加排戏了。

那天，当大梅匆匆走进来时，参加排练的演员已全部到齐了。人们一眼就看见了大梅臂上戴着的黑纱，因此，谁也没有说什么。

然而，大梅仍像往常那样，缓缓地走到那个小黑板前，拿起一截粉笔，在黑板上写下"误场者：申凤梅"。她扭过脸来，先是对着众人深深地鞠了一躬，而后哑着嗓子说："对不起，我迟到了。我向各位道歉！"

众人不忍再去看她，一个个眼里含着泪，都把脸扭过去了……

突然，王玲玲跨前一步说："申老师，你的脚怎么肿了?!"

立时，演员们全都围上来了……

大梅说："没事，我没事。腿有点肿，老毛病了。排戏吧。"

那天，排的是《七擒孟获》，大梅的喉咙哑了，她唱不准了，不得不一次次地重复……后来，人们看她实在是站不住了，就派人把她背了回去。

可是，大梅只歇了两天，就又上路了。

这时，她的腿还没有好，走不成路。于是，团里就派青年演员小韩专门照顾她。赶车那天早上，在天桥上，大梅在拥挤不堪的赶车人流中实在是走不动了，小韩怕赶不上车，干脆背着申凤梅在天桥上跑。

大梅不忍心让他受累，就说："孩儿，不慌，咱不慌，慢点，别摔着你了……"

小韩背着大梅一个台阶一个台阶地往上爬，小韩说："申老师，不是我说你，你都病成这样了，咋还去演出哪？你只管不去。"

大梅说："孩儿呀，西安那边，牌儿都挂出去了，你说我不去行吗？"

小韩说："那也不能不顾人的死活。谁让他挂的？谁让挂的谁去演！"

大梅说："你这孩儿，咋说这话？唉，都有难处哇。不挂牌吧，眼看着卖不上座，全团一百多口子，工资咋发哪？"

小韩说："反正天塌砸大家！也不能就这么折腾你呀！"

大梅说："这孩儿，饿你三天，看你还说大话?!"

好不容易上了火车，大梅坐下来休息了几个小时。可到了西安火车站，一下车，大梅就又走不成路了，可她仍对小韩说："孩儿，你让我自己走走试试……"说着，她独自一人扶着站台上的栏杆走了几步，摇摇晃晃的，仍然是走不成。

小韩急了，说："眼看着你走不成嘛。来吧，申老师，我还背你吧。"

大梅小声嘟哝说："咋就走不成了呢？"

在天桥上，又是上台阶、下台阶，大梅说："孩儿呀，这一趟我可真是拖累你了。"

小韩说:"申老师,你千万别这么说。我背背你,这算啥呢?我是心疼你老啊!你看你这么大岁数了,还一身的病,凭啥还出来演出呢?!你是国家一级演员,工资又不少拿。"

大梅说:"孩儿呀,你不理解呀。明儿,我得好好给你说说⋯⋯"

小韩说:"问题是,你就是来了,路都走不成,能上台演出吗?!"

大梅说:"说了,只让我演半场。"

第二天,在西安大剧院的后台上,有人正在帮大梅上装⋯⋯

这时候,眼看就要上场,大梅仍是走不成路,有两个人架着她,大梅说:"不慌,不慌,让我再走走试试⋯⋯"大梅试着走了几步,仍是侧侧歪歪的,几乎要跌倒的样子。

这时,导演苏小艺焦急地搓着两手说:"大姐,咋样?如果真不行,只好给观众解释一下了。"

有人说:"那、那、那⋯⋯牌儿可是早就挂出去了呀!"

此刻,突然有人跑来说:"快,快,该申老师上场了⋯⋯"

顷刻间,众人都望着申凤梅⋯⋯

此时此刻,申凤梅在两人的搀扶下,再次走了几步,当锣声响起时,大梅突然推开两人,神色一凛,像换了个人似的,大步冲上台去。

等她上了台之后,出现在观众面前的竟是一个潇洒大方、气度不凡的"诸葛亮"。

一板唱过,观众席上掌声雷动。

当演出结束时,观众最后一次起立鼓掌。台上,大幕徐徐拉上了,可大梅仍在舞台上站着,一动也不动⋯⋯

有人很诧异地叫她:"申老师,该下场了。"

大梅还是站着,一声不吭⋯⋯

片刻，女演员王玲玲上前来扶她，大梅才低声说："唉，我老毛病又犯了，又、又那个上了……"

玲玲急忙招呼说："快，端水，端水！"

众人这才明白了，立时，用一块大白布把大梅圈起来围在了舞台中间……

第十六章 ．．．．．．．．．．．．．．．．．．．．．．．．．．．．．．

剧团一走，又是两个月，待大梅回到家，已是秋天了。

她进了家门，"咕咚"一声，把那只帆布旅行包扔在了地上。而后，她两条腿慢慢地往下出溜着，累得一屁股坐在了地上……

大梅坐在地上，喘了口气，接着就随口说："哥，给点支烟。"

话刚落音，大梅立时醒悟了，她满屋望去，四顾茫茫啊！

大梅瘫坐在地上，从兜里掏出烟来，独自点上，吸着，很凄凉地说："人呢？我的人呢？"

没有人，除了墙上挂的那张遗像。一时，大梅心里很酸。想想，亲人们一个个都离她而去，她心里孤啊！

华灯初上，剧团大院里，正是家家团圆的时候，只有大梅家是她独自一人。她仍在屋里的地上坐着，她站不起来了，就那么一直坐着。有几次，她曾想挣扎着站起来，可挣扎了好几次，却一直没能站起来……她自己对自己说："歇会儿吧，就坐这儿歇会儿吧。"

屋子里空空荡荡的，什么也没有。天渐渐黑下来了，她也不愿开灯，就那么在黑暗里坐着。她已点了第五支烟了，那个小火头在她眼前一明一灭地闪着。她四下看了看，说："吃点啥呢？我吃点啥呢？要说也不多饿。等饿了再说吧……"

这时，她斜着身子，蓦地看见了挂在墙上的皮鞭，她心里说："哥呀，你要是能抽我两鞭，叫我也听听响，多好！"

过了一会儿，钟表的响声越来越大了，那"嗒、嗒、嗒"的声音一下比一下重。她奇怪地望着墙上的挂钟，心里说："以往咋就没听你响过呢？怎么今儿个特别了？！"

楼上，负责照顾申凤梅的小韩也早已回到家。此时，饭桌上已摆上了丰盛的菜肴。

妻子说："吃饭吧？"

可小韩却魂不守舍地站在窗口处，往下张望着什么。他一边张望，一边自言自语："奇怪，怎么没有一点动静呢？申老师太孤了……"

妻子说："噢，就是，一个人怪孤的……那咱给申老师送点饭吧？"

小韩说："我先下去看看，申老师好吃芝麻叶面条，我给她下一碗。"

小韩下了楼，见门是虚掩着的，就直接推门进来了。一进门，见屋子里黑乎乎的，他就顺手把灯拉开了，灯一亮，他发现大梅仍独自一人在地上坐着，眼前已有了一堆烟蒂。

小韩忙说："申老师，还没吃呢？我给你下碗面条吧？"

大梅看了看他，说："小韩，你咋来了？赶紧回去吧。出去快俩月了，刚进门，你又出来干啥？回去陪你媳妇去吧。"

小韩说："没事。我来给你下碗面。"

大梅说："不用，我歇会儿再说。去吧，你去吧，赶紧回去。"

小韩无奈，只好走了。

大梅又坐了一会儿，才慢慢地扶着墙站起身来。她走进里屋，对着老黑的遗像说："哥，吃啥？芝麻叶面条？今儿个我有点累，就不擀了吧？"
说着，她身子一挪，就和衣躺在了床上。

夜很静，大梅就睁着两眼躺在床上，她太乏了，可就是睡不着。她说：
"老黑，咱俩说说话吧……"片刻，她长叹一声，"老了呀，我也老了，快
唱不成了……"

大梅独自一人关在屋里，连吃了六片安定，一连睡了三天。

到了第四天的凌晨，她再也躺不住了，就慢慢地从床上爬起来，穿着
睡衣，这里看看，那里扒扒，到处找吃的。可她找来找去，最后还是在冰
箱里发现了一个小碟，小碟里有六七粒花生米，她把花生米捏起来，一粒
一粒地吃了。

这天清晨，大梅一拉开门，却见门口抖抖索索地蹲着一个姑娘。

大梅诧异地问："孩儿，你是……找谁呢？"

那姑娘看见她，忙站起身来，眼里露出了惊喜的目光，说："申老师？
你是申老师吧？我就是找你的。"

大梅又看了看她，说："找我？孩儿，你有啥事？"

那姑娘说："我是专程来拜师学艺的。"

大梅说："县团的？"

那姑娘说："县团的。"

大梅说："哪个县？"

那姑娘说："临平。"

大梅说："哟，不近哪。"

大梅看她穿得很单薄，哆哆嗦嗦的样子，说："傻孩儿，你咋不敲门
哪？就在这门口蹲着，多冷啊！"

那姑娘低下头说："我怕打扰您休息。"

大梅没再说什么，她回身从屋里拿出一个小钢锅，一手拉住那姑娘，说："跟我走。"

就这样，大梅拽着这个不认识的姑娘来到了早市上。早市上很热闹，沿街两行，摆满各种卖早点的小摊……

到了早市，大梅突然问："哎，孩儿，你给我说，你叫个啥名？"

那姑娘笑了，说："申老师，我叫小妹（梅）。"

大梅猛一怔，眼前一亮，忽然笑起来："老天爷，我叫大梅，你叫小梅，这不是我闺女嘛！"接着，大梅高兴地说："好，太好了！孩儿，说，你想吃啥吧？你给我说。"

小妹羞涩地说："我……不饿。"

大梅说："净胡说！别扭扭捏捏的，想吃啥？说！"

小妹低下头说："啥都行。"

大梅说："咱喝胡辣汤吧？逍遥镇的胡辣汤，好喝……"说着，也不待小妹回话，就在摊前买了胡辣汤、油条、糖糕。卖饭的小贩自然不肯收她的钱，她把钱往摊上一丢，拉上小妹就走。

回到家，一进门大梅就说："孩儿，端碗去，咱先吃饭。"

小妹应了一声，就赶忙去厨房拿碗去了。然而，过了片刻，只听"咕咚"一声，厨房里像是有什么东西倒了……

大梅听到响声，急忙跑去，只见小妹已倒在了厨房的地上。

大梅"哎呀"了一声，慌忙上前，蹲在小妹的身边，叫道："小梅，小梅！"

小妹不应，只见她满脸潮红，已经昏过去了。大梅慌了，先是掐了掐她的人中，不见动静，于是大梅跑到门外，急急地朝楼上喊道："小韩，小韩！下来！快下来！"

片刻，只听一阵"咚咚"的脚步声，小韩披着衣服跑下来问："申老师，啥事？怎么了？!"

大梅说："快，快送她上医院。小梅病了！"

小韩一怔，说："小梅？谁是小梅？"

大梅摆着手说："快点吧，快送她上医院，别问那么多了！"

于是，大梅、小韩跑进屋去，慌慌张张地把小妹背出来。小韩在前边背着小妹跑，大梅气喘吁吁地在后边追着，边跑边说："快点，快点，能拦车就拦个车！"

他们匆匆赶到医院，把小妹送进了急救室，让医生诊着病，两人又分头去排队交费。大梅正站在一个窗口前举着钱交费呢，小韩突然跑过来说："申老师，不会是骗子吧？"

大梅一听，立时就气了："胡说，骗你啥了？!"

小韩本来还想说点什么，可他张了张嘴，又不说了。大梅说："你去照看她，我交钱。快去！"

两人在医院里忙活了一阵，终于办好了住院手续，待把小妹送进了病房，输上液，大梅这才松了一口气。

十点钟的时候，小妹醒过来了。大梅趴在床头上，对她说："孩儿呀，高烧四十多度，你可把我吓坏了！"

此刻，小妹眼里已有了泪花，她含着泪说："申老师，对不起，我给您添麻烦了……"

大梅说："看你说哪儿去了。好好治病吧，这会儿，你就是我闺女。"

小妹叹了一声，含着泪说："我要是能给你当女儿，那该多好啊……"

大梅说："孩儿呀，别难过，你是冻坏了。"

这时，小妹却突然说："老师，我这次是专程来拜师学艺的。你能收下我吗？"

大梅看了看她，把饭盒从身后拿出来，说："先吃饭。你怕是一天都没吃东西了，咱先吃饭。"

小妹却一把抓住大梅的手，说："老师，你能收下我吗？"

大梅脸一嗔，说："要想跟我学戏，吃了饭再说。"

下午，待小妹退烧之后，大梅说："你好好睡一觉，睡一觉就过来了。"待小妹闭上眼后，大梅就上街去了。

大街上，大梅在一家一家地串百货商场。凡是卖女式服装的柜台，她都要看一看。在商场里转来看去，她一会儿指指这一件，一会儿又看看那一件，还不时地比画着个头让人家给试，就这么挑来挑去的，很让人家不耐烦。那女售货员说："是给你姑娘买的？"

她就说："是。"

售货员说："你让她自己来不得了？这么挑来挑去，你也不知道她要啥样的。"

大梅最后一咬牙说："就这两件，我要了。"

两天后，小妹好些了，大梅把她从医院接到了家里。

这会儿两人就真的像母女一样了，在穿衣镜前，大梅让小妹试穿她给买的衣服。小妹大病初愈，脸上仍带着病容，很听话地把新买的秋装穿在了身上。

大梅问："孩儿，合身吗？"

小妹说："合身。"

而后，小妹转过脸来，默默地望着大梅，突然往下一跪，说："老师，我是两手空空到你这里来的，一进门又病倒了。你给我看病，你给我买衣服，可我现在，兜里没有一分钱……"

大梅赶忙上前把她拉起来，批评说："别说废话了，好好站起来！给我唱一段，让我听听！"

小妹含泪站起身，说："现在就唱吗？"

大梅严肃地说："唱吧。"

小妹站在那里，好久不开口，片刻，她说："我有点害怕。"

大梅说："怕啥？唱吧。"

小妹说："我……怕你不收我……"

大梅说："唱吧，让我听听……"

于是，小妹鼓足勇气唱起来。她一连唱了三个戏曲选段，最后，她唱了大梅最拿手的《收姜维》选段……

大梅听着，听着，竟然愣了……她喃喃地说："像，真像，太像了！怎么跟我年轻时唱得一模一样呢？！"

小妹唱完后，怯怯地站在那里，等待着老师的评判。

小妹等了很久，却见大梅仍是一声不吭，就小声问："老师，我……"

然而，大梅却一声不吭地走出去了，她一边急切地往外走，一边说："等着，你等着……"

一语未了，大梅已经跑出去了。她先是跑到了导演苏小艺家。一进门，大梅二话不说，上前一把拉上苏小艺，拽住就走，一边走一边说："导演，导演，我发现了一个苗子！"

苏小艺猛一下没悟过来，懵懵懂懂地问："什么？什么？"

大梅拽着他，说："走，走，你跟我走吧。我发现了个好苗子！真的，真的。你一见就知道了……"

苏小艺手里还抓着一把葱，他走到门口时，才想起把葱放下，嘴里还不停地问："啥苗子？多大了？"

大梅慌慌张张地说："你去吧，见了就知道了。"

接着，大梅又忙不迭地跑到了琴师老胡家。她挎着个包闯进门来，又是急火火地说："老胡，老胡，走走走，你给我帮个忙……"

老胡说："你这么急头怪脑的，让我给你帮啥忙？"

　　大梅也不多说，从包里掏出一条烟，"啪"地往桌上一扔，说："咱也别多说了。你带上胡琴，跟我走！"

　　老胡看了看烟，笑了，说："老申哪老申，你也不说啥事……好，好，我跟你走。"他一边走一边说："又靠弦哩？你就不会歇会儿？这回来才几天，是蛐子也得歇歇庵呀……"

　　出了门，大梅才说："你别不知足，我告诉你，我新发现了一个好苗子，让你见识见识！"

　　等又到了朱书记家，大梅说："老朱，老朱，中午我请你吃饭！"

　　朱书记笑了，说："大梅，啥事吧？"

　　大梅激动地说："走，走，我发现了个唱越调的好苗子！你去看看。"

　　朱书记说："在哪儿呢？说走就走？"

　　大梅催促说："走吧，走吧，一见你就知道了。真是个好苗子！"

　　朱书记无奈，只得跟她去了……

　　就这样，不到一顿饭的工夫，大梅把全团的业务骨干和行政领导一股脑地全召到了排练厅。

　　接着，小妹被大梅领到了众人面前。大梅指着小妹对众人说："这是一棵好苗子！"说着，就让小妹上台去，让琴师老胡给她伴奏，让小妹唱一段给大家听听……

　　大梅站在台下，一再给小梅打气说："别怕，放开唱！"

　　于是，小妹一连唱了三个选段。

　　众人听了，都暗暗点头。

　　大梅扭过头问导演苏小艺："咋样？"

　　苏小艺点了点头，很肯定地说："是个苗子，很有潜力！"

　　大梅接着问："缺点呢？你说说缺点。"

　　苏小艺沉吟了一会儿，说："缺点嘛，当然还是有的。年轻人，不成熟不要紧。叫我看，她最大的不足……就是太像你了。申凤梅可只有一个呀！不过，不要紧，她还年轻嘛。"

大梅说："老苏，你看得太准了。就是这个问题。小妹呀，有句话，你要牢牢记住：学我者，生；像我者，死！"

小妹站在那里，很激动、很认真地听着……

片刻，大梅突然宣布说："都别走。我说过了，今天中午我请客，去好喜来饭店，大家好好给咱小妹提提意见！"

苏导演拍着手说道："好，太好了！今儿中午就吃大梅了。她收了个好徒弟，也该她请客！"

下午，吃过饭后，苏小艺就跟在大梅的后面，说："别走，你别慌着走，我有事跟你商量呢。"

大梅就笑着说："这饭也吃了，酒也喝了，你一家伙掏我二百多，还有啥事？"

苏小艺很神秘地说："哎哎，老申，我看这姑娘的确是个好苗子。咱把她挖过来吧？咱干脆把她挖过来算了！"

大梅站住了，回身望着他："挖过来？"

苏小艺激动地说："挖过来！咱得把她挖过来！"

大梅迟疑了一下，说："人家是县团的，这样不好吧？"

苏小艺极力劝说道："这姑娘基础非常非常好。咱把她挖过来，好好培养培养，说不定就是一块大材料！再说了，人往高处走，这对她个人发展绝对是有好处的。苗子呀，这是棵好苗子啊……"

大梅说："好是好，人家小妹愿不愿？再说，就是小妹愿意来，人家县团也不会放啊！"

苏小艺说："有你老申出马，他不放也得放……"

申凤梅说："让我问问小妹再说。"

苏小艺进一步叮嘱说："机不可失，时不再来。老申啊，咱团就缺这方面的演员，你看，你年岁大了，小妹来了，起码可以替替你……"

大梅想了想，也觉得有道理，就说："我试试吧。"

当天夜里，大梅和小妹躺在一张床上，两人像母女一样，身子靠在一起，悄悄地说起了体己话。

小妹偎在大梅身边，说："老师，像你这样的大演员，我真没想到，会是这样的……"

大梅笑着说："那我该是啥样？"

小妹有点羞怯地说："我也说不好。反正，你的名气那么大，好像、好像……来的时候，我很害怕，怕你不见我……"

大梅笑着说："你这孩子，名人就该有架子？啥架子，豆腐架子！你没听人家说，卖豆腐的搭戏台——架子不小。"说着，两人都笑了。

片刻，大梅问："孩儿，你给我说说，最早你是跟谁学的戏？"

小妹低着头，好一会儿才说："老师，我要说了，你别笑话我。"

大梅亲昵地拍了她一下："这孩儿，我笑话你干啥。"

小妹说："我家是农村的，家里穷，也没啥条件，最初我、我是跟着村里的大喇叭学的。那时候，我常站在村街当中的大喇叭下边，一站就是半天。有一次，我妈让我去买盐，走到那个大喇叭底下的时候，刚好播你的戏，我就站在那里听起来了，一听听迷了，把买盐的事忘得一干二净，后来，我妈拿着扫帚疙瘩满街追着打我。那一次，可丢人了，全村人都知道我是个小戏迷……"

大梅看着她，心疼地说："孩儿，你也不容易呀。不过，孩儿呀，我听了你的戏，觉得你先天条件还是不错的，嗓子好。可是，要想当一个好演员，光嗓子好还不行，还要提高你的文化素养，要多读书啊……"

小妹认真地点了点头，说："老师，听说省里要举办戏曲荧屏大赛，我能参加吗？听说上头得有熟人才行……"

大梅随口说："能，怎么不能，我还是评委呢。到时候，我推荐你参加比赛。"

小妹问："我行吗？"

大梅说："行，我看你行。人是靠胆的，上了台，胆子一定要大。你怕啥？是人都一个鼻子俩眼……"

小妹抬起头，又问："你真能推荐我？"

大梅笑了，说："你看这孩儿，净说傻话。"

两人就这么说着说着，小妹竟然睡着了……大梅给她盖了盖被子，很羡慕地说："到底年轻，说睡就睡了……"

深夜，小妹翻了个身，伸手一摸，却突然发现身边没有人了。这时，她忽然听见了好像老鼠咬东西的声音，她怔了一下，慢慢地坐起身，四下看了看，没有看见老师，心里突然有点害怕。片刻，她披衣下床，来到客厅里，客厅里也没有一个人。于是，她又摸进了厨房，黑暗中却见地上堆着一个黑乎乎的影儿。

"啪"地一下，灯亮了。小妹发现，原来老师独自一人在地上坐着，她面前放着一小碟花生豆。

大梅看见小妹起来了，忙说："孩儿，惊住你了吧？"

小妹说："老师，你这是……"

大梅说："让你看见了，我也就不瞒你了。我有糖尿病，还有慢性腹泻，反正一堆病。平时不敢多吃，这夜里就老是饿，一夜得起来好多回。我怕你睡不好，所以……"

小妹听了，不由得心疼起老师来。她站在那里，好半天才说："老师，我原以为这名人……"

大梅苦笑着说："你看，我都快成个老鼠了，一会儿咯吱一点，一会儿咯吱一点……"

小妹说："老师，我去给你下一碗挂面吧？"

大梅说："不用，深更半夜的，你去睡吧。反正天也快亮了。我嚼个花生豆就行了。人家说，这花生豆是小人参呢。"

小妹有点吃惊地问："那你，天天晚上就这样？"

大梅说："也不总是这样。有时候，他们来陪我打会儿扑克牌，走时下碗面什么的……一会儿天就亮了。"

小妹望着老师，眼里的泪流下来了，她说："老师，在舞台上，你赢得了那么多的掌声，可在生活里，你太苦了！"

大梅说："苦啥？不缺吃不缺穿的。我这一辈子，也就是个戏，除了戏，我活着又有啥意思呢？"

小妹就这样在大梅家住下了，一住就是一个多月。

大梅真是太喜欢她了，她也乐得有这样一个"闺女"。小妹一来，家也像个家了。小妹把整个家都收拾了一遍，衣服该洗的洗了，被褥该拆的也拆了，每天大梅也能吃上口热饭了。大梅呢，一有空闲，就带着小妹去河堤上练功，还时常把老胡叫来，给小妹靠弦，以纠正她唱腔上的一些毛病。

一天晚上，大梅和小妹已经上床了，到了要睡的时候，小妹依旧翻来覆去地动着，大梅就问："孩儿，你心里有啥事？"

这时，小妹就鼓足勇气，可还是吞吞吐吐地说："老师，我、我也许不该问……"

大梅说："有啥不该问的？说吧。"

小妹想说，可还是迟迟疑疑的，一副欲言又止的样子。

大梅说："你看，这孩儿，有啥你说嘛。"

小妹说："老师，听说你有个绝……绝活……"

大梅说："你想问啥，照实说，别半嚼半咽的。"

终于，小妹再一次鼓足勇气，说："老师，你那唱中带笑都知道是一绝，可你……"

大梅望着她，看了一会儿，突然笑了，说："你下床吧，我现在就教你。"

小妹惊喜地说："真的？现在？！"说着，慌忙从床上跳下来。

大梅说："这唱中带笑啊，也没有什么大不了的秘密，你要是掌握住了，其实也很简单。这里边最重要的一点是：要真笑，要发自内心地笑……"说着，她招呼小妹，"你听好……"说着，便唱起来了……

可是，小妹照着老师教的样子，连唱了几遍，却怎么也不得要领，她苦着脸尴尬地说："老师，我太笨了！"

大梅笑着说："别急，这也不是着急的事。你好好琢磨，以后多练练就会了……"

小妹望着大梅，好半天没有说话，只是重复说："我太笨了！我真是太笨了！"

第二天，小妹要走了，临走前，她又把大梅换下的衣服拿到水池边上去洗。

大梅看着她，说："孩儿，歇会儿，别再累着了。"

小妹说："老师，我不累。"

大梅感叹说："我这一辈子，就缺个好闺女呀！你看，你一来，这家也像个家了……"

小妹说："那我以后常来，你可别撵我呀……"

这时，大梅突然说："孩儿，我给你说个事，你想不想调过来？"

小妹正在拧一件湿被单，听了这话，眼里的泪哗一下流出来了，接着她手里的被单"啪"一下掉在了水池里。

大梅吃惊地望着她，说："孩儿，怎么了？！"

小妹哭着说："老师，你救救我吧。"

立时，大梅拉着小妹坐下来，说："到底怎么了？你给我好好说说。"

小妹流着泪说："老师，不瞒你说，我在县里实在是待不下去了！我也不知因为啥，把局长给得罪了。他原是剧团的团长，那时，他就死活不让我上戏，都两年了，一直让我跑龙套……有一回，他还、他还想……"

大梅气愤地说："这也太不像话了！孩儿，你过来吧，调过来算了！咱也不受他那窝囊气了！"

小妹怯怯地说："他不会放的。我早就想走，可他说了，只要他当一天的局长，我就别想走！"

大梅一听，更气了："我不信他就这么厉害?! 明天我就找他，看他放不放！"

大梅是个急性人，她说到做到，第二天，她拉上导演就到临平去了。

快中午的时候，一辆桑塔纳轿车开进了临平县文化局。大梅和苏小艺从车上下来，一块儿走进了局长办公室。

局长见是大梅来了，很热情地握手、让座："哟，哟，申老师来了？稀客，稀客！请坐，快请坐。"

大梅坐下后，寒暄了几句，说："丁局长，我是无事不登三宝殿。这次来，是想跟你借个人……"

局长一听，十分慷慨地说："这话说哪儿去了？都是一家人嘛。再说了，你们是地区团，也算是上级单位嘛。说吧，要谁？我一定大力支持！"

大梅看了苏小艺一眼，说："有局长这句话，我就放心了。谢谢丁局长。"

局长说："说吧，要谁？不用客气。"

苏小艺接着说："刘小妹。"

　　局长听了这三个字，脸色立时就变了，他好久不说一句话。过了一会儿，他很勉强地笑了笑，说："这次老申亲自来了，我也就不说外话了。这样吧，县团的演员，不管你们要哪一个，我统统放行。就是这个刘小妹，不能走。"

　　大梅说："那是为啥？"

　　局长铁着脸说："这个人……这个、这个，啊，嚣张得很！把团里搞得啊，不像话嘛！我说了，谁都可以走，就她不能走！只要我当一天局长，她就别想攀高枝。我就不信，我治不了她！"

　　苏小艺马上求告说："丁局长，这样、这样，刘小妹既然这么坏，你就让她走吧。好不好？她一走，不就……"

　　局长仍然沉着脸说："这件事，没有商量的余地，对不起了。"

　　大梅望着局长，很平静地说："放人吧，丁局长，曹操还有一条华容道哪。她不过是个年轻人嘛，让她走了算了……"

　　局长口气仍然很硬，说："华容道？我这里没有华容道。不放，这个人坚决不能放！"

　　大梅站起身来，说："那好，我们走了。"说着，站起身就往外走。

　　出了门，苏小艺不甘心地说："就这么走了？"

　　大梅说："不走咋办？改天再来。"

　　往下一连几天，大梅几乎天天往临平跑，可那局长一直躲着不见她。这一天，大梅和苏小艺又来了。这次来，又让他们扑了个空。文化局的人说，局长不在家。问什么时候能回来，人家又说不知道。于是，两人只有站在门口等了。可等来等去，眼看日错午了，仍不见局长的影子。

　　苏小艺说："这已经是第八趟了。人家死活不见，有什么办法呢？"

　　大梅说："我看他是躲了。"

　　苏小艺说："这事我看难办。他死卡着不放，咱有啥办法呢？"

大梅说："我不信，他一个局长就这么厉害?!"

苏小艺说："现在托人都没法托。你不是让地区王局长写了信嘛，人家就是不见你，你说咋办?"

大梅说："咋办? 等。"说着，大梅就那么往地上一坐，说："我看他回来不回来?!"

就这么等啊等啊，眼看天都黑了，苏小艺搀着大梅，说："走走走，走吧……"

大梅气呼呼地说："我改天还来，这一回我跟他摽上了!"

三天后，大梅又来了。这一次，大梅不再找局长了，她直接进了县政府大院。因为苏小艺有事不能来，这次是小韩陪着她来的。

进了县政府，政府大楼一共五层，大梅上楼时，开始是手扶着墙爬了一层，爬到第二层时，大梅坐在台阶上歇了一会儿，叹口气说："小韩，孩儿，我这腿咋一点力也没有了?"

小韩说："申老师，我背你吧。"

大梅说："再叫我歇会儿，兴许能走。"

小韩说："申老师，来吧，我背你，这样快些。"说着，小韩往下一蹲，背上她就走……

就这样，小韩把大梅背到了县长办公室门前。大梅呢，二话不说，就直接敲开了县长办公室的门。

县长抬起头来，一看是大梅来了，马上起身相迎，说："哎哟，老大姐，你怎么来了? 快坐，快坐。小张，倒水。"

大梅也不客气，她往沙发上一坐，说："县长，我是来请你喝酒的!"

县长笑了，说："老大姐，你这是折我的寿哪。我哪敢喝你的酒呀? 你想想，我一家人都是你的戏迷，我爹我娘我哥我姐我老婆，全是! 可以说，我从小就是听你的戏长大的。有啥事你尽管说！"

大梅说："真的，真的，我真是专门请你喝酒来了。小韩，把酒拿出来。"

这时，小韩马上从提包里掏出了两瓶五粮液，一一摆放在了县长的办公桌上。

县长看了看酒，愣了一下，说："大姐，真喝啊？"

大梅说："可不真喝，还假喝？小韩，倒上！"

县长忙拦住说："大姐，就是真喝，也不能喝你的酒啊！这是到临平来了，临平县再穷，不至于管不起一顿饭吧？"

大梅说："怎么了？我的酒不是酒？小韩，拿俩玻璃杯，倒上，一人一杯。"

县长忙拦住说："大姐，老大姐，我投降，我投降还不行吗？有啥事你说，尽管说，只要是我能办的，就是头拱地，我也给你办！"

大梅仍然对小韩说："孩儿，你不是带着杯子吗？你只管把酒倒上，县长不喝咱得喝。咱是个老百姓，老百姓办个事老难哪！喝，咱先喝，先喝为敬。"说着，大梅欠身把桌上的一瓶五粮液拿在手里，就去拧那盖子……

一时，把县长弄得十分尴尬，哭笑不得。县长忙抓住大梅的手，把酒瓶从她手里夺了过来，说："老大姐，别喝了，你也不能喝。我知道你一身的病。有事咱说事，好不好？等你把话说完，我要是装滑，我要是不办事，你再喝，我也跟着你喝，行不行，我的老大姐？"

到了这时，大梅才叹了口气，说："唉，求人老难哪……"

县长的眉头也跟着皱起来了，说："啥事吧？"

大梅说："咱地区团想调个人，咋也调不来，跑了多少趟，人家就是不吐口啊！"

县长听了，说："就这事？"

大梅说："就这事。"

县长说："人在咱临平县？"

大梅说："可不，就在你县长手下呢。"

县长问："调谁？你说吧。"

大梅说："县剧团的刘小妹。"

县长笑着说："调个演员，那不是一句话嘛，还用你大姐亲自跑？打个电话过来不就行了？"

大梅说："我看你这县长是光说话不办事。打个电话？我都跑了八趟了，也没把事办成……"

县长说："大姐，你不用再跑了，这次我一准给你办成。你回去等信儿吧。"

大梅说："兴许你县长的面子大？可人家局长说了，只要他当一天局长，小妹就别想调走。"

县长一怔，说："有这么严重吗？那好，我现在把他叫过来，当面跟他谈。"说着，县长立时拨通了文化局的电话，说："请丁局长来一下。"

不到十分钟，丁局长就气喘吁吁地跑上楼来。他轻轻地敲了敲县长办公室的门，只听里边咳嗽了一声，说："进来。"

丁局长小心翼翼地推开门，只见县长独自一人在办公室里坐着。丁局长说："县长，你找我？"

县长威严地指了指对面的沙发，说："坐吧。"

丁局长欠着身子坐在了沙发的边上。

县长也不客套，开门见山地说："地区要个人，你给办了吧。"

丁局长说："要谁？"

县长说："你们县剧团有一个叫刘小妹的？"

丁局长一怔，说："有。"

县长说："在咱地区，越调剧团就是咱精神文明的窗口，人家需要人才，咱要无条件地输送。那个刘小妹，让她走吧。"

丁局长嗫嚅地说："县长，这个、这个……刘小妹怕不行，她是……是团里的台柱子，她一走，县剧团就垮了。这不能让她走。"

县长很威严地说："真是这样吗？不会吧？要是这样的话，你让人家跑两年龙套?!"

丁局长头上冒汗了，可他还是硬着头皮说："县长，是、是这样……她她她、她把剧团弄得乌烟瘴气的，群众对她意见很大，作风上也有些问题。这么一个人，要是让她走了，我我我、无法给群众交代……"

县长望着丁局长。

丁局长偷眼看着县长。

第十七章

在县政府的会客室里，大梅和小韩一直在沙发上坐着。他们是在等候县长的消息。

开初，大梅高兴地说："有门。我看，这回有门！"

小韩就说："你也别抱太大希望。最后的手续还得去局里办。当着县长的面，局长就是答应下了，可他要是硬拖着不办，你有啥法？"

大梅说："不办？不办我还来找他。"

小韩说："不过，也难说，你都把县长'将'成那样了，我看他也是骑虎难下，说不定就给你办了。"

大梅看了看墙上的挂钟，说："那就等着吧。"

可是，整整一个小时过去了，仍然没有结果。

在县长办公室里，有人头上冒汗了。

丁局长头上的汗像水珠一样，一豆一豆地云集在他的脑门上。

县长并没有发脾气，只是默默地望着丁局长，整整有一分钟没有说一句话。最后，县长竟然很和气地说："丁局长，你参加工作多少年了？"

丁局长说："三十年了。"

县长就说："怪不得呢，申大姐说她跑了八趟……老丁，你真行啊！"

丁局长抬头看了看县长，很委屈地说："县长，你看人事上的事儿，也不是我一个人能做主的。"

县长望了丁局长一眼，接着像是把他给忘了，就开始收拾他的办公桌，他把那些放得很零乱的报纸和文件分别摞在了一起，等把桌上的东西全都收拾整齐了，终于，县长抬起头来，很平和地望着丁局长说："丁局长，放了吧。"

丁局长已经头顶冒汗了，嗫嚅地说："……县长既然说了，我放。不过，我还得回去研究研究，总得给团里上上下下有个交代吧？"

县长说："研究研究？"

这会儿，丁局长的头抬起来了，他说："研究研究。尽快吧，我再给他们做做工作……"

县长的两只手握在了一起，放在他面前的办公桌上，接下去，他点了点头，很亲切地说："有道理，你说得有道理。不是还要'研究'吗？这样吧，今天晚上，你到我家去，我送你两条烟、两瓶酒……"

丁局长一听，竟忽地一下站起来了，说："县长，你看，你看，我不是这意思，我真不是这意思……"

县长脸一沉，直直地望着他，说："那你是啥意思？"

丁局长就又口吃了，他嗫嚅地说："……总、总得有个程序吧？"

县长说："对，程序要走。不是还有个特事特办嘛！"

这时，丁局长坐立不安了。他沉默了一会儿，终于说："那好吧，我抓紧，抓紧办。"

县长望着他，又一次加重语气说："我现在正式通知你，十二点以前，把章盖上，给我送过来。你走吧。"

　　傍晚时分，在剧团大院的门口，小妹抱着最后一线希望焦急地等待着。她是在等申老师，看她这次能不能把调动的事办好。要是找了县长还不行，那就一点办法也没有了。

　　小妹一直等到很晚很晚，才终于看见大梅在小韩的搀扶下，一瘸一瘸地走来了。小妹飞快地跑上前，扶住她，焦急地问："老师，办了吗?"

　　大梅故意沉着脸，说："难哪。"

　　小妹立时就不吭声了。

　　当他们搀着大梅进了家门，大梅往沙发上一坐，这才把那张纸掏了出来，往桌上一放，笑着说："孩儿呀，这回可办了!"

　　小妹扑上去一把抓住了那张纸，看了又看，说："真的办了呀?! 老师，谢谢你，你可把我救了!"

　　小韩白了她一眼，说："你看把老师累成啥了?"

　　大梅说："今天不累，心里高兴!"

　　小妹高兴地说："申老师，今晚吃啥? 芝麻叶面条? 我去，我去擀!"

　　小韩说："还说哪，为了你的事，老师都快喝死了!"

　　小妹忙说："申老师，你咋又喝酒了? 你可不能再喝了……"

　　大梅说："今儿不喝不行，你想，人家县长帮了那么大的忙，我不喝行吗? 再说了，去时咱就是带着酒的，事办了，你不喝?! 不过，今儿高兴，多喝了几杯没事。叫我喝口水，今儿是真渴了……"

　　小妹赶忙去给她倒水，一边倒水一边埋怨说："小韩，你咋不替替申老师呢?"

　　小韩说："我是想替呀，可人家县长非要跟老师碰杯，我算老几，我说得上话吗?"

　　就在这时，大梅却"哇"的一声，吐起酒来了，两人赶忙把她搀起来扶到了床上，大梅仍撑着说："没事，没事，今儿高兴……"

小妹调到越调剧团以后，在大梅的张罗下，很快就给她分到了房子，这样一来，小妹就不在大梅那儿住了，只是闲暇的时候，到她那里坐一坐，间或给她洗洗衣服什么的。

于是，大梅家就又剩她一个人了。白天还好说，忙忙碌碌的，也不觉得有什么，可一到夜里就不行了。由于慢性腹泻的病，她夜夜都睡不好，一夜总要起来好多次。这样一来，她就成了个"夜游神"了，每天夜里都要起来转一转，弄得她苦不堪言。有天半夜里，大梅横躺竖躺还是睡不着，她在屋子里转来转去的，开了电视又关了电视，拉开冰箱又关上冰箱，就这么折腾来折腾去，仍然没有一丝的睡意，她就干脆披着衣服出门去了。

夜深了，月光如水，昏暗的灯光下，一片灰灰的凉白。大梅在院子里来回转了几圈，还是没有睡意。大梅就上街去了。夜里，大街上的行人也很少，只有路灯在街头闪烁，大梅就这样拖着自己的影子一步步地走着，她心里说，往哪里去呢？天已这么晚了，找谁呢？路上，她碰见一个蹬三轮的，那蹬三轮的看了看她，远远地喊了一声："坐不坐？"大梅摆摆手，示意不坐，她心里说，我要坐了，你一会儿不就把我拉回家了吗？就这样，她一直走到了天明……

有一天上午，她告诉人们说："颍河路上一共有四十八盏路灯。"

人们都很惊讶地望着她，说："你是怎么知道的?!"

她笑而不语。

离省戏曲大赛的日期越来越近了，这些天，大梅一直带着那些要参加大赛的青年演员排练剧目。

一天早上，小妹在练功的时候，没有照常参加青年演员的集体练功，而是独自一人来到了河边，她知道大梅指导完学员后一定会到这个河湾处来，就早早地在那儿等着她。

过了一会儿，大梅来了。小妹从树后走了出来，迎上去叫道："老师。"

大梅看了她一眼，沉着脸说："你咋没去练功？"

小妹低下头去，说："老师，您那'唱中带笑'，我还是学不会……"

大梅厉声说："你不好好练，怎么能学会?! 学戏，不下苦功夫，我看你啥也学不会！"

小妹吞吞吐吐地说："老师，这……这里头是不是还有啥窍门？"

不料，大梅走上前去，"啪"地给了她一耳光，气呼呼地说："好啊，你、你是套我的话来了?! 我辛辛苦苦地把你弄来，你……"

小妹吓坏了，流着泪说："老师别生气，我、我不是那意思……"

大梅气极，手指着她说："我告诉你，学戏，只有一个字：苦！你吃多少苦，才会有多少甜。窍门？哼，这就是窍门！"

第二天中午，大梅单独把小妹一个人叫到了排练厅，然后，她沉着脸对她说："你不是想当我的学生吗？"

小妹说："是。"

大梅说："你那点心思，我清楚。你不就是想让我给你吃小灶，吃偏食吗？"

小妹沉默不语，过了一会儿，才硬着头皮说："是。"

大梅说："那好，你过来。"

小妹怯怯地走到了她跟前，大梅指了指身边桌上放的一小碗水，说："顶在头上。"

小妹拿起那只水碗，默默地顶在了自己的头上。

大梅说："走场子吧，一滴都不能洒。"

小妹顶着那只水碗，刚走了没几步，那水碗就"啪"地一下碎在了地上。

大梅看着她，训道："刚学了几出戏，你就觉得了不得了？哼，你连场子都走不好，还想学啥?!"说着，她伸手一指墙角堆放着的一排碗，喝道：
"我给你买了一摞子碗，好好摔吧，啥时候把这摞子碗摔完了，再来找我。"
说完，她扭头就走。

　　大梅走后，小妹眼里含着泪，慢慢地蹲下身来，把地上摔碎的碗片一
个一个捡起来……

　　几天后，一辆黑色轿车停在了剧团的院子里。司机站在排练厅的门口，
亲昵地叫道："老爷子，走吧?"

　　大梅出来一看，竟是省文化厅的司机，就笑着说："小马呀，这孩儿!
你怎么来了？快，快上家吧。"

　　司机小马先是十分滑稽地给大梅行了个礼，而后说："上车吧，老爷
子，厅里领导让我接你来了。"

　　大梅说："我去就是了，接我干啥?"

　　司机小马说："老爷子，你大名鼎鼎，不接会行?"

　　大梅说："孩儿，你既然来了，我捎个脚行吗?"

　　司机笑着说："你老爷子说了，行啊，只要能坐下，捎多少都行。"

　　大梅立时就对在里边排戏的姑娘们喊道："小娟，去叫上她们，跟我一
块儿走，省得再搭车了。"

　　小娟应了一声，立时就和那些参赛的姑娘准备去了。

　　这时，司机小马伸出手来，说："老爷子，猜一枚?"

　　大梅笑着说："猜一枚就猜一枚。"说着，两人就站在那里，伸手比画
起来。

　　小马说："石头。"

　　大梅说："布。"

　　小马说："剪子。"

大梅说："布。"

小马得意地说："输了吧？"

大梅说："输了，输了，这一段老输。"说着，从兜里掏出早已准备好的两包高级香烟，塞进了小马的衣兜。

小马说："老爷子，你是故意输的吧？"

大梅说："故意？孩儿，你等着吧，下回一准赢你。"

等那些姑娘收拾好之后，大梅就坐上文化厅的车带着姑娘们上路了。一路上，大梅坐在司机旁边的位置上，在她身后的座位上，依次坐着去省城参加戏曲大赛的王玲玲、阿娟和小妹。等车上了公路之后，大梅扭过身来，对三个青年演员嘱咐说："……到时候好好演，这也是个相互学习的机会，不要想别的。"

这时，司机小马插话说："嗨，我看你们仨呀，有老爷子在那儿坐着，得奖没问题了。"

三个人偷眼看了看大梅，心里暗喜，但谁也没敢吭声。

然而，大梅却严厉地说："我告诉你们，到了省城，谁也不准活动！"

在省城。初赛结束后，从全省各地来的青年演员正在焦急地等待着最后一次的复赛。复赛在省电视台的演播大厅，还要搞实况录像，因此，能参加复赛的青年演员们一个个都很兴奋。他们三五一堆，一个个看上去花枝招展，正七嘴八舌、叽叽喳喳地交流经验呢。

在人群中，有个青年演员用羡慕的口气问小妹："哎，听说你是申凤梅的徒弟？"

小妹不好意思地说："……是。"

一听，那个演员更加羡慕地说："哎呀，这下你得奖没问题了！"

小妹有点害羞地说："哪会呀！评委又不是她一个人，十几个哪！"

那个演员激动地说："我可以给你打保票，你是一点问题也没有了。申凤梅那么大的名气，她又是评委，稍稍为你说句话，你不就得奖了?!"

小妹有点难为情地说："谁知道哪?"

突然，那青年演员小声说："你不知道？她们都在活动呢，一个个往评委家去送礼，我都看见了!"

小妹看了看她，说："你送了吗?"

那个女演员不好意思地说："我没有，我没有。我给谁送啊，我又不认识人……"接着，她一扭头，说："快轮到我了，我过去了。"说着，飞快地跑去了。

小妹心里也很激动。她作为一个初次参加大赛的青年演员，也是极想得奖的。谁不想得奖啊？这不仅仅是荣誉，也是一种认可。你想啊，有那么多的专家评委看你的表演，他们要是能肯定你，这不就意味着在省内的戏曲舞台上，你站住脚了吗？所以，小妹很想得这个奖。再说，她心里也是有把握的。首先，老师这一票就不用说了，那肯定会给她的，谁不希望自己的学生得奖呢？在唱腔上，她也是极有信心的，她相信她能征服那些评委。就是老师不站出来替她说话，她也可以征服他们。况且，老师肯定会替她说话的，按老师平时的为人，会不替她说话吗？为了她的调动，老师花了那么大的心血！这一次，老师……在这一点上，小妹很自信。

往下，小妹心里说，别想了，准备准备吧。于是，她也跟着跑进了演播大厅。

演播大厅里，一个来自商丘的青年演员，正在演唱《穆桂英挂帅》的唱段……

待她唱完后，观众席上响起了热烈的掌声。

而后，主持人走上台来，说："现在请评委亮分!"

此刻，坐在评委席上的十二位专家、著名演员都依次亮出了一个个红牌……

女主持人根据红牌上的分数依次报数道："9分，10分，9分，10分，9分，10分，8分，8分，9分，9分，10分……"

接着，一个男演员上台了，他演唱的是《卷席筒》唱段……

这个男青年唱得也很好，待他唱完后，观众席上又是一阵热烈的掌声。

接着，主持人再次走上台来，说："现在请评委亮分！"

评委们依次亮出了记分牌。

主持人报道："8分，8分，9分，7分，9分，10分，8分，9分，8分，7分，8分，8分……"

小妹觉得他有点亏，他的分似乎应该更高一些……可是，时间已不容她往下看了，她该去做准备了。

走进化装间，小妹发现这里早已闹嚷嚷的，人们来来往往，一些青年演员正在做上场前的准备，有的在更衣，有的在化装。小妹也很快找了一个位置，化起装来。

很快，终于轮到小妹上场了。她再一次告诫自己：别慌，千万不能慌！不能给老师丢脸！

当叫到她的名字时，小妹款款地走上台去，上台后给观众和评委深施一礼。此刻，她的目光深情地望了坐在评委席上的老师一眼，而后，开始演唱申凤梅的拿手戏《收姜维》的唱段……

唱完后，观众席上响起了极为热烈的掌声。

一时，小妹激动得脸都红了，她觉得这一次没有给老师丢脸，就很自信地站在那里，等待着评委亮分。

片刻，评委们开始亮分了。

这时，连主持人也情绪高昂，报出了一个小高潮：

"10分！10分！10分！10分！10分！——好，已经连续五个10分了！……8分，9分，9分，8分，9分，还是10分！"突然之间，小妹听见主持人的声音顿了一下，才说："6分……"

小妹站在那里，一下子呆住了。她怎么也没有想到，她的老师，她的恩人，身为评委的申凤梅，竟然独独地为她的弟子打出了6分！她眼里的泪一下子就涌出来了……

小妹是哭着跑出演播大厅的。此刻，她的脑海里一片空白，一溜小跑冲出了省电视台……

当天晚上，在省文化厅招待所，大梅端着一碗热腾腾的面条，小心翼翼地上了楼。

在楼梯口，大梅刚好碰上省文化厅的一个处长。那个处长看见她，忙说："申老师，你这是干啥呢？"

大梅说："不干啥，给学生端碗饭。秋处长，你这是……"

秋处长说："我就是找你呢，有个事想给你说说。"

大梅停住步，说："啥事吧，你说。"

秋处长说："人家胡经理想见见你，请你吃顿饭。好事，你就见见吧？"

大梅说："好，好，我知道了，好几个人打招呼……我见，我见。"

秋处长说："那就说定了。"

大梅边走边说："好，好。"

大梅端着碗慢慢上了三楼，来到一个房间门口，敲了敲门，说："是我，开开门。"

很久之后，门才开了，小妹仍在哭，她两眼红红的，见是老师，也不吭声，扭身走回去了……

大梅进了屋，把那碗面放在桌上，而后坐下来，望着小妹，说："生我的气了？"

小妹低着头一声不吭。

大梅说："我知道你是生我的气了。"

这时，小妹终于忍不住哭着说："老师，你是不是不希望我得奖啊？"

大梅说："是。"

这么一说，小妹倒愣了，她流着泪问："那为啥呢？好歹……好歹我是你的学生啊！"

大梅说："正因为你是我的学生，我才不希望你得奖。"

小妹仍然不解，她很固执地问："那……阿娟怎么就得奖了？她……"

大梅说："阿娟是阿娟，你是你。你不要跟她比。"

小妹还不甘心，说："那阿娟能获奖，我为什么不能获奖？我……到底为啥呢？"说着，她又哭起来了。

大梅说："阿娟是阿娟，你是你，情况不一样。阿娟就这一次机会了，你以后还有机会。我告诉你，就是我不让你获奖的，因为你太年轻。我再告诉你，戏是唱出来的，不是得奖得出来的。戏唱得好不好，有一个最要紧的标准，那就是看你能不能得到观众的认可。对于演员来说，观众才是你的衣食父母！只要观众认你，得不得奖都无所谓……"

小妹仍委屈地说："既然不想让我得奖，那为啥还要让我参加比赛呢？"

大梅说："让你来，是为了让你有一个切磋交流的机会。这一次，全省各种流派的青年演员都来了，你跟人家多交流交流，起码可以增加一些阅历……"

小妹不吭声了。

大梅语重心长地说："孩儿，你还年轻啊！我是怕你头一次出来就得了奖，那会扰了你心智，会让你发飘……那可是唱戏的大忌呀！"说着，大梅抬起头，望着她，说："还生我的气吗？"说完，她忽然站起身来，像是要走的样子……

这时，小妹才很勉强地说："我哪敢生老师的气呀……"

大梅望着她说："是不是心里还恨着我呢？"

小妹有点恐慌地说："老师……"

大梅说："真不恨我？"

小妹仍是很勉强地叫了一声："老师，我知道，你、你是为我好……"

于是，大梅命令道："要是不恨我，先把面条吃了！"

小妹端起碗，可她实在是吃不下去，只是很勉强地往嘴里送了一口，就又把碗放下了。

大梅说："我知道你恨我。年轻轻的，恨也好，恨可以给你动力。不瞒你说，开初的时候我也恨过，我的戏是打出来的，怹李老师活着的时候，没少打我。你呢，就恨我吧，只要能恨出戏来！"

那是一家十分豪华的酒店。

当晚，当大梅被人用车接进这家酒店时，她真有点像刘姥姥进了大观园，到处都灯红酒绿不说，光那套礼仪，就让人受不了。在酒店二楼一个豪华雅间门口，一个西装革履的中年人，早就候在那里了。他一见大梅来了，赶忙上前拉开雅间的门，彬彬有礼地躬身站在门旁，对大梅说："老爷子，请，请，请！"

大梅走了进去，四下看了看，见门内站着一排穿旗袍的小姐，小姐们见了她，也都跟着躬身施礼，甜甜地叫道："晚上好！"

大梅一怔，笑着说："……这排场也太大了吧？"

不料，那中年人却说："这算什么呢？大神哪，您老是尊大神，实在是怠慢不得。不瞒您老说，为了能把您老请到，我可是费尽了周折呀！今天我总算把您老这尊真神请到了，难得呀！快快，上茶上茶！坐，坐，您坐！"

待大梅坐下后，那中年人又倾身递上一张名片，说："申老师，这是我的名片。"

大梅接过来，拉开距离在眼前照了照，笑着说："黄经理，你看，我的眼已经花了，这字也看不大清了……不过，听说你想赞助文艺事业，这是大好事呀。"

这时，旁边一个秘书样的女士忙轻声提示说："我们是国际文艺投资公司，简称'国艺公司'。我们总经理姓胡，这是我们胡总……"

大梅不好意思地笑了："噢，错了，错了，是胡经理，胡经理。"

胡经理说："申老师，我可是您老的忠实观众啊。打小起，我就喜欢听您老的戏，也算是个戏迷吧。不瞒您老，过去呢，我也是个农民，如今呢，我挣了点小钱，虽然不多，也有个一两千万吧。我这个人不像别人，有俩钱只会胡吃海喝，那有啥意思呢？我不感兴趣。我就是想投资文艺事业呀！"

大梅说："那好哇！繁荣文艺事业，就得靠你们这些有识之士……"

胡经理接过话头说："别的不敢说，弘扬民族文化，投资文艺事业，我是舍得花大本钱的！今天我单请申老您一个人，就是想在这方面做些咨询……"说着，他一招手说："上菜，上菜，咱边吃边谈。告诉他们，要最高规格！"

片刻，菜一道一道地上来了。上菜时，专门有一小姐站在一旁报菜名，从天上飞的到地上跑的，从水里游的到圈里养的……可谓无所不有。特别有一道菜，让大梅着实吃了一惊，这道菜纵是在国宴上怕也没见过，它叫作"口口秀"。据小姐介绍，这道"口口秀"的本菜仅是冬瓜条，但这冬瓜条要在蜜糖水里渍泡三年，再在牛奶里浸泡一个夏天，泡出一种微微的酸味，入口即化，已经吃不出冬瓜味了。据说，这是本店的一道看家名菜。

待菜上齐后，胡经理亲自给大梅布菜，连声说："来，尝尝，尝尝。"

酒过三巡、菜过五味的时候，胡经理招了一下手，那位女秘书便会意地站起身来，从皮包里拿出了一份大红聘书和一个厚厚的大信封，恭恭敬敬地放在了大梅面前的酒桌上。

这时，胡经理笑着说："申老师，从现在起，您老就是本公司的特邀顾问了。请您老放心，本公司绝对不会亏待您老的。这三万块钱，不多，请您老暂且收下，咱来日方长，等公司以后有了更大的发展，我还打算给您老配辆专车哪！"

大梅看了看那个厚厚的大信封，笑着说："这钱是不少啊，不过，这钱后边是不是还有话呢？这话是啥，你给我说说？"

胡经理笑了，说："很简单，其实很简单。我呢，您也清楚，准备投资文艺事业，说得好听点，也算为弘扬民族文化做点贡献吧。首先呢，我准备在郑州开一家占地三百平方米的、豪华的戏曲茶座，也搞些雅间，可以边吃饭边听戏的那种……啊，您老呢，作为本公司的顾问，啊，是特邀顾问。每月呢，把您老请来，也算是拉大旗作虎皮吧，唱他个一次两次，您老放心，最多不超过三次！每次的劳务费另算，决不亏待您！"

大梅坐在那里，很平静地笑了笑："待遇很优厚啊，你往下说。然后呢？"

胡经理说："这然后嘛，咱们是公司，当然了也准备搞一些联谊活动。比如说，到各地走一走啊，搞一些大型表演啊，到时候少不了请您老助助阵。也就是这些了……"

大梅笑着说："胡经理，你说得挺好。不过，我还有一事不明白，这钱是给我的呢，还是给我们越调剧团？"

胡经理一怔，说："剧团？你管它剧团干啥？这钱当然是给您的。申老师，我得劝您一句，您老这么大岁数了，也该留个后路，想想自己了！"

大梅说："胡经理，我听了半天，这会儿总算听明白了。你说来说去，不就是'走穴'吗？"

胡经理说："……走穴？不能这么说吧？这怎么能是走穴哪？再说了，退一万步，就算是走穴，走穴也没什么不好嘛！现在是改革年代，叫我说呀，您老的观念也得转变了！别迷了。您还迷啥哩？您看看北京那些演员，哪一个不是……啊?！实话给你说吧，有的都坐上大奔了！"

大梅说："是啊，走穴也没啥。我打小就是个撂摊卖艺的，街边上我都唱过，我还能不知道？要不是共产党，也没有我的今天……胡经理，你要是真想赞助文艺事业，想给剧团做点好事，我举双手拥护，我老婆儿给你唱堂会都行！这钱要是给我一个人的，我是一分也不能拿。你想啊，我们剧团一百多号人，我出来走穴，那别的人怎么办？这个剧团不就垮了吗？"

胡经理急了："哎呀，老婆儿，您咋、咋就不开窍哪?！您有这么大的名气，你管他们干啥！"

大梅站起身来，两手一抱拳，说："得罪了，得罪了。"说着，起身就走。

胡经理站在那里，一时像傻了一样，好半天还回不过来劲。他心里说，人还有不在乎钱的吗?！

大梅回到了文化厅招待所，一进房间，朱书记、苏小艺等人便急煎煎地围过来了，他们一个个抢着问：

"咋样？咋样？谈得咋样？"

"说了没有，给咱多少赞助？"

"一百万？要是一百万，他要啥条件，咱都答应他！最少、最少也得十万吧？气派那么大，少了也拿不出手啊！"

大梅气呼呼的，往床边那么一坐，用指头点着他们说："你们这些人哪，净拉死猫上树！"

苏小艺睁大眼睛说："怎么？口气那么大，又不给了?！"

朱书记说："哎，不会吧？他不是口口声声要弘扬民族文化，要赞助文艺事业吗？你看那头抿的，倒像是个有钱人。"

老孙说："是呀，一开口就说手里有几千万……"

大梅笑着说："实话给你们说吧，这人是拉我'走穴'的！"

听大梅这么一说，众人都不吭声了。

大梅又说："钱倒是给了，三万，在酒桌上放着，只要我把合同一签……你说说，我能签吗？我要是真签，你们还不把我吃了?!"

众人听了，开始沉默不语。

片刻，朱书记说："有个事，我还没给你说哪，家里是火上房了！"

大梅忙问："团里怎么了？"

朱书记说："这一段连续下雨，咱那排练厅你也知道，眼看快塌了！跟地区反映，地区说咱们是省里管的，省里说咱归地区，咱现在是上不着天下不着地呀！再一个事，剧团不挂你的牌儿，演出卖不上座，依我看，这个月的工资都危险哪！老申，大姐，你还得出马呀！"

大梅说："我演，我演。你放心，我挂牌演出！"

苏小艺接过话头说："老申，朱书记不是这意思。你看，你这么大岁数了，还一身的病，也不能老让你场场上啊！不挂你的牌儿，不行，戏没人看；挂你的牌儿吧，你不上场也不行，观众闹事……这样下去，也不是长久之计呀！指望青年演员吧，我看一时半会儿也到不了你这个份儿上啊！本想指望企业家给点赞助，唉……所以呢，虽然剧团要推向市场，还是希望上边给些扶持，哪怕'缓期执行'啊。"

大梅说："我听出来了，又拉死猫上树呢不是？先说好，我可不去求人。我求人都求怕了。"

朱书记说："大姐，排练厅眼看要塌了，万一砸住人咋办？大姐呀，你能眼看着越调这个剧种垮到咱手里？那是民族文化呀，你甘心吗?!去吧，大姐，只有你去了。你是名人，还在人大兼着职呢，好说话，去给省委反映反映，说不定上头……大姐，我可不是不愿去。要说我们也可以去，可我们去，恐怕连门都进不去呀！"

大梅听了，沉默了一会儿，说："我表个态。头一条，我跟团演出，不能演一场，我演半场。再一条，话既然说到这份儿上了，我这老脸厚皮的，明天就上省委去。"

朱书记说："大姐，真是难为你了……"

大梅摆摆手说："别说了，什么也别说了。下一个台口定的哪儿？"

苏小艺说："邯郸。"

大梅问："挂牌了没有？"

朱书记看了看老苏，苏小艺看了看负责联系"台口"的老孙，老孙只好说："申老师，已经挂出去了，不挂你的牌儿，人家不接，死活不接……"

大梅说："行了，办了事，我立马赶过去。"

凌晨时分，小妹入睡后翻了一个身，朦胧中，她发现老师睡的那张床上没有人了。她慌忙起身，四下里看了看，一下就瞅见了贴在墙边一点一点挪动的一个黑影，就问："老师，你……你怎么了？"

大梅说："我腿抽筋，死活睡不着，我扶着墙走走……你睡吧。"

小妹探身问："你没事吧？"

大梅说："没事。睡吧。"

小妹已经毫无睡意，于是，她从床上爬起来，上前扶住了大梅，说："我扶着你走走。"

大梅说："你看，影响你睡了吧？"

小妹说："老师，你对我咋越来越客气了？"接着，她叹了口气，说："申老师，你也太苦了！要我说，何必呢！"

大梅说："也没啥。人老了，毛病多。你别管我，快睡去！"

小妹无奈，只好重新回到床上躺下了。

这时，大梅突然说："小妹，你是不是希望我早点死呀？"

小妹一怔，骨碌一下爬起身来，吃惊地叫道："老师，你咋说这话？"

大梅直直地望着她："说实话。"

小妹叫道："老师，天地良心，我要是……"

大梅一摆手，说："别说了。我知道，我把你们压住了……"

小妹说："老师……"

大梅喃喃地说："孩儿呀，我也活不了几天了……"

小妹惊慌地坐起来，怔怔地望着她，好半天才说："老师……"

大梅再次摆摆手："不说了，不说了，你睡吧。"

第二天上午，小韩把大梅背到了省委大门外的马路边上。

大梅说："孩儿，就到这儿吧，你别进去了。还要登记哪，挺麻烦。再说了，你背着我，让人看见也不知是干啥的，不好看。"

小韩关切地说："老师，你行吗？"

大梅说："行，我行。我慢点就是了。你走吧。"

小韩说："我就在这门口等着你吧？"

大梅说："不用，你走吧。"

而后，大梅就那么一步一挪地朝省委大院走去。进了省委办公大楼，大梅只好用手扶着墙一级一级地去爬楼梯……当她好不容易爬上了三楼，来到通向四楼的拐弯处时，就再也爬不动了，她就势坐在了台阶上，想歇歇脚。

恰在这时，省委李书记刚好从楼道的另一侧走了过来，当他迈步拐上楼梯口的时候，不经意地往这边瞥了一眼，突然站住了，他十分惊讶地说："哎，大姐，你怎么在这儿哪？"

大梅慌忙起身，却没能站起来，只好说："李书记，我给你们添麻烦来了。"

省委李书记看了一下表，很干脆地在她身边坐下来了，亲切地问："大姐，你身体怎么样？"

大梅说："行，还行。"

省委李书记说："听说你有糖尿病，治得怎么样？"

大梅说："慢性病，没啥大不了的。"

省委李书记又说："大姐呀，你是国宝，可要注意身体呀！家里都好吧？"

大梅说："都好。"

省委李书记说："那你有什么事吗？"

大梅说："就是有事，才来麻烦你的。"

省委李书记又看了一下表，说："大姐，我知道你从来不为私事找我。这样吧，到我的办公室去说吧。"

说话间，一个秘书匆匆走来说："李书记，常委们都到齐了……"

大梅看他太忙，可找省委书记一趟又实在是不容易，就说："你太忙，不去了，就在这儿给你说几句吧。"

省委书记说："那好吧……"说着，又扭过头对秘书说："让他们等我五分钟。"

于是，一个省委书记，一个名演员，就坐在楼梯口的台阶上说起话来……

在省委办公大楼里，每一个从这个楼梯口路过的干部都十分惊诧。他们一回到办公室，就赶忙打听，那老太太是谁呀，就跟书记坐在楼梯口说话？！年轻些的，自然不清楚，那些年老的就说："谁？大梅！唱越调的。"

两人坐在楼梯口，一直谈了有二十多分钟。最后，省委李书记站起身来，握着大梅的手说："大姐，你放心吧，对文艺事业还是要扶持的。这个事我一定过问。"

大梅感激地说:"你看,给你添麻烦了……"

省委李书记说:"大姐,这个事我记住了。我下边还要开会,不留你了……"接着,他扭过脸去,对秘书吩咐说:"派车送送大姐。"这么说着,他亲自扶着大梅一步一步地把她送下了台阶……

越调剧团又出发了,这次定的"台口"是河北的邯郸。然而,运送道具和演员的大车刚一出省界,就惹下了一个不大不小的麻烦。

那是一个穿过村镇的十字路口,就是在这么一个路口上,两辆装有道具、布景、戏箱的大卡车和一辆载着演员的大轿车由南向北行驶时,突然,村里有一个老太太,慌慌张张地小跑着横穿马路,此刻,由于车速高,拉道具的大卡车已经开过去了,跟在后边的大轿车司机却因为刹车不及,车尾的风扫住了那位惊慌失措的老太太,一下子把她扫倒在地上。

于是,顷刻间,路口上有人高声喊:"不好了,轧住人了!轧住人了!"

片刻,村里人乱纷纷地围了上来,吵吵嚷嚷地叫道:"不能让他们走!不能走!"

大轿车停下了,坐在车上的演员纷纷问道:"咋回事?咋回事?"

开大轿车的司机脸色都变了,嘴里说:"完了,完了,这下走不了了!这么多人,非讹咱不行!"

说话间,整个车都被村民们围住了!

就在这时,有一辆桑塔纳从后边赶了上来。这辆车停在了大轿车的后边,从上边下来的正是追赶剧团的申凤梅。

大梅走上前,问:"咋回事呀?"

村民们乱纷纷地说:"轧住人了!车轧住俺的人了!"

这时,司机委屈地说:"根本没轧住她,是风、风把她扫倒了……"

村民们齐嚷嚷说："打个狗日的！揍他个小舅！人都在地上躺着呢，他还说没轧住！……"

就在村民们往前拥的时候，车上的青年演员也在往车下跳……这时，大梅火了，发脾气说："都上车，大车上的人谁也不能下来！"

听她这么一喊，车上的人都退回去了。

大梅疾步走到那位躺在地上的老太太跟前，对众人说："还是先给老太太看病要紧，有事没事咱先看病，看了病再说……"说着，她和村民们一起，把那位倒在地上的老太太搀起来，扶到桑塔纳轿车跟前，对司机说："什么也别说，先把老太太送医院！"

于是，桑塔纳轿车拉上那位老太太，由小韩陪着，向县城方向开去……

众人看大梅是从小轿车上下来的，误认为她是一位"大官"，也都不敢再闹事了，只说："不能走，那你们也不能走！"

大梅说："这样吧，让他们先走。天大的事，我留下来做人质，这行了吧？"

众人听了，一时有些犹豫，却不好再多说什么。

大梅一挥手，说："走，大车赶紧走，别误了时间。"

车上的演员都望着大梅："申老师，你……"

大梅说："我没事，我在这儿等着，你们快走！"

可是，村民们仍然围着车不放行。

此刻，大梅又高声对村民们说："我押在这里！老太太有啥问题我负责。让他们走吧。"

观众望着这位"女大官"，迟疑了片刻，默默地让开了一条路，大车就这么开走了……

大轿车在公路上风一样开走了。司机擦了擦头上的汗说："老天爷，差一点就给扣住了！"

车上，演员们纷纷议论说："申老师不会出啥事吧？"

有人说："不会，不会。"

有的说："难说，现在有的农民可会讹人了，不管碰住没碰住，非讹你不可！"

司机仍小声嘟哝说："天地良心，确实没轧住她……"

车一走，众人就把大梅围在了路口。大梅看路边有个大石磙，干脆就在石磙上坐下了。她连声对众人说："放心吧，我不会跑，我也跑不动。"听她这么一说，众人都笑了。

这时，一位好心的老汉提来了一壶水，给大梅倒了一碗，说："这位同志，喝碗水吧。"

大梅忙说："谢谢，谢谢。"

人群中，有位老者说："看样子，你是大官呀，坐小卧车哪。出来有啥急事？"

大梅笑了，说："我不是啥大官，我是个唱戏的。"

一时，众人很惊讶地望着她："唱戏的？不会吧？"

大梅说："真的，我确实是个唱戏的。"

老者半弯着腰，望着大梅说："听口音，是南边的？"

大梅说："是呀，我是周口越调剧团的。"

老者一听，说："越调？听过，听过，在广播里听过。咦，有个叫申凤梅的，唱得老好啊！你认识申凤梅吧？"

大梅望着众人，沉默了一会儿，苦苦一笑，有点不好意思地说："我就是申凤梅。"

众人一听，都呆呆地望着她，一个个说：

"你、你就是申凤梅呀？"

"你、你怎么不早说哪？你要早说，不……"

"大姐，你要是早说，早就让你走了！"

大梅说："那可不能走，轧住人了，咋能不负责任呢？"

一时，众人相互交头接耳。说话间，人越聚越多了，突然有人高声说："唱一段吧？能不能唱一段呀?!"

大梅很爽快地站起身来，说："好，唱一段就唱一段！"说着，便往那个石磙上一站，唱了起来。

一会儿工夫，路口上已围得水泄不通……

当那辆桑塔纳轿车返回时，小韩看见路边人山人海，一时吓坏了，忙对司机说："坏了，坏了！出事了，申老师出事了！"

○　●

第十八章　·································

大梅是最后一个赶到邯郸的。

那辆桑塔纳轿车把她送到了一家宾馆的门前，大梅一下车，四下里看了看，就吃惊地问："人呢？就住这儿？"

小韩跟在她身后，给她提着那个帆布包，说："就这儿，房间已经给你安排好了，203 房。"

大梅迟疑了一下，说："其他人呢？"

小韩说："其他人都在东边呢。"

大梅一听，说："东边？东边啥地方？"

小韩说："申老师，你别问了。团里有安排……"

大梅说："这孩儿，我咋不能问？"说着，她四下又看了看，"这房间，一晚上多少钱？"

小韩说："也不贵，才一百二。有暖气，能洗澡，还……"

大梅说："这孩儿，一百二还不贵？不住，我不住。"

小韩说："房子已经订下了，你不住能行？再说了，天太冷，你这么大岁数了，身体也不好，这都是团里特意安排的。"

大梅扭头就走，说："不住，我不住。"

小韩急了，忙拉住她说："老爷子，你不住咋办？你说你想住哪儿？"

大梅扭过头，说："住哪儿？你们住哪儿我住哪儿，我跟大伙住一块儿嘛。"

小韩说："我话跟你说，团里除了你，谁也没安排住的地方，都是打地铺，在后台上住着呢！"

大梅一听，说："我跟大伙住一块儿，也住后台。"

小韩气了，说："你知道咱们这趟演出主要是卖啥哩？！"

大梅一怔，说："卖啥？"

小韩说："就是卖你这块牌子哩！不亮你的牌子，台口根本就定不下来！你知道吧，团里安排你住好一点，就是怕冻着你了，万一你病倒了，这戏就没法唱了！"

大梅一怔，沉默了片刻，说："我知道，我知道。我又不是大熊猫，也没那么娇贵，我小心点就是了。"

小韩说："老爷子，你怎么这么固执呢！后台没有暖气，这儿有暖气有啥的，你放着福不享，图啥呢？"

大梅叹了口气，小声求告说："孩儿，我给你说实话吧。我一个人住这儿，太孤，夜里连个说话的人都没有，我受不了……我跟大伙住一块儿，热闹，这心里还好受些。孩儿，你就让我跟大伙住一块儿吧。"

小韩说："要不，让小妹来陪着你？"

大梅说："不，不，一百二太贵了，净扔钱。"说着，头前走了……

傍晚，天下起雪来，飘飘扬扬的大雪，在霓虹灯的映照下，像彩纱一样在空中交织……

　　剧院门前，高挂着"申凤梅"的戏牌，戏马上就要开演了，邯郸的观众正在陆陆续续地进场。戏是早就定好的，票也早就卖出去了，因此这场大雪并没有影响演出。有了这场雪，观众反而比往常多了。

　　后台上，演员正在做演出前的准备。由于后台没有暖气，苏小艺怕大梅冻着，万一生病误了场就不好办了，于是派了几个青年演员过来给大梅加些衣服。他们手忙脚乱地用被褥把申凤梅包起来，一边包一边说："厚一点，得厚一点……"

　　这时，有人提来了一桶滚烫的热水，放在半弯着腰的申凤梅跟前，又加上了一条被褥，把她严严实实地裹进去。于是，申凤梅就趴在那桶热水上，一口一口地"哈"那热气……

　　几个年轻人不放心，每隔一会儿都要问问：

　　"申老师，没事吧？"

　　"怎么样？好一点没有？"

　　突然，大梅从被褥里探出头来，猛出一口气，只见她满面通红，喘着气说："好一点，好一点了。"说着，又钻进被褥里去了……

　　这时候，剧场里已坐满了人。铃声响过之后，大幕徐徐拉开，戏开演了，有一个青年演员舞着唱着走了出来……

　　在后台，大梅仍在"哈"热气。小韩提着一桶热水来到裹在被子里的大梅跟前，把那桶已"哈"凉的水提出来，又把那桶滚烫的热水放进去，并趁机问道："申老师，咋样？后半场能不能上？"

　　大梅一边喘着气，一边说："好多了，这喉咙里好多了，能上。"

　　小韩说："那我还得让他们烧水，你再好好捂捂。"

　　当剧院大厅里那只巨大挂表的指针指到九点钟的时候，在化装室里，等候上场的大梅身上只穿着贴身的内衣和内裤……

　　站在一旁的小韩不停地搓着手，说："老师，今天零下十度，冷啊！再加一件衣服吧？"

大梅说："不行，穿得鼓鼓囊囊的，咋演戏？"

小韩手里拿着准备给大梅上装的戏衣，用戏谑的口吻说："老爷子，你冻坏了咋办？要不腰里加一根绳勒紧，这总行吧？"

大梅说："行，加根绳行。你没听人家说，腰里束根绳，强似穿一层。就加根绳吧。"

这时，小韩灵机一动，说："这样行不行，加个热水袋？用绳子捆上……"

大梅说："不行不行，这不行。正唱着，万一掉了咋办？那洋相就出大了！"

于是，小韩就只好给大梅腰里束上了一根绳子……

大梅连声说："紧点，勒紧点。"

锣鼓声响后，终于轮到大梅上场了。有人在舞台角上小声喊道："申老师，走了！"

大梅一挺身，便踩着"点"走了出去，待唱过一段后，场上立时响起了热烈的掌声……

晚上十点，在剧院大门外边，突然有一辆邮局的专用摩托车飞一样地开来，开摩托的小伙子在剧院门前来了个急刹车，停下后，他拿着一个电报夹快步跑了上去。

几分钟后，这份电报便传到了后台。导演苏小艺看了电报之后，一言不发，便慌慌地找朱书记去了。他默然地把这份电报交给了老朱，说："你看咋办？"

朱书记接过电报一看，上面写着：申秀梅病危，速归！

朱书记看了电报后，一句话没说，眉头先拧起来了。

这时，苏小艺追问道："说不说？"

朱书记沉吟了片刻，说："先别告诉她。"

苏小艺说："那……咋办呢？"

朱书记说："她太累了，让她先休息休息，明天再说吧。"

漫天皆白，雪仍乱纷纷地下着……

凌晨时分，摩托声再次响起。又是一封加急电报送到了剧院：申秀梅已于昨日凌晨四点病故，速归！！

朱书记和导演苏小艺拿着这封电报，手里就像揣着一个火炭似的，他们商量来商量去，一直坐到了天亮。

待到天蒙蒙亮的时候，两人才决定下来。于是，苏小艺和朱书记一起来到后台，只见大梅盘腿在地铺上坐着，手里端着一小碟花生豆。

朱书记说："你醒了？"

大梅说："睡不着，早醒了。"

苏小艺说："老申，我让食堂给你下了碗面，一会儿就端过来了。"

大梅狐疑地望着两人，说："有事？"

朱书记说："有点事。咱去那边说吧？"

大梅一边起身一边问："啥事？怪严重？"

朱书记说："严重啥？不严重。走，去那边说吧。"

待三人一起来到化装室，朱书记把门轻轻关上后，才说："老申，坐，你坐。"

大梅坐下后，看了两人一眼，说："啥事，还神神秘秘的？"

苏小艺看了看朱书记，说："老申，省里来了个通知，让你去参加一个会。老朱也去，车已经准备好了。我们俩商量了一下，还是去吧。"

大梅说："啥会？"

朱书记很含糊地说："省里的会。"

大梅说："这么大的雪，来回折腾啥？我不去了。"

苏小艺说："还是去吧。咱团的事，省委书记虽然批了，文化厅这边还得追紧一点。这是个机会，辛苦一趟，去吧。"

大梅说："夜里我这眼皮老跳，没别的事吧？"

苏小艺不语，朱书记忙说："没有，没有。事不宜迟，雪这么大，你吃碗面，咱还是早点走吧。"

平原上，漫天飞雪，整个世界都仿佛冻住了。

一辆桑塔纳轿车在风雪中行驶着，路上一个行人都看不见。

在车上，朱书记咳嗽了一声，突然说："药，药带了没有？"

大梅愣了一下，说："药？啥药？"

这时，坐在前边的小韩扭过头说："带了，速效救心丸我带了。"

大梅接过话头说："我的药我带着哪。治腹泻的，治糖尿病的，治喉咙的……都有。老朱，你感冒了？我这儿有药。"

朱书记捧着头说："没事，没事。"

车行驶了一段，车上的人都默默的，谁也不说话，车里的空气显得很沉闷。过了一会儿，朱书记又咳嗽了两声，才说："老申，有个事，我想给你……说说。"

大梅扭过头，望着他："你说。"

朱书记说："我说了，你别紧张。"

大梅心里一凛，说："啥事？"

朱书记缓慢地说："是这，秀梅……秀梅她……病了，病得……比较重。咱顺路去……看看她吧。"

大梅突然就不吭声了，她侧身望着车窗外，眼里渐渐就有了泪花……

车窗外，漫天飞雪，一片银白色的世界。

　　在颠簸的车里，大梅的思绪慢慢回到了往事之中：

　　……天很高很高，田野无边无际。在无边无际的田野里，有两个小女孩在走。那个稍大一点的女孩走在前边，那个小一点的女孩蹒蹒跚跚地跟在后边。两个女孩扎着同样颜色的红头绳。

　　小点的女孩走着走着，跟不上了，就喊："姐，等等我。"

　　大点的女孩回过头来，说："快点。"

　　小点的女孩说："咱到哪儿？"

　　大点的女孩往前一指说："到天边。"

　　小点的女孩望望远处，说："天边在哪儿呢？"

　　大点的女孩说："跟着走吧。"

　　她们一前一后来到豆地里，大点的女孩从脚上脱下一只鞋，拿在手里，蹲下来一蹿一蹿地扑蚂蚱……

　　小点的女孩也学着姐姐的样子，脱下一只鞋，她没脱好，摔倒了，又慢慢地爬起来……

　　豆地里的蚂蚱在一蹿一蹿地飞，大点的女孩在跑来跑去地扑，不一会儿，手里就有了一串用毛毛草穿着的蚂蚱……

　　小点的女孩望着姐姐手里成了串儿的蚂蚱，眼馋地说："姐，这能吃吗？"

　　大点的女孩说："烧烧才能吃呢。"说着，把一串儿蚂蚱交给妹妹，就又拿着那只鞋扑蚂蚱去了。

　　片刻，地上出现了一个小土窑，土窑里放着一把豆叶，大点的女孩趴在土窑上吹呀、吹呀，终于豆叶烧着了，大点的女孩把那串蚂蚱放在火上翻来翻去地烤着……

　　大点的女孩从烤焦的蚂蚱串上小心地取下一只，递给了小点的女孩，小女孩一下子就塞进了嘴里……

大点的女孩问："香吗？"

小点的女孩说："香！"

大点的女孩说："别吃头，头苦，吃肚儿，一兜油。"

车窗外是无边无际的夜空，夜空下是无边无际的孝白……

车上，老朱叫道："老申，老申！你没事吧？"

大梅慢慢地转过脸来，凝滞地望着朱书记，眼角挂着一滴泪珠……

朱书记缓缓地说："老申哪，到这个时候，我也不瞒你了，二梅她确实病得很重……不过，你可要挺住哇！"

大梅喃喃地、忧伤地说："我就剩下这一个亲人了。"

朱书记劝道："老申哪，这人，谁还没个病？你呀，也别太伤心了。"

小韩也跟着劝慰说："申老师，二老师她……"说着，竟说不下去了。

大梅说："你二老师，要紧吗？"

小韩看了看朱书记，张口结舌地说："具体我……也不太清楚，捎信儿的只说……病比、比较重……"

大梅的身子往后一靠，不吭了。是啊，她们是亲姐妹呀！小的时候，二梅总跟着她，几乎是形影不离……

她记得，小的时候，有一次在场院边上，在那棵老榆树下，二梅还教她戏词哪，那恍惚就像是昨日——

二梅说："二八佳人。"

大梅跟着说："二八佳人。"

二梅说："一对冤家。"

大梅说："一对冤家。"

二梅说："黑甜乡里梦见他。"

大梅说："黑甜乡里梦见他。"

二梅说："啥啥、啥啥浸湿罗帕。"

大梅一怔，说："啥啥、啥啥是个啥呀？"

二梅说："我也忘了。"

大梅说："掌嘴。忘了，你咋就忘了？"

二梅说："我记不住……"

大梅说："你也没问问啥意思？"

二梅说："我不敢问。"

大梅说："我给你说个法儿，你趁师傅高兴的时候问……"

二梅说："我哪敢问呀？我膝盖都跪紫了……"

大梅说："紫了？让我看看。"说着，她蹲下来，把二梅的裤子撩开，看了看二梅膝盖上的伤，贴上去用嘴吹了几口凉气，说："还疼吗？"

二梅说："疼。"

大梅说："以后你可要长眼色。"

二梅突然说："姐，咱跑了吧？"

大梅说："净说傻话。往哪儿跑呢？咬着牙，好好学吧，学出本事来，就没人敢打你了。"

车进入许昌境内的时候，仍是漫天飞雪，雪都下疯了。

进市后，由于路滑，车开得很慢，大梅望着许昌的一条条街道，心里生出了很多的感慨：是啊，当年就是她极力劝二梅到许昌来的，她本是想让她在这里有很好的发展，可是，唉，这样一来，姐妹俩见面机会就少多了……眼前，就快要到剧团所在的那条大街了，她记得，市医院也在这条路上，她就要见到病中的二梅了。可就在这时，车拐弯了，顺着市中心的这条大道慢慢地拐到了"烟城宾馆"门前……

大梅突然叫道："停。不是说去看你二老师吗，怎么不去医院？！"

小韩马上说："怕你累着，咱先在这儿歇歇，吃了饭再去吧？"

大梅说："不，不，现在就去。"

就这样，车在宾馆门前停住了，车里一片沉默……

这时，大梅问："怎么了？"

沉默了很久之后，朱书记终于说："老申哪，你要挺住，要节哀。秀梅她……已经过世了……"

突然，大梅笑起来了，脸上竟然露出了"诸葛亮"的笑，笑出了满眼满眼的泪花："这不是诈我嘛！"

小韩忙转过脸望着她说："申老师，你想开些吧，路上不敢告诉你，就是怕你……"

朱书记也说："老申哪，想开些，想开些，你可千万不能倒下呀！"

大梅静静地坐了一会儿，轻声说："走吧，我能挺得住。"

车又慢慢地开动了。当车开到了许昌越调剧团门前时，大梅却下不来了，她几次想站起来，却怎么也动不了了，最后还是被人架着从车里挪下来的。不过，当人们把她抬下车后，大梅还是站住了，在寒风中，她分开了扶她的众人，硬硬地向院子里走去。

剧团院里已是一片孝白。全剧团的演员都在漫天风雪中站着，每个演员身上都穿着重孝……

大梅踉跄地往前赶了几步，突然要下跪，却被围上来的演员们拉住了。演员们流着泪，纷纷上前叫道："申老师！申老师！……"

大梅硬硬地站着，一一跟人握手，一声声喃喃地说："谢谢，谢谢，谢谢大家……"

就这样，在众人的搀扶下，大梅一步步走进了灵堂。

灵堂中央挂着申秀梅的遗像，周围摆满了各界人士送的花圈和挽幛，二梅静静地、安详地躺在中间，像是睡去了。

　　大梅被人搀进来之后，在妹妹的遗体前默默地站了一会儿，而后，她沙哑着对人们说："谢谢了。你们、你们……去吧，让我独自坐一会儿。"

　　众人相互看了一眼，都默默地退去。

　　大梅在二梅的遗体旁坐下来，呆呆地望着妹妹死去的面容。片刻，大梅抓着妹妹的手，喃喃地说："二梅呀，好好的，你咋就去了呢？你这么一走，谁是我的亲人哪？夏天的时候，你不是说，你要和我搭班唱一场，过过戏瘾吗？那一场，我没让你上，你一生气，就走了……我的妹呀，你连个招呼也不打，咋说走就走了呢？"

　　过了一会儿，大梅又喃喃地说："你、你咋连句话都不给我说呢？"

　　就在这时，大梅眼前一晕，突然出现了二梅跟她吵架的情景。那一天，二梅的手指到了她的脸上，说："我不走！你凭啥让我走？"

　　大梅说："我是为你好！"

　　二梅说："为我好？谁知道你安的啥心?!"

　　大梅也生气了，说："你说，你说我安的啥心?!"

　　二梅说："哼，你有几个妹子？你就这一个妹子吧？"

　　大梅说："到那里你是主演，可以独当一面。在这儿，你是个配角，你咋就不知道好歹哪！"

　　二梅气嘟嘟地说："我就是不知道好歹！"

　　大梅说："戏是唱出来的，在那儿演出机会多，你会提高得快一点，这都是为你好。咱姊妹俩从小在戏班里学戏，吃那么多苦，为的啥呢？"

　　二梅站在那里，一声不吭。片刻，她突然说："姐，你知道吗，人家都说我是你的垫头！要不是你在前边压着，我早就……哼，我当你的妹子，亏死了！"

　　大梅一怔，说："是我压住你了？"

　　二梅说："是。就是你压住我了！"

想到这里，大梅在心里喃喃地说，是啊，你当我的妹子，亏了你了！那时候，我是团长，我怕人家说什么，不管演什么，有我在，从没有你的份儿。一说下放人，先先地就把你给打发了。妹子，我有私心哪！你姐对不起你，你姐有私心哪！

这时，许昌越调剧团的一个青年女演员端着一杯水走过来，小声对大梅说："申老师，您喝口水吧。"

大梅摇了摇头，轻声说："你二老师，她走的时候，留下什么话没有？"

这位女演员说："没有。二老师走得太突然了。半夜里，她说不行就不行了，送进医院，也没有抢救过来……"

就在这当儿，大梅眼一花，突然发现二梅慢慢地坐了起来，紧接着，她眼前一黑，竟出现十几个不同的二梅——二梅以不同的身姿、不同的语气（有气愤的、有撒娇的、有依恋的）依次出现在她面前，一声声说：

"姐，你可就剩下这一个近人了？！"

"姐呀，你就这一个近人哪！"

"姐，你还有谁呀？就这一个近人……"

"近人！……近人！……近人！……"

此时此刻，大梅泪如雨下。她哭着说："谁还是我的近人呢？老师走了，瞎子师傅走了，师哥也走了，如今你也走了……我的亲人哪！"

第二天，火化的时候，在殡仪馆告别大厅里，哀乐响着，大梅眼里已经哭不出泪来了，她就那么木木地站着，跟专程赶来送葬的各位领导一一握手，无语，无泪……

院里，一个巨大的烟囱，把二梅化成一股青烟送上了天空……

而后，大梅在众人的搀扶下，一步步走出了殡仪馆。当她回头的时候，她仿佛听见空中有人在喊："姐，我的姐，我走了……"

大梅仰望天空，无语凝噎……

办完丧事后，在剧院办公室里，众人都劝大梅说：

"大姐，节哀呀，节哀，你也这么大岁数了……"

"申老师，你也不要太难过，在这儿好好休息几天，养养身子……"

"大姐，多保重，秀梅她虽然走了，你也不要太伤心……"

大梅强撑着站起身来，两手抱拳，给众人作了一个揖，哑着嗓子说："谢谢，谢谢各位了！二梅走了，这丧事也办了，办得体体面面的，我没啥说的，很满意。给组织上添麻烦了！谢谢，再次谢谢各位领导、各位同人，谢谢了！……"

待谢过众人，接下来，大梅又对老朱说："人已走了，哭也没有用……老朱啊，我们走吧？"

这时，人们看她哀伤过重，就纷纷劝道：

"申老师，可不能走啊，你说啥也得歇上几天！"

"申老师，你这身体，能走吗？你不要命了?!"

"这冰天雪地的，咋走啊？不能走……"

大梅硬硬地站起身来，说："得走，得走。不瞒各位，邯郸那边，票已经卖出去了，我不去怎行？"

众人一听，仍旧劝道，票卖了也不能走，人命关天的事，观众会理解的，还是住一夜吧！

于是，老朱也说："你这个样儿，就别走了，住一夜吧？"

大梅说："不行，年关的时候，万一出了事就不好了，还是走吧。"

是啊，邯郸这边，票的确已经卖出去了。在邯郸大剧院的门口，高挂着"申凤梅"的戏牌；售票处，挂着当日演出的剧目：《诸葛亮吊孝》。

尤其是剧院的经理，一听说大梅这会儿不在邯郸，正在对着老邢大发脾气："……我不管你这原因那原因，我告诉你，票已经卖出去了，大梅必须上场！咱们有合同，你知道吗？咱们是有合同的，合同就是法律！"

老邢说："老尚，你别急，你别急嘛。你听我解释……"

不料，这个尚经理仍不依不饶地说："解释什么？你不用解释，我也不听你解释！这里有合同，白纸黑字，写得清清楚楚。"

老邢说："申老师家里出大事了，她是去奔丧了，你知道吗？她妹妹，也是她唯一的亲人，死了！"

一听原因，尚经理不吭了，他沉默了好一会儿才说："这、这、这……可票已经卖出去了呀！"

老邢说："尚经理，申老师万一回不来，咱给观众解释一下，他们会理解的。你说呢？"

尚经理摊开两手说："出了问题怎么办？如果他们要求退票怎么办？这、这一系列的问题，怎么办?！"

尚经理缠来缠去，说来说去，最后把老邢也惹火了，他说："我们赔偿损失，这行了吧?！"

车刚出城不久，朱书记看路上太滑，突然叫道："停，停。"接着，他望着大梅，说："老申，我看咱们别走了，就住一夜吧？冰天雪地的，赶太紧，我怕你吃不消啊。"

此刻，大梅默默地走下车，来到空旷的原野上，先是从地上捧起一把雪，往脸上搓了搓，然后，她点燃了三根香烟，就势插在了一个小土堆上，而后，她站起身，望着南方，高声喊道："二梅，二梅，二梅呀！救场如救火！我走了！走了……"

大梅回到车旁，对朱书记说："票都卖出去了，到时候万一观众……咱不是给人家剧院找麻烦吗？再说了，如今联系个台口也不那么容易。走吧，还是走吧。"

朱书记说："就是再怎么……也得给你个哭的时间哪。你看你这一天一夜紧紧张张的，我都看着呢，连个哭的时候都没有，把你拖垮了怎么办？"

大梅说："走吧，我能挺得住。"

朱书记最后说："那好吧，路太滑，车开得慢一点。老申，你睡一会儿，强睡一会儿。"

冬夜，车在一片冰雪中行驶着……朱书记说："除了老申，谁也不能睡，都把眼给我睁得大大的！"

第二天早上，晨光里，那辆桑塔纳轿车一夜急赶，终于停在了剧院的侧门旁……

这时，大梅双腿僵硬，已经下不来车了，四个青年演员拖着、抬着、抱着把她从车上抬下来，一路叫着："小心，小心！"把她抬到了后台……此时此刻，演员们全都围上来了，默默地望着她。

大梅坐在后台地铺上，长长地喘了口气，无力地摆摆手："你们去吧，让我歇会儿。"

在剧院走廊上，剧院尚经理一听说大梅赶回来了，便趿拉着鞋慌慌地跑过来说："听说申老师回来了？！想不想吃点什么？我马上让食堂给她做！"

不料，老邢却拦住他了，说："去吧，去吧，你这个人太不仁义！"

尚经理连忙解释说："你看，家里死了人，我也很同情啊。可这剧院，可这票，现在都是要讲效益的，对不对？我得去看看申老师……"

老邢拦住他，不耐烦地说："算了，算了，你让她歇歇吧。"

这天晚上演出前，几个青年演员搀着申凤梅，在台子上走来走去。她的腿仍然肿着，每走一步都很艰难。

有人担心地说："申老师，不行就算了吧？"

大梅说："能走，我能走。"

　　正搀扶她的小妹不禁脱口说："老婆儿，你说你是图啥呢？你非把自己累死才行?!"

　　大梅看了她一眼，没有说话。

　　这时，导演苏小艺走过来对小妹吩咐说："小妹，今晚你站在舞台边上，时刻注意申老师的动静！稍有不测，你立马把她替下来……"

　　不料，小妹却用不满的口气说："导演，你放心吧，我老师没事。我老师唱满场都没事！"

　　苏小艺感叹道："这就是演员，这就是艺术！"

　　小妹用不明不白的口吻说："是呀，世上就这一个申凤梅呀！"

　　大梅又看了小妹一眼，仍没有说话。

　　苏小艺说："你好好学吧。"

　　小妹却说："这我可学不了。"

　　当晚，剧院门前仍是熙熙攘攘，观众踏雪而来，大人和孩子都高高兴兴的，人们鱼贯而入。

　　剧场里，一片欢天喜地的景象。

　　当戏演到一半时，大梅被搀扶着走进了化装间。此刻，朱书记和苏小艺赶忙上前扶她坐下，两人几乎是同时问：

　　"怎么样？"

　　"能不能上场？"

　　大梅说："不要紧，能上。再让我稍歇一会儿。"

　　众演员也都望着她，有人说："申老师，你要不能上，就别上。"

　　大梅徐徐地吐一口气，哑着喉咙说："你们出去吧。能上。"

　　苏小艺使了个眼色，人们依次退出去了。大梅独自坐在化装间里，开始对镜化装。

冬夜，繁星满天。朱书记和苏小艺两人走下后台，趴在剧场外边的一个栏杆上抽烟、说话。

朱书记感慨地说："铁人哪，真是个铁人！这种事，别说女人，就是咱们做男人的，也受不了啊！"

苏小艺吸着烟，突然说："女人？你以为她还是女人吗？"

朱书记一时没反应过来，怔怔地说："你啥意思？"

苏小艺说："我觉得，她骨子里已经不是女人了。可以说，她比男人还男人！……是呀，她是个女人，这不假，可为了演戏，为了演好戏，她硬是把自己逼成了一个比男人还男人的男人！你注意没有？你看她走路的姿势，那做派，甚至说话的语气，还像一个女人吗？那是标准的男人做派呀！什么叫大演员？这就是大演员！这就是艺术！"

朱书记说："老苏，你也别给我转那么多弯，我知道你现在是专家了。理论上我不懂，我就服气人家……"

苏小艺不客气地说："在这方面，你确实不懂。我告诉你，女人哪，女人一旦献身是最彻底的，也是最无畏的！我认为，真正理解男人的是女人，也只有女人才能演活男人。说实话，诸葛亮这个角色，已经化进她的骨髓里去了，这就叫艺术的魅力！"

这时，朱书记突然问："老苏，我问你，如果——我说是如果——你的媳妇这样，你愿意吗？"

苏小艺沉默了很久，摇摇头说："我……很难，很难。"

朱书记沉吟了一会儿，感慨说："看来人是很自私的呀……任何时候都有牺牲。只不过有人愿意牺牲，有人不愿意罢了。"

后半场，大梅如期地站在了舞台上。当扮演"诸葛亮"的大梅演到"哭灵"那一场时，大梅表面上是在扶灵哭周瑜，其实呢，她是在真哭啊，她在哭自己的妹妹！她一边唱一边哭，哭得天昏地暗，声情并茂，满脸都是泪水……（这个唱段比较长，一板很长的唱段，大梅借着机会，把心里的郁积、对妹妹的情感全哭出来了。）

台上，那些给大梅配戏的演员，多次想上前拉一拉、劝一劝她，可谁也不能上前，听她就这么哭着唱着，唱着哭着，一个个也禁不住落下泪来……

这时，看她哭成了那样，一直站在舞台边上观察动静的苏小艺也禁不住泪流满面。

后台的演员们也跟着哭起来。

乐队也在哭，一边拉一边哭。

台下，观众竟然也哭了。

此时此刻，全场一片哭声！

过罢年，当剧团回到周口的第二天，大梅把小妹带到了颍河边上。打春了，颍河水缓缓地流淌着，岸边的柳树也开始发芽了，春天悄然地露头了。

在河边，大梅望着她最心爱的徒弟，突然说："孩儿，你把我杀了吧！"

小妹一下子呆了，她怔怔地望着老师："老师，你、你咋说这话？我、我咋又惹你生气了？"

大梅叹了口气，轻声说："你把我杀了吧！我自己下不了手……"

小妹也很委屈地说："老师，你又听说啥了？我没说过啥呀？我真没说过啥……"

大梅说："我知道你恨我。"

小妹辩解说："我咋会恨您呢？是您把我调来的……"

大梅说："你别说了。我心里清楚，我挡你的路了。我活一天，就挡你一天，可我……真是下不了手啊。孩儿呀，你动动手，把我杀了吧！"

当大梅把话说到这里时，小妹扑通一声，在她面前跪下了。她流着泪说："老师，你别说了，我知道我错了。是你把我从火坑里救出来的，是你为我跑前跑后，千难万难才把我调来的……老师，你打我吧，骂我吧，我错了！每回唱半场戏的时候，我确实……确实在心里怨过你……"

大梅慢慢地转过脸去，背着身子说："你起来吧。既然你不愿杀我，我也没有办法……孩儿，我也是个人呀，我也有私心哪。当年，在省里评奖的时候，你本来是可以得奖的……"

小妹流着泪说："老师，你别说了，别再说了……"

大梅却硬硬地说："你听我把话说完！今天，咱师徒俩，心照着心，把脸撕开吧！谁也别藏着掖着。开初的时候，你想参赛、想评奖，我也想让你评上个奖。你是我的徒弟，就像你说的那样，你得个奖，我脸上也光彩。可是后来呢，慢慢地，我就不想让你得这个奖了。为什么呢？你年轻，人长得又漂亮，很快就会蹿红，你一旦'红'了，就没我的好日子了！说白了，我不想就这样白白地把舞台让给你……"

在蓝天白云下，小妹脸上一时晴一时阴，她就那么听着……片刻，她说："老师，我知道……"

"你不知道。"大梅接着说，"后来，你参赛的时候，我让阿娟她们得奖，唯独不让你得奖，是我最后才决定的。其实，在这之前，我是有过变化的。就在参赛的前两天，我还想过，就让你拿个奖又如何？你那么渴望得奖，就让你拿个奖吧。我甚至还很恶毒地想过，得了这个奖，多夸夸你，你年轻轻的，说不定就飘起来了，你一发飘，不好好练功，那舞台就还是我的，你夺不走！只是到了最后的时刻，当我坐上评委席的时候，一看到你上台，我才把这个理儿想明白……"

小妹又一次惊讶地望着老师的背影。

大梅轻声说："看着你上台，我心又软了。你毕竟是我最心爱的徒弟，我对自己说，大梅，你一辈子没害过人，你为啥要害你的徒弟呢？虽然，从长远来看，你是唯一能杀我的人，只有你才能把我杀了，我害怕……可是，唉，我心里说，就让她恨你吧，压制她一下，再让她盘盘根。那一刻，我心里七上八下的，苦啊！"

小妹终于说："不管怎么说，你也是我的老师，是我的引路人……"

这时大梅终于转过脸来，再一次说："小妹，你听明白了吗？我不会让出舞台的，你把我杀了吧。"

小妹哭了，她哭着说："老师，我杀不了你，我知道我杀不了你！"

大梅眼里含着泪，苦苦地一笑："孩儿呀，你要杀不了我，你就认命吧。我不让，我不会让的！"

突然，小妹心一横，站起身来，说："老师，你是真心想让我杀你?！"

大梅说："是。你要是能在艺术上杀了我，我就心甘了！我培养的徒弟嘛，我无怨无悔。"

小妹说："那好，老师，我有一个请求，你最后再帮我一次吧。"

大梅说："你说吧。"

小妹扑通往地上一跪，急切地说："老师，把唱中带笑的秘诀告诉我吧。"

大梅久久地望着她，而后微微一笑，摇摇头说："孩儿，别瞎胡想了。"

小妹急切地求告说："你不告诉我，我怎么能打败你呢?！"

大梅说："我不会告诉你的，尤其是现在。"

小妹眼巴巴地说："那你什么时候能告诉我？"

大梅迟疑了片刻，说："临死之前，我会告诉你。"

小妹哭着说："老师，你为什么这么绝情哪?！我是你的亲传弟子，你都不告诉我？"

　　大梅说："孩儿呀，该说的我都说了，不要留幻想，你必须打败我！"
大梅说到这里，扭头就走。

　　小妹气恼地追着大梅哭喊道："……有你在前边顶着，好几年了，我连
一出整场戏都没唱过，这算什么呀！你说，我们做徒弟的，老是演半场戏，
怎么进步，怎么提高？你说，你说呀！"

　　大梅走了几步，回头狠狠地撂下了一句话："回去掂把刀，磨利些，把
我杀了！"

第十九章 ······························

　　年后，当剧团要出去巡回演出时，大梅突然提出了请假的要求。她说，她想回老家看看。几十年了，她几乎没有回过家，她想家了。

　　导演苏小艺有些为难，就说："老申，不是不让你走。你要一走，这戏就卖不上座了。"

　　大梅很坚决，她说："我要死了呢？"

　　苏小艺不好再说什么了，他想了想说："你想回就回吧。不过，你要走了，让谁上呢？"

　　大梅赌气说："小妹不是说她行嘛，让她上吧。"

　　苏小艺挠了挠头，说："那……那就让她试试吧。不过，你还是尽快赶回来，万一……"

　　大梅说："我尽量吧。"

　　过罢年，在离剧团大院不远的大街拐口上，出现了一个卖烤红薯的炉子，这位卖红薯的竟是崔买官。这天一大早，他就袖手在烤炉前站着，佝偻着腰对每一个过路人说："要红薯不要？热红薯！"

有熟人路过，就问他："老买，咋，下岗了？"

每到这时，崔买官就一脸的不满，摇着头说："没啥理呀！这年头，没啥理。"

问的人随口安慰说："岁数大了，下来就下来吧。"

崔买官就更加气愤："球，啥理呀？！"

这时，刚好大梅坐着桑塔纳轿车从这里路过，崔买官一眼瞅见了，愤愤不平地对人说："你瞅，你瞅！说起来俺俩是师兄妹，一个戏班里出来的，看看人家，卧车都坐上了！这年头，啥理呀？！"

那人看了，笑了笑说："是大梅吧？说句公道话，你跟人家大梅不能比！你跟人家比啥？人家是名演员……"

崔买官说："球，还不是吹出来的？！啥理呀？！不说了，不说了！操，这年头……"

那人又说："不管咋说，人家大梅可不是吹出来的。"

崔买官一听，竟然落泪了，他说："那按你说，就我落个龟孙？！我六岁学戏，学到十八，整整学了十二年，十二年哪！嗓子倒了，我啥法呢？！我是坏人吗？我想当坏人？！"

那人一看老买急了，扭头就走。

小妹的第一场演出失败了。

那天晚上，开场后唱了不到十分钟，就有观众退场。戏唱到后半场的时候，人已走了一半多……等到戏演完了，吃夜餐时，小妹一口饭都没吃。她恨自己，恨自己没有老师那样的号召力。可她始终弄不明白，为什么同是演员，老师一嗓子喊出去，就有那么多人叫好。当然，老师有名气，可名气也是唱出来的呀！

正当小妹心里难受的时候，苏小艺走到她跟前，说："小妹，不错，不错。今天，能上五成座就不错了。别灰心，要想让观众认可你，只有一个办法，就是唱！"

可是第二天晚上，票只卖出了三十几张，可也不能不唱啊。于是，苏小艺赶忙派人四下里送票，这才勉强上了三成座。当戏演到后半场时，剧场的人已寥寥无几了。

这时，后台上有人小声喊道："算了，算了，收场吧。"可小妹眼里含着泪，仍然坚持唱下去。她心里说，没人看我也唱！就这样，她一直坚持着把戏演完，唱到最后一句时，她发现台下只剩下一个人了……

那一个人竟是苏小艺。待小妹唱完后，台下突然响起了掌声——那是苏小艺一个人在鼓掌。苏小艺在台下大声喊道："小妹，有希望。我在你身上发现了一股狠劲！是大梅那股劲！"

然而，小妹却站在台上哭了……

清明时节，已白发苍苍的大梅坐车回到离开了几十年的故乡。

第一眼看到她时，乡亲们都呆呆地望着，似不敢相认。片刻，突然有一位老太太叫道："梅回来了?！是梅吧？老天爷呀，真是梅，是梅回来了！"

大梅快步走上前去，仔细辨认着，颤声说："是七婶吗？"

那老太太激动地用袖子擦了一下眼说："是，是。梅，算算多少年了？都老成这样了，不敢认了。你还记着呢？"

大梅说："这是家呀。"

另一老太太说："我可记着你呢。有十来年了吧？你带着戏回来了一趟，想看看你，人太多，苦挤不到跟前……"

有一个多嘴老太太高声喊道："梅回来了！咱的大梅回来了！"

很快，乡亲们围上来了，一村街都站满了人，乡亲们一个个都骄傲地说："梅回来了！咱梅回来了！"

大梅从包里拿出整条整条的烟来，挨个给男人们发烟，老的一人一包，年轻的一人一支……有的不好意思，说："不吸，不吸。"大梅就说："拿着，千里送鹅毛，不吸也给我拿着！"乡亲们就笑着接下了。于是，一村人就簇拥着她往前走……

人们感叹说："梅老了，梅也老了呀！"

走进七婶家，大梅发现满屋子坐的都是人。就这样，还不断地有乡亲们走进来，他们有的手里提着一篮鸡蛋，有的提着一捆粉条，有的提着一包芝麻叶，有的提着一篮红柿子，有的提着一袋红薯……一会儿工夫，院子里就摆满各样礼物。

七婶说："梅呀，你走时也就八九岁吧？花花眼，人都老了，多快呀。"

大梅说："可不，说话间人都成了嘟噜穗儿了！"

七婶说："我还记着呢，你姊妹俩，这么一小点，柴着呢，饿得没法了，才领到镇上去的。"

大梅感慨地说："可不，要不是解放，哪有我的今天啊。"

七婶咂着舌说："听说，你给周总理都唱过戏？"

大梅笑着说："唱过。"

有人就羡慕地说："只怕那北京，你也常去吧？"

大梅笑着说："去过。"

有人就感叹道："值了，梅，你这一辈子值了！算是烧高香了！"

七婶接着说："梅呀，说话都老了，常回来看看，这是家呀。"

大梅说："是呀，无论走多远这都是家，我是多想回来呀！可我也做不了主啊。按说我一个唱戏的，能有今天也该知足了。嗨，唱了一辈子戏，只怕想回也回不来了……"

七婶说："只要你愿回，那还不好说，都盼着你回来呢。"

大梅笑着说："是呀，千好万好，不如家好啊。可话又说回来，哪里的黄土不埋人哪。"

七婶说："好好的，可不能乱说。"

众人都跟着笑起来。

正说着话，突然有几个女人拥进来，一人牵着一个女孩。一进门，领头的那个媳妇就很响快地说："婶子，你不认识我了吧？这回呀，我把恁孙女给你领来了。她打小喜欢唱戏，你就把她领走吧。"

另外的几个女人也跟着说："她姑奶奶，孩子给你领来了，你看着办吧。"

大梅望着来人，迟疑着问："这、这都是……"

七婶说："这是来福家，这是桂成家，这是大槐家……说起来，都是近门的侄媳妇。"

那领头的女人说："您虽说是名人，咱可没出五服哪！你侄孙女的事，你不会不管吧？"说着，就把小妞往前推。

大梅看了看那小姑娘，说："妞，多大了？"

那小姑娘怯怯地说："八岁半。"

另一个小姑娘说："七岁半。"

还有一个说："九岁。"

大梅说："呀，多好的妞，咋不上学呢？"

那领头女人的嘴快得像刀子："上学？你没看学校那样子，破破烂烂的，好点的老师能走的都走了，剩下的净'民办'，能学个啥？我还怕砸着孩子呢！要是能像您一样，唱成个名角，不啥都有了？妞，快，给你姑奶奶磕个头，就算认到你姑奶奶跟前了……"

于是，三个小姑娘就听话地跪了下来……

大梅忙起身拉住说："这是干啥？将我呢？起来，快起来，别苦了孩子了。你们这是干啥呢？可不能这样！这样就把孩子给害了。唉，我那时候是啥年月？我那时候学戏是没有办法，是为了讨口饭吃。就因为没文化，打小挨了多少打，吃了多少苦啊！你们可千万千万别往歪处想，还是让孩子好好上学吧！要是真想学戏，也得先把学上好，可不能再当睁眼瞎了！"

那些女人有些无奈地说："你不知道，那破学校，房都快塌了……"

大梅说："是吗？咋不修修呢？"

这时，众人七嘴八舌地说："修？谁管啊?！村里吧，商量了多少回，就是凑不起这个钱。找上边吧，上边也说要修，可就是光打雷不下雨。嗨，说来说去，还是个没指望！"

大梅突然站起来说："改天我去看看。"

小妹不死心。

于是，她每天对着大梅录制的盒带练功，一次又一次地纠正自己唱腔上的不足，连中午吃饭的时候，她也是一边吃一边听着大梅的唱腔盒带，在心里暗暗地琢磨着。有天晚上，她突然跑到了琴师老胡的家里，手里提着一些礼物。

老胡看了她一眼，说："你有啥事?"

小妹说："没啥事，来看看胡老师。我来这么长时间了，还没来看过你呢。"

老胡怔怔地望着她，好半天不说话。

小妹说："怎么啦？"

老胡说："你怎么一张口就是大梅腔？有啥事你说吧。"

小妹说："胡老师，我真的没啥事。"

老胡说："你不说？你要不说，我下棋去了。"

小妹有点扭捏地说："胡老师，我想……想靠靠弦。"

老胡说："这不结了。说实话，我只给大梅靠弦。你们年轻人，你算是头一个找我的，好吧，我就给你靠靠。"

小妹忙说："那我谢谢胡老师了。你得给我好好挑挑毛病……"

第二天上午，大梅在一帮女人的簇拥下，走进了家乡的乡村小学。

学校的确很破旧。校园里，一棵老榆树上挂着一块生锈了的破犁铧，这就是钟了；仅有的一排教室，也已破旧不堪，瓦房上长满了野草；教室的门窗已坏得不像个样子，风呜呜的，吹得窗户上的破塑料布哗啦啦响，里边传出了孩子们的读书声……

正当女人们七嘴八舌地给大梅数叨什么的时候，学校的校长跑出来了，他拍着两手的粉笔末，慌慌地跑上前说："是大姑啊，这不是大梅姑嘛，哟哟，你咋来了？快，上办公室坐吧。"

女人们立马说："学文，说起来你还是校长哪，你办公室多好？连个像样的座儿都没有，你让大梅姑往哪儿坐？坐你脸上?!"

校长不好意思地说："是，那是，条件太差了，那、那、坐、坐……"

大梅叹了一声，说："这孩子们读书的地方，也真是该修修了。"

校长挠挠头说："大姑，你不知道，不知打了多少次报告……嗨，不说了，气死人……"

大梅不语，她独自一人走到教室旁，贴着烂窗纸的缝隙往里看了一会儿，而后，她回过头来，问："盖一栋教学楼得花多少钱？"

校长说："这事我问过，咱这里砖便宜，村里有树，一般的木料也不用买了，可少说也得十几万吧。"

大梅听了，喃喃地说："十几万，不是个小数……"

校长说："可不，开了多少次会，一说这个数，都不吭了……"

大梅默默地走了几步，突然折回头说："这样吧，我多年不回来，就给孩儿们办点事吧。我唱了这么多年戏，说起来手里也还有一点积蓄。全拿出来，看能不能给你凑个数，五万。我也只有这么多了。剩下的我去嗞嗞脸，就是跑断腿，也得让孩儿们亮亮堂堂地坐在教室里上课！"

校长愣住了，几个女人也都哑了，他们站在那里，好半天不说一句话。

片刻，校长说："大姑啊，都知道你是名演员，说白了，在人们心目中，不知你有多少钱呢！乡里七传八传的，都说你手指头缝里漏漏就……嗨，今天听你一说，才知道你也不容易，唱了一辈子戏，才积攒了那么点，说起来还不够人家大款一个零头哪。算了，大姑，你有这份心意就行了，你唱了一辈子，总得留点养老的钱吧？"

大梅熊道："屁话！啥叫算了？我啥时候说了话不算过?! 你准备图纸吧！我先让人把那五万块钱给你送过来，余下的我去化缘。你把学校给我盖好就是了。你听好，盖不好我可不依你！"

几个女人站在那里，不好意思地说："大姑，你看，也不是这意思……"

大梅笑了，说："那是啥意思？我也骂一句家乡话——娘那脚！一个个猴精！"接着，她又说："你们给我听着，别七想八想的，让妞们好好上学，就是想学戏，也得把文化学好，真是唱戏的料，到时候你不让还不中哪！"

众媳妇也都笑了，说："大姑，听你这么一骂，这心里就近了。"

大梅站在那里，久久地望着这个破旧的小学校，说："我唱了一辈子戏，什么也没有留下，就给孩儿们留点'字儿'吧。看能不能凑个十几万，能给孩儿们留个认字的地方，不贵！"

第四天，大梅要走了，一村人依依不舍地相跟着出来送她。来到村口时，大梅说："回吧，都回吧。"

女人们七嘴八舌地说着送别的话：

"大姑，常回来呀！"

"大姑，这是家呀！"

"大姑，咱妞的事你可别忘了……"

这时，小学校长学文带人从后边匆匆追上来说："等等，等等……"

片刻，全校师生赶了上来。在校长身后，站着一队一队的小学生，走在最前面的是三个戴红领巾的小姑娘，那个走在中间的小姑娘手里抱着一个托盘，托盘上放着一个用红布包着的东西……

学生们列队向大梅敬礼。

大梅慌慌地说："别，别！这可当不起，折我的寿哪！"

校长学文走上前来，郑重其事地把那托盘上的红布解开，露出来的竟是一块土坯。学文先是给大梅来了个三鞠躬，接着，学文激动地说："大姑，你为咱村捐资助学，全村人都很高兴。可咱村穷，实在是拿不出贵重的东西送你。为这事呢，我专门请教了二爷，二爷说，自己人，就送'老娘土'吧。出外的人，有了这块'老娘土'，就有了庇护了，不管走到哪里，都会有先人暗中保佑；喝水时，往里捻上一点，包治百病……"

大梅激动地望着学生们，上前摸摸这个，拍拍那个，说："你看，我多年不回来，也没给乡亲们做过什么。重了，这礼太重了！重得让我承受不起了！哎，既然是老人们的意思，我就收下了。"说着，郑重地接过了"老娘土"。

校长带头，学生们热烈鼓掌。

校长学文又说："大姑，是你的话太重了。说起来，这不过是一捧家乡的热土罢了。"

大梅说："别胡说，我知道轻重，这可是'老娘土'啊！"片刻，她望着众人期盼的目光，说："多年不回来，我给大家唱一段吧！"

立时，又是掌声四起。

就这样，大梅站在村口处，给众人唱起来了……

这时，一个女人悄悄地对她女儿说："你姑奶奶在外头响着哪！知道啥叫大演员吗？这就是大演员，没架子。”

大梅回到周口的当天晚上，就让人给小妹捎信儿，让她来一趟。小妹一听说老师叫她，以为大梅终于想通了，就欢天喜地地跑来了。

大梅见了她，却淡淡地说：“听说你不好好练功？”

小妹一噘嘴，说：“你听谁说的？”

大梅说：“不要想便宜事，这个世界上没有便宜事。”

小妹一听，不吭了。

大梅说：“我想送你一件礼物，不知你想不想要。若不要就算了。”

小妹眼一亮，说：“我要。”

大梅说：“你是真要还是假要？”

小妹说：“我真要。”

大梅说：“那好，你去把我床头上的那条鞭子取下来。”

小妹疑疑惑惑地走进里屋，把床头上挂的那条皮鞭取了下来，双手捧着交给了老师。大梅接过那条皮鞭，捧在手里看了很久，而后说：“我的戏，是打出来的。现在是新社会，不能打人了。我把这条鞭子送给你，拿回去挂在床头上，每天看一看，兴许还能起点督促作用。”

小妹惊讶地望着老师，说：“就这？”

大梅说：“你不要？”

小妹说：“要。还有哪？”

大梅两眼一闭，说：“没有了。”

回到周口的第二天，大梅就给村里的小学跑赞助去了。

在一家企业的办公室里，大梅对坐在老板台后的厂长说：“吴厂长，我今天是找你化缘来了。”

那厂长忙起身说:"哎呀,是申老师哇。您老这么大岁数了,还专门跑来,难得,难得。申老师,你说,有啥困难你尽管说……"

大梅说:"我个人倒没啥,就是家乡有点事。"

厂长说:"你说,尽管说。"

大梅说:"我家乡有一所学校,多年失修,孩子们在教室里上课,下雨天漏得厉害,说不定哪一天就塌了……这学校啊,实在是该修了。我呢,在外多年,说起来也算是有些虚名,就想为家乡建一座教学楼。他们算了算,得十几万,我呢,倾出所有,也只能凑出个五六万,剩下的也只好请各位帮帮忙了……"

厂长听了,沉默了一会儿,说:"申老师,说起来,您老轻易不张嘴,我应该是没话说的。可我这里最近也不大宽余,实在是有点……"

大梅说:"吴厂长,你也别给我这这那那,能帮的话,你就帮一点,真不能帮,我也不埋怨你。你能拿多少是多少,多了我不嫌多,少了我也不嫌少,你看着办吧。"

厂长说:"老大姐,你是给我帮过忙的。企业搞庆贺,专门请您老来过,说起来,你也没要什么出场费。按说,我不该有啥推辞,可是,最近资金上确实是、实在是……这个这个……缓一缓咋样?"

大梅慢慢地站起身,说:"你要有难处,就算了。"

厂长看大梅艰难站起的样子,咬咬牙,试探着说:"大姐,这样,这样吧,你张一次口不容易,我先拿一万,怎样?!"

大梅弯下腰来,深深地鞠了一躬,说:"谢谢,谢谢了!"

下午时分,大梅已走了六家。她一连走了六家,在五家企业里吃了闭门羹,她心里说,从没想过钱的事,没想到竟这么难!最后,当她来到一家公司门口时,实在是累得有点走不动了,可她还是咬着牙艰难地爬上了一级级台阶……

在会客室里，大梅坐着等了有半个钟头，才有一个秘书模样的姑娘进来给她倒水，而后说："申老师，经理还没回来呢。"

大梅说："我等他。"

过了一会儿，女秘书再次进来续水，说："申老师，要不……"

大梅看了看墙上的挂钟，说："我再等会儿。"

秘书走出去了。

墙上的挂钟再次敲响了，大梅还在那儿坐着。她心里说：我倒要看看，你到底在不在？！

终于，经理出现了。经理一进会客室就两手抱拳说："申老师，失礼了，失礼了！"

大梅一连跑了五天，到第五天头上，她终于遇上了一个愿意赞助教育的大老板。

当天傍晚，老板把她请到了一家餐馆，为了壮声势，大梅还把小妹叫来作陪。就在餐桌旁，当着大梅的面，这个老板模样的中年人很大气地对他的手下说："二黑，把箱子给我提过来！"

于是，站在一旁的年轻人应声把一个箱子提到了餐桌旁，打开让人们看了，那是一箱钱。

老板对大梅说："大姐，这是十万块钱。你不是想给家乡办学嘛，我可以马上给你兑现。但有一个条件……"

大梅说："你说吧。是唱堂会，还是……"

老板说："说白了，钱是要生钱的。我这个条件，说起来也简单，就是要您老离开剧团，在我开办的公司里演……"

大梅笑了，说："啥条件我都能答应，就是这个条件我不能答应。我走了，剧团怎么办？"

老板说："大姐，现在是市场经济，你管那么多干什么？再说，你一天天老了，还能唱几天哪？你也不替自己想想？"

大梅说："是，我唱一辈子了，说话就老了。年轻的时候，我也没在乎过钱，老了，我就在乎钱了？咋说，说到天上，我也不会为钱去走穴……"

老板说："那就不好说了，喝酒，喝酒。"

大梅说："既然这样，这酒我也不喝了，你忙，我也忙啊……"

老板忙站起身说："老大姐，虽然事没谈成，酒还是要喝的。这样吧，大姐，就凭你对孩子一片热诚，你喝一杯，我送一条凳子，你喝两杯，我送一张课桌。"

大梅望着他："你说了算不算?!"

老板说："算。我要不算，你吐我一脸唾沫。"

大梅说："那好，你要敢不算，我就敢站在你门口吆喝你。倒酒!"说着，她又吩咐在一旁作陪的小妹说："小妹，你给我一杯一杯都记着。"

小妹一看这阵势，有些担心地说："老师，你可是有病……"

大梅说："没事，你记好杯数就是了。我早年在街头上都卖过艺，这算啥?"

酒倒上了，一拉溜十二满杯。大梅把酒端起，一杯杯地喝下去。

众人齐声叫好。老板兴奋地说："再倒!"

又是十二杯，大梅端起，又是一杯杯喝下，而后说："记好，十二张课桌了!"

大街上，已是华灯初上……

大梅一心要为孩子们建学校，所以，她已顾不得许多了。当喝到第三瓶的时候，她已有些坐不稳了，这时，小妹急忙把她扶到了卫生间，一进卫生间的门，大梅就把手伸进喉咙，大口大口地吐起酒来……

一看她这样子，小妹吓坏了，说："老师，你千万不能再喝了! 你脸色都变了……"

　　大梅趴在水池上，说："没事，我抠抠，抠抠还能喝。小妹，你想哇，我演了这么多年诸葛亮，他能斗过我?"一边说着，一边又把手伸进喉咙里，哇哇地往外吐酒……

　　到这时，连小妹都有点心疼她了，劝道："老师，要不我替你喝?"

　　大梅说："你喝，他会认账吗? 你记了多少了?"

　　小妹说："我记着呢，一百二十张课桌。"

　　大梅说："好，待会儿过去再喝，今晚上咱给孩儿们凑个整数。"

　　小妹扶着大梅回到包间里，刚一进门，大梅就故意大声说："倒酒，倒酒! 换大杯，再喝!"

　　酒又倒上了，换的是大杯。

　　这时，老板怔怔地望着大梅，突然站起身，拦住她说："大姐，申大姐，别喝了，我不让你喝了。我服了，真服了!"

　　大梅说："怎么，男子汉大丈夫，你想反悔?!"

　　老板双手抱拳，连连作揖说："大姐，申大姐，你听我说，我虽不是什么好人，可在你面前，我决无反悔之意。让您老带病喝这么多酒，我心里不好受……"说着，他竟然掉泪了，他接着说："在你面前，我突然觉得我不是个人! 真的。我也是农民出身，是从乡下一骨碌一跟头地爬出来的。说起来，你是为咱乡下的孩子办事，我反而……嗨! 这人有俩钱，就昏了头了……"说着，他竟左右开弓，狠狠地朝自己脸上扇了两个耳光，而后又说："当年，我因为家穷上不起学，趴在床上哭了好几天……大姐，说实话，我今天掂个皮箱来，也是充大蛋哪，我是想先把你唬住再说，没想到……大姐呀，老实说，要让我把这十万块钱全放下，我还真没这个气魄。但是，就冲你这份情谊，孩子们的课桌我包了，桌椅我全包了。三万，怎么样?!"

　　大梅站在那里，默默地望着老板，片刻，她深深地弯下腰，鞠了一躬，说："谢谢，谢谢了！"接着，她又说："但是，钱也不能让你白花，你要是搞啥活动，有用着我的地方，打个电话，我一定去！"

夜半时分，小妹搀扶着大梅在马路上摇摇晃晃地走着。大梅喝了那么多酒，虽然有很大一部分已吐出来了，但她还是醉得走不成路了。风一吹，她连站都站不住了，就那么偎靠在小妹的身上。这时候，小妹望了望老师的脸，轻声说："老师，你没事吧？"

大梅说："没事。实话给你说，照这喝法儿，再喝一斤也没事！"

此刻，小妹眼珠一转，说："申老师，要说你这一辈子，也值了。"

大梅摇摇晃晃地说："值了，值了。"

于是，小妹借着机会，试探着说："老师，你那唱中带笑……"

大梅突然站住了，说："你是谁呀？"

小妹说："我是你徒弟呀。"

大梅用手指着她说："掏我话哪？不是吧？你不是……"

小妹说："咋不是？你再看看，我是小妹呀！"

大梅说："小妹？你不是。你也以为我醉了，我可没醉。实话告诉你，你要真是小妹，我早就给你说了，你不是。"

小妹急了，说："我真是小妹，你好好看看！"

大梅狡黠地摇了摇头，大笑不止……

当她们两人回到剧团大院时，已是深夜一点钟了，这时，大梅突然一把推开小妹，说："你站住，别送了，你回吧。"

小妹说："我得把你送到家呀！"

大梅说："不送，一步也不让你送，你走！"

小妹只好说："好，好，我走，我走。"但她还是有些不放心，就站在那儿望着她。

大梅踉踉跄跄地走了几步，又朝后摆摆手说："你走你走，我没事。"

进了大院后，大梅独自一人扶着墙在慢慢地往前走着，这时，有人用手电筒照了她一下，而后说："大梅，你这是干啥哪？腿又肿了？"

大梅说："是老朱？没事，我走走。"

朱书记走上前来，关切地问："那下一段的台口，你行吗？就别去了吧？"

大梅赌气说："你是不是也想把我从舞台上赶下来？！我没事。我的身体一点事也没有。你要不让去，我就不去了。"

朱书记忙说："老申，你别误会，我可不是这个意思。我是担心你的身体。你要是能去，那当然好了。"

大梅说："牌儿不都挂出去了嘛，我要不演，不净招人骂吗？你净说废话。"

朱书记说："是，牌儿是挂出去了，合同也给人家签了。可关于你的事，上边有交代，要是身体原因，真不能演，咱也不能勉强。合同签了也可以改嘛。"

大梅说："没事，半场，我能演。"

朱书记说："你可别硬撑。多注意身体。这几天你跑啥呢，醉成这样？"

大梅说："也没跑啥，给孩子们凑些桌椅……"

朱书记叹道："你呀，是个劳碌命。"

大梅突然大声说："老朱，你记住。我要死了，你一定得让我死在舞台上，可不能让我死在病床上。"

小妹躲在后边，悄悄地听着。

几天后，剧团又要出发了。临出发前，大梅把留守的朱书记拉到一旁，对他说："老朱，这是八万块钱，我个人只有五万，化缘化了三万，你派个人先给他们送回去。还差个几万，我慢慢给他们凑，让他们先盖着……"

朱书记说："你这人哪，谁要钱你都给，你就不留一点，万一有个啥事呢？"

大梅说："我一个人，又有工资，要钱也没啥用。"

朱书记说："行，放心，你交给我吧。多注意身体。"

等演员们上车的时候，一向喜欢往大梅跟前偎的小妹却坐在了最后边。大梅看了看她，说："小妹，你过来。"

可小妹却说："那是团长席，我不去！"

半月后，越调剧团开进了郑州，他们的演出被安排在河南剧院。由于是头一天，整个剧团都显得很忙乱。那天，等一切都安排妥善后，大梅往后台上一坐，自言自语地说："叫我歇一会儿吧。"

可是，她连气儿都没喘过来，就听前边有人喊道："申老师，有人找！"

大梅急忙站起身来，说："谁呀？"

这时，导演苏小艺领着一个"眼镜"走过来。那戴眼镜的走上前来，一边握手一边说："申老师，你可让我好找啊！"

大梅一怔，说："你是……"

苏小艺在一旁介绍说："这是北京电影制片厂的吴导演。"

那人马上递上一张名片，说："我姓吴，北影的。"

大梅说："你好，你好，坐下说吧。"

那人坐下来，擦了一下头上的汗，说："申老师，我是一路赶着追来的。先是赶到周口，一问，你走了，而后又追到开封，一问，剧团刚走，这不，又马不停蹄，追到了郑州……"

大梅说："哎呀，你看，真是辛苦你了！"

吴导演说："申老师，我这次来，主要是商量给你拍片的事。国家最近有个计划，就是要抢救文化经典。这里边有好几项，我说跟咱们有关的吧，就是要把那些著名演员的著名剧目的原作抢拍下来，好好保存。这都是国粹呀！比方说，您老的《李天保娶亲》《诸葛亮吊孝》《收姜维》等。所以，我这次来，就是联系这件事的。”

大梅一听，很高兴地说：“好啊！吴导演，你说啥时候拍吧，我一定好好配合。”

吴导演说：“这里边有个问题，我必须给你说清楚。由于经费紧张，你的演出费我们就无力支付了，这、这实在是不好意思……”

大梅说：“你放心吧，导演，我不要钱，我一分钱都不要。”

吴导演激动地说：“谢谢，谢谢。有你这句话，我就放心了。”

大梅问：“那，啥时间拍呀？”

吴导演说：“当然是越快越好。我马上带人过来，行吗？”

大梅满口承当，说：“行，没问题！”

这时，站在一旁的苏小艺说：“行什么行，我还没同意哪！”

导演忙去给苏小艺解释，苏小艺扭头就走，吴导演慌了，追他一直追到了外边……

当天晚上，在演出开始前，小妹竟然跟老师吵起来了。

当化装间里就剩下她们两个人的时候，大梅和小妹一人对着一个镜子在化装，都不说话。

片刻，大梅批评她说：“小妹，这几天你是怎么了？”

小妹说：“没怎么。”

大梅说：“那，导演安排的清唱，你怎么不去呢？”

小妹噘着嘴说：“我不去，我就不去。”

大梅火了，说：“你为啥不去?!”

小妹说：“人家也不欢迎我，我去干啥？”

大梅说：“这孩儿，怎么能这样呢？叫你去清唱，是导演给你的机会，是为了让观众熟悉你，你咋就解不透呢？！"

小妹说："申老师，你说的怪好。人家是欢迎你的，人家吆喝着想听你唱，你说我上去干啥？净丢人！"

大梅说："这有啥丢人的？"

小妹说："咋不丢人？我不是没上去过。往台上一站，观众乱吆喝：下去吧！下去吧！……你说说，我心里啥味？！"

大梅一听，恼了，说："你给我站起来！"

小妹一怔，慢慢地站了起来。

大梅说："我告诉你，戏是唱出来的，角也是唱出来的。你不抓住机会多登台，观众啥时候能认识你呀？你要是连这点委屈都受不了，叫我说，你也别吃这碗饭了！"

小妹眼里含着泪，说："不吃就不吃！"

看她这样，大梅叹了口气，又说："孩儿呀，你看看你老师，你看看你老师的脸，净褶子。我老了，老了呀，还能唱几天呀？我知道你恨我，可你老师不是霸道，也不是硬霸着不让舞台，我实在是唱不了几天了呀！孩儿，我求求你，就再让我唱两天吧！等将来，越调这个剧目就全靠你们了呀！孩儿呀，我年轻的时候，也让人撵过，给你说你也许不信，就有人曾经把唾沫吐到我的脸上，吐到脸上我擦擦，吐到脸上也要唱，唱得多了，观众自然就认可了！"

小妹低着头，心里有所触动，可她还是一声不吭。

当晚，当戏演完时，观众席上响起了热烈的掌声。而后，未卸装的大梅走到后台，硬是拽住小妹，小妹扭了一下身子，说："我不去。"大梅拽着她说："敢？！"就这样硬拽着扯着把小妹拉上台来。

上台后，大梅先是给观众鞠了一躬，而后郑重其事地向台下的观众介绍说："观众同志们，晚上好！我给大家介绍一下，这一位叫刘小妹，是我的徒弟。她比我年轻，戏也比我唱得好！现在欢迎小妹为大家清唱一段！"说着，她首先带头鼓掌。

一时，观众也只好跟着鼓起掌来……小妹站在舞台上，面对大庭广众，最终还是唱了。

三天后的一个早晨，在剧院门口，小韩背着申凤梅一步一步地从台阶上走下来。下了最后一级台阶，小韩把大梅从身上放下来，四下看了看，惊诧地说："咦，车哪？"

大梅说："啥车？"

小韩说："接你去拍戏的车呀。"

大梅手一指，说："这不是嘛！"

小韩回头一看，只见身边停着一辆拉货用的三轮车，看三轮的正蹲在一旁吸烟呢。小韩立时就火了，说："这不行，胡闹！申老师，像你这样的大演员，国家一级演员，就坐这破三轮去拍戏?！真是空前绝后，这是糟践人哪！坚决不去！"

大梅笑了，说："这有啥呢？这咋不能去？"

小韩说："申老师，你也不能太好说话了，这简直是污辱人格！"

大梅说："你看你这孩儿，有恁严重吗？人家也说了，要派车接，是我不让。现在都是经费困难，用个车，一天好几趟，得花多少钱哪？再说，又没多远，这三轮多好哪，说走就走，省事。"

小韩说："我不去，我可不去。这算啥呢？"

大梅说："你真不去？"

小韩埋怨说："你要是不好开口，我去说。再说了，像你这样的演员，言语一声，厅里也会给你派车！你说你是迷啥哩？你咋放着福不会享呢?！"

大梅说："你也别这这那那，你要不去，我自己去。"

　　小韩看了看她，终于无奈地苦笑着摇了摇头，说："好，好，我去，我去。这三轮是……"

　　大梅说："我托剧院马经理借的。"

　　小韩再次摇摇头，极不情愿地把三轮推过来，说："老爷子，我真服你了，上车吧。"

　　就这样，大梅每天坐着三轮车去拍戏。刮风天是这样，下雨天也是这样，小韩就成了这辆三轮车的"专职司机"。

第二十章 ·····································

　　近一段，大梅觉得身体越来越差了，每次演出，虽然只有半场戏，她都是硬撑着演下来的。白天还要去摄影棚里拍电影，就这样一天一夜下来，她真有点精疲力竭了。可是，她还是咬着牙硬撑着。

　　这天晚上，戏演完了，演员们都走了，舞台上就剩下大梅一个人了，她仍未卸装，她强站了几次，可还是没有站起来，她太累了！

　　这时，导演苏小艺从旁边走过来，说："老申，你怎么还没走呢？"

　　大梅说："我歇会儿再走。"

　　苏小艺看看她，说："没事吧？"

　　大梅说："没事。我歇会儿。"

　　苏小艺说："老申，你已经不是年轻的时候了，悠着点。有事你就说，可千万注意身体呀！"

　　大梅说："没事，真的没事。"

　　苏小艺说："还没事哪，你看你的腿肿成啥样了？晚上演出，白天还去拍片，你这是连轴转，是不要命了？！"

大梅说："你放心，我心里有数，没事。"

苏小艺说："老申，我看拍片的事就先缓缓吧？"

大梅说："那可不行，人家都来了。"说着，她慌忙站起身来，一边扶墙走一边说："我能走，你看，我能走……"

第二天中午，在摄影棚里休息时，大梅坐在地上，也和大伙一样吃盒饭。

这时，有人说："老申，你看这伙食，也太差了吧？你给导演说说，让他改善改善。你这么大岁数了，也不能老吃盒饭哪！"

大梅说："咱自己改善。这样吧，晚上我请客。"

那人说："怎么能让你出血哪？"

大梅说："没事，我请我请。"说着，就伸手去掏钱，可她怎么也站不起来了。

在郑州演出的最后一天，大梅又是早早就到剧场里来了。傍晚时分，她看见导演苏小艺在院子里转来转去的，地上扔了许多烟蒂，像是有满腹的心事。

大梅就问："老苏，怎么了？"

苏小艺说："没什么，走走。"

大梅说："有事你说。"

苏小艺说："没事，真没事。"

然而，当大梅反身走时，苏小艺却迟疑疑地叫道："老申……"

大梅扭过脸来，说："我说你有事吧，你说没事。你说吧。"

苏小艺吞吞吐吐地说："老申，我……实在是张不开嘴呀。"

大梅看了看他，说："是不是职称的事？"

苏小艺说："正高我都申报三次了，不瞒你说，这一次……"说着，他往地上一蹲，竟哭起来了……

大梅问："弟妹又跟你吵了？"

苏小艺长叹一声，说："连孩子都看不起我……有人劝我给评委们送送礼，可我实在不知道送什么……"

大梅说："这么多年，你从没要求过什么，你早该评了。走，我领你去见见他们。"

听大梅这么一说，苏小艺又打退堂鼓了，他说："算了，算了，随便吧。"

大梅说："你这个人哪！"说完，径直走出去了……

片刻，大梅叫上小韩，让他骑上那辆三轮车，向省文化厅招待所赶去。当车停在招待所门口时，大梅慌忙说："快，快，快把我扶下来。"

小韩赶忙把大梅从车上搀下来，说："老爷子，咋样？不行我背你吧？"

大梅迟疑了一下，说："行，来不及了。"说着，就让小韩背着她，快步往楼上走去。到了楼梯口，大梅说："行了，你在这儿等着我。十分钟我就下来。"说着，她一手扶墙，往楼上的会议室走去。

大梅二话不说，直直地闯进了会议室。会议室里，评委们正在开会，大梅一下子把门推开，就那么一手扶着墙站在了门口处。

众人一怔，而后忙说："大梅，你怎么来了？坐，快坐。"

大梅说："我不坐了，打扰你们一下，我只说三句话。头一条，我不是来送礼的，也不是来说情的。我仅仅是想给你们反映一下情况。我们那里的老苏，苏导演，他的情况，想必你们都知道，已经是第三次了，也是最后一次评了。人是活脸的，要是再评不上，他会……我希望评委们能公道一点。我说这话，也不是没有一点根据。首先，我从一九五五年就是一级，可人家老苏，跟着我导了三十多年戏，光获奖的剧目有多少？他的贡献有眼人都知道，我就不多说什么了。这一次，希望各位能主持公道。我给各位作揖了！不多说了，我下边还有演出。"说着，她弯下腰，郑重地三鞠躬。

会议室里，评委们全愣了，有人张口结舌地说："这、这、这……"

等大梅赶回剧院时，戏已经开演了。

大梅匆匆赶到了后台，赶紧去化装，待化了装后，她才找了个地方坐下来。这一天赶得太紧了，她显得非常疲倦。于是，她又去倒上一茶缸热水，偷着把药吃了。她刚把药片吞下去，喝了口水，小韩过来了，他笑着对大梅说："老爷子，还早着呢，你慌啥？"

大梅说："只能是人等戏，不能戏等人。这是规矩。"

小韩伸了伸舌头，不说了。看她有些累，小韩伸出手来，逗她说："还早呢，划两拳？"

大梅摇摇头，说："今个儿有点累，不划了。"

小韩说："那，我给你点支烟？"

大梅淡淡地说："烟也不想吸了。"

小韩说："申老师，你没事吧？"

大梅说："没事。就是有点累。"

小韩说："要不……"

大梅瞪了他一眼，说："你别给我到处乱嚷嚷。能演，我能演。"

小韩不放心，又问："你白天拍片，晚上演戏，真没事？"

大梅说："真没事。你别捣乱，我正默戏呢。"

小韩说："好，好，我走，我走。老爷子，你可悠着点。"

剧场里，由于是最后一场了，座上得很齐，观众席上黑压压的。前半场，是小妹饰演诸葛亮，大梅接她的后半场。

这时候，已化了装的大梅蹒跚地扶着墙在走，她一边走一边自言自语："我能演，能演……"

夜，五光十色的，街面上，不时有人停下来，看挂在剧院旁边的广告戏牌。也有人指指点点地说："大梅来了，是大梅的戏！"

舞台上，轮到大梅上场了。她一出场，就赢得了极为热烈的掌声。

大梅仍像往常一样，一丝不苟地在舞台上唱着。时间正一分一分地过去……唱着，唱着，突然之间，她侧身时感觉到身子有了一点僵硬，那僵硬的感觉很快弥漫到了她的全身。她知道不好了，赶忙在演出时有意无意地往后台上瞥了一眼，那眼里仿佛有话……

这一眼被站在台角处的导演苏小艺捕捉到了，他马上吩咐小韩说："去，快去，让乐队拉得快一点！快点唱完！"

小韩一惊，问："怎么了？"

苏小艺说："快去！老申的眼神有点不对劲！"

小韩听了，慌忙跑去了。

片刻，音乐的节奏突然加快了，大梅也唱得快了。

苏小艺站在台角，紧张地抓紧了幕布，两眼目不转睛地盯着台上的大梅。

天在转，幕布也开始转了……等大梅坚持唱到最后一句时，她的身子突然歪了一下，这时，苏小艺低声喊道："拉幕——快拉幕！"

大幕还未全合上，只听扑通一声，大梅已经倒在了舞台上。

演员们"哄"一下全围了上去……

很快，一辆救护车响着尖厉的警笛声开过来，医务人员提着担架跑进了剧场。

这时候，大梅已躺在担架上，被人们簇拥着抬了出来。"呜"的一声，救护车开走了……

剧院门口的大街上，观众们一群一群地默立着，有人小声说："大梅，听说是大梅！……"

这是一个不眠之夜。

医院里，虽然已是深夜，可走廊里还是站满了人，这些人都在等待着大梅的消息。

抢救室门口的红灯一直在闪烁；医务人员匆匆来去，不时地喝道："让开，快让开！……"

导演苏小艺一次次对众演员说："回去，回去，都回去吧，有啥情况我马上通知你们……"

护士站里，电话铃不时地响起，值班护士不停地拿起电话，连听都不听，就对着话筒说："……我已经说了多少遍了，正在抢救。我知道，我知道是名演员，你别说了，我也看过她的戏，都打了有一百个电话了，我只能告诉你，正在抢救！"

然而，电话刚刚放下，铃声又响了，一直响着……

值班护士无奈地一次又一次拿起电话，说："正在抢救，正在抢救，正、在、抢、救。"

导演苏小艺等人像热锅上的蚂蚁一样，在抢救室门外走来走去。

天亮了，抢救室门上的红灯仍在闪烁……

一串鞭炮响过，大梅家乡小学新学校的校址奠基了。新教学楼根基也已经挖好。

一群汉子正在打夯，他们一个个光着脊梁，高高地扬起石夯，一边打一边喊着夯歌：

　　　石磙圆周周哇——嗨哟！

　　　抬头猛一丢哇——嗨哟！

　　　抬高再抬高哇——嗨哟！

抬头不弯腰哇——嗨哟！

咱们往前走哇——嗨哟！

咱们往前盘哇——嗨哟！

一环又一环哇——嗨哟！

环环紧相连哇——嗨哟！

这时，校长学文手里拿着一包香烟，喜滋滋地跑过来，对打夯的汉子们说："歇会儿，吸根烟，吸根烟。"

一位领夯的老人接过校长递给他的香烟，说："学文，你是校长哩，奠基这样的大事，咋不请人家大梅回来哪？"

众人跟着说："就是嘛。县里乡里都请了，你咋就不请大梅哪？你这校长是咋当的？一盆糊涂泥！"

学文说："咋没请？请了。你想想，人家一生的积蓄都捐出来了，还四下里给咱化缘，会不去请？去了，大梅不在周口，出去演出了。"

领夯的老人说："奠基没来，也罢了。上梁的时候，你说啥也得把大梅姑请回来！"

学文说："那是，那是。到时候，我亲自去请，不管她在哪儿演出，一定得把梅姑请回来！"

领夯的老人说："这就对了，这是礼呀。——操家伙，干！"

在省城的医院里，抢救室的门终于开了，一辆高挂着吊瓶的推车缓缓地推了出来。

众人乱纷纷地围上前，拉住从抢救室走出的医生问："大夫，怎么样？申老师她怎么样？！"

医生摘下脸上的口罩，说："目前还不好说。她是大面积心肌梗死，病情很严重。经过抢救，只能说暂时没有生命危险了。不过，往下还很难说，就看她……"

众人又匆匆追过来，围在了推车前，大梅仍是昏迷不醒……

三天后，病房里已摆满了人们送的礼物和鲜花。大梅刚刚醒来，她的眼睛慢慢地睁开，嘴唇动了动，还没有说话的气力。众人围上前去，高兴地说："申老师醒了，申老师醒过来了！"

苏小艺马上说："不要说话，任何人不能跟她说话，让她好好休息，她太累了。"

有的演员伤心地哭起来了……

这时，苏小艺又对小韩嘱咐说："小韩，人家医生可是说了，在这个阶段，任何人不能探视。"

小韩说："一听说申老师病了，肯定都要来，我挡得住吗？"

苏小艺说："只要不想让她死，你挡不住也得挡。"

小韩说："好。我不让他们进门就是了。要是省里领导来了，咋办？"

苏小艺想了想说："能拦就拦，真拦不住，你酌情处理吧。"

一连几天，来看望大梅的人络绎不绝，可他们全都被小韩挡在了外边。到了第五天，小韩干脆把椅子放在病房门口，他像把门虎一样坐在椅子上，可坐着坐着，他打起了瞌睡，一直到傍晚时，他睁眼一看，门外放着一堆礼品……

十天后，北京电影制片厂的吴导演提着水果又来了。他走到门口，探身往里看了看，正要往里进时，小韩醒了，说："干啥？干啥？"

吴导演说："小韩，连我也不能进？"

小韩说："吴导演，医院有交代，申老师恢复期间谁也不能看。过一段时间等稳定了，你再来吧。"

吴导演说："我啥也不说，就看看她，行不行？"

小韩说："那也不行。我做不了主。"

吴导演说："醒过来了吧?"

小韩说："醒过来了,只是人太虚……"

吴导演一听忙双手合十,嘴里自言自语:"阿弥陀佛——"

这时,只听病房里传来大梅的声音:"谁呀?"

吴导演马上说:"是我,申老师,好点了吧?"

申凤梅轻声说:"小韩,让吴导演进来吧。"

吴导演一听,马上就往里走,小韩一边拦一边无奈地说:"你看,你看……"

吴导演进了病房,见大梅脸色十分憔悴,半躺半坐地在病床上倚着,仍在输液。他走到病床前,说:"阿弥陀佛,老天保佑,您老人家终于醒过来了,可把我吓死了!您好好养病,好好养病。"

大梅却笑了,她苦笑着说:"老吴,你别害怕,我死不了。我只要不死,你放心,戏咱还继续往下拍,不会让你作难……"

吴导演一听,忙解释说:"老大姐,我来看你,不是这个意思,你千万别往别处想,好好养病。拍片的事,等你病好了再说,我不着急,你也别着急。"

大梅笑着说:"你不着急,我着急。片子拍了一半,停一天,得浪费多少钱哪!我能不急吗?你放心,我只要稍稍好一点,立马就回去拍片。"

吴导演说:"可不敢,等你彻底治好了,咱再说拍片的事。"

大梅说:"我知道,你都来了三趟了。"

吴导演不好意思地说:"我来看看你,没有别的意思,真没有别的意思。当然了,河南的越调是国家的艺术瑰宝,我当然希望能拍完这部片子。"

大梅叹口气说:"唉,我也真病的不是时候……"

临颍家乡那边,建校的工地正在紧张地施工,楼房已经盖起来了,匠人们正在赶着粉刷……施工的人一边干活，一边对前来检查质量的校长学文说："听说大梅要回来？"

校长学文说："回来。你放心，上梁的时候，我亲自去请，一准把她请回来！"

施工的汉子们说："大梅也是咱这儿的人，说不定还唱台大戏哪！"

校长学文说："这我不敢保证。她老忙。不过，回来的时候，让她给各位清唱一出，大梅是我表姑，那是绝无问题的。好好干吧！"

施工的汉子们说："这建校的钱可是人家大梅给凑的，等建成了，起个啥名哩？"

学文说："我都想好了，咱也沾沾名人的光，就叫'凤梅小学'。"

第二十天，大梅稍稍好了一些，能扶着墙走几步路了……这天上午，小韩为了让大梅高兴高兴，就找来了一台收录机，给大梅放了一段《收姜维》。

大梅听着，先是非常高兴，说："这不是我的唱段嘛！"

小韩笑了笑，说："你再听听。"

大梅闭着眼又听了一会儿，突然睁开眼来，呆呆地望着录音机，久久不语。过了一会儿，她喃喃地说："该走了，我要走了……"

小韩一怔，说："走？"

大梅说："这是小妹的唱段，对吧？"

小韩一怔，说："你听出来了？"

大梅说："小妹来过了？"

小韩说："连着来了三趟，我没让她进来。最后一次，她让我把这盘新录的磁带交给你。"

大梅"哦"了一声，接下去又沉默了很久，而后，她突然说："你让小妹来一趟，我要见她。"

三天后，小妹赶到了省城医院。大梅撇开了小韩，把她带到医院林荫道的一个木椅旁，两人坐下来后，大梅久久不说话。

小妹也怯怯地望着老师，一声不吭。

片刻，大梅轻声说："孩儿，你录的带子我听了，很好。"

小妹诧异地望着老师，这是大梅第一次当面赞扬她。

大梅微微地笑着说："真的很好。"

小妹喃喃地，好像一时不知说什么好了。

片刻，大梅像下了决心似的，突然说："你不是一直想知道那个秘密吗？其实，那唱中带笑的窍门，你第一次问我的时候，我就告诉你了，没有别的秘密……"

小妹怔怔地望着老师，渐渐地，她眼里盈满了泪水，她说："老师，我错怪你了。"

大梅淡淡地说："唱中带笑，确实没有什么，那些细微处，只要你多唱，在唱的时候细细体味、琢磨，你早晚会明白……"

小妹说："老师，到现在我才知道，我实在是辜负了你的一片苦心！"

大梅深情地望着她，说："还恨我吗？"

小妹哭了。

大梅说："你恨我是对的。"

大梅说："我的亲人一个个都走了。我也要走了。现在，你放心吧，我可以把舞台让出来了。"

小妹含着泪说："老师，我杀不了你，我真的杀不了你。"

大梅说："不，你已经把我杀了。将来，越调就靠你们了……好了，我的话说完了，你走吧。"

小妹一怔，扑通一声，在老师面前跪了下来，她哭着说："老师，我对不起你……"

大梅抚摸着她的头发说："孩儿，起来吧。记住，戏是唱出来的。对于一个演员来说，戏比天大，戏比命大。"

小妹含着泪说："我记住了。"

待小妹走后，大梅在那张木椅上坐了很久很久，一直坐到了中午。中午吃饭时，大梅突然对小韩说："再过两天，咱出院吧？"

小韩吃了一惊，说："老婆儿，你疯了？不要命了?！你这个样子，能出院吗?！"

大梅说："我心里急呀。过去，咱说救台如救火；这会儿，一个剧组都在那儿等我一个人，你说说？"

小韩说："你不是有病了嘛，你也不想想，刚送来的时候，就差一口气了，多危险哪！"

大梅又要说什么，小韩说："你也别跟我说，你跟医生说吧。人家同意你出院，那你就出院……"说着，他起身去找医生了。

主任医师穿着白大褂，匆匆地跟着小韩走进来。老医生语气很严肃地说："听说你想出院，这可不行。你的病不是一般的病，要有个恢复期，所以你千万不能大意。现在还不能出院。"

大梅说："大夫，我知道你是好意。可我确实是不能再等了，你就让我出院吧。"

大夫说："你这样的情况，确实不能出院。我不但要对你负责，我还要对省里领导负责。省领导十分关心你的病情，我要是放你走了，出了事怎么办？"

大梅说："大夫，我确实不能再住了。你想想，一个剧组都在等我一个人，花的可都是国家的钱哪！你看这样行不行？我出院后，要是万一出了什么事，决不让你承担任何责任。我给你立一个字据行不行？咱现在就签一个合同，生死合同。出了这个门，出了问题，你概不负责！"说着，她对小韩说："小韩，你拿个笔，拿张纸。"

大夫愣了，他久久地望着大梅，沉默了很久，才说："我还是不能答应你。等治好再说吧。等你完全好了，我一定让你出院！"说着，他快步走出去了。

秋天来了，马路上满地落叶……

傍晚，小韩陪着大梅在林荫道上散步。走着，走着，大梅说："我主意已定，咱现在就走。"

小韩说："申老师，你就是想走，也得要个车呀。"

大梅说："不要车，一要车就走不了了。"

小韩说："老婆儿，不要车，你能走回去？"

大梅伸手一指门口，说："我已经叫好车了，那不是……"

小韩抬头一看，还是那辆破三轮。大梅往上一坐，说："走，赶紧走！"

第三天下午，当医生查房时，人已经不见了。病房里，床头柜上放着一张由大梅写的"生死合同"……

小韩骑着那辆三轮车，在马路上行驶着。

小韩边骑边说："老婆儿，油都快熬干了呀！"

大梅说："我心里有数，一时半会儿，灯还灭不了。"

小韩说："那灯，诸葛亮都没护住啊！"

大梅说："你放心吧，没事。拍完片，我好好歇歇。"

小韩说："你就这样跑出来，万一有个三长两短，叫我咋给领导交代哪？"

大梅说："我已写下了'生死合同'，与你无关。再说了，你别咒我，我要死不了呢？"

走着走着，小韩停住车，扭过头说："申老师，要不……我还把你拉回去吧？"

大梅说："你敢?!"接着又说："这人，咋也是一辈子，我唱了一辈子戏，临了，说啥也得把这个句号画圆了。"

小韩说："就为这个句号？"

大梅抬起头，望了望天，说："对了，我得给自己画个句号。"

家乡的村路上，校长学文背着个挎包兴冲冲地走着。他一边走，一边往后边招手："回吧，都回吧，这次，我一准把大梅姑给接回来！"

远远的，新建的教学楼已快封顶了。楼房顶上，有一个瓦工在高声唱道："三将军哪，你莫要羞愧难当，听山人把情由细说端详……"

在摄影棚里，大梅正在上装……她又开始拍片了。

给她上装的服装师感叹说："申老师，你看你瘦成啥了？整个人小了一圈。这装我都收了好几次了，你不要紧吧？"

大梅说："没事，没事，就是有点累。等拍完，我好好歇歇。"

服装师说："要不，你坐这儿歇会儿？"

大梅说："那不行，装都压皱了。我站着吧。"

服装师往下看了看，说："申老师，你的腿是咋回事？"

大梅说："腿没事，有点软。没事。"

服装师说："不对劲呀！直抖……"

大梅说："我知道，真没事，我心里有数。"

那边，导演高喊一声："各部门注意——"

大梅一听，脸上一凛，又精神抖擞地走过去了……

傍晚，又是小韩蹬着三轮车拉着大梅往回走。走到半道上，大梅突然说："小韩，你停停。"

小韩停住车，问："申老师，怎么了？"

大梅从兜里掏出两块钱，伸手指了指，哑着喉咙说："小韩，我想吃块热红薯。"

小韩接过钱，说："那还不好办？买。"小韩说着，便下车跑过去买烤红薯去了。等他拿着几块烤红薯跑过来时，大梅接过来闻了闻，说："真香啊！"

小韩说："你就趁热吃吧。"

大梅却说："你吃，我看着你吃。"

小韩说："咋？"

大梅说："你吃你吃，让我看看……"

小韩愣了一下，就三下五除二把那个烤红薯吃下去了。小韩抹抹嘴，说："买官在街口上卖红薯呢，回去吃他的。"

大梅喃喃地说："真好，真好。他要是早点去卖红薯就好了。"

过了一会儿，大梅又说："我是真想吃呀，可我吃不下了。"

小韩怔怔的，不知她是什么意思。

第二天，大梅又按时来到了摄影棚。秋深了，天刮着风，扮演诸葛亮的大梅已是十分憔悴，身子在微微发抖，可导演为了效果，又让人抬来一个鼓风机，对着大梅站的位置吹……

导演看大梅身子摇晃了一下，就问："老申，怎么样，挺得住吗？"

大梅说："行。我行。"

导演说："那好，开始。"

大梅摇了摇手里的鹅毛扇，唱起来了……

一段还未唱完，导演高喊："停，停！"接着，他跑上来，说："老申，咋搞的，音儿不对呀！乱麻麻的，不像是你的唱腔。"

大梅说："重来，我重来！"

导演说："好，好，再来一遍。开始。"

大梅又唱……

导演摇了摇头，说："不行，还不行。木了。"

大梅说："我再来，再来！"说着，大梅默默地酝酿了一会儿情绪，清了清喉咙，又唱……

导演说："这次差不多了，好，开始。"

大梅又唱，可她唱了一半，自己主动停住了。

导演说："老申，你怎么不唱了？"

大梅说："不对，唱得不对。我再来吧，重来。"

导演有点可怜她了，说："老申，算了吧，你尽力了，就这样吧。"

大梅说："不行，真不行，我重来。让我喝口水再来……"

这时，有人捧来一杯热茶，大梅把茶杯放在嘴上"哈"了一会儿，说："好了，好了，我再来……"说着，有人接过她手里的茶杯。大梅凝神静气了一会儿，又接着唱……可她仍觉得不理想，唱着唱着，又停下来了说："对不起，我、我耽误大家的时间了。"

导演感动地说："老申，这不怪你，你是带着病来拍片，这不怪你，咱慢慢来，争取下次能过……"

往下，大梅站在鼓风机下，一遍一遍地重复，一直唱到第十四遍时，才算过了……

站在一旁的众人，禁不住鼓起掌来。

最后一次，导演终于高声喊道："OK（好）！"

这时，大梅说："完了？"

站在一旁的小韩高声说："申老师，下来吧，完了！"

大梅又问了一声："全拍完了？"

导演说："完了！"

大梅又追了一句："全完了？"

导演再次说："OK！"

大梅挺着身子，竟然从"山坡上"走了下来……她喃喃地说："完了，终于拍完了。"

有人在一旁喊道："慢点，扶一下，你慢点。"

大梅说："没事，我没事。"待她走下来后，只见她慢慢地往下滑着身子，就地躺下了。她往地上一躺，嘴里喃喃地说："我可该歇歇了。真舒服啊！真舒服……"

天蓝蓝的，天空在旋转，大地在旋转，大梅喃喃地说："真好，真好。"

顷刻间，大梅像是飞起来了，她一下子飞到了空中，在无边的天空中游荡……这时，人们围过来了，有人在叫她："老申，老申！"有人说："别动，别动。她累了，她是太累了，就让她躺这儿歇会儿吧！"

她的灵魂在天空中遨游，她的灵魂在高空中放声高唱……

突然，她看见那些人围在她的身边，高声喊着什么，抢上去抱着她的躯体飞快地往外跑！可她听不见了，她已经什么都听不见了……

周口市，就在当天晚上，突然下起了瓢泼大雨。

剧团的演员们全都冒雨默立在办公室门前。

朱书记手拿着电话，愣愣地站着，无语。

在闪电中，演员们听见朱书记默默地说："申老师她……去了……"

在乡村小学校门前，一片锣鼓喧天、鼓乐齐鸣——新校舍已经封顶了。

教学楼前，学生们身穿新校服，排着整齐的队列，等待剪彩。

主席台上，坐着从县上、乡里赶来祝贺的各级领导们。有人不时地在看表，看远处……

一位倒水的老师带着歉意说："快了，快到了！学文说了，一准能来。"

这时，远远地，有人从路上跑过来，高声喊道："回来了，校长回来了！"

立刻，有人高喊："点炮！快点炮！"

这时，鞭炮炸起来了，唢呐也吹起来了……

突然，一切都静下来了，静得寂无人声。只见远远地走来了一个人，那就是校长学文，他肩上挎着个书包，手里却抱着一个镜框，镜框上围着黑纱，那竟是大梅的遗照！

人们全都站起来了。一片乱纷纷的脚步声，那脚步声无言地来到了学文跟前，围住他，无语。学文哭了，学文哭着说："大姑不在了！大姑已经不在了！"

头顶上是湛蓝湛蓝的天空……

在无边无际的原野上，学文捧着大梅的遗像往前走着，后边跟着一群一群的乡人。

一村一村的钟声响了，人们从不同的村落里走出来，向着一个方向走去，那悲痛深深地刻在脸上……

常营村，那是大梅待过的地方。一村人默默地往外走，一片孝白。有人打着一块大白布做成的挽联：申凤梅永垂不朽！

周口市区里，十里长街，一街两行，摆满了花圈；到处都是人的哭声，人们自发地来给大梅送行，大街上，连维持秩序的警察都戴上了黑纱。

剧团门口，所有的演员都披麻戴孝，伫立在灵堂前，小妹哭得昏倒在了地上。

当灵车从院里缓缓开出时，所到之处，一片哭泣声。

马路上，当开道的警车走到一个路口时，突然，有六个老太太拦住了去路，她们是从很远的乡下赶来的，一个人挎着一个篮子。当警察们从警车上跳下来，驱赶她们时，她们却一个个当街跪下了……

警察们慌了，说："干啥？你们这是干啥？"

一个老太太流着泪说："我们赶了四十里路，想祭祭大梅，你就可怜可怜我们，让我们祭祭她吧，我们从小就看她的戏，如今她不在了，你行行好，就成全我们吧！"

警察哭了，警察们一个个全掉泪了，他们一个个转过脸去，一声不吭地让开了……

六个老太太，一个个拿开了蒙在篮子上的毛巾，从篮子里拿出了六个碗，就在马路中间一字摆开：

第一个碗里，盛的是烤好的热红薯；第二个碗里，盛的是芝麻叶面条；第三个碗里，盛的是新鲜的毛豆角；第四个碗里，盛的是鲜嫩的玉米棒子；第五个碗里，盛的是摊好的煎饼；第六个碗里，盛的是黄瓜和大酱。而后，六个老太太就在路中间跪着，把带来的烧纸点着，一边焚化一边哭着……

第一个老太太说："梅呀，再也看不上你的戏了！梅呀，梅，你拾钱吧梅。年里节里，乡亲们不会忘了你的。知道你好吃烧红薯，就给你烤了两块，你路上捎着，走好啊，走好……"

第二个老太太说："梅，咱俩同岁，咱俩同岁呀，咋不让我死哪？咋不让我替你死哪！梅呀，你走得老可惜呀！这碗芝麻叶面条，你尝尝，哪怕尝一口哪，我的亲人哪……"

第三个老太太一边翻烧着纸钱，一边念叨说："梅，梅呀，我给你摘了一把毛豆，新下的毛豆，你尝尝吧。虽说阴间里你还是唱戏，你还能吃上你姐的毛豆吗？你心老好啊！天哪，好人咋就不长寿啊?!"

第四个老太太说："梅呀，梅呀，你咋说走就走了哪？你走了，谁来宽人的心呢？你走了，有谁还来给咱乡里人说古今呢？我那媳妇，就听听你那李天保，才会好上几天，你走了，谁来给我劝人哪？……"

第五个老太太说："梅呀，到了那奈河桥上，你可千万千万别喝迷魂汤啊！你只要不喝那迷魂汤，下辈子你还能唱戏，咱还有见面的一天，我认住你的腔了，梅呀……"

第六个老太太，烧了纸钱后，却独自一人站起来高声喊起魂来："梅，回来吧！梅，回来吧！……"

站在路两边的群众就跟着高声应道："——回来了！"

一时，十里长街，一波一波地传递着喊魂声：

"梅，回来吧！"

"——回来了！"

"梅，回来吧！"

"——回来了！"

灵车在人们的哭声中缓缓开去了……

在千里大平原，一处处的村落里，一个个大喇叭上，都在播放着申凤梅的唱段，仿佛世界上所有的大喇叭都打开了，一处一处都"活"着大梅的唱段。

河滩地里，一个放羊的汉子，一边赶羊一边在放声野唱：

"三将军哪，你莫要羞愧难当，听山人把情由细说端详……"

一年后，一个新的"诸葛亮"又立在了舞台上，她的唱腔再次赢得了观众的热烈掌声——那人就是刘小妹！

2001 年